U0878088

中国古典小说丛书

# 雪月梅

[清] 陈朗 著

江西美術出版社
全国百佳出版单位

图书在版编目（CIP）数据

雪月梅 /（清）陈朗著. -- 南昌 : 江西美术出版社,
2018.10（2019.10 重印）
ISBN 978-7-5480-6174-8
Ⅰ.①雪… Ⅱ.①陈… Ⅲ.①章回小说－中国－清代
Ⅳ.①I242.4
中国版本图书馆CIP数据核字（2018）第139072号

出 品 人：周建森
企　　划：江西美术出版社北京分社
（北京江美长风文化传播有限公司）
责任编辑：楚天顺　康紫苏
责任印制：谭勋

# 雪月梅

XUEYUEMEI

（清）陈朗　著

出版发行：江西美术出版社
社　　址：南昌市子安路 66 号　江美大厦
网　　址：http：//www.jxfinearts.com
电子信箱：jxms@jxfinearts.com
电　　话：010-82293750　0791-86566124
邮　　编：330025
经　　销：全国新华书店
印　　刷：河北盛世彩捷印刷有限公司
版　　次：2018 年 10 月第 1 版
印　　次：2019 年 10 月第 2 次印刷
开　　本：690mm × 960mm　1/16
印　　张：22.5
ISBN 978-7-5480-6174-8
定　　价：52.00 元

本书由江西美术出版社出版，未经出版者书面许可，不得以任何方式抄袭、复制或节录本书的任何部分。
版权所有，侵权必究
本书法律顾问：江西豫章律师事务所　晏辉律师

# “中国古典小说丛书”出版说明

所谓“古典小说”云者，其义有二焉：一曰，但凡古代之小说，皆可谓之“古典小说”；一曰，但凡技法未受泰西影响之小说，亦可谓之“古典小说”。然此特就今人之观念言之耳。

揆诸坟典，“小说”一词，出自《庄子·外物篇》，其言曰：“饰小说以干县令，其于大达亦远矣。”由此观之，庄子所谓“小说”，不过琐屑之言，以其无关道术，故以小说名之耳。

炎汉成、哀之世，刘向、刘歆父子典校秘书，检讨百家学说，取桓谭《新论》“小说家合丛残小语，近取譬论，以作短书，治身治家，有可观之辞”之意，把《伊尹说》《鬻子说》诸书，归为“小说家”之书，而《汉书·艺文志》(以下简称《汉志》)继之。夷考其说，“小说家者流，盖出于稗官，街谈巷语，道听途说者之所造也”(语出《汉志》)，此亦非后世之小说也。

唐修《隋书》，其《经籍志》立论本诸《汉志》，以小说为“街谈巷语之说”(《隋书·经籍志》语)。当此之时，小说之名虽同，而其类目稍广，举凡《燕丹子》《世说》《迩说》之属，皆可入诸小说名下。

后晋修《唐书》，其《经籍志》立论与《隋志》无异，以《博物志》隶小说，此为“神异志怪之书”入小说之始。

天水一朝，欧阳文忠公撰《新唐书·艺文志》(以下简称《新唐志》)，以《列异传》《甄异传》《续齐谐记》《感应传》《旌异记》等“史部·杂传类”之书移于“小说类”。至是，小说之部类日棼。

及元脱脱修《宋史》，《艺文志·小说类》承《新唐志》之旧而增广之。

明胡应麟以小说繁夥，派别滋多，于是综核大凡，分小说为六类：一曰“志怪”，一曰“传奇”，一曰“杂录”，一曰“丛谈”，一曰“辩订”，一曰“箴规”。至此，小说一类已蔚为大观，脱《汉志》“街谈巷语”之成规。

清修“四库”，《总目提要》（以下简称《提要》）别小说为三派，“其一叙述杂事……其一记录异闻……其一缀辑琐语”，而又损益之。考诸《提要》，则损益可知：一曰，进“丛谈”“辩订”“箴规”为“杂家”；一曰，隶《山海经》《穆天子传》诸书于小说。小说范围，至是乃稍整洁矣。其分目虽殊，而论述则袭诸旧志。

曩者宋元明清之史志，难觅“平话”“演义”之书，此特士夫习气，鄙其为末流所使然也。史家成见，一至于斯。今人刻书，自当脱古人窠臼。

说部诸书，以文体分，有“白话”“文言”之别；以体裁分，有“话本”“传奇”“演义”之别；以内容分，有“佳话”“世情”“侠义”“家将”“神魔”之别。细玩其文，既有劝世之良言，亦有“诲淫诲盗”之糟粕，而抉择去取，转成读说部书之第一要务。以此之故，编者特于说部诸书择其精者，辑之而为“中国古典小说丛书”，凡百余种。

然说部之书浩如烟海，其精者又何限于区区百十之数？此次出版，难免遗珠之憾。然能俾读者因之而省择取之劳，进而得窥说部精要，示人以津梁，则尚不违出版“中国古典小说丛书”之初心。

说部之书，多出自书坊，脱误错乱，在所难免，故于“取其精华，去其糟粕”外，尚需广施校雠，始得成其为可读之书。以此之故，编者多方搜罗以定底本，精排其版以美其观，躬自校雠以正讹误，然后付诸枣梨，装订成书，以飨读者。

限于编者学力有限，书中疏漏之处，在所难免，尚祈广大方家、读者诸君不吝批评斧正。凡能指出书中一二谬误者，皆为吾师，吾人不胜感激之至。

戊戌仲夏上浣，邵鹏军序于丰台晓月里

# 目　　录

# 自　序

昔太史公游历名山大川，而胸次眼界豁开异境。《史记》一篇，疏荡洒落，足以凌轹百代，乃知古人文章皆从阅历中出。

予也自惭孤陋，见闻不广。及长，北历燕、齐，南跻闽、粤，游览所经，悉入编记，觉与未出井闬时少有差别。今已年过杖乡，精力渐减，犹幸簏中敝裘可以御寒，囷中脱粟可以疗饥，日常无事事，曳杖山乡，与村童圃叟或垂钓溪边，或清谈树下，午间归来，麦饭菜羹，与山妻稚子欣然一饱，便觉愈于食禄千钟者矣。惟念立言居不朽之一，生平才识短浅，未得窥古人堂奥。

然秋虫春鸟亦各应时而鸣，予虽不克如名贤著述，亦乌能尸居澄观噤不发一语乎？因欲手辑一书，作劝惩之道。以故风窗雨夕，与古人数辈作缘，心有所得，拈笔记之，陆续成篇，虽非角胜争奇，亦自具一丘一壑。龙门之笔，邈乎尚矣，兹不过与稗官野史聊供把玩。良友过读，复为校正，付之剞劂，以公同好，既以自娱，亦可以娱人云尔。

乾隆乙未仲春花朝，镜湖逸叟自序于古钧阳之松月山房。

第一回

# 岑秀才奉母避冤仇　何公子遇仙偕伉俪

却说为人在世，荷天地之覆载，食国君之水土，赖父母之养育，受师傅之教诲。所以这天地君亲师的大恩，自当焚顶朝夕，必须刻刻存心，思所报答。凡为臣尽忠，为子尽孝，恤孤怜寡，济困扶危，一切善言善行，皆可少报天地君亲师的大德，庶几不愧此生。若见义不为，悠悠忽忽，随波逐流，混俗和光，岂不将此生虚度？况现在的富贵利达，皆是祖父的遗泽，若自身再加培植，则子孙之流泽更远；若妄作非为，损人利己，不但上剥祖父之元气，下削子孙之荫庇，则自身之灾祸，亦所难保。故太上云：“祸福无门，惟人自召。”佛经云：“要知前世因，今生受者是；要知后世因，今生作者是。”此乃必然之理。即圣贤的经传亦无非教人以孝悌忠信之事。然此中愚夫愚妇难以解究。惟有因果之说，言者津津，听者有味，无论贤愚贵贱、妇人女子，俱能通晓，可以感发善心，戒除恶念。

今有一段奇文，于中千奇百怪，到头天理昭彰，报应丝毫不爽，一一说来，可以少助劝人为善之道；又见得天地之大，无奇不有，况情真事实，非比荒唐，请静听始末，不但可消闲排闷，且于身心大有裨益，即作一因果观之，亦无不可。

却说这段故事出在明朝嘉靖年间，有一秀士姓岑名秀，字玉峰，祖贯金陵建康人氏。祖父岑源道，官至九江太守；父亲岑如嵩，中过一榜，因病早亡，寡母何氏抚育成人。这岑公子年方弱冠，生得天姿俊雅，禀性温良，事母至孝，且笃行好学，十六岁上即游泮水，甚慰母心。更喜驰马试剑，熟习韬略，尝自谓："大丈夫当文武兼备，岂可只效寻章摘句而已。"因此论文之暇，便以击剑骑射为乐。家中薄有田产，只老仆岑忠夫妇，二人相依度日。祖父任九江太守时，一清如水，宦橐萧条。彼时有一所属县令侯子杰，因贪赃枉法，诬良为盗，招解到府，被岑公审出实情，据实将该县详参。不料这侯子杰恃有内援，且与上台有情，反揭岑公得赃枉断，上司欲从中袒护，又恐难违公论，只得将那人重罪改轻，含糊结案。岑公见仕途危险，且禀性不合时宜，遂告病致仕。因此侯子杰记仇甚深，及岑公致仕后，又夤缘权要，不及二年，行取进京，历迁部郎。数年之间，出为江南巡按，因忆旧仇，于未到任之先，即暗差心腹来察探岑家动静，及闻岑公已故，公子早亡，只有公孙在庠，孤儿寡妇，视同几肉，计图泄恨。及到任后，屡在各官面前诬说岑公当日勒他代赔官项银八百两，现有借券未偿，指望属官希其旨意起衅中伤。各官中有知其底里者，惟含糊答应而已。内有一府学教授徐元启，是岑秀的老师，平素最是相得，闻知此事，即暗地通信与岑生，令其早为防备，莫至临时失措，并教他告游学远出，以避其锋。

这岑公子亦常听母亲说及此事，不料如今正在他治下，又有代偿官项之言，势必借此起祸，孤儿寡妇何以支持？因与母亲商量，不如依老师之言，暂离乡井，远避凶锋，此为上策。思量惟有母舅何式玉，家居山东沂水县之尚义村，可以往就，欲奉母亲一同前往。岑夫人道："自你父亲去世，你还幼小无知，你母舅又多年不通音信，近日不知作何光景。倘若事出意外，他乡外省何处存身？"岑秀道："母亲不须远虑，儿已计及，即母舅处或有他故，囊中尚可支持，暂为赁寓他方，亦无不可。况这巡按官限期一满，就要离任，待他去后，便可回乡，母亲但请放心。”老仆岑忠亦道：“大相公所说甚是，况他是一个炎炎赫赫的巡按，要来寻起我们的事来，如何了得？太老爷在日，执法无私，不徇情面，相交甚少，虽有几个同年故旧，已冷淡多年，不相关切，倘有不虞之事，谁来照应？还是避他的为妙。”岑夫人道：“既如此，便依你们前往。自从你外祖父母去世，我也时常记念你母舅，几番要打发你前去探望，因为你年幼。今趁此前往，得与你母舅一会，也慰了我夙愿。”当下商量停妥，即递了一张告游学的呈子，一面将家中一切托与岑忠照管，母子收拾细软，带了老仆妇梅氏，即日雇就船只。岑秀只有一个亲姑娘嫁与本地郑巡厅为妻，姑夫已故，单生一子，名叫郑璞，已入黉门，为人朴实，却有些憨要，惟与岑秀两表弟兄最相友爱，当日晚间，前往一别。次日五鼓，即开船前往山东进发。

且说这岑秀的母舅何式玉也是世家旧族，父亲由两榜做了一任刑厅，在江西任上，遂与岑家联姻；后来致仕回家，不幸与夫人相继去世。家业虽然不大，尚可温饱度日。这何式玉为人潇洒，疏放不羁，且生平好奇，素有胆气，年已二十有七，名列黉宫，因连丁两艰，尚未婚娶，每念胞姐远嫁金陵，姐夫已故，几欲往探，因为家下无人，迁延不果。又见仕途倾险，遂无进取之念，寻常惟与几个好友往还，无非以诗酒琴剑为乐。

这一日，从平日最相知的通家世弟兄蒋士奇家赴席回来，时已薄暮，到得书斋，已觉微醉，呼小僮烹茶来吃了一杯，随宽衣解带，欲就安寝，忽觉背后似有行动之声，即回头看时，却见一素袂女郎在后，手掠鬓鸦，嫣然微笑。何生蓦然看见，大吃一惊，及细看时，生得美丽动人，光艳夺目。何生素有胆识，自思此女非狐即鬼，因定一定神问道：“你是精，是鬼？请实说无妨。”女郎笑道：“请问郎君，妾如是鬼，郎君可畏惧否？”何生道：“人鬼虽殊，其情则一，倘情有所钟，生死以之，何惧之有？且请问小娘子姓名来历。”女郎笑道：“妾实告君：我非狐鬼，乃谪仙也。只因有过，暂谪尘凡，与郎有夙世之缘，故不避嫌疑俯就，若不见弃，且与郎君有益。”何生大喜道：“小娘子真神仙中人，今自屈来此，只恐我无福消受。纵然是鬼，亦当相恋，何况仙乎？”当时情兴勃然，随携手并肩，与之宽衣，只觉肌香肤滑，情荡神迷，互抱上床，极尽缱绻。

何生从未入此温柔乡，而今真个销魂矣，因搂颈问其住居眷属。女郎道：“仙凡交接，大约要有夙缘，方能会合；若使无缘，断难相强。至于住居虽有，君亦难到，问欲何为？”何生道：“闻得亦有狐属之类，假托仙名，与人为祟者，是何缘故？”女郎道：“凡属精灵变幻惑人，亦常有之事，不足为怪。大抵缘至而合，缘尽而散。即或其人有夭折伤亡之处，原是其人命尽禄绝，并非若辈之祟。再或其人凶狂淫乱，故使若辈促其丧亡，如武三思辈，亦是数所使然。倘有人无故伤残若辈，自然也有报复之道。否则，与人交接，有益于人处甚多。若其人根基本来探固，福禄绵厚，则若辈更可益以厚福；若其福德浅薄，即与之因缘会合，亦不能强而益之。”何生道：“据仙姊说来，与小生固属有缘，但恐我无福以当，将来究竟何以结局？”女郎沉吟未答，似有欷歔叹息之意，良久乃言：“郎君此时情意虽好，其中修短有数，不能预定。所虑郎君福禄浅薄，恐有中变；然此时尚早，不必过计。”何生亦不复问，两个枕上欢娱，绸缪备至。

初则宵来昼去，继而终日不离，僮仆辈亦无嫌避，皆以“仙娘”称之。后来朋友辈知道，凡请见者，惊心夺目，无不以为神仙中人。亦有固请一见而终不与见者，何生亦不能强；惟世交蒋士奇到来，便十分敬重，教何生款待尽礼，常说他是端人正士，后来功名富贵未可限量。至于操作井臼、女红中馈之事，无不尽美，真同伉俪，恩爱异常。两月之间，腹已有妊，年余即产一女，何生甚喜，遂无他娶之念。仙姊亦云：“郎君若能矢志不移，尚当为郎图一后嗣。”何生亦喜而唯唯。

大凡人生在世，富贵穷通、寿夭鳏孤，俱有定数，非人可能逆料。假若何生矢志不移，与这仙姊始终偕好，生子续嗣，岂不完美？总因少年情性，初时得此丽人，便如获至宝；迨后习以为常，便觉司空见惯，又兼有三朋四友，口舌呶呶。有的道："你是个名门旧族，岂可不选门当户对，正经婚娶？乃与一妖异为偶，岂不被人笑话？"有的说："她虽然美好，终不知她来历，日后恐难保始终。"有的说："纵然与你生育子女，到大来，人知道是妖异所生，谁肯与你联姻婚配？"似此众口呶呶，言三语四，把一个何生弄得没了主意。这日因与心腹世交蒋士奇商及此事，要他定个主见。这蒋士奇是个豪迈之士，见他问及，便道："情之所钟，固不能忘，但夫妇为人伦之始，原不可苟。如今当正娶一房为嫡，她果是仙流，必不见妒。如此则情义两尽。"何生听了，只是点头，自此遂有另娶之念。这仙姊亦早知其意，只做不知，听其动作而已。

却说何生有一族叔何成，年将望六，一生不务正业，惟以嫖赌为事，以致家业荡然。目前又无儿女，只夫妻两口度日。何生的父亲在日，亦常常周济与他，无如到手即空，难填欲壑，及到何生手里，虽不能如先人看顾，斗米束薪亦屡屡照拂。自何生有了仙姊，他从不能一见，心中愧恨。如今知道何生有人劝他婚娶，这日走来说起："城中黄员外家有一女儿，生得如花似玉，年才二九，女工针指无一不精，又是独养女儿，妆奁甚是丰厚。这头亲事我知详细，不可错过。"何生因知他是个荒唐的人，难以凭信，因随口应道："承叔父好意，但婚姻大事，尚容打听明白，再烦叔父为媒。"当日就留何成酒饭而去。次日何生因往相好处探访这头姻事，果与何成所说不差。因思若即请他作媒，恐又生出别故，不若竟烦蒋兄为媒，万无一失。当时主意已定，即央请蒋士奇作伐。那黄员外与蒋士奇又是相好，知何生是世族人家，且人物风雅，便已应许，选日行聘，择吉婚娶。诸事已备，直到行聘前一日，何生归家，对着仙姊欲言不语，自觉抱惭。欲待不说，事已成就；欲待说出，又恐见怪。正是：

只因自不坚情意，莫怪人多说是非。

究竟不知何生如何说出，仙姊果否允从，且听下回分解。

第二回

# 拆姻缘仙姊失仙踪　病膏盲家人弄家鬼

却说何生将复娶的事，婉曲告诉仙姊，备言不得已的缘故。仙姊笑道："这事我已尽知。从前原曾说过，数皆天定，不可预期。今郎既已另娶，正宜燕尔新婚。我若在此，恐新人疑忌，难以相安。"因将怀中女儿乳哺一饱，递与何生道："这是你一点骨血，转嘱新人善为抚育，便如妾在一般。"言毕，抽身便走。何生一把拉住道："仙姊意欲何往？"仙姊道："缘至而聚，缘尽而散。我早已言过，何必再问？"遂绝裾而去，转瞬间形迹已杳。

何生怀抱此女，若失魂魄，半晌方能移步。回到房中，看见遗簪剩珥，芳腻犹存，倍增惨切。但事已至此，悔亦无及，因着家僮即雇觅乳母抚育此女。况明日又是行聘吉期，诸事匆冗，幸有蒋生常在这边，事事照料。这何成因为不要他做媒，心中大不快活，因想日常还要仰赖些柴米度日，不敢使气，只得前来帮忙。到了次日，行聘过去，那边也有回盘礼数，不必细说，择定第三日迎娶。到第二日，女家即发妆奁过门。到了迎娶这日，自有许多亲友邻里到来贺喜，午间亲迎花轿到门。拜堂合卺已毕，款待亲邻。席散之后，回房细看新人，虽不及仙姊的容光美丽，亦有几分姿色动人。一宵佳景不表。这黄小姐亦知有奇遇之事，因向何生问其始末，何生一一细述：“如今现生一女，已有三周，取名小梅。”随呼奶娘抱来观看，却生得粉妆玉琢，酷肖其母。黄氏虽抚弄了一回，心中暗想，这终究是个怪种，大来谅无好处。随递与奶娘，略不经意。

这何生自娶黄氏之后，看其形容动止，不及仙姊远甚，又见她不亲爱小梅，未免心中郁郁。且常常思想仙姊的风流蕴藉、动止随心，便像出神的一般。黄氏初时不大理会，后来见他光景，知他想念仙姊，因将言语盘诘。何生未免把衷曲吐露。黄氏大不快意道：“你既如此贪恋妖妇，又何必另娶我来，不如找寻着她，同她一处去了的好。”何生虽不回言，心中更觉不悦。这黄氏每日妖精长、妖精短的聒噪，小梅抱在面前也全不睬觑。

一日晚间，夫妻两个正在房中絮聒，黄氏道：“我从不曾听见有仙人肯与凡人成亲的。她不过是个妖孽，你却念念不忘。幸亏她去得早，若在身边，只怕连性命也要送在她手里了。如今留下这个妖种，恐怕大来还是个祸根哩。”何生尚未回答，只听得黄氏哎呀一声，几乎跌倒在地，端的是被人脸上打了一掌，分明听得有人说道：“我奉娘娘法旨，在此察听。你这贱婢甚是不贤，我娘娘与你并无嫌隙，你何故屡屡恶言伤犯？小姐虽非你养，也是何郎一点骨血，你视同膜外，全无一些恩义，情实可恶！以后好好照管我小姐便罢，倘生歹心，教你性命不保！”黄氏明明听得对面说话，眼中却不见形影。何生亦大骇异，正欲动问，已觉杳然。黄氏脸上被这一掌打得红肿了半边，吓得魂魄俱失，半晌不能言语。何生过意不去，将她搂在怀中，再三抚慰。自此以后，黄氏再不敢提起“妖精”二字，女儿虽不十分看顾，亦不敢以阴毒相加。荏苒流光，不觉又过了数载，谁知何生命中无子，黄氏也竟无喜信。小梅已是九岁，聪慧过人，四五岁上父亲教他读书写字，过目了然；女红针指之类，一看即会，有如夙习。何生珍爱过于掌珠。更有一桩奇异：凡与何生往来亲友，一见面就知他的贤愚贵贱、寿夭穷通，屡屡向父亲指说某人可以亲近，某人只宜疏远；且常愁父亲寿数不永，并乏后嗣，母亲又不得见面，时时暗中零涕不已。

却说人生修短，自有定数。这何生到三十六岁上，忽然抱病，日渐沉重，延医服药，总不见效。这小梅天性孝顺，十来岁的女儿，竟与大人无异，见父亲病重，日夜服侍，衣不解带。黄员外夫妇也来看望。朋友中惟蒋士奇无日不至。请来各处名医调治，吃下药去，如石投水，毫无功效，淹缠枕席，两月有余，惟小梅日夜饮泣，不离左右。何生恹恹一息，自知病入膏肓，谅难医治，思想此身不曾做得一些事业，又与仙姊半途分拆，未能接续宗嗣，只有胞姊一人，又远绝音耗，族中又无可托之人，黄氏少年无出，谅不能守，女儿伶订孤苦，依傍无人。想到此处，肝肠寸断，一手捏住小梅，哽咽不能出声，半晌说得一句“苦了我儿了”，长叹一声，便淹然而逝。小梅哭得昏晕在地。黄氏也号哭了一场，便收泪料理衣衾等事。

此时何成因见侄子病重，也日日在此相帮照料，幸喜棺本是蒋士奇早已为他备就，不致临时慌促。这何成早有觊觎之心，今见侄子已死，黄氏年少，家中无主，他就乔当家起来，事事专主而行。黄员外夫妇自女婿病时，常来看望，后来见病势沉重，黄媪就在此住下，帮女儿照管。今见女婿已死，家中无人，又见这何成事事专主，素知他是个无行之人，谅来没有出豁，暗与女儿商量：“你青春年少，又无子息，守亦无益，不如早为之计。”黄氏亦早怀别抱琵琶的念头，听了母亲的说话，恨不得即时改嫁，只为生人耳目难掩，且挨过断七再作理会，因暗将细软之物陆续运回。小梅纵然眼见，亦不敢作声。这何成已看在眼里，肚内寻思：我的老婆儿又是个病废之人，不能前来照管，倘黄家母女将财物细软席卷去了，我又无稽查，岂不是“糟鼻子不吃酒——枉担着虚名”了？此时正在热丧，难以开口，又不能捉她破绽，只得隐忍不言。挨到首七，就便开吊，素常往来的亲朋邻里都来吊唁，少不得做些佛事，并款待亲邻。过了三七，就择日出殡，葬在祖茔，诸事草草完结。惟小梅日夜哭泣，甚是狼狈，孑然孤弱，痛痒谁关。

时光迅驶，已至断七。这日，黄员外备了桌席，到来烧纸，何成就将他留下。坐谈间，何成就开口道："我侄儿不幸身亡，又无子息。侄妇正在青春，相守亦非常计。如今遗下这个女儿，到大来虽是别家之人，也还要与她留个地步，不知亲家意下如何？"黄员外未及回答，这黄媪早从里边出来说道："亲家说得甚是有理，我女儿年少，又不曾生育，纵要守节，亦无倚靠的人。方才你老人家所说，要与你孙女留个地步，倒像我们有什么欺心的意思。但是我家陪嫁妆奁，仍当取去，其余是何家的物件，一些不动。你老人家点收明白，好与你孙女作地步，你两老口也好相依过日，岂不两便？"何成道："这话虽如此说，但里边的箱笼物件，不是我老拙多心，须要检点个明白，是你们陪嫁之物，听凭取去，其余丝毫不得拿动，俱要留与这侄孙女过活的。"黄媪笑道："说得极是，如今就请进去检点检点，大家释疑。"当下何成进去点看，也知细软早已运去，却没有对证稽查，难以争执，看来不过剩得些寻常首饰、散碎银两并衣穿等件。看罢，只说得一声："我家侄儿难道只留下这点东西不成？"黄氏便接声道："你侄儿本无遗积，自从病起至今，这请医服药、衣衾棺椁、开丧发殡、待人请客，也不知用去了多少银钱，这都是你老人家亲眼看见，难道是假的？"黄媪又接口道："你老人家不信，连我女儿的箱子都打开来看一看，省得疑心。"何成明知看亦无益，便随口道："这也不必。"

此时在何成的意思，不若教他今日就搬了出去，省得另日又多一番周折。这黄员外亦有此意，却一时不好出口，倒是黄媪说道："今日既已说明，省得你另日又要过目，不如就搬了出去，倒觉两便。"何成听说，正中心怀，便道："亲母说得甚是爽利，倒是这般的好。"当下就吩咐黄宅带来的家人，将应搬之物尽行搬去，晚间叫了两乘小轿到来，黄氏不免向灵前号哭了几声，又在头上拔下两根簪子，递与小梅做个记念。此时小梅如天打雷惊一般，哑口无言，只是悲泣。黄氏遂拜辞何成，同黄媪上轿去了，黄员外亦作别归家。这黄氏后来再醮了个浮浪子弟，把妆奁所有弄得罄尽，呕气而亡，自不必说。

却说这何成自黄氏搬去，就如拔了眼中钉，甚是快活。次日就把他病老婆儿搬来同住，将房中所有，尽行搜检在身边，把些言语哄骗小梅。这小梅虽然年幼，心中却十分明白，但事势如此，亦无可如何，常对镜看见自己目前气色不利，暗自悲泣而已。这何成手头有了些东西，旧时毛病复发，不是去续旧娼，便是去寻熟赌。你想这有限的东西，如何禁得他挥洒，及银钱用尽，便将首饰衣服变卖，后来连家伙什物也渐渐变卖尽了，就思量要变卖地土。原来何氏所遗地土不及两顷，先将契券质银嫖赌，后来就找卖与人，本来值十两一亩的地，不过卖得个七折银钱到手，仍在赌场妓馆中撒漫而去。日往月来，不觉又是三个年头，将家中所有弄了个罄尽。此时小梅年已十三，看见这般光景，虽在何成面前劝过多次，犹如耳边风，全不理帐。又不及半年，把房屋也变卖了，另租了一间小屋搬去居住，这病老婆又死了，买棺盛殓之外，一无所有。再过两个月，看看弄得衣食不周，就思量到小梅身上来了。正是：

饱暖不禁淫念起，饥寒便觉盗心萌。

不知何成如何结果，且听下回分解。

第三回

# 小女郎生骗别家乡　老杀才冥报填沟壑

却说这小梅见何成这般光景，忍气吞声，苦楚万状。何成见小梅哭泣，自己觉得惭愧，因思不如把与人家做了养媳，离了眼睛，倒也清静。又想富户人家是不要养媳的，若把与穷人小家，又无些指望；不若卖与大户人家，做了婢妾，倒还有些道路。主意已定，就托人打听。适逢其会，有一个浙江王孝廉进京会试，中了进士回来，打从山东经过，因家中有个女儿，留心要买一个伶俐丫鬟服侍。这沂水县知县是他举人同年至交，因便道来拜，就留在宾馆中住下。因主人有了买丫头的口风，他跟随的家人都已知道。这王进士意中，以为山东地方虽有卖的丫头，但恐没有清秀人物，欲往苏、扬州去买，以此不十分在意。这日往县中赴席回馆，天已傍晚，他老家人禀说："有个姓何的，他有个侄孙女，因不能度日，情愿将她出卖，说道人物生得甚好。"王进士道："明日且叫她来，我看一看再说。"家人答应，就与何成说知。这何成于路就想了个诡计，到家哄骗小梅说道："过两日就是清明节了，你该收拾收拾到你父亲坟上烧张纸，也是你一点孝心。明日又是观音庵妇女们胜会，我与你顺便同去随喜随喜，那里都有素斋款待的，你早些起来梳洗。"小梅道："爹爹坟上理应去烧纸，观音会上我是不去的。”何成道：“你不知这观音庵菩萨最灵，又且好个去处。烧香的妇女们不知有多少，哪一个不去祈祷，真真有求必应。你也去祈祷祈祷，自身消灾延寿也好。”小梅只是不应。一宿无话。当晚何成已想到这妮子一去，必然相中，拼着出脱一乘轿钱，抬了她去，省得叫她走路作难。

算计定了，次日一早就去叫了一乘小轿到来，逼着小梅梳洗，又叫她穿件青布衣服，罩了旧孝衫，只说先到坟上烧纸，骗得小梅上时，这轿夫是何成与他说明白的，一直竟抬到宾馆前歇下。何成便去与那老家人说知，进去通报，正值王进士在厅前闲步，见说是领丫头来相看的，就吩咐着她进来。家人传出，这何成就叫小梅出轿。小梅看时，并不是什么观音庵，倒像个大户人家的宅第，又见何成与那管家模样的人在那里鬼头贼脑的说话，心中早已知道不好，便对何成道：“这是什么去处？叫我到来作什么？”何成此际谅难再瞒，只得实说道：“这是王老爷的客馆。他家有个小姐，要你去做个陪伴的人，一生吃着不尽，省得在家忍饥受饿。不是我忍心相弃，实是过活不来，恐怕苦坏了你，故此寻这个好去处安顿你，是我一片好心。”一面说着，一面就拉她进去。这小梅到此，竟气得面色蜡黄，牙缝里半个字也迸不出来。到得厅前，王进士一见，心中甚喜，遂吩咐家人问他要多少身价。何成就对他老家人道：“我也是名器人家，只因穷苦难度，不得已将她出卖，只要老爷另眼抬举，就是她的造化，小老也得放心。烦你老人家在老爷面前帮衬帮衬，若得五十两银子也就够我的结果了。”老人家替他回了这话，王进士笑道：“这十来岁的女子，哪里就值这许多银子？念他是个穷苦之人，给他二十两银子，多了不要。”这何成又再三诉苦求添，方应许了三十两银子。原来何成已预先约下官媒，写就了身契，当时只填了银数，押了花押，人价两相交割。此时小梅知是骗她出来卖身，已经成交，又恼又苦，放声大哭，昏晕在地。那何成已是得了银子，开发媒人、轿夫一直去了。

王进士见小梅哭倒在地，即叫老家人王朴慢慢扶她起来。王朴道：“你如今落了好处，不要啼哭了。我家老爷、夫人、小姐做人都是最好的。你到府中，决不难为你，包管受用不尽，省得跟着他忍饥受饿的过日子。”王进士也见她不像个小家模样，因问道：“你家中还有何人？祖父在日作何生理？”小梅见问，带哭说道：“我的祖父也是做官的，父亲是个秀才。”遂将家事一一诉说了一遍。王进士道：“据你说来，也是个旧家子女，我自然另眼看待你。你那叔祖既是个无行之人，跟着他终无好处，幸喜卖在我家，倘把你卖到个不尴尬的去处，又当如何？你从此放心，再不要啼哭了。”小梅听了这番言语，又看见王进士面貌是个仁厚的人，才住了哭声。王进士又吩咐老家人与她做些衣服添换。不日辞了沂水县令，就安顿小梅坐在行李车上，起身回家。

原来这王进士讳翼，表字云翔，祖贯浙江湖州府德清县人，家在碧浪湖村居住，离府不远，是个极清幽的去处。夫人华氏，原是江南旧家，因父亲任湖郡别驾时，与王家对下这门亲事。夫妻同庚，四十只生一女，小字月娥，年方十四，生得姿容秀媚，聪慧过人；夫妻甚是钟爱，家中虽非巨富，却也丰实有余，此番中了进士回来，却是富贵两全的了。这且按下。

却说何成得了这宗身价，回到家中，觉得孤凄冷落，不免再到赌场中热闹热闹。谁知赌运不好，又输去了几两，心中懊恨。这日还家，已是一更时分，开锁进门，到得里边上床就睡。转侧间，见一个青衣人手持铁索喝道：“娘娘叫拿你去回话！”不由分说，锁住项颈，牵了就走，脚不点地来到一个去处，但见松杉交翠，水绕山环，当中一条石子嵌成的道路。过了一座白石小桥，望见一所巍峨甲第，高耸云表。到得门首，只见一个长髯使者，喝叫带住，即转身进去通报。不一时，只听得里面有人传呼，着将何成带进。这何成心惊胆颤，不知是何所在，被几个青衣人揪到丹墀下跪着，偷眼望见殿上挂着一颗斗大明珠，光耀如昼，有十数个侍女宫妆打扮，簇拥着当中一位金冠霞帔的女仙，不知是何仙圣。只听得那女仙喝道：“你这厮一生贪花爱赌，作孽多端，鬼蜮居心，全无人气。你那兄嫂侄儿待你的情意不薄，你怎么趁你侄子一死，骨肉未寒，就逼侄妇改嫁，将他所遗产业资财花费罄尽，又将他伶仃孤女骗卖与人为婢。似你这等人面兽心，说来令人发指，我已深知，不必更问。”喝令青衣人：“将这厮捆翻，先打一百背花。”下面一声答应，将何成衣服剥去，绑缚手脚，两个青衣人各执一条虎筋鞭，从背上对打将下来，痛彻心骨。何成已知这女仙就是小梅的母亲，无可强辩，只是喊叫：“娘娘饶了狗命！”直打至三十鞭，上面喝叫放起。女仙道：“鞭背不足以蔽辜，可与我将这厮叉落油锅里去。”须臾，见阶下油鼎沸腾，四个青衣人各执着托天叉将他叉起，往油锅里一丢。这何成大叫一声，忽然惊觉，正是三更时分，便觉浑身发烧，脊背上红肿起来，疼痛异常，叫号之声不绝。

及至天明，原来背脊上生出一个大背疽来，又无人看觑。左邻有个莫老者，听得叫号，过意不去，走来看视，见他合卧在床，背上赤肿如盘，料是背疽。因说道：“你怎么就生出这个大毒来，须请个医生来看治才好。”何成自知性命难保，亦不回答，将手在头边摸出那包赌剩的身价来，尚有二十来两，递与这莫老，只说得一声：“求你替我买口棺材埋葬了，便感恩不尽。”莫老人接了银包，明晓得是卖小梅的身价，估量买棺盛殓以及埋葬尚还有余，不若请个医生来与他看治看治，倘若医得好时，也是一桩好事，便道：“你且放心，我先去与你请个医生来治一治。倘有不测，这棺衾殡葬的事，都是我与你料理便了。”何成点了点头。这莫老人果然去请了个外科先生，跟着一个背药箱的，到来一看，便道：“这是个背疽，须先用围药把四围围住，使毒气不致散漫，内用攻托之药调治，但急切不能见效。”莫老道：“就烦先生一治，该多少药资，即当奉上。”这先生应允，便开了药箱，取出围药道：“须用鸡子清调和，敷在四围。”又撮了一服煎药，交与莫老："如法煎服，我明日再来看视。"说毕，作辞而去，莫老先送了他二百文开箱钱。遂与他如法调治，先将围药敷好，又煎药与他吃了。这何成只是哀呼狂喊不止。到晚来，与他带上门，回家去叫了个小厮过来，在外边打个地铺，与他看门。谁知这何成已是命断禄绝，号叫到半夜里已呜呼哀哉了。那小厮睡到天亮起来，不听声响，走进里边一看，却见直挺挺死在床上了，慌忙跑回去通知了莫老人。幸亏这莫老人是个忠厚长者，知他亲族无人，因会同街坊邻佑一力与他买棺盛殓，抬在义冢地上埋了，还谢了医生五钱银子。所余不多，又与他做了个羹饭，买些纸锞烧了，就请同事邻佑吃了一钟方散。此事若遇了个没良心的人，就将银子藏下，弄条草席卷去埋了，也是有的。这就是恋赌贪嫖不成材的结果。此话叙过不提。

如今且说这岑公子自那日奉了母亲，水陆行程，将及半月有余，这日到了沂水县地方，就问到尚义村来。正是：

哪堪狭路逢仇敌，难得他乡遇故知。

不知岑夫人母子到来，作何着落，且听下回分解。

第四回

# 失胞亲访旧遇贤东　重世谊留宾报故友

却说这尚义村共有二三百户人家，凡有名目者一问便知。岑公子车辆到了村口，便下车来，向一老年人揖问道："这村中何宅在哪里居住？乞为指示。"那老者道："这村中有两三家姓何的，不知你问的是哪一家？"岑公子道："是何式玉家。"旁边有一少年冷笑了一声道："这何式玉家已断根了，你问他怎的？"岑秀听得吃了一惊，正要动问这少年是何缘故，这老者便道："你这相公声音好像江南人，这何式玉想是令亲了？"岑秀道："正是家母舅，但不知如今怎样光景？"老者叹口气道："你令母舅已去世了好几年，如今家中没有人了。"岑秀听得，惊问道："如今他住宅在哪里？"老者道："他宅子久已属别人了。"这何氏夫人在车中分明听得此话，不觉泪落如雨。岑秀又问道："但不知这里还有他家亲族么？"老者道："他家别无亲戚，只有一个族中叔子，去年也死了。你要知他家的细底，只有前面那高大墙门有旗竿的蒋宅，是与你令亲最相知的，只去问他家就知始末。"岑秀谢过老者，即向车边来禀知母亲，岑夫人带泪道："我已听得了，如今在这途路中又无个栖身之处。我却知道你外祖父在日，与这本村中蒋公是垂发相交，自幼同进学，后来都出去做官，他公子与你母舅又是同窗弟兄。

我们小时节都是通家往来的，他公子的面貌我还认得。方才那老人家所说蒋姓，莫非就是他家？你可再去问声，他家可是做过淮安二府的么？”岑秀复去问那老者，果然就是这蒋家。岑夫人道：“既是他家，如今我们在这客途，进退两难，不如竟去投他，或者有个栖身之处，再作商量。”

岑秀遵命，就随车辆步行进得村来。到了蒋家门首，停住车辆。岑秀整整衣冠，走进墙门，只见一个老儿在门凳上打盹。岑秀上前拍了他一下，这老儿醒来看着道：“你这小相公是哪里来的？”岑公子道：“从江南来的。你家少爷可在家么？”那老儿道：“我家只有一个大爷，没有什么少爷。”岑秀笑道：“就是大爷，可在家么？”老儿道：“我家大爷今早约了一班朋友去打猎去了，不知到多久才回来，你问他怎么？”岑秀听说，心中想道：如此不凑巧。又问道：“你大爷既不在，家中还有何人？”老儿道：“还有个老奶奶、大娘子在家。”岑秀道：“可有小相公么？”老儿道：“有个小相公在学堂里读书。”又问：“有几岁了？”老儿道：“有八九岁了。”岑秀听了，到车边一一说与母亲知道。岑夫人道：“他家老奶奶，我自小相随大的，做人极是要好。你竟去叫他通报：我们姓岑，从江南来探亲的就是了。”岑公子依命去与那老儿说知，那老儿见有女眷在车中，就依言往里去通报。不一时，看见里面走出一个仆妇同一个大丫头来问道：“老奶奶问说，可是这里何式玉大爷的姊姊么？”岑公子道：“正是。”那丫头即转身进去。没多时，只见里面走出一位六十上下的老婆婆来，一手扶着丫头，背后一位中年妇人，一个十六七岁的齐整女子跟着出来，口中只叫：“有请”。岑公子即到门外，同梅妪搀扶母亲下车。

进得门来，这老婆婆已迎到仪门口了。岑夫人一见，认得正是蒋家婶子，多年不见，鬓发斑白。岑夫人道：“婶婶可还认得我么？”老婆婆道：“哟啰，怎么不认得？我记得送你出门时，你只得二十来岁，你如今已是半老的人了。”一面说着话，就拉了岑夫人的手，同到厅上。岑夫人问道："这两位想就是大娘子母女了。"老婆婆道："这个是媳妇，这个是老身内侄的女儿，因她十来岁上没了父母，就在我身边过活的。"岑夫人道："原来是苏家的姑娘。"因指着岑秀道："这是你老人家的侄孙儿了。"老婆婆道："好个小相公。"当下，岑夫人就请老婆婆坐了拜见，老婆婆道："哟啰，我又弯不倒腰，不能回礼，只行常礼罢。"岑夫人不肯，一定要磕下头去。老婆婆叫媳妇搀住，只受了两礼。然后与大娘子平磕了头。随叫岑公子过来拜见，因自己将老婆婆搀住，叫岑公子叩了四叩起来；又与蒋大婶叩见，蒋大娘子要还礼，岑夫人一把搀住，也受了两礼。老婆婆叫内侄孙女与岑夫人磕头，岑夫人也还了两礼；又与岑公子平见了礼。然后，梅妪与仆妇、丫头们彼此叩见过了。婆媳二人让岑夫人坐下，岑公子侍立母侧。蒋婆婆道："小相公，你且去把车上行李检点明白，叫小厮元儿先搬卸在东厢房内。"又吩咐老家人："叫车夫在耳房里歇息，管待酒饭，牲口牵在后槽喂养，明日打发他起身。"一面吩咐丫头看茶，端正便饭，就请岑夫人到里边上房相叙。

岑夫人看见老婆婆还是当年一般亲热，心中才得放怀，遂一同到内室来坐下。老婆婆便道："你多年没有音信，老身时常记念。自你父母亡后，你兄弟虽娶过两个弟妇，只生得一个女儿，又不在了。不想他少年夭折，说来真是可伤。你可惜来迟了几年，不得相见了。"岑夫人满眼垂泪道："总因天南地北，不幸良人早逝，遗此一子，年纪幼小，不能前来探望，以致多年不通音信。不料我兄弟遭此不幸。不知何故竟至家产尽绝？"说到此处，泪落如雨。老婆婆道："你且免愁烦。但是你母子此番到来，一定别有事故。"岑夫人就将避仇原委说了一遍："如今身在客途，进退两难，因想这处只有婶婶与母亲一般，自小相随的，故一竟到来看望婶婶，又好问兄弟家中的事故。"老婆婆道："说来话长，且慢慢的讲。"此时日已西坠，只见一个小学生从外边进来，蒋大娘子道："这是小儿放学回来。"叫过来与岑大姆磕头。

岑夫人看这小学生生得十分清秀，因问："你今年几岁了？"答道："我今年九岁了，是属龙的。"岑夫人答道："好个伶俐的学生，我明日送你两件东西顽要。"这边丫头已端上饭来，蒋大娘子就叫儿子："去外边请你岑家大哥进来一同吃饭。"这小学生往外就跑，不一刻，早把岑公子拉到后边。蒋婆婆对岑夫人道："今日你大兄弟不在，慌促中便饭，不要见怪。"岑夫人道："婶婶说哪里话，只是倒来搅扰。"婆媳二人就陪他母子用过了饭，一同坐下叙谈。此时已是上灯时候，只见外边报道："大爷回来了！"岑夫人正站起身来，只听得外边一直大笑进来道："何家大姐姐想是从云端里送将下来了！"及一见面，彼此俱惊容颜非昔，蒋士奇已长了长须，若不说明，一时尚难识认。

原来蒋士奇与何家姊弟自小至长通家往来，时时见面的。如今隔了二十二年，自然面颜非昔。当时一一见过了礼。蒋士奇道："大姊同令郎不远千里而来，定有事故。"岑夫人就将避仇探亲的原委，又备细说了一遍。因道："若不是有老婶婶贤母子这里，真是举目无亲了。"蒋士奇道："大姊放心，这是梦想不到你们来的。我母亲时常记念你，只因我家下无人，不能远出探望。可惜何家兄弟壮年夭折，实出意外，其中情节甚多，一言难尽。料得途路辛苦，且歇息几天，慢慢再说。"又看着岑秀道："我看世侄青年俊秀，便历练长途，将来定能克绍书香。"岑夫人道："他今年十七岁，已进过学了。"蒋士奇道："可喜可喜！将来云程万里，正未可量。"岑夫人道："他年幼无知，还要尊长教诲才是，不要如此说。"蒋士奇道："这也是实话。我这东边书房颇觉清静，大姊是知道的。如今里边又添盖了三间。若不嫌简亵，大姊与贤侄就可在内居住。里边书籍颇多，又不妨大侄的诵读。后边侧门贴近这上房，清茶淡饭俱可在此同餐。若大姊嫌不便，就着丫头送过去用亦可。"

原来蒋士奇也有个胞姊，比岑夫人只小一岁，若在时，已有四十二岁了，幼时与岑夫人同学针指，如亲姊妹一般，极相亲爱。

自岑夫人出嫁后不及一年，得病而死，岑夫人却是知道的。如今这老婆婆见了岑夫人，如见女儿一般，十分亲热，便道："你大姊且在我房里安歇几时，我要与她叙叙旧话。小相公在东书房恐怕冷静，可叫元儿在那里伺候，要茶要水，俱可到里边来取。"蒋士奇听母亲说了，当时就叫小厮家人将行李俱搬在东书房后间，又叫小厮丫头们在那边安排床帐，收拾被铺完备。遂叫元儿打着灯笼，先同岑公子过书房来观看，果然见里边图书满架，庭前花木扶疏，后面隔着一个大园子，另是三间住屋，甚是清雅，床帐桌椅，件件齐备。侧边有一小门，即通着上房院子。岑秀感激不尽道："途路难人，蒙老叔大人骨肉之爱，不知将来何以为报？"蒋士奇道："我与你母舅三世通家，情同至戚，今日到来，实是难得。以后再莫说这客话。贤侄可安心在此读书，等仇人离任，便可回乡，以图青紫。"坐谈之间，岑秀又问起母舅家的事故。蒋士奇遂将何生遇仙姊起，及生女小梅，又另娶黄氏，以至病亡，遭何成败坏缘由，细细说了一遍："后来因我有事往省城去了月余回来，谁知他竟将你表妹骗出去，卖与了个浙江过路的新科进士，闻说姓王。得了他三十两银子回来，次日就生了个大背疽，叫号了一日一夜，被毒气攻心死了，也算是目前的报应。"岑秀听了始末，甚是伤惨，又问："我这表妹，叔父自然是见过的，不知有几岁了？"蒋士奇道："你表妹虽只得十一二岁，聪慧过人，能识人贤愚贵贱，且生得十分秀丽。可惜如今不知下落。"说话之间，蒋老夫人婆媳同了岑夫人从后边转到书房中来观看。岑夫人道："我记得从前没有这三间内室的。"蒋士奇道："正是。皆因上房边邻着空园，不大谨慎，因此添盖了这三间。"岑夫人见房中事事齐备，感谢不尽。又坐谈了半晌，蒋士奇道："贤母子途路辛苦，请早些安息。"吩咐元儿在书房小心伺候，又吩咐丫头掌灯，叫大娘子送岑夫人到老母房中去了。这老婆婆原与内侄孙女同房，有两张床铺。如今岑夫人来了，却好一房居住。蒋士奇前后照料已毕，然后自己回房歇息。

次日清晨起来，便问岑公子所雇车价，岑公子正要自己给发，蒋士奇道：“不必如此计较，我如数给发他去便了。”当日内外设席，与他母子接风洗尘，都不必细说。岑夫人夜来已听蒋婆婆细说何家始末根由，甚是伤感不已。自此，岑夫人母子在蒋家居住，如同至亲一般，并无半点客气相待。岑公子朝夕诵读，甚是适意。这小学生却与岑公子有缘，偏要在书房与岑公子同睡，岑公子早晚教他读书写字，甚是聪明，自放学回来，便在书房一刻不离。蒋大娘子亦甚欢喜。里面苏小姐因自小没了母亲，又拜岑夫人做了干娘，十分亲爱。

原来这蒋士奇父亲做过一任淮安司马，虽是书香世家，他却中了武举，生得八尺五六身材，熊腰虎背，阔面长须，河目海口，两臂有千钧之力，精通武艺，晓畅兵机，只为老母年高，家务难卸，因此不思进取，日逐飞苍走黄、驰射击剑为乐，接待亲朋极重肝胆义气。后来知岑公子也能骑射击剑，气味相投，常常讲究些兵机战策，叔侄十分敬爱。这正是：

此日习成文武艺，他年货与帝王家。

毕竟不知后事如何，且听下回分解。

第五回

# 携娇娃外室庆生辰　遇奸徒长江遭陷害

话分两头。不提岑公子母子安居蒋家，且说江南六合县荻浦地方是个临江去处，有一老秀士姓许名绣，字俊卿，原是书香旧家，妻房金氏已经病故，年已五十有六，并无子嗣，只生一女，因生她前一夜，夫妻梦见下了一庭香雪，因此取名雪姐，年方十五，生得轻盈窈窕、美慧异常。父亲开馆训蒙，她也自小随学，一经诵读，过目不忘。许俊卿因中年丧偶，家业淡薄，也就不思再娶，只望招个女婿养老终身。原有个老家人殷勤，却是祖父手里的人，到俊卿时，已是三辈，帮家料理，历练老成，因此当做亲人看待，已经病故，留下老妇林氏，就是女儿乳母，自金氏亡后，就像母女一般相伴过日。她有一子，名叫殷勇，自小膂力过人，且生得魁梧状貌，刚猛非常，却是欺强扶弱，惯抱不平。俊卿因自己无子，原有意要承继他为子，也曾在他母子面前说过，却因林媪现在称呼不便，是以蹉跎未就。雪姐自小就与他兄妹相称，及到了十四五岁上，俊卿一来为家计淡薄，二来看他不像个念书本的样子，惟恐他在家惹事，因他有个胞叔殷俭向在京口开张杂货生意，却是个谨厚的人，因此就叫跟他叔子在外边习学生理，将来好为度日之计。这殷勇虽然猛烈异常，却天性至孝，一年也五七次回家，带些东西来看望母亲、雪妹。这许俊卿岳家就在观音门外居住，只隔二十来里江面，若遇顺风，片时可到。岳父金公已故，只有岳母并妻舅金振玉夫妻两口。这金振玉也是旧族人家，他有一堂叔金琏，是个一榜候选知县，却在城里居住。金振玉家只靠几亩祖父留下的田产过日。

其时是岳母的七十整寿，许俊卿备了几样寿礼，预先一日留下林嫂看家，他同了女儿雇船渡江来与岳母拜寿。船到了岸，俊卿携了寿礼同女儿缓步行来，不上半里路就到了金家。金振玉正在门首，看见姐夫同甥女到来，心中甚喜，遂迎上前来，一同到家，直进内室。这金婆婆见女婿同着外孙女来与她拜寿，欢喜之至。父女先见过了常礼，然后把寿礼呈上。金振玉道："姊夫来了就是，何必又费礼物。"俊卿道："岳母古稀大寿，不过聊表孝敬之意，自己至亲，谅不嫌亵。"当下收过了礼，就摆上现成酒肴款待。俊卿就借花献佛，满斟一杯，请岳母上坐，先磕头暖寿，金婆婆不肯坐，一手接了酒杯，雪姐在旁边搀扶住了，金振玉陪着姊夫叩了四叩起来，郎舅们又见过了礼。然后雪姐与外祖母叩了寿，又与母舅、舅母叩过，方才就坐。这金大娘子见过礼，就往里面料理去了。这里至亲相聚，饮酒中间，不过叙些家常事务。金振玉道："明日未免有些亲友邻里来拜寿，姊夫正好与我陪待陪待。"当下郎舅二人先吃了饭，就同到外面来商办明日之事。这里边金大娘子就出来陪雪姐吃饭，对雪姐笑道："外甥女几时不见，竟长成了好像个美人儿，明朝须要选个才貌双全的郎君才配得过。"把个雪姐羞的要不得。老婆婆道："正是呢，须要寻个书香旧族，有才有貌，又要有品行的才好。我这个外孙女儿是不肯轻许人的。"大家说说笑笑，容易到晚，又吃过了晚酒。俊卿就在外边套间安歇，雪姐与外祖母同睡，一宿无话。次日，大家一早起来，就有厨司进门。盥洗毕，堂前烧香点烛，家中先拜了寿，就料理待客酒席。当日也有好些拜寿的亲友邻里，俊卿一一代为收发礼帖、接送陪待，整整忙了一日，直到起更时才得散席。里边也有几位拜寿的女眷们，见了雪姐，无不称赞，也到晚间才散。他叔子金琏因不在家，差老家人送了一分大干礼来，也留他酒饭赏使，早打发去了。

又过了一宵，次日许俊卿因家中无人，用过早饭就进来与女儿说："外婆、舅母谅来不肯放你就回去的，你且在这里住下，我先回去，过几日再来领你。"老婆婆还要留女婿再住一天，俊卿道："家中只有那老妈子在家，诸事不便。况且教了这几个学生，不便长放馆的。"当下作辞起身。金振玉也款留不住，就送到江边，适遇便船，俊卿作辞上船，正值顺风，不及半时已到家了。转眼间，不觉又过了十余日，这日许俊卿记挂女儿，因自己有事，不得过江，打发林嫂去接女儿回来。这林妈妈是时常往来的，就搭着便船前往金家。金家婆媳又留住了两天。这日，金振玉原要自己送甥女过江，适因他叔子打发家人来请去说话，他一者原叫家中再留甥女住几天，二者知林嫂是时常往来的，因此不以为事。谁想金振玉去了，雪姐恐父亲独自在家挂念，连早饭也等不得吃，只吃了几个点心，同林妈一定要拜辞起身回家，婆媳再留她不住，只得一同送出门外来。老婆婆道："若没有便船，就可转来。"雪姐与林嫂一边答应，已是去了。婆媳两个看她转了弯才转身，心中甚是怏怏不舍。

这雪姐与林妈千不合万不合要回来，也是冤家相遇，数莫能逃。却说这江边有一船户，姓江名涛，排行第七，绰号"混江鳅"，生得黑瘦长身，两臂有数百斤膂力，又且伶牙利齿，专会骗人，现在弟兄五个：江大、江三已死；那江二绰号"分水牛"，更是凶勇；江四叫做"穿山甲"；江五绰号"就地滚"，娶妻郎氏赛花，与江七和娘一同居住，这郎赛花原是枪棒教师的女儿，颇有几分姿色，且有一身出色的武艺；那江六叫做"青草蛇"，俱非良善之辈，常与盗贼合伙，且暗吃海俸，作倭寇线索，原是中洋村人。这对江仪真口有个财主姓曹名壮，字伟如，年方四十，家私巨富，是个二府前程，娶妻尤氏，悍妒非常，成亲二十年，并不曾生育，又不许男人娶妾，略有看得过的婢女，亦不许容留近身，这曹伟如亦无如奈何。其时，因选了直隶广平府同知，原不要带家眷赴任，以便署中娶妾。这尤氏却比他更滑，早已猜着他心事，偏要一同赴任。曹伟如曾暗托一个表兄龚监生在外边相看人家女子，冀图带往任所；又恐不合己意，必要亲自过目。因此常有媒婆载着人家女子到龚家来相看，也曾坐过这江七的船只，故江七知道曹家娶妾之事。无如看过几个，总不合式。

这日，适值林嫂同着雪姐到江头来搭船，江七一眼觑定雪姐，好个标致人物，因想曹二府若看见这个女子，再无相不中的。心中计较，便迎上前来道："妈妈是要雇船的么？"这林妈看这船户似觉有些面善，好像是熟识的，因答道："正是，要到荻浦去的。"江七道："恰好我的船正要到荻浦去，载客人是顺便的，请先上船，我到市上去买壶茶就来开船。"林嫂看见船中无人，又是个便船，心下甚喜，便道："你要多少船钱？"江七道："这是顺便的船，不拘你老人家给几十文钱就是了，时常往来，再不计较。"林妈道："如此甚好，竟与你五十文钱就是了，但不许再搭别人。你去买了茶就来开船。"江七口中答应，就往船中取了一把瓦茶壶，又往舱板下摸了一个包上岸去了。

原来这金家住居离江头不远，只转得一个湾，却是个小去处，不比得大码头人多眼众，况且天色甚早，岸边并无一人。当时林妈同雪姐先下了船，坐不多时，见船家一手提着茶壶，一手拿着一个荷叶包儿，托着十几个热馒首下船来道："老妈妈与这位小姐起身得早，到荻浦有二十来里路，恐一时风水不便，到得迟了，因买几个馒头来，肚里饥了好当点心。"林妈道："这倒算得是，若我们吃了，还你钱就是了。"江七道："妈妈莫说还钱，这两个点心我还请得起。这壶茶是现泡的松萝茶，舱板上有茶钟，可趁热吃一杯。"一边说话，一边解缆，慢慢的把船荡开，两眼睃着舱中问道："你老人家尊姓？我一时却忘记了，好像时常在这里往来的。”林妈答道：“便是。我姓殷，这个是荻浦许相公的姑娘，这里金家是她娘舅，因来与外祖母拜寿，住了好几天，今朝才回去的。”江七随口答道：“原来是许相公的姑娘，这里金相公我都熟识，时常坐我的船往来的。”一面说话，这林妈见馒头尚是热的，且早起所吃点心不多，见有热茶，就取茶钟筛了一钟与雪姐道：“你趁热点心再吃两个，省得停会肚饥，冷了不好吃。”雪姐道：“干娘也吃两个，一般还他钱就是了。”当下不合，两人各吃了三个馒头、两钟热茶。不及片时，便都头旋眼眩，齐齐倒在舱里。这江七瞧见倒了，便把船头掉转，一直往上流头摇了去。

原来江七看见她两个来雇船时，就起不良。他船中藏有迷人之药，方才进舱取茶壶时，就将此药拿去，暗放入茶壶内。将她两个放翻，就要摇回家去，因此用力往上流头摇到黄天荡里来，却是个茫茫荡荡、四围望不见崖岸的去处。心下想道：“这注买卖是她自己寻上门的，若留了这老婆子，便是妨碍；不若结果了她，这小女子不怕她不跟我上路。”算计已定，遂进舱来，将林媪轻轻提起，四顾无人，往江心里一抛，扑通一声，已无影响，便将船一直摇往中洋村家里来，已离荻浦有百十里远近。正是：

阳间失却娇娃伴，地下新添冤鬼魂。

但人心虽如此险恶，天理恐未必相容。毕竟不知雪姐性命如何，且听下回分解。

第六回

## 毒中毒强盗弄机关　诈里诈浪妇排圈套

却说那雪姐昏晕了两三个时辰，渐渐苏醒，开眼看时，不见干母，自身却倒在舱内，大吃一惊。挣起身来，见船尚在江心里摇着，急问道：“我的干娘往哪里去了？”这江七且不答应，把船摇到幽僻去处，停住橹道：“你还说你干娘，险些儿大家的性命出脱了，你还不知。”雪姐急问道：“为着何来？”江七道：“方才起了大风暴，你那干娘扶住船舷咳嗽，不想一个失手，已翻落江里去了。风狂浪大，连我的性命也难保，哪里还捞救得她来。如今把船直打到这里，离荻浦已远，今朝谅不能到。幸亏离我家不远，今日且摇到我家里去暂过一夜，明日送你回家便了。”雪姐听说，吓得目瞪口呆，半晌作声不得，眼泪如线条一般挂下，心中思想：方才吃了两个馒头，如何便昏睡倒了？我曾看见书上有蒙汗药迷人之事，必定是了。我看这船家一定是个凶徒，明明把我干娘谋害了。如今我是个孤身女子，况在这叫天不应的所在，与他争执，不但枉然，还恐也遭他毒手。我如今拼着一死，看他如何做作。因叫道：“驾长哥，如今天色尚早，若从下水放船，还好到得荻浦。你送我到家，自然重重谢你。”江七道：“这船被大风暴打过黄天荡来，不翻船便是天大的造化。这里离荻浦已有百十多里，今日哪里还到得？日头已是平西，不到一二十里路，就要晚了。那时弄得前不巴村，后不着店，倘再发起风暴来，越发不好了。这里离我家不远，前面就是我家，还有老娘、嫂子在家，你放心，暂过一夜，明日一早送你回家就是了。”雪姐听得，暗忖道：“谅来强他不过，他既是这等说，且到他家看是如何光景。因说道：“只是打搅你家不便。”江七道：“怠慢莫怪。”一面说话，一面加摇船，约有十多里的光景，看看到了一个小村落，天已傍晚。这江七把船湾在个小港汊幽僻去处，说道：“你略坐坐，我到家里叫我老娘来接你。”说着，竟是去了。

这雪姐坐在船中，如同天打雷惊一般，想起今早外婆再三留住，原不该执意回来。就是要回，也该等我舅舅同来才是，如何这般托大？可怜我干娘不知如何丧命，父亲在家不知如何盼望，我此身看来也多凶少吉。想到此处，不觉放声大哭，且腹中饥饿，竟昏晕在船。

却说这江七因常干此不良之事，故在这冷僻去处居住，家中还有个娘和第五个哥子“就地滚”江澜夫妇两口同住。那江二、江四、江六又各自住开。这“就地滚”的妻子郎赛花却有一身好本事，惯使连珠铁弹弓，百发百中，又使得好双刀，舞弄起来，数十人近她不得，专会帮着汉子做这没本钱的生意；又生得一张好嘴，骗人家妇女们的财物如探囊取物；却有一样好处，虽然作恶，却立誓不害妇女，不犯淫戒，管得汉子颇紧。这江七一到家里，便将这谋骗的勾当一一与他娘并哥嫂说明，大家商量，须要如此如此方出脱得干净。

计议已定，这江澜便同他老婆一直来到船边，看见雪姐哭倒在舱，郎氏即便下舱扶她起来道：“许姑娘不要哭了，你不曾翻船，逃得性命，便是天大造化。我家小叔拼命送你到这里，如今使脱了力，困在床上，动弹不得。你快些同到我家吃些东西，谅来肚里也饥饿了。”江澜也道：“姑娘到我家中，权过一夜，明早就送你回家，再不要啼哭了。”这雪姐看见有个女人同来，且听得他们一口一声说“明早送回家去”，心下少安，只得勉强起身，开口道：“只是打搅你们不当。”郎氏道：“说哪里话？这大江中起了风暴，常常打坏船只，死的人也不少，像姑娘在难中逃得性命，后来还要享大福哩。”口中说着，便搀扶了雪姐上岸，细看时果然好个模样，因搀扶着慢慢行来。不及里许，便看见一带草房，此时已是黄昏时候。到得草房，见一个老婆子立在门口道：“好个有福的姑娘，今日受了惊了。”雪姐进得门来，只得与她婆媳万福道：“倒来打搅。”那老婆子道：“这大江中遭风失浪是常有的事，我的儿子想是靠姑娘的福，不曾翻船。只算是姑娘救了我儿子一般，只可惜了那位老妈妈了。”因道：“只是这荒村中没有什么东西敬客，只好将就用些家常茶饭充饥，姑娘不要见怪。”一边说着话，不多时点上灯，见郎氏从内取出几碟蔬菜、一壶酒，摆在桌上，请雪姐吃。雪姐见她婆媳两个如此相待，且腹中甚是饥饿，只得坐下，欲待吃时，又想起吃馒头的光景，不敢就吃。这老婆子看见了，就自己也斟了一钟道：“这是村中淡酒，虽不中吃，姑娘少饮一杯儿何妨？”说着，自己先吃清了。雪姐看见，方才吃了一杯。那郎氏又端出一瓦盆热饭来，雪姐道：“酒是不能吃，竟扰饭罢。”郎氏就盛过一碗饭来，与雪姐道：“姑娘想必肚里饥了。”雪姐接过来只吃了一碗，就不用了。老婆子就叫媳妇收过家什道：“谅来姑娘吃不惯这粗饭。”雪姐道：“好吃。”当下老婆子就扯了雪姐到她卧房里来，只听得隔壁呻吟之声不绝。老婆子道：“我儿子因是使伤了力，在那里叫唤哩。”少刻，见郎氏拿进一壶茶来，婆媳两个又问了雪姐些来去根由的话，已是起更时分。

郎氏道：“姑娘今日辛苦，早些睡罢。”叫声安置，就出去了，这婆子就关上了门，叫雪姐安寝，雪姐只得在婆子床上和衣而睡，心中想起她干娘，暗暗哭泣不止，哪里睡得着？将到了五更时分，倒反睡熟去了，及至醒来，日已大高，连忙起来，想起夜间并无一些动静，心中半信半疑，莫不果是遭了风暴？看她们却不像有什么歹意。又见她婆媳进来，叫洗面梳头，请吃过早饭，好送姑娘回家。雪姐此时才觉有些放怀，只是想起干娘，心头便如小鹿儿乱撞。当下草草梳洗毕，见郎氏端出饭来，倒放心吃了一餐。这老婆子道："我见姑娘独自一个不放心，就叫我媳妇送你回家，她顺便去探望一个亲戚，却是一举两便。"雪姐听说甚喜，反谢了又谢。这郎氏就扶了雪姐出门，叫她汉子一同到江边来下船，那老婆子送了几步就转去了。郎氏道："我家小叔儿昨日使伤了力，这时节还爬不起来哩。"雪姐道："真是有累他了。"说话时，已到了湾船处所。郎氏扶雪姐下舱坐定，见江五就解缆，把船开出江来，从下流头放去，心中甚喜，行了有二三十里光景，望见一个村落，江五把船往这村落里摇来，到了个幽僻去处，把船系住，便对雪姐道："我有个姨娘在这村里住，顺便来望她一望。她前日有信说，要我送她到仪真去望亲戚，不知她去不去。若是去时，倒是顺路，又好作伴。"一面说着，就上岸去了。郎氏道："快去望她一望，只说我陪姑娘在这里，不得同去，转来时去望她。她若要往仪真，就催她快些下船，好赶早些到。"江五一边答应，就大踏步去了。

雪姐虽听见他们的说话，却见这湾船之处，冷僻无人；望那村落人家尚远，心下狐疑，便问郎氏道："你们亲眷离这里有多少路？"郎氏指着道："就在望得见的这村里住，多不过二三里路，就来的。"两个说着话，约莫等了有个把时辰，远远望见江五同了一个妇人到来。将近时，看那妇人不过三十以上、四十以下年纪，且是生得娇模娇样。你道这妇人是何等样人？当时有几个风月子弟造一个小曲儿，单说她的伎俩道：

年还未老带着多般俏，少年风月不饶人，金莲夜夜颠而倒。使机谋，人莫料。弄口舌，如簧巧。能为撮合山，惯作马泊六，腰边有货不愁贫，甜酸滋味都尝到。

原来这妇人姓孙，绰号叫“蜜罐儿”，少年时也算得一个出色的粉头；到了三十以外，就做了卖花婆，专一在大户人家走动，骗得妇女们个个欢喜。做媒做保，大注赚钱。与那些风月子弟牵线带马，着紧时还与他应急。她与江五弟兄原有相交，凡弄来不明不白的财物，大半花在她身上。这仪真曹二府、龚监生俱是她走熟的门户，少年时都是有首尾的，因此江五勾她来同干这注买卖，已是串通明白，假认她做姨娘。下得船来，先与郎氏假叙了几句寒温道：“怎么不上来走走？”郎氏道：“我们原要送了这姑娘回家，转来再到姨娘家的。”孙氏便向雪姐道：“方才我外甥说起姑娘遭风的话，幸喜保全性命，只可惜了你那干娘。”雪姐听了，又流下泪来。孙氏道：“姑娘不要伤悲，方才我外甥说起，你娘舅金家与我的亲戚家也是干亲戚，时常往来的。这里到仪真不远，我们到了那里，不妨烦我亲戚就近仍送你到母舅家去，也脱了我外甥的干系，再叫你母舅送你回家去，也是一般。”雪姐道：“我父亲在家悬望，今朝一定要赶回家，何必再到母舅家去。”一面说话，船已早开，将到未牌时候，已至仪真，进了口子，这船湾湾曲曲摇到一个冷静汊子里来，不知是何去处。正是：

才逢肆恶行凶辈，又遇怀奸蓄诈人。

毕竟不知雪姐如何结局，且听下回分解。

第七回

# 施巧计蠢金夫着魔　设暗局俏佳人受骗

却说江五把船湾湾曲曲摇到个冷静去处，有一家临水后门，孙氏叫把船湾定，说道:“不知我亲家在家不在家，你们略等一等，恐怕他还要接你们上去会会哩。”郎氏道:“我们是不好上去的，姨娘进去与我们说声问候。若是留姨娘住下，我们就好开船，等回来时再接你罢。”孙氏道:“莫说这话，况且许姑娘说起来都是有亲道的，难得到了这里，岂有不会一会就肯放你们去的。”一边说话，就推开后门进去了。原来这家就是龚监生家后门，是孙氏走熟的路，他家男女大小都是认识的，有个大丫头巧儿见了孙氏，便笑嘻嘻道:“你来得正好，那曹二府正在前头骂你哩。他说这几日就要起身，你不与他上紧寻个好女子，猴急得紧，你先去应应他的急罢。”孙氏笑道:“怪浪货，不要油嘴。明日我与你寻一个大家伙的，包管你受用不尽。”两个正在斗嘴，见龚大娘子出来，看见孙氏，便道:“孙嫂儿今日想是又寻了个人来了。”孙氏道:“正是。今朝与他寻了个上得画儿的人来，只是价儿大，不知成不成？”龚大娘子道:“他今日到这里来坐了好些时了，你快去见他去。”孙氏道:“我为他这事，来回走了个不耐烦，今朝却来得凑巧，想必有些成意了。”一边说着，就往前边书房里来。

原来这日曹伟如正来与龚监生商量娶妾赴任之事，欲邀龚监生同往任所。龚监生辞以家务所绊，不能偕往。正在商议，看见孙氏到来。曹伟如道：“好人儿，只顾自己松爽受用，全不管人着急，四五天不见个影儿。我如今起身不远，你到底寻的人怎么了？”孙氏笑道：“这番不用着急，包管你今朝一箭就上垛。只是你有了新的，就要忘记了旧的了。”龚监生笑道：“照你这说，有了人连你也带了去罢。”孙氏瞅了一眼，笑道：“老嚼蛆，不要油嘴，且说正话。如今这个女子，是她寡居的晚娘，要将她出脱，想赚一注大银子。这女子的美貌是不必说，只是有些执性，如今骗她出来，只说是探望亲戚，并不敢提起卖她的话，恐她寻死觅活弄出事来。如今只要骗她上来，相中了，一手交钱，一手交货，立张卖身文契，叫她娘打个花押，便两下撒开，却迟缓不得。那时节，只要你安顿得好，尽着你受用，只不要惹老尤的醋罐子甩出来，就造化了。”曹伟如未及回答，龚监生接口道：“媒婆口，婊子嘴。说便说得好听，只怕你那两片子翻腾鼓捣，不大老实，须见了面才信得过。”孙氏又瞅了他一眼道：“呆花子，老娘的话不信，还信谁的？”曹伟如笑道：“如今在哪里？”孙氏道：“她娘儿两个现在船中，如今只要先骗她女儿上来。她有个嫡亲娘舅，住在观音门外，叫做什么金振玉，只说你这里与金家也是亲戚，才好骗她上来。须先与龚大娘说明缘由，管待着她，待你看中了，便须如此如此，将她灌醉，随即与她娘讲定身价，买倒割绝后，我与她娘开船去了，便是你家的人，怕她飞上天去。”龚监生道：“且看了人，再作商量。”当时就往里边来，与他娘子说明缘故，吩咐巧儿到船上去请姑娘上来。

去了一回，巧儿转来说道：“她只催着要开船，不肯上来。”孙氏听了，便同巧儿一同再到船中，对雪姐说道：“这是你母舅家亲戚，做人最好。方才说起你，他家大娘子一定要会会，日后也好往来。况且天色尚早，会一会也不多耽搁的。”郎氏道：“姨娘领了上去会一会，就下来开船。”孙氏道：“只怕还要请你上去哩。”郎氏道：“我是不好上去的。”孙氏说着话，就同巧儿扶了雪姐上坡，进了后门，早有龚监生娘子接着，道：“果然好一位姑娘，一定是有福气的。”一面就领进一座门来。雪姐看时，却是一个花园，里边花木扶疏，亭台幽趣。打从一座小楼经过，微听得上面似有人言语，却打从楼后转出园来，又是一个院落，几间书室。再进了一重门，就是内室。当下龚娘子就让雪姐到上房明间内来，雪姐看见是个体面人家，也就放心。当时与龚大娘子见过了礼，丫头就送上茶来吃了。雪姐一心只想回家，也不暇问长问短，就要作辞起身。龚娘子道：“你金家母舅与我们这里是至好的亲家，今日姑娘是难得到来的，若空去了，明日见你母舅，一定要说我们的不是。”孙氏接口道：“况且天已过午，早间吃了饭，这回也肚饥了，就在这里吃了便饭起身也不迟，明日见了你母舅，面上也好看。若真正赶不及，姑娘就在这里住下，明日烦这里就近送你到母舅家，也是一般。”说话时，龚娘子就吩咐丫头快些收拾便饭。雪姐看见如此相待，又听说是母舅的亲家，正好告诉她这遭风的情节。况腹内又饥，便道：“只是搅扰不当。”龚娘子道：“将来正要往来，姑娘莫怪简慢。”叙话之间，雪姐正待将前后情节告诉出来，也是事不当败，却见巧儿进来对龚大娘子道：“相公请娘子说话。”龚娘子对孙氏道：“与我暂陪一陪，我去去就来。”说着就去了。这里孙氏陪着雪姐说了些龚大娘子做人最要好、最亲热的闲话。

不多一时，龚娘子进来，此时龚监生已将曹二府十分相中，便叫如何相待的情由说知了。只见巧儿来说道：“饭已待熟，恐姑娘们肚饥，先请吃起酒来罢。”龚娘子道：“也好，竟搬到这里来吃罢。”当下让雪姐坐了客位，孙氏对面，大娘子主位相陪，巧儿、仆妇端上酒菜来。大娘子道：“匆匆便饭，待慢莫怪。”雪姐道：“甚是搅扰，只恐船上久等不便。”大娘子道：“请他们不肯来，已另送饭到船上去了。”当下就亲递过一杯酒来，雪姐起身接过，也就回奉了一杯，然后坐下饮酒。凡是两边开口说话，都是孙氏接口支吾开了，只是殷勤劝酒。大娘子与孙氏也陪着饮了两杯。原来这酒叫做“千日醉”，到口香甜，入腹易醉，雪姐不知，只道是好意，又当不过两人再三相劝，已是饮了四五杯。大娘子嫌酒冷，随叫换上热酒来。当不过孙氏又强劝了两杯，便有些头重脚轻。大娘子见雪姐已醉，便道：“寡酒不好再劝。”叫丫头盛饭来吃，雪姐此时已觉支持不住，勉强吃不到几口饭，就放下碗，连身子倒在椅上，早已动弹不得了。孙氏与大娘子丢个眼色，一同搀她进房里来，说道：“姑娘想是空心酒，容易醉，且在我床上略睡一睡就醒了。”当下将她搀在床上，雪姐已是昏昏沉沉的睡去了。

原来这孙氏与龚、曹两人预先定计，叫二人先藏在花园楼上，这楼四面都有纱窗，故领雪姐从楼下周转一遭，已被他二人看了个仔细。这曹伟如见雪姐果然美貌异常，满心欢喜，只不知要多少身价。因孙氏说是瞒着她卖身的，故不来冲破，及雪姐进去后，他两个也就从侧门转到前边书房去了。

却说这孙氏见雪姐睡倒，就急急往前书房来，对曹伟如说道：“看得如何？”曹伟如道：“人物是去得，不知她娘要多少身价？”孙氏道：“她娘原要把他骗到苏州去，卖与大财主，口里要想卖五百两银子哩。我再三劝她说：你往苏州去，人生路不熟，那个去处，且莫说房钱、饭钱、盘费是贵的，还有那一种托空驾桥、讹人局骗、扎火囤、强占夺的人，见你是个外来寡妇，只怕连你拐骗了去，还不知道哩。不如在这里，我与你寻一个好主儿出脱了，又省了盘费，岂不便宜？如今事不宜迟，你既看中意了，还她个数目，让我好去对她娘说，省得这女子醒来，又多费一番口舌。”曹伟如已是心里爱极，又见她说得爽利，一口就还了二百五十两银子，孙氏摇头道：“这一半的数，难与她开口。”龚监生道：“据你说，该与她多少？”孙氏道：“至少得与她四百两银子才妥。”曹伟如道：“你想要在这里面分他一半的意思了。”孙氏道：“一分行货一分钱，这样一个出色的女子，到苏州去遇着个心爱的大老官，怕不卖他千两银子。”曹伟如道：“不要浪嘴，银子是现成的，只要你说妥了，当时成交，我还要谢你个不亦乐乎！”这孙氏笑着就往船里来，与江五夫妇说明：“订定了二百五十两银子，若多做出来，是我的媒钱。”江五道：“我们只得三百两，其余做出来的，都算你的谢礼也罢。”孙氏道：“我也不知费了多少口舌才骗得她吃酒吃饭，如今已醉倒了，趁此时成交了，大家就好撒开，只是你们得了三百两，太吃亏了我。”江五笑道“我权做了你半日的外甥，难道你还不便宜？”

孙氏笑着，复回来与曹伟如道：“她娘执意要五百两，我再三讲到四百两上，是断不肯再少的了。你若应允，可即兑起银子来，立刻同到船中去写契成交，一割两断，岂不剪截！”曹伟如道：“恐怕她家还有人出来说话，又恐她妇道家过后懊悔起来便怎么？”孙氏啐了一声道：“她家并没有一个人，只有这个晚娘，同她素不相合，决意骗她出脱了，还要去另寻头路哩。成交后面也不敢再见的了，还有什么懊悔？就是我也就要离了她的眼睛。我再教你个法儿：这里断留她住不得，如今成交了，趁她未醒，窝她到你自己船里，且慢回去，可将她安插在个僻静处，不叫她见人。到你起程时，带了她走，岂不全美？免得她在这里醒来吃惊吃怪，连累龚娘子淘气。”这一席话，说得曹伟如满心奇痒，笑道：“我的乖乖，看你不出，倒有这许多贼智。”孙氏笑道：“听了老娘，万无一失。你放快些，不要耽搁了。”曹伟如即唤跟来的老家人曹旺道：“你速往自己银号内取兑端正的银子四百两，另封二十两，即速取来应用。”老家人答应去了。

原来这龚、曹两家相去不过二里多地，后门俱通水路，故可朝夕往来。凡有商谋，俱在龚家落脚。当下曹伟如浼龚监生带了纸笔，同孙氏俱到船上来，这郎氏知是到来成交，假意愁泣之状，问道：“不知哪一位是曹老爷？”孙氏指道：“此位就是。如今话已讲明了，须要你立个卖女文契。”郎氏对曹伟如道：“妾身因孤贫难度，不得已将女儿出卖，虽不是亲生，也是我抚养了一场，只要老爷另眼相看，便是她造化了。我一个女流，又不识字，悉凭老爷怎样立个文契就是了。”龚监生道：“如此说，我与你代写一契，你亲手画了约也是一般。”郎氏应允，龚监生就问郎氏姓名，孙氏代答道：“她是许门张氏，六合县人，是个寡居，家中并无亲族，女儿是前娘生的，叫做雪姐，今年十五岁了。”龚监生听着就顷刻写成了一张文契，念与郎氏听了一遍。郎氏道：“有累官人，写得甚好。”孙氏道：“他也是一位财主官人，不要你一个钱谢礼，你亲手来画了花押就是了。”郎氏假作羞涩道：“我不会拿笔，一发请官人代画了罢。”龚监生道：“这却使不得，你只在名氏下画上一画、直上一直就是了。”郎氏只得依着画了个大十字，孙氏是媒人，也在名氏下画了个十字，将契与曹伟如收了，恰好老家人已将银子取到，当面一封一封交付清白，共是八大封。曹伟如道：“这银水天平都是兑准足的，不消看得。格外二十两一封，是谢媒人的。”孙氏又对郎氏道：“这船驾掌难为他送你来，你也要谢他两数银子。今日天色尚早，我就送你回家去，省得你独自一个在船上不放心。”郎氏道：“多谢你费心，到家还要另谢你。”孙氏笑对曹伟如道：“这样成交，连中人的酒水不曾费你老人家一文，也太便宜了。我方才所说的话，须要趁早安顿，不要等她醒来，吃惊打怪，连累她大娘子淘气。”曹伟如点着头，就与龚监生转身去了。这孙氏便催江五开船，重到孙氏住处，把银子分了两大封与她，还与她送到家里，江五趁此两个还叙了一叙旧，才转来，与老婆载了这三百两银子回家。此事且按下不表。

却说曹伟如转身与龚监生商量道：“这女子醒来，知她晚娘把她卖了，定然要哭吵起来，岂不带累嫂子淘气，多有不便，当如何计较？”这龚监生不慌不忙，说出这个计较来。正是：

欲为惜玉怜香事，须避争风吃醋人。

不知雪姐如何中计，且听下回分解。

第八回

# 许雪姐侥幸全弱质　曹伟如得意逞豪华

却说这龚监生对曹伟如道：“那女子醒来时吵闹却还是小事。万一你令正晓得了，说这件事都是我挑唆你做的，吵到我这里来，倒是一桩大费气的事。方才蜜罐儿所说的话甚是有理。不若趁她未醒，将她移往东庄上去安顿了，那去处且是僻静，叫那老管家婆媳妇如此如此，鲜衣美食哄骗着，她一个小女子有什么见识，待她到欢喜的时节，慢慢把真话与她说了，只要你温存婉款，晚间用些柔软功夫，一上了手，便停妥了。况你后日起程时，跟随人等有几号大船，将她安放在家人媳妇船上；到起岸时，也带在家人媳妇车上。在路上，觑便时慢慢与令正婉曲说明，她见事已成就，在途路中也便不好发作，你不过在两下里受些委曲，也说不得了。若如今就带了她回家去，令正决有一场大吵闹，这妥子也不即乐从，徒然费气。况上任吉期吵吵闹闹，未免不雅。你道如何？”曹伟如道：“此着甚好，我这曹旺是最得力知心腹的，他儿子、媳妇都要跟我到任上去的。如今且叫曹旺将她送到东庄上去暂住两日，那里却无人搅扰，只有他婆媳并一个小孩子居住看守，待我起身的那日，着他儿媳同他从小船送到大船上来。如今断不可与贱内知道，且到路上看景生情，再作道理。”龚监生道：

"这算计是极妥当的了。"当时就叫过老家人来，吩咐了许多哄骗她的话。他自己的一只小坐船，原在后门停泊，把被褥凉席安放停当。此时，雪姐正在龚娘子房里沉沉睡熟。龚监生吩咐家中仆妇丫头，轻轻将她抱到船上，用被褥衬盖好了，老家人慢慢的开船摇往东庄去了。曹伟如亦再三作谢，正要托故往东庄上来，却见家中一个小厮跑来说："奶奶立等说话。"曹伟如不敢停留，只得作辞回家去了。

且说这雪姐一来是娇花嫩蕊，二来是受怕担惊，又兼昨日一夜未曾安睡，今朝被孙氏强灌了那几钟酒，以致醉得人事不知。原来这东庄相去不过三四里水路，不及一时，这船早摇到东庄门口。看雪姐时，正昏睡不醒。那老家人先上来与他老婆、儿媳妇备细说明白了，只怕主儿今晚还要到这里来过夜，因叫她婆媳两个先到书房将铺盖整理停当，然后同到船上，仍将雪姐轻轻抬了进来。这里面书房，原是曹伟如往来居住的，每日打扫洁净，床帐被褥件件现成，遂将雪姐安放睡下。老家人叫先泡一壶浓茶，待她醒来好吃。这老婆子笑对她媳妇说道："可惜这样一个花朵般的女儿今夜怎了？"她媳妇道："这也是她命犯所遭。"

却说雪姐一觉直睡到交二更时分，才醒转来，尚是头旋目眩，睁眼看见房中点着灯火，自身睡在床上，一时又挣扎不起来，只见一个有年纪的妇人在灯下补缀，因问道："这是哪里？我为何睡在此间？你是何人？"老婆子道："姑娘且放心安睡，因你睡在龚大娘子房里不便，故送你到这里来的。"当下她媳妇就送进一杯热茶来，扶雪姐吃了。雪姐道："我怎么竟醉得如此昏沉？真真误事不浅。"又问："那孙妈妈在哪里？"老婆子随口答应道："她早已睡去了。"雪姐此时恍恍惚惚，如同做梦一般，心中还道是在龚家，却又不见他家娘子，并那丫头仆妇。问了几次，她婆媳只是含糊答应，只推"夜已深了，请安睡，明日再说"。劝她宽衣，只是不肯，仍复和衣睡下。老婆子与她放下帐子，叫声"安置"，同她媳妇拿了灯火出来，将门带上去了。

雪姐此际虽然疑疑惑惑，却看见都是些老实妇女相伴，并无男人形迹，心下少安，想道："我吃得几杯酒，怎么就如此不省人事？难道又是吃馒头的样子？"因思身上无事，又想她家是体面人家，谅无歹意，左思右想了一回，觉得头目眩晕，身子十分疲乏，便朦朦的又睡去了，直到次日早晨醒来，他媳妇早送进脸水，并一副齐整的梳妆，放在桌上。

雪姐慌忙起来，一面梳洗，就问："孙妈妈为何不来？那个船累他等了一夜，烦你们领我去辞了大娘，就好开船。"只见那老婆子领了个小孩子，笑着进来道："姑娘不必性急，那孙妈子同你娘有要紧的事，一时等你不醒，她们昨日就开船去了，说这里是至亲，与自己家里一般，叫你暂住一日，明日她们就转来接你回去。她们去时还说：若等不来，请姑娘在这里住两日，就叫我们这里着人送你回家，也是一般，叫你不要心焦。"雪姐听说，吃一大惊，呆了半晌道："我并没有什么娘同来，只有个船家嫂子送我回家，路上顺便搭了这个孙妈来，是船家的姨娘，说到这里来望亲戚。怎么她们竟去了，岂不奇怪？我今朝一定要回家的，岂肯住在这里！"那老婆子见雪姐的话语不对，知道是被人拐骗出来的，也就含糊答应道："我说的是龚大娘因姑娘睡着，不好惊动；那孙妈有要紧事，因先打发她走了，好留姑娘再住两日。如今她们已是去了，这里一时没人送你，且宽心住两日，她们不来，我叫我家老头儿送你回家也可，且不要心焦。"雪姐道："你家大娘怎么也不见来？"老婆子道："我家大娘这两日要起身，忙得紧，没功夫到这里来，只叫我们在这里伺候你，不见她也罢。"雪姐又问道："你方才分明说什么'同你娘有要紧事'，这是怎么说？"老婆子道："我说的正是龚大娘他有要紧事，顾不得来；那孙妈也有要紧事，只得先去了，并无别故。"

这雪姐问来问去，总不得个明白，因看见只有她婆媳两个伺候，并无男人往来，想道："或者那孙妈子有要紧事坐了她的船去了，转来再到这里送我回去，也未可知。”思想了一回，她媳妇又送进茶点心来，少刻又是早饭，收拾得甚是精洁。吃过了饭，老婆子领她四处观玩，见房屋甚是幽雅，也有花园亭榭，曲径回廊，花木阴森，假山重叠，却并无人居住，心下展转狐疑：莫非这是她家别院，或者她大娘子懒得接待，或因房内不便，故送我到这里来暂住，也是好意，不然为何如此十分好待？只是她家既有甚要事，何不即叫人送我回家，岂不两便？如今我已在外三日，父亲在家不知如何悬望，我干娘又不知死活如何？想到此处，不由的心中发急，眼中落泪。她婆媳两个只是好言劝慰，不觉一住三日。此时雪姐已将拜寿遭风情由，从头说出。她婆媳暗地咂舌，与她叫苦，方知是被人拐骗来的，一发不敢吐露实情，只是含糊到底。

这一日，雪姐一早起来，问她婆媳道：“那船既不来，你大娘又有事，你原说叫你老人家送我回去，如何只管挨着？我住在这里如坐针毡，一刻也是难过。今日一定要烦你老人家送我回去的。”说话间，只见一个老头儿进来道：“恭喜姑娘，今日叫我媳妇送你往大船上起身了。”雪姐只道是送她回家，又听说叫他媳妇送去，心中甚喜。

原来这媳妇是曹旺的儿子曹义的老婆，是要同她汉子跟随主人上任去的。行李物件早已收拾搬上船了，看见她阿公来接，随请雪姐一同下船。雪姐辞了老婆子，又托她上复龚大娘子：不及当面拜辞道谢。老婆子笑着答应了。她媳妇领了她儿子保儿，扶雪姐一同出门来，下了一只小船，老头儿把船摇出港汊，到了大河，约有十里光景，到了个大船边停住。老头儿叫他媳妇道：“你扶姑娘上了大船好走，这小船不大稳当。”说话时，那大船里也走出两个妇人来，一同搀扶着雪姐上了大船，到得船内，见有两三个妇人丫鬟在内，还有两个五六岁的小孩子。雪姐对他媳妇道：“送我回去，何必要坐这样的大船？”那些妇女也都是老家人预先关会的，见雪姐上船来，都道：“果然好一位姑娘！”因说：“我们这船还有事情，要往别处转一转，才得送你回家哩。”雪姐道：“呵呀！我是要立刻回家的。你们要往哪里去？如何随得你们！”媳妇们道：“不远，总是顺路，请姑娘放心，不过一两日，就好到家了。”雪姐再问时，总是含糊答应，一面送茶来吃了，就端出早饭来让雪姐在官舱自用。吃饭之间，船上鸣金开船。雪姐此时满腹疑心，却是身不由主。

原来这曹二府自买了雪姐，巴不得就要到东庄上来取乐一番。不料这尤氏知道他有娶妾之意，防范甚严，哪里肯放他在外边歇宿？又兼两三日内就要起程赴任，亲友送行饯别，忙不开交，因此倒保全了雪姐无事。这日起程，共有数号坐船，好不热闹。码头上诸亲友送行祖饯的，纷纷不一，把曹二府灌得大醉才放开船。这家人媳妇的船，直在后面尾着官船同走，雪姐毫不知觉。这曹二府的意中，原欲于路觑尤氏喜欢的时节，取便把这件事说知，求他应允。不料尤氏如今要装出做夫人的身段来，一发厉颜厉色，呼大喝小，曹伟如哪里还敢开口！这雪姐在船上被这班丫头、媳妇窝盘住了，也有推说风水不便的，也有说船大难行的，七张八嘴只是奉承雪姐，雪姐亦无可如何。幸喜船上有了雪姐，这些家人小厮一个不许上船，都是些妇女作伴。

雪姐昏昏闷闷，不觉过了几日，每日只听鸣金开船，此时已疑到有几分不尴尬，欲待变脸发作，又想在这船中有何益处；且见她们个个殷勤伺候，及再四盘问，无非说“不过迟早些，总要送姑娘回家的”话，雪姐真是无可奈何。似此早挨过了十来日，这日却到了台庄地方，便要弃船登陆，雇齐车辆轿马，各船上就要搬动行李。雪姐的船去官船不过一箭之遥，看见有人下船搬动物件，且见这些妇女们丢眉挤眼，雪姐十分忍耐不过道：“你们这些人到底是什么缘故，哄骗我到这里来？说明白了，送我回去便罢；不然，就同你们拼命也说不得了。”那些妇女都不敢作声，又恐雪姐吵嚷起来，被官船上知道，甚是着急；又想到了这里，要起船坐车，哪里再支吾得去？那曹义媳妇道：“姑娘且不必焦燥，待我们到晚来慢慢说与你听。”雪姐发急道：

“有话便快些说来，何用到晚？”正是：

人情变幻真难测，祸福须臾哪得知？

毕竟不知这媳妇说出什么话来，且听下回分解。

第九回

# 无情棒妒妇肆凶威　送命涤娇姿瘗荒冢

却说雪姐当下逼着这媳妇要她说个明白。媳妇道：“这时人多忙乱，哪得功夫？多的日子过了，哪在这半日！”雪姐再四问她，总是不说。只见众妇女忙忙乱乱，收拾物件，几个人三番五次下船搬取上岸，众妇女乱了半日，箱笼什物都已起发去了，只有被铺等未搬。原来上面车辆轿马俱已齐备，明日就要上岸。雪姐看这光景十分诧异，心如火发，哪里等得到晚！三催四促，要这媳妇说话。这曹义媳妇恐怕日里人多，说出缘由，吵嚷起来，大为不便，却迟迟延延挨到了黄昏时候，端上晚酒来，雪姐着恼，用手一推，几乎把盘碗倾泼，因道：“谁耐烦吃酒！你快些说，端的是何缘故？”这媳妇一面陪笑斟酒，劝着雪姐，口中欲说不说，半吞不吐。雪姐喝道：“你快些说来，不然就先与你拼了这命！”这媳妇自忖：这件事终不然瞒得过世，少不得明朝要知道的；不若与她说明白了，她一个十五六岁的小女子，只要待得她好，有什么不从？因不合将孙媒婆说与我家老爷做小夫人的话，一五一十告诉出来。又道：“我家老爷现任知府，此番上任去，你就是二夫人了。如今老爷身边还没有公子，倘若你日后生了公子，这凤冠霞帔怕不是你的？呼奴使婢，受用不尽，我们哪一个不是伺候你的？”

这雪姐不听便罢，听了时一句话也说不出，道：“原来如此！”气塞胸膛，一交跌翻在船舱里，半晌才还过气来，放声大哭，几番要跳入河心，被众妇女再四劝住，此时已是定更时分。

却说这官船上，尤氏听得有女子哭声，便叫随身的丫头查问。这些丫头知道此事，都与她捏把冷汗。此时，曹伟如却在亲友船上说话，听得哭声，十分着急。这尤氏看见这般情形，一发动疑，便叫那曹义过来，问道：“这是哪里的女子啼哭？你快去查来！”曹义答道：“想是别家船上吵闹。”尤氏道：“胡说！这声音分明像我们船上，你快去与我查来。若有欺瞒，叫你这奴才先死！”这曹义吓得不敢作声，退出船头，要过船来，报与主人知道。谁知曹伟如早已听见，吓得没了主意。有几个同上任的亲友也无法可处。又听得尤氏打发丫头出来，叫曹义媳妇过船来说话，一霎时满船碌乱起来。少刻曹义媳妇到来，尤氏便大声喝问道：“你船上什么女子在那里啼哭？快对我说！”这媳妇哪里敢隐瞒，只得将始末缘由从直说出。尤氏听了，登时把那一张搽脂抹粉的娇容变做夜叉模样道：“罢了罢了！这天杀的瞒我做得好事！你们竟敢通同作弊！”说着，把曹义媳妇脸上一个大巴掌，几乎跌倒，道：“你这贱人，怎么不早告诉我！你汉子还敢说是别家船上吵闹，叫他明朝不要慌！”喝叫丫头仆妇：“快去与我揪那小贱人过来！”曹伟如在隔船听见，只叫得苦。这曹义媳妇挨了这一掌，见势头不好，转身就走出舱来，从小船渡过自家船上，见雪姐正在那里跌交打滚的哭，这媳妇上前扶起道：“不要哭了！累我吃了一掌好的，如今大奶奶叫你过船去说话哩。”这雪姐哪里理他，只是哭个不住。这些妇女都来劝道：“丑媳妇少不得要见公婆面。你去见了大奶奶，将你的苦楚细细告诉她一遍。我家老爷是怕奶奶的，或者大奶奶听了，竟肯送你回去，也未可知。”

雪姐听了这话，才住了哭，想道：“如今已落了他们的圈套，或者苦求得她送我回去，也不可定。不然，拼着一死罢了。”当时只得勉强拭泪，随着那媳妇从跳板上盘过官船上来，头发已是散乱了。到得官舱，灯下看那个妇人，搽着一脸脂粉，坐在官舱当中，好像夜叉罗刹一般，两边站着三四个蠢大丫头，手里都拿着棍棒。雪姐又不晓得这磕头的礼数，且鬅头散发，涕泪交流，未及开口，这尤氏却早看见是个齐整女子，心中一发大怒，便喝道："我这上任的官船，谁许你在此撒泼！且问你："与那杀才偷过几次了？"这雪姐不知头脑，便道："都是你们局骗我来，还问我做什么？"这尤氏听了大怒道："这小贱人，好生无礼，谁局骗你来？敢在我面前顶嘴！"喝令丫头们："与我着实打这小贱人！"这几个蠢丫头是伺候惯的，吩咐叫打，不敢不从，便一齐上来，把雪姐揪翻，浑身乱打。这尤氏还怕打得不着实，自己夺了一根短棒，在雪姐身上打了有十几下。可怜这雪姐娇姿嫩质，怎当得起这无情毒棒，况且是气塞胸膛，早已不能动弹了。

这尤氏看见不响动了，方才住手，还咬着牙齿恨恨的叫丫头："与我把那天杀的叫来！"这曹伟如在隔船听见，哪里敢出口气儿，只好暗地跌脚，替雪姐叫苦。后来听见打得不像样了，只得叫她内侄过船来解劝。她内侄过来，也遭尤氏大骂了一顿道："小畜生！连你也瞒得我幕不通风！"她内侄道："其实连我也不知，今晚吵起来，方才知道。如今是姑爹的上任喜事，况且这里也是邻近境界，如此吵闹，邻船听见，也不雅相。"又看见这雪姐倒在舱中不动，便道："倘或这女子死了，又是一桩不吉利的事。姑娘既不容她，明日打发她去了，也算行了一件好事，何必自己如此动气，气坏了身子倒了当不得。"尤氏听了这话，方才叫丫头："与我把这小贱人快拉出去！"这三四个丫头并曹义媳妇方敢来搀扶雪姐，见雪姐喉咙内哽哽咽咽了两声，吐出一口痰沫，才苏醒过来。尤氏道："这小贱人倒会装死！"拿起棍子还想要打她几下，幸被她内侄劝住。这三四个妇女早把雪姐扛出舱来，同曹义帮着抱落小船送过原船上来，已是奄奄一息。将她睡下，用被盖好，又冲了一碗姜汤来，漫漫灌下，渐渐听得声息，喉咙内哽咽不已。妇女们又劝了一回。此时已是二更将尽，大家各自安歇，明日一早还要上车。当夜这曹二府也不敢过船，就在这边亲友船上歇了。尤氏被内侄再三相劝，方才安息。

却说这雪姐到了半夜，浑身疼痛难禁，转侧不得，睁眼看时，只见一盏残灯，半明半灭。妇女们都酣酣睡熟，邻舟亦悄寂无声，心中思想："父母生我，爱如珍宝。谁知我今日受此惨毒！我干娘也是为我被这贼子害死无疑。此种冤仇何日得报？可怜父亲与外婆家哪里知道我遭此陷害？此时不知如何找寻！"想到伤心，连哭也哭不出来，哽哽咽咽了一会，又想："这恶妇断不饶我，若不被她打死，必有他变。她费了一大宗银子，岂肯白白干休！倘再将我转卖到个不尴不尬的去处，或是将我配与下人，那时就求死不得了。不如趁早寻个自尽，倒不辱没了父母的身体。"

主意定了，不如投水的干净，正欲转动，只听得曹义媳妇醒了，叫道："姑娘，你还没睡着么？可要茶水吃么？"雪姐道："难为你挂心，我不要什么汤水，只是浑身疼痛，动弹不得，烦你扶我便一便才好。"这媳妇起来，服侍雪姐便了，又与他浑身轻轻抚摩了一回。此时，也有两个媳妇醒来，大家唧唧哝哝的又劝解了一番，已是四更时候。再过一回，听得隔船渐渐有人说话。到得打过五更，大家都已醒来。只听曹义在隔船说道："大家早些起来梳洗梳洗，今日有一百二十里大路才到宿头，须要早些起身。"众妇女听说，就都起来，叫后面梢婆烧水，大家净面梳头，收拾被铺。惟雪姐不能动弹，亏曹义媳妇与她把头发挽好，衣裳原未曾脱，同一个媳妇轻轻抱她在一个褥子上卧下。这里大家收拾停当，东方渐白，就有家人们下来搬取铺盖上岸装车，人声嘈杂，乱了一回。

原来曹二府与尤氏都坐的是四人大轿，家丁引马先发。这尤氏起身时，还吩咐叫把雪姐撇下，不许带去。又是她内侄解劝说："到了衙门，打发她未迟。如今已是打得半死的人，丢在这里，如何使得？"

尤氏虽然依允，还是怀恨未消。这里家人们车辆牲口随后进发。雪姐亏这媳妇们和褥子抱她在车后靠着，与她铺垫好了。曹义媳妇是主人暗着曹义吩咐，叫她一路小心服侍。可怜雪姐从未坐过这车辆，又兼天气炎热，一路上颠得头晕眼花，浑身痛不可忍。这一日只吃了两口粥汤，到晚住了沂州地方，看了两座大客店。这晚，曹伟如还不敢与尤氏见面，恐她吵嚷起来，失了官体。这雪姐是媳妇们抱她下车，进了店房睡下，只是呻吟不已，连话也没力气说了。曹义媳妇再三劝她，只吃了一碗稀粥。这曹二府暗令曹义赎了一剂止疼活血的药，交与他媳妇煎好，用甜酒调和与她吃。这雪姐想道：这莫非是那恶妇害我的毒药，吃了倒好。竟侧起头来，一饮而尽。众妇女们又安慰了她一回，各人才睡。这雪姐吃下药去，不见动静，想道："我又不想活了，吃这药做什么？"当夜因曹义媳妇在房同睡，不得其便，次日清晨又起身前进。

这日住了沂水县地方，哪知雪姐早已怀着自尽的念头。是晚到了店内，勉强吃了两杯酒、一碗稀饭，媳妇们都在跟前未睡。有的劝她道："姑娘既到了这里，也由不得自己的性儿，明日到了衙门，与大奶奶陪个小心，奉承得她欢喜，她也不好再难为你了。这叫做'在他矮檐下，怎敢不低头'。"有的道："我家老爷做人是好的，只要他疼你，你就受些儿屈气也罢了。"有的道："纵然到明朝，大奶奶十分不肯容留，少不得老爷要寻个好处安顿你。你有这样人材，怕你不得好处哩。"曹义媳妇道："明朝等他们劝得大奶奶依了，姑娘只要小心些，诸事顺从着她，她也不好难为你。但愿你与老爷生得一个公子，那时谁不奉承你，莫说穿不尽吃不尽的受用，这凤冠霞帔还是你穿戴的了。"七张八嘴劝了个不已。雪姐强笑道："难得你们好意，这般看顾我。日后当图报答。昨日我吃了药，今日身子觉得好些。你们大家连日辛苦，都请早些安歇了罢。"众妇女见她如此说，便都放心，各自安歇去了。

原来这客店上房却是里外两间，那曹义媳妇就在外间歇了。雪姐亦假作安睡，挨到三更时分，见桌上一点残灯，光小如豆，雪姐挨着疼痛，轻轻起来，把灯剔了一剔，听众人时，俱酣酣睡熟，她悲悲切切，哽咽了一会，将一方乌绫首帕，把青丝包住，裤带、裙腰、衣衫、钮扣，一一拴束停当。原来她进房时，早已留心看那住房屋梁亦不甚高，就解下身上一条丝绦，接了一条汗巾，轻轻端过一张木椅，挨着疼痛，勉强挣上椅子，将绦儿丢过梁去，两头接好，打了一个牛膝箍儿，安放好了，呜呜咽咽，叫声“我的亲娘，孩儿来与你作伴了”，又叫声“我的爹爹，孩儿今日长别你了”，又叫“我的干娘，想你阴灵不远，仍好与你做一处了”。当下遂用手分开圈儿，将头套入，把身子往半边一侧，早离了木椅，两脚登空，可怜一个俊俏佳人，顷刻魂归地下。正是：

鬼即是人人即鬼，阴阳人鬼本无殊。

不知雪姐能救得否，且听下回分解。

第十回

# 戏娇姿众狂鬼欺孤　怜弱质老封君认女

却说这曹义媳妇却紧贴雪姐外间安歇，终比别人留心，睡了一觉醒来，便叫道：“姑娘，睡熟了么？”叫了两声不应，想是睡熟，不去惊动，又睡了一回，已交五鼓时分，总不听得房里声响。往门缝里看时，里面灯已灭了。不放心，因起来披了衣服，套上鞋子，推开门摸进房来，口中轻轻叫着“姑娘”，摸到她床上来，谁知黑暗中被木椅绊了一跌，爬起来却摸着雪姐的两只小脚儿悬空挂着，吓了一跳，喊叫起来，惊得两厢众妇女一齐都醒，只听得曹义媳妇口里乱叫：“不、不、不好了！姑、姑、姑娘、娘吊死了！快、快拿灯来！”众媳妇听得姑娘吊死，都害怕不敢起来。里面曹义媳妇着急，磕磕碰碰摸到外间，摸着了门，连忙开了，口里乱喊：“你们快、快些拿、拿灯来！”那众妇人也有在床上帮着喊的，一片声响。那外边曹义等惊醒，听得内里吵嚷，急忙起来，拿着灯火入内，问道：“你们吵什么？”众妇女在两厢房，见曹义拿灯进来，才敢从被窝里伸出头来。只见他媳妇倚着门框儿在那里发抖，口里打达达儿道：“姑、姑娘吊、吊死了。”曹义听得着了急，连忙走进房去看时，见雪姐悬梁高吊，口里只叫得：“怎了，怎了？”忙叫他媳妇进来，相帮解救，他媳妇只是抖，不敢进来。曹义着急，只得踏上椅子，拔出身边小刀，一手抱住雪姐，一手将绦子割断，双手抱将下来，放在床上，将项上绦子解下，已是直挺挺的，浑身冰冷，断气久矣。

此时众妇女已走起来，乱穿衣服，慌做一团。也有害怕发抖的，也有怜她落泪的，也有咒骂尤氏的。这回闹得隔壁官店内，俱已知道，大家起来，听说已是不能救了，曹二府只是跌脚叹气，吩咐不许声张；那尤氏听得雪姐死了，甚是爽快道："死了一百个，只当五十双。买条芦席卷去埋了就是了，何必这般大惊小怪！"此时天将黎明，曹二府与亲友商量，就叫曹义同店主人去买了一口现成棺木，又与了店主人几两银子，叫他扫除房屋，留下曹义，叫他收拾盛殓，抬在北门外义冢地上，择高阜处埋葬，事毕，随后赶来。因留下十多两银子与曹义使用，又留下一副名帖，惟恐地方有生事之人，即往本县禀究。这店主街坊知他是个现任分府，且又得了他银子，落得做人情，谁来管他闲事。这曹二府已先自起程前进。这曹义就央了店主人家妇女到来，与雪姐整理头发，穿着衣服。原来曹二府买了雪姐，就叫了几个裁缝，与她连夜做了几件衣裙，到任时好穿，俱交与曹义媳妇，如今都将来与她穿在身上，就将她所有被褥装裹停当。这些来看的妇女们见雪姐面色如生，都说："好一个齐整姑娘，可怜如此死了。"多有与她陪眼泪的。及装钉好了，曹义又买了些金银纸锞，雇人抬出北关外义冢地上，捡了个高阜处，与一高冢相近，埋葬停妥。这曹义倒做了个送丧之人，陪了许多眼泪。事毕，已是晌午时分，随谢别了店主人等，飞马去赶前车。这事叙过不表。

却说那许俊卿自从打发林媪过江去接女儿，第二日却值殷勇回来看望他母亲，又等到第三日还不见回来，想必是金家留住，正想明日打发殷勇过江去接，到第四日却见金振玉一早到来谢寿，即说："昨日，甥女早饭也没吃，只吃了两个点心，执意要回来，连外婆也留她不住。因为我有事，不曾亲送她回来。"许俊卿吃惊道："她何曾回来？我今朝正要叫勇儿去接，怎么说昨日就回来了？”金振玉失惊道：“她昨日一早同她干娘回来的，这却奇怪了！”因想道：“昨日江上平风静浪，谅无他虞，却是何缘故？”许俊卿着急道：“事出意外，不宜迟延，我与大舅快些吃了便饭，大家沿江分头去找寻，必定有个来踪去迹。”金振玉呆着想道：“这沿江一带，又无亲戚去处，纵有相留之处，岂有不先寄个信息回来的？这事看来定然多凶少吉。”许俊卿道：“我只有这个女儿，倘有不测，我这老性命也休了。”金振玉道：“姊夫且免愁烦，但愿无事。我们吃了饭，作速去找寻要紧。”说话之间，殷勇却从外回来，与金振玉拜了揖，因说起这事，殷勇跌脚道：“舅舅不知，如今这长江里歹人甚多，倘有不测，如何是好！”许俊卿道：“她们只是两个空身妇女，难道青天白日怕强盗打劫了她不成？”金振玉道：“殷嫂虽可保无事，只怕外甥女身上多有不利。”许俊卿听了，一发着急。当下大家同吃了早饭，即分路去找寻。殷勇当时却从上水一路找寻去了。这里，郎舅一往下水，一往沿江村落码头去找寻不提。

且说这阴阳神鬼之道，人所共知。其中幻化莫测之事，虽云罕见，亦何地无之？圣人不肯语怪、语神，是惟恐世人相惑，然并不曾说个没有。故云：“鬼神之为德，其盛矣乎！”又云：“敬鬼神而远之。”是明明说有鬼神不可亵媚。如先贤邵康节，祭祀不废冥资；程伊川坐卧不对塑像。他如丽娘再世，倩女还魂，田三叟活唐宫人于百年，郑婉娥配生夫妇于隔世，确凿之事，不可枚举。营人作无鬼论，却白日与鬼坐谈而不知，此乃拗癖迂儒徒为鬼所笑耳。但鬼之一道却有差别，不可概论。其中因忠义节烈而死者，化而为神；狂蛊横逆而死者，化而为厉；至抱屈含冤，无辜而死者，往往显形著迹，不可胜数；至于罪恶深重，如忤逆不孝、谋反叛逆、十恶不赦之徒，其魂必为鬼拘神责，地狱之设，正为此辈。若寿数已尽，安然而死者，其魂魄无所拘束，飘飘荡荡，犹如梦寐一般。故昔人有云：“黄泉若遇旧相识，只当飘流在异乡。”此言实切至理。凡为人在世，劝大众多结些良缘，多行些好事，切不可轻易与人为仇，不但生时见面为难，即死后遇着也是个皱眉之事。要得这阴间阳世人鬼相聚，总是一般。

且说这雪姐不合埋于义冢，这所在原都是些无主孤魂，五方杂处，贤愚不等。这雪姐一点贞魂不散，随至其处。却见也是个村庄一般，有许多人家。那房屋也有草舍瓦房，参差不等。那男女也有老少强弱，往来不一。看见雪姐到来，俱各欢喜，聚集拢来，动问来历。内中有那善良男妇，为之感叹。却就有几个狂且不端之徒，看见雪姐生得美貌，又且是异乡孤弱，以为可欺，遂把言语勾挑戏谑。雪姐见此光景，忍气吞声，闭门不理。谁知夜间这班恶少，敲门打户，也有秽言亵语的，也有恃强逞横的，竟无宁息。雪姐杜门忍气，想道："我直如此苦命，生前遭此惨毒，尚作完人；死后又遭此辈欺凌，如何防御？闻得阴司有阎罗管辖，难道这里竟无冥官职掌，听凭这些凶徒欺凌良懦？"正在恐惧之际，忽闻喔喔鸡声，此辈才纷纷散去。

这日正在愁苦，忽见一位仪容端丽的娘子到来，雪姐甚喜，即请上坐，就下拜动问姓氏住居。那娘子笑而不答。雪姐又将自身孤苦，被这些恶少欺凌的事，泣涕告诉。这娘子道："你且放心，这紧间壁有一刘封君，是个诚厚长者，系众所钦敬之人。前日，他往慈云庵听点石禅师讲经，不日就回。待他回来，你可投他告诉，自然保你安居清静。况你阳寿未终，皆因你前世与那尤氏有夙冤相报，故遭此惨亡。那曹二府前生有欠江七、江五等之债未还，故今生受其局骗，今填还此报，冤结已解。那江七将你干娘谋害，到头自有报应。日后你父女相逢，福禄未艾，但得终身持诵《大悲神咒》，便永无灾厄相侵。"雪姐听言，知是菩萨降临指点，即跪求教诵。这娘子即口授数遍。雪姐已是了然，遂拜倒在地道："不知娘娘是何仙圣？弟子情愿常侍左右，以领慈训。"娘子微笑道："我住居甚远，你安得相从？将来你与我女儿同堂共室，便知端的。"因向袖中取出一粒丸丹道："这是我在南海求来的。”令雪姐吞下，道：“此可去你周身痛苦，又可保你房舍不坏。”说毕，飘然而去。雪姐正欲挽留，只见一道金光，倏然不见。心下又惊又喜，感得菩萨降临指点我的言语，一一记得，但不知这刘封君却是何人？说他不日就回，谅有下落。且吞丹之后，这周身痛苦忽然而愈，因望空拜谢。从此，一意虔诚记诵《大悲神咒》，便觉暗室生光，以前那几个恶少，远远看见，似有畏惧之状。雪姐心下甚喜，到夜分时，有那邻近妇女来邀她同去观看道场，享受些馨香斋供。雪姐口中不住持诵神咒，这些同行妇女都觉幽暗之中，忽生光彩，因问：“雪姑娘所诵，是何经典，有此灵验？”雪姐道：“此是观音菩萨《大悲神咒》，虔诚叩诵，永无灾厄。”众妇女都要拜求传授，雪姐道：“这是大善功德。你们若能虔诚拜诵，便可出此幽途，超生善果。”因向众妇女逐句教道，众妇女欢喜无量。自此，雪姐却为众所钦敬，且不时受她们的供养，却也欢喜。

这一日，正与众妇女一处持诵，忽见众人向西指道：“刘公公回来了！”雪姐抬头一看，见一位老者，须发苍白，高巾阔服，曳杖而来，到得跟前，看见雪姐，便问道：“这位可是许家雪姑娘么？”雪姐见问，倒吃了一惊，应道：“正是。不敢启问，公公可是刘老封君么？”老者笑道：“我与你正是紧邻，且请到寓中叙话。“雪姐就跟着老者回来，却就在自己隔壁，几间房屋，虽不宏壮，却也洁净，家中原有一个老仆伺候。进到中堂，雪姐就下拜道：“念奴孤弱无依，幸得依傍公公，望乞垂慈覆庇，庶不致为匪人欺侮。”说着，流下泪来。老者连忙扶起道：“我昨日在慈云庵中遇一仙姥，说起小姐始末，都已尽知，并说老夫流寓无几，不日有三小儿到来搬取回里，小姐亦可再生，一同回到寒家，说你与她甥儿有婚姻之好，直待到辛壬相交，才了你终身大事。这是仙姥之言，日后必有下落。目前嘱我看顾，但你是一个孤孑女子，恐往来多有不便。”雪姐道：“公公若不嫌异乡孤弱，情愿拜为义父，朝夕侍奉。”刘公大喜道：“如此甚好。”雪姐就请刘公端坐，从复恭恭敬敬拜了八拜，刘公受了四礼，从此即以父女相称。雪姐亦将前日遇一仙姥到来指示的话，说了一遍。刘公道："如此说，我在慈云庵遇见的就是这位仙姥了。我与汝同回之期不远，且宜静待。"原来阴间与阳世一般，亦可雇觅仆婢伺候，当下刘公吩咐老仆雇一使女服侍小姐。这刘公只有三子，并无女儿，今得雪姐为女，亲爱过于所生。雪姐亦尽心孝敬，甚是相安，只是时时想念生身之父与她干娘，暗自悲泣。因记仙姥之言，说与父亲有重逢之日，又与她外甥有姻缘之分，正不知在于何时。谅仙圣之言，决无虚谬。想到此处，又不觉暗自欢喜。刘公又常与她说及自己家世，并寄寓此间的原委。因此，雪姐尽知刘公家中一切备细，无事之时，便焚香诵咒，以消晨夕。这邻近人家男妇知刘公认义，雪姐做了女儿，都来道喜称贺，免不得也要设杯酬答，总与人世一般。这都不在话下。

原来这刘公名芳，字德远，祖贯江西吉安府吉水县人氏，年已望六，妈妈叶氏同庚，贤德，生有三子；只因这年同他次子的丈人陆公，合伙前往山东贩买茧绸，不想到了沂水地方，染患时疫而卒。陆公与他备办衣衾棺木，原欲搬移回里，只因那年江浙一带，倭寇作乱，道路难行，因此只得将棺木暂瘗于北门义冢，插留标木为记，又恐有人损坏，复于棺上留一砖块，上勒"吉水刘公之柩"，以便识认。原俟置货回里，通知刘家，再同来搬柩，不料其时倭寇猖獗，江浙一带，道路梗塞，商旅不通，直挨至次年春间方得回里，随往报知刘家，将所置货物除去棺衾等费，开单照股分析明白。

原来这刘公未出门之先一年，长子刘云字宇章，已领乡荐，次年进京会试，又中了第三十六名进士，分发吏部学习观政，到八月内，选授了山西平阳府曲沃县知县，正逢圣上诞生皇子覃恩，凡内外大小文武官员，俱得申请封诰。刘云因在京为父母援请了诰命，一面差人赍送诰命回家报信，一面即由京领凭赴任。原欲到任后，再着人搬接家眷。哪知刘公已殁，虽不能受享于生前，亦得荣被于泉壤，以此地下俱称他为刘老封君。次子刘霖，字润苍，是个诚谨之人，只经营生理，照料家务；三子刘电，字汉昭，年方十九，生得堂堂一表，胆勇过人，慷慨仗义，即于是年入了武学，抡枪击剑，技艺绝伦，俱在家奉母，惟刘电尚未婚娶。这年十月间，京差到家，请得诰命回来，合家欢喜。谁知到得次年二月间，陆公回家报此凶信，这刘孺人与两子伤心悲恸，挂孝招魂，是不必说。一面专差前往山西送信，一面到本县报明丁艰，请详移咨晋省。这刘电急欲往搬父柩，随与二兄相商，措置盘费，仍邀陆公同往山东。不料，陆公因途路辛苦，又为倭寇作乱，受了惊恐，回家得病，日重一日，至五月中身故。以致耽延时日。刘电前已问明陆公，知道瘗棺处所，外有标木、内有沏砖记认，遂不避炎暑，拜辞老母、兄嫂，单身雇船由水路顺流而下，前往山东进发。

不止一日，过了鄱阳湖，出湖口，走长江，这日行船到了一个临江大村镇，正待上岸买些食物，只见那市梢头沙滩上有许多人围绕在那里，又听得哭声如雷。刘电即叫停舟，上岸看时，只见众人围着一个年老妇人尸首，内有一人号啕痛哭，刘电近前看时，见这人生得七尺以上身材，二十上下年纪，熊腰虎背，燕颔豹头，一貌堂堂，虽然布草衣冠，却是鸡群鹤立。刘电详看此人，知是个豪杰，又见他哭得伤恸，遂上前拱手相问。正是：

天涯一面成知己，岂是悠悠行路心。

不知刘生所见这人端的是谁，且听下回分解。

第十一回

# 遇萍踪英雄双结义　报凶信郎舅两伤心

却说当日刘电见那恸哭的大汉状貌非常，遂分开众人问道：“老兄尊姓大名？这死者却是何人？如此悲恸！”那人见问，住了哭，看见刘电气宇轩昂，丰神雄伟，便叉手答道：“在下姓殷名勇，家住荻浦。这是我老母，数日前同小妹渡江探亲未回，及至从亲戚家回来，竟不知去向，因此分头找寻，不意遭此惨变。如今小妹尚无下落，谅来必无生理。”一边说着，又大哭起来。刘电道：“可伤可伤！这也是大数难逃。如今幸得寻着令堂尊尸，急须买棺盛殓，免得暴露；然后再去找寻令妹下落。”殷勇道：“正是。只因去家尚远，所带盘费不多，只好权为掩盖，到家备办棺衾，前来盛殓，苦不能分身看守。”说毕，流泪不已。刘电道：“且免伤悲，此事容易商量，且同到小舟少叙。”因挽了殷勇的手，同下船来。

殷勇便问：“客长尊姓大名？家乡何处？今欲何往？”刘电道：“小弟姓刘名电，字汉昭，祖籍江西吉水人氏，亦与老兄同病相怜。只因上年老父往山东贸易，病故在沂水地方，今特前往搬取灵柩。所带盘费虽不甚多，尚可少为分赠，以助棺木之费。老兄幸勿嫌亵。”殷勇道：“且住，在下虽在穷途，遭此惨变，去家不远，尚可竭力措办，即不能分身看守母尸，尚可雇人自代。客长千里往返，正须多带盘费，以备不敷，岂可分赠与我？断不敢领。”刘电道：“弟自有处，老兄不必为我过虑。”因向包裹里取出白金十五两，递与殷勇道：“因在客途，不过少为相助，幸勿见怪。”殷勇见他慷慨仗义，出于至诚，料他是个少年豪杰，不是寻常之辈，因不好推却，便接受道：“萍水相逢，极承高谊，当图后报。今为老母之事，敢不拜谢！”就倒身叩拜，刘电即搀住道：“些微小事，何足挂齿。我看老兄堂堂一表，凛凛一躯，必非风尘久困之辈，不知现今作何事业？”殷勇道：“在下孤穷一身，依傍叔父在京口西门桥做些小本经营，不过为糊口之计；倘日后少有生机，定当图报大德。”刘电道：“小事不劳在意。只是这小本经营，岂是吾兄安身之计？现今江浙两省制宪，为倭寇时常出没海滨，肆行荼毒，沿海州郡多被劫掠，已经奏闻，请招募勇壮，以备倭患。现今奉旨准行。老兄何不前往投充，借此以图上进之阶？”殷勇道：“在下久有此意，只因老母在堂，不敢远离。如今遭此变故，孑然一身归去，即当禀明叔父，前往投充。”刘电执着殷勇的手道：“此正壮士立功之秋，不可错过机会。弟今日欲与老兄结为异姓弟兄，日后甘苦相共，不知老兄意下如何？”殷勇道：“在下寒微，怎敢相扳？”刘电道：“我辈结交，岂肯落世情俗套？一言为定，生死不移，何必谦让！”殷勇道：“既蒙不弃，即当从命。”刘电大喜。各叙年庚，刘电却长殷勇三月，合当为兄。两人就在船中，对天八拜，各矢丹诚：“倘若负心，有如此日！”拜毕起来，殷勇复与刘电拜了四拜，刘电受了两拜，当下即以兄弟相称，便道：“贤弟，此时天色尚未晌午，可作速上岸，备办棺衾之事，倘有不敷，兄当一力完备。”因取一条单被，令殷勇将老母尸首盖住：“愚兄在此看守，今日且不开船，与吾弟相聚一宵，明日早行。”殷勇应诺，即上岸到镇市上来。

原来此地是个临江大镇、水陆码头，各色货物俱备。殷勇就尽其所有，买了一口漆端正的现成棺木，并棉布衣裙、被褥、首帕等件。

又买了一副三牲等物到来，交与船家整治，又赁了些芦席、杪杆，雇人搭了个小小棚厂，以蔽天日。这些岸上人家都知此事，见这过客如此仗义，也都前来相帮动作。不一时将棚厂搭就，把棺木抬入其中。殷勇即将母尸抱放棺盖之上，又雇了两个老婆子来，将母尸湿衣尽行更换，整理头发，将首帕包好，先将棺内铺垫完好，自将母尸抱入，止不住又放声大哭了一场。然后盖棺钉好。这沿江里许，却有一座古圆觉寺，旁边空地甚多，这岸边居住的人都道："这寺旁空地多有棺木寄放，我们同去对住持说声，就好在那里拣个高阜些的所在寄放，日后好来搬取。"殷勇道："多承列位指教。"因即同众人来向住持说明，随即将棺木抬往，拣了一块高阜之地，下面用砖石搁起，然后把棺木安放稳当，回到船上，取了三牲酒饭并金银纸锭，到棺前祭奠，又不禁大哭一场，刘电亦同往拜奠毕。焚化了冥镪，然后拜谢了众人，即将三牲送与众人拿去，一同归舟，已是傍晚时分。刘电已先叫船家买了些酒肴在船，对殷勇道："今日本不当劝吾弟饮酒食肉，但大丈夫处世，须知反经从权，保重此身，以为日后大用。倘有进步，自可光及九泉，不必拘此小节。今日我弟兄幸聚，且共饮数杯，少解愁苦。"

原来这日殷勇竟不曾吃得午饭，此时事毕，方觉腹中饥饿，便道："兄长之情，生死感激。"当下两人对饮，各诉心胸，十分敬爱，直谈到半夜后，才各就寝，俱和衣而睡。殷勇因说起："这江中近日多有歹人出没，且闻有沿江盗贼之徒，暗通倭线，以此来往客商，甚是担险，兄长本领固然不惧，还须小心提防才是。"刘电口中答应，已觉酒多，便渐渐睡熟。这殷勇因常在江湖上行走，诸事留心，翻来复去，竟不敢睡着。看看挨至东方渐白，正值顺风，船家起来，即欲开船。此时刘电已醒，起来对殷勇道："愚兄所言之事，贤弟急须进步，不可失此机会。倘有好音，务寄一信与我，以免天涯悬念。"因各说明住居。殷勇又嘱道："哥哥此去，孤身作客，于路千万留心保重。我计算哥哥往返程途不过两月，便可搬取伯父灵柩回来，必由水路。弟至期当在仪真口专候哥哥。”刘电道：“兄弟不必，你只去干你的正务，倘有意料不及之事，可到吉水来相就，不必全此小信，有误大事。”因又取了十来两银子与殷勇道：“此可与老母暂作一砖椁，以免风雨之侵。”殷勇含泪拜受。当下两人洒泪而别。

且不说刘电挂帆前进，却说殷勇立在沙滩上，直到望不见刘电的船只，方才转步。心中自想：我何幸结识得这个英雄兄长，也不枉为人在世。从此当努力自图，以报知己。当日就在镇上买了砖、瓦、石灰，雇匠人做了一个砖屋。又过了一天，次日星飞回来，渡过对江，到荻浦报与许公得知。

原来这许俊卿自从那日三人分头找寻，只不知殷勇去向。他郎舅两人一连寻了数日，并无一些影响，无可如何。这许俊卿回到家中孤单，独自连学也不教了，只是哭不住声，几欲自寻死路，亏得紧邻周老人再三相劝道：“这事凶吉未定，还须往各处贴招字寻访，自有下落。若你先自轻生，日后寻了姑娘回来，岂不大误？”许俊卿听了，才息了此念。这金振玉亦恐姊夫独居怨苦，生出别的事来，因母子相商，将许俊卿接到家中同住。这金老婆婆想她外孙女儿，亦昼夜啼哭不止。却不知殷勇已寻着他母亲尸首的缘故。这日殷勇急忙赶回荻浦来报信，却见家中大门锁着，即问邻居，方知往金家去了，因即渡江往金家来报信。

这日郎舅二人正在纳闷，忽见殷勇回来，便问：“可有消息？”殷勇便将在某处寻着母尸，又怎的遇着刘兄助棺权厝的事，从头说了一遍：“只不知妹子下落，看来定是多凶少吉了。”许俊卿听说，便捶胸大哭道：“这倒是我父女带累你母亲遭此惨亡了。”金振玉也懊恨不已，里边婆媳俱各悲伤。殷勇道：“大家且不必啼哭，我想妹子未必便死。”许公问道：“这是何故？”殷勇道：“如今只寻着我母亲的尸首，不见妹子踪迹，看来必是被歹人拐骗，将我母亲谋害。这事须在沿江两县递一报呈，求官出差踩缉。纵然不济，倘日后事发，也有一个底案可以报仇。”许公道：“你这话说得极是。”当下就做了两张报呈，即叫殷勇往六合、上元两县投递，却都准了状词，出差严缉，才回来说与他郎舅二人知道。当时许公对殷勇说道：“不料你母亲遭此惨变，我女儿又无踪迹。我已是孤苦一身，只有你自小相随，就如亲人一般，不可因你母亲不在了，就不来看觑我。”殷勇见说，甚是伤感道：“说哪里话！我自小赖你老人家抚养成人，就如父母一般，自当终身奉养，岂敢负心？”金振玉就接口道：“我看你人材胆气，必当发达，何不今日竟拜认了父子，也不断了数十年的恩义。”许公道：“我已是孤穷一老，虽久有此意，只恐他不肯。”殷勇便道：“我只恐你老人家嫌我粗卤。若如此说，情愿拜在膝下。”许公道：“但只是你父母只生你一人，并无兄弟；你的叔父也只得一子，又难过继。如今你既肯认我为父，得慰我目前晚景也就好了。却不必改姓，使你父母泉下不安。”殷勇应诺，当下就请许公上坐，口称父亲，四双八拜。许公却立受了，十分欣慰。这时金母婆媳俱在面前，殷勇一一拜过，即改口以外婆、甥舅相称，尽皆欢喜。金婆婆对许俊卿道：“你承继了这个儿子，老来也有了靠傍，日后还要享他的厚福哩。”当下殷勇又说起刘电劝他从戎的话，明日即要禀辞前往。许公道：“你有此人材胆量，岂可埋没！将来若博得一官半职，也与先人争气，不枉了今日一番父子之情。”当日金振玉就收拾了一桌酒席，一来是贺他父子之喜，二来就当与殷勇饯行。此日大家都把愁肠暂放，父子、甥舅同席，叙话了半夜才睡。

次日殷勇即拜辞了父亲、母舅，又进内拜辞了金母婆媳。他郎舅二人早已设凑了十数两银子，与他为衣装之用，当时同送他到江边，搭船往京口去了。这边两县准了状词，出差严缉，反赔了些差钱酒饭，究竟没有下落，却成了一宗疑案。

这许俊卿住在金家不及两月，却值金振玉的堂叔金必显选授了江西南安府大庾县知县，家中只有一个十来岁的公子，要去赴任，一切无人料理，特来接侄子一家们同往，并请许姑爷到任所教儿子读书，兼理书札等件。他郎舅二人因失女之后，合家愁闷，求签问卜，四路寻访，终无影响，已无计可施。今见叔父来接，郎舅相商，不若趁此机会，一来好沿途寻访女儿消息，二来免得在家纳闷。因此，大家备办起程。金振玉将家事托与他内侄朱英管理，许俊卿亦将自己房屋托与紧邻周老人居住管理，将可带之物，收拾带去，其余粗家夯伙一概留下。两家相随金必显择日起程，赴大庾县上任去了。

且说这刘电自与殷勇别后，一路无话，兼程赶赴沂水县来。这时正值七月中元时候，于路见家家祭扫，不禁触目伤心，垂泪不已。当日就在北关旅店住下，即与店主人说知搬柩情由，烦他预觅了几个村汉，各备锹锄，到明日往义冢处起柩。正是：

旅夜悲伤难入梦，异乡飘泊为何人？

不知明日如何启棺，且听下回分解。

第十二回

# 金兰谊拜两姓先茔　儿女情托三桩后事

且不说刘电这边雇觅人夫起柩之事，且说岑公子与母亲安居蒋宅，甚是相得，不觉寒暑又更。其时却值七月中元，沂水风俗，到此时家家都要扫松祭祀。岑夫人因与蒋君说知，要往祖茔祭扫。蒋士奇道："大姊不说，我已早为预备，况我两家坟茔相去不远，明日中元之节，已吩咐备办两副祭礼，便可一同前往。"岑夫人又梯己备了两副祭礼、香烛冥资，俱预为齐备。

先一日，蒋士奇即着家人前往打扫祠堂庄院。到十五日早晨，大家吃过了早饭，蒋老夫人与岑夫人同坐了一辆车子，带着仆妇；蒋大娘子与小相公、苏小姐坐一辆车子，带着丫头；蒋士奇与岑公子俱骑牲口，随车而行。原来两家坟茔相去不远，离村不过十余里之遥。顺路先到了何氏坟茔，岑夫人们下了车子，认得是自己的祖坟，因对蒋君道："怎不先到佳塍上去？"蒋士奇道："这是顺路，总是一般。"岑夫人叫公子将自备祭礼摆上，蒋士奇道："我已备了两副祭礼。既然如此，竟各用一副，彼此都尽了心了。"岑夫人道："是。"蒋士奇遂指着这何生的新冢道："这里，我已着人添过几回土了。"岑夫人止不住流泪道谢，因将祭品列在当中祭台石上，点起香烛，岑公子随着母亲先拜奠过了。蒋老夫人要来行礼，岑夫人再三搀住，只行了个常礼。蒋士奇夫妇先后展拜，岑夫人母子俱在旁边回拜；然后小相公表姊弟一同拜毕，焚化纸钱，岑夫人大哭了一场，随将祭过桌席收拾，先抬往庄院里去整治。大家一同上车，又往蒋氏坟茔里来，一般祭奠。

话休絮烦，祭毕一同步行往庄院里来，却离坟茔不远，就是一座祠堂，旁边便是庄院，四围都是蒋家的田地，每到收割庄稼之时，蒋士奇就在庄院内居住照料。这庄院里，客厅、书房、内室、花园，俱收拾得甚是幽雅，床帐、厨灶等无不齐备。当时大家进了庄院，处处游玩。蒋士奇吩咐厨下整理两席，里边蒋老夫人婆媳、苏小姐，陪岑夫人一席；外边蒋士奇父子与岑公子一席，又留下一整席作回盘祭祀，其余散与家人、佃户同用。及上下用过午饭，收拾完毕，日色渐已过西。此时七月中旬，虽已立秋，尚在伏内，这日天气十分炎热，且喜庄院四围俱有桑榆槐柳，清荫交加。蒋士奇就要在庄院内住下，因吩咐整理车辆，送了内眷们、小相公回家，自己留岑公子同在庄院住下。当时吩咐家人烧汤洗澡后，看日色已将西坠，两人又在花园中饮了一大壶凉酒，出到庄前四围闲玩，但见苍烟暮霭，鸦雀投林，牧唱樵歌，相和归去。散步之间，东方早已涌出一轮皓月。此时微风习习，暑气全消。

蒋士奇与岑公子一边闲话，信步而行，看见前面不远有一座极茂盛的松林，就缓步到来，不觉已走了三四里路，到得林间，就依松靠石坐定。蒋士奇已微有醉意，便觉胸中有一股豪雄之气，勃不可遏。因对岑公子道："大丈夫处世，也须要轰轰烈烈做一场事业，庶不虚此一生。若依靠了先人遗下的这几亩田园，老死牖下，岂不是与草木同朽？我虽然中了这个武举，年已望四，况如今重文轻武，那九边将帅不知费了多少汗血辛勤，当不得一毫闪失，便为那科道言官交章论劾，把从前功业一笔都勾，还要回籍听勘。若朝无内援，便至身家不保。因此我不思进步，又兼母老子幼，量也干不出什么事业，但不甘作此田舍翁终身耳。贤侄经济学问，将来定要做一番惊天动地之事，不但与先人争气，在我辈亦有荣施，日后得志，不可遐弃了故人。”岑秀道：“老叔何出此言？小侄母子若无老叔大人垂庇，便要流离道路，莫说小侄母子铭感五中，即两家先人亦感激于地下。只恐小侄菲劣陋质，不能仰副老叔的期望。倘邀福庇，得有寸进，生死不敢有忘大德。如今老叔正在强壮之年，叔祖母精神矍铄，小兄弟气宇不凡，老叔正可努力前程，岂可作此退闲之想？后年正是会试之期，老叔当图进取，小侄至期当专听佳捷。”蒋士奇道：“贤侄不知，如今分宜父子当国，又兼有鄢、赵辈为爪牙，是非颠倒，曲直不分，夏、曾、杨、沈之流徒溅碧血，真堪发竖。必得一盖世伟人，方能扫除奸佞，整顿朝纲，与普天下忠良吐此一口怨气。”岑秀道：“物极则反，将来自然有肩当大任的人出来补天浴日，不过在迟早间耳。”

两人说话之间，那一轮明月已飞上碧霄，照得大地如银，流光若水。二人又谈论了半晌，只觉得身体有些困倦，朦胧恍惚间，见一老苍头从树林中出来，上前道：“家主请两位爷叙话。”蒋士奇道：“你家主人是谁？住在何处？”老苍头道：“就在前面不远，有要紧事相商，特着老奴奉邀，即请挪步。”蒋士奇亦不复问，就与岑公子不知不觉随着这老苍头信步而往。

约莫行了有一二里之遥，看见前面是一个大村落，树林中微微有几点灯光射出。进得村来，四下俱有房屋，茅檐草舍尽多。那苍头引着二人转了两个弯儿，到了一座庄门，见门外立着一个老者，须发苍白，幅巾道袍，手执着一根竹杖，生得面目清奇，见蒋、岑二人到来，遂迎上前道：“僻居蜗处，有屈高贤降临，真是春生幽谷。”一面说话，就拱揖二人通门，到得草堂，见高烧银烛，施礼坐下。蒋士奇便问：“老丈尊姓高名？住居咫尺，竟有失瞻拜。”老者道：“老夫姓刘，名芳，字德远，原籍江西吉水县人氏，侨寓此地，已有年余。今值此良夜，知二位颇饶清兴，且抱负不凡，鄙人闻之，实深钦仰。老夫曾遇异人，少知玄理，知二位皆梁栋之材，必为廊庙之用。老夫幽独之质，不揣冒昧，敢预托葭莩之好，将来伫看高贤作苍生霖雨，则老朽亦叨光被多多矣。”蒋士奇拱手道：“末辈不过蓬茅下士，幸忝微名，安望腾达？承老丈过誉，实切惶愧。”老者道：“不然，迩年东南半壁，遭倭寇蹂躏，人民受其荼毒，将来正待高贤为东南屏障，奠安百万生灵，幸努力前进，勿生退步，老夫当拭目待之。”叔侄二人连称“不敢”。蒋士奇因问：“老丈侨居此地，不知府上还有何人？”刘公道：“家中尚有老妻，长子刘云忝登两榜，除授晋省曲沃县令；次子刘霖，拙守家园；三子刘电，弱冠未婚，颇具胆略，明日见时，尚冀青盼，将来俱在二位高贤樾荫之下，念老朽预期拜托，幸勿遐弃。因明日三小儿到来，搬取老夫旋里，南北迢遥，相逢难再，今屈高贤降临，尚有三事奉托，未知肯俯诺否？”叔侄二人齐声应道：“承老丈不弃，凡有见教，敢不竭力奉命！”刘公欠身道：“固知高贤千金一诺，与寻常行路之心不啻霄壤。”因拱手道：“老朽寄寓此间，曾螟蛉一女，年将及笄，才德工容颇称全备。明日小儿前来搬取老夫，此女亦当同返，但道途差别，不得不预托高贤，以释疑惑。”因目视岑公子对蒋公道：“百年之好，固已前定，但刻下未敢便言，因将来尚有他待，小女亦不宜预占此筹，有妨亲疏之道，尚须待字数年，到姻缘会合之时，还祈台台作一月老，不但成此百年之好，且成一千秋佳话也。再知台台有一令表侄女，年亦及笄，与老夫第三子当有夙缘，幸祈勿弃，结此朱陈，则老朽与台翁又成至戚，更沐荣施。再者，小儿到此，尚在迷途，务恳二位同相指示，庶不使他茫然无措。小女本当明日相见，将来总成姻眷，不妨先叫出来拜识尊颜。”当下吩咐使女请小姐出来。

不一时，只见里面两个使女拥着一位未及笄的女郎蹁跹而出。蒋士奇立起身来看时，果然好一位小姐，美丽轻盈，容光四射。因说道：

"不敢起动，只以常礼相见。"这岑公子却在蒋公后面，定睛观看，真是一个绝色佳人。见她轻移莲步，走到下边，刘公道："且遵命，只行常礼。"那女郎便望上深深福了四福，蒋公叔侄还了礼，便请尊便。那女郎复向岑公子回眸一视，微哂而入。此时，蒋士奇与岑秀恍恍惚惚，虽听了刘公这一片言语，究竟茫然无着，因道："老丈之言，自当从命，但恐有不到之处，幸勿见罪。"刘公道："适才都是老朽肺腑之言，且事有定缘，明日即见。只望台翁重此然诺，勿虚老朽今夕之言。"当下又叫老苍头移开桌席，摆出果饵数盘、清酒一壶，刘公执杯在手道："尘土之物，不敢奉劝。此从净土得来，聊敬一樽，庶不虚此良晤。"蒋公与岑公子谦让就坐，刘公亲自各奉一杯，然后自斟一杯相陪。二人饮之，觉芳香清冽，色味俱佳，与家醪迥异。数杯之后，似觉微醺。蒋公遂与岑公子起身谢别，刘公道："卑栖斗室，亦不敢久屈台光。"因扶杖送出门外，即将所执之杖插于门旁，与蒋、岑二人道："此即老朽住处，以杖为记，明日幸祈台驾过此，小儿到来，即乞指示；小女千金重托，幸勿相讶！"蒋、岑二人应诺，遂相揖而别。转瞬之间，不见老者，房屋村落俱无，惟有几株疏柳，一片荆榛，在星光月影之下。肌粟寒生，共相惊讶。蒋士奇道："我们莫非是梦？"岑公子道："分明与老叔在此，何曾是梦？"蒋公定睛审视，依稀认得此处是丛葬之所，且见冢旁有一枝野竹，因风飘动，因对岑公子道："你看这一枝野竹，岂不是那老者所植之杖？"岑秀道："果然大是奇事，难道我们竟在幽室中与鬼坐谈了半夜不成？"蒋公道："阴阳人鬼，自来有之，原不足为怪，只是这老者如此灵异，所说之事，再三嘱托，必非无因。况他分明说是江西籍贯，侨寓在此，必定是客死于此，这是他埋葬之所。又说他三子刘电明日到来搬他回籍，要我们与他指点处所，这是分分明明的说话，来朝必有下落。我们明日必须到此看个动静。方才所饮之酒，尚觉芳香满口，难道地下也有此美酝？"岑公子道："那老者说是从净土得来，必非尘垢之物可知。我们且回到庄中，再作理会。”因此，两人又将此地识认了一回，蒋士奇犹恐有错，又扳了一条大柳枝插于地上，然后看着方向，取路回庄。此时已是参横月落，夜色深沉。正走间，只见前面有人声灯火，远远而来，却不知是何缘故？正是：

大抵乾坤皆梦幻，莫惊人事隔阴阳。

不知那来者又是何人，且听下回分解。

第十三回

# 践冥约三姓喜奇逢　返香魂千秋称异事

却说蒋公与岑公子见前面有人声灯火，吆喝而来。蒋士奇道："这一定是来找寻我们的了。"当下喝问了一声，果见那些灯火队里回应了一声，迎将上来，却是家人同佃户等到二更天气，不见主人回来，四下寻找不见，因此又叫了两三个佃户，执着灯火棍棒，大家商量，只有这北郭是一条野路，常有迷失之人，因此就从这里找来，听得吆喝之声，恰好迎着，因道："夜静更深，怎么大爷同大相公从这条僻路里走来？"蒋公随口答道："贪看月色，信步到此，正要回来，却好你们寻到。"众人道："这条路荒僻得紧，若遇阴雨时，人就不敢行走，往往有见神见鬼、迷失道路的。"蒋公笑道："这还是人胆小之故。"当下大家一同回庄，约有五七里远近，到得庄中，吩咐家人："取一大壶酒，并几碟果品、小菜，到书房中来，我与大相公再饮一杯，你们也取几壶酒，吃了好睡，不必伺候。"家人取了酒果到书房摆下，然后大家各去饮酒，安歇不提。

蒋公与岑公子一边饮酒，因说："那老者形容、言语，历历分明，那个女子说是他螟蛉义女，意中已深属于你，却又不肯明言，说要待数年之后，嘱我为媒，方成百年之好。若果与贤侄有姻缘之分，则此女必当再世还魂，现今阴阳相隔，此话实不可解。怎么又知道我有个表侄女，与他第三子有姻缘之分？若说是假，言犹在耳；若说是真，尚无影响，究竟不知是真是幻！”岑公子道：“且莫管是真是幻！我同老叔明日竟到那个所在，去探看动静，拚着一日功夫，或者果有其人到来搬柩，亦未可知。况看那老者，容貌端方，言词诚实，必非虚幻。且说他长子刘云现任曲沃知县，一发凿凿有据，明日一查便知真假。”又说：“那女郎明日必当相见，这是还魂无疑。若是果真，倒是一件创古奇事。这老者虽然是鬼，如此灵异，却也不是寻常之鬼了。但所说老叔与小侄日后功名之事，在老叔固无可限量，于小侄却断不敢作此妄想。此真所谓听说鬼话耳。”蒋公笑道：“不然，且到明日，若果无影响，只此一事，尽成梦中幻境；若果有下落，又何尝不可凭信？”两人说话之间，酒已用尽。此时夜气清凉，遂各就寝。这岑公子因暗想那所见女郎，真是绝色佳人，若果能得此佳偶，也不枉为人在世，只可惜是镜花水月，恐终成梦幻。想了一回，方才睡着。

且说这蒋士奇睡去，朦朦胧胧，似梦非梦，见他父亲拄杖而来，吩咐道：“那刘丈与我往来甚厚，对你所言，并无虚谬。玉馨得配刘生，可称佳偶，姻缘前定，无可改移，不可当面错过，切记切记！”说毕，扶杖而去。蒋士奇正欲上前拉住父亲问话，忽被地下一滑，跌了一交，醒来却是一梦，大自惊异。正欲起来说与岑公子得知，却见他睡熟，不好惊动。因想这事果然奇怪，父亲所说又与刘老之言相符，不料阴阳间隔，竟有如此灵异。因想玉馨侄女，我原有意与岑公子结姻，因为现在一处，未便开口，欲待其归时议及。不料他却另有这段姻缘，幸我未曾出口，可见事皆前定，非人力可为。但不知这刘电是怎样人物？谅明日必有下落。左思右想，不能成寐。到了交五鼓时，才沉沉睡去。

且不说二人安睡，却说那刘封君自送岑、蒋二人去后，回身与雪姐道：“我已将汝兄妹两人之事，尽托蒋公周旋。他是人中英杰，一诺千金，必不负我所托。况我日前又与他令尊相会，也曾谆托了他，事已万妥。那岑公子汝已见过，才貌双全，日后功名显达，真堪与你为配，况赤绳系足，纵然远隔天涯，亦无变易，但迟早自有定数，难以相强，归与汝母言之，静待闺中，不必他议。明日汝三兄到来，正是你回阳之日。见你三兄，不须回避，将我继汝之事，一一与他说知。且有蒋、岑二位灼见，他无不相信。汝今可往己室等候，明日必当先发汝冢。”雪姐含泪道：“蒙恩父慈庇，真是白骨再生。只是从此阴阳间隔，不能再侍膝下，心实难舍。”刘公笑道：“汝他日恩荣济美之时，夫妻同至墓前浇奠一杯，为父欣慰不浅。”雪姐听说，垂泪叩别，尚依依不舍，忽闻鸡鸣喔喔，刘公催促再三，雪姐才含泪而归。从此，父女二人已是阴阳相隔。

再说蒋士奇与岑公子安睡书房，此时初秋天气，日长夜短，及一觉醒来，天已大亮。叔侄一同起来，盥洗毕，蒋士奇道：“我昨夜又得一奇梦，正要与你说知，因见你睡熟，不好惊动。”岑公子道：“不知老叔又得何奇梦？”蒋士奇道：“说来真是奇怪。”因将先人梦中吩咐的话，说了一遍：“你道奇也不奇？”岑公子道：“既叔祖如此显灵，又与刘公所言符合，这件事便真实无疑了。今日小侄与老叔吃了早饭，即往彼处一探动静，不可迟误。”蒋士奇道：“天气炎热，何不先着人往彼处探看，倘果有消息，即回来通报，然后我们再去如何？”岑公子道：“老叔所说虽是，若依小侄愚见，还是先去等候的为是。若果有斯人到来，便可与他指示，说明原委。一来信我们果有此一段幽显奇逢，二来也见我们这一番真实情义。况午前天气尚不至十分酷热，且好往树林中乘凉歇息。老叔以为何如？”蒋公大喜道：“不差。我们吃过早饭就去，只带一个家人，携一壶好茶解渴。倘有动静，便可着他回来叫人助力。”当下吩咐快些收拾早饭，并着预备一桌盛饭，省得临时备办不及。叙话之间，饭已端正，叔侄用毕，随带了一个家人，携了一壶泡茶，缓步从丛葬处去，寻到了昨夜所经之处，果见一株野竹在上下两冢相傍之间，所插柳枝亦在，审视不差。但看两冢相去不远，却不知哪一冢是刘公之冢，正在议论，见日色甚大，此处虽有几株野树，却不能遮阴。蒋公指道："我们且到那边树林中去暂憩。"二人因同到林间，席地而坐，吃茶闲话。

看看等到巳牌时分，只见远远从南道上来了一行五七人，手中各荷锹锄等物，却从乱葬处而来。原来这丛葬处，周围约有三十余亩宽大，其间坟冢累累，高低不一，却见那一行人正从这去处来。蒋士奇喜道："这不是来了！"大家站起来观看，只见那些人左盘右旋，周围寻觅。他叔侄二人所憩树林相离不远，看得分明。蒋公对岑公子道："你看那素衣冠的魁梧少年，一定是刘公之子。"岑公子道："是他无疑。我们须上前相见，与他指引。"遂一同迎将上来，远观未尽，近睹分明，见这少年，生得面如满月，唇若涂朱，两道修眉若聚山川秀气，一双河目似分秋水澄清，七尺上下身材，二十以来年纪，缟素衣巾，手执杆棒，腰挂七星，声音清越，气宇轩昂。蒋士奇暗喜道："果然好一表人物。"见他率领一行五六人，正在那里各处审视，蒋士奇止不住上前拱手道："尊驾莫非是吉水刘三兄，来此搬取令先尊灵柩的么？"那少年也正见二人来得有意，方欲动问，听见叫出自己姓氏、来历，倒吃了一惊，连忙迎上前来，深深打了一恭道："尊台何以预知晚生姓氏、来历？"蒋士奇回了礼，便道："此事说来话长，且又奇异，但此处非长谈之所，且请完了正事，屈到敝庄，慢慢相叙。"刘电看二人时，一个豪雄出众，天表亭亭；一个潇洒不凡，丰姿濯濯。因又与岑公子对揖毕，便拱手请问："二位上姓高名？称呼名分？先严之冢，想二位必知所在。"蒋公道："弟姓蒋，名英，字士奇，就在此村居住。"又指岑公子道："这是世侄，姓岑，名秀，字玉峰，祖贯金陵，客游于此。所说令先尊的坟冢，我两人昨夜方才知道，今日特地到此相候，果见尊驾到来。"刘电惊讶道："这一发奇了，先父寄葬于此，也是两个年头，何以老丈昨夜才知？怎么又知晚生今日到来，更是奇怪，望乞明示。”

蒋士奇道：“且慢！我与兄且到那里观看，还有个斟酌之处。”因携着刘电一同到这野竹处来，蒋公指道：“此处便是，但这两冢相连，却不知哪一处是令先尊之冢。”刘电一发不知，因道：“去年老父同舍亲陆公在贵乡作客，老父因病而亡，舍亲即将老父之柩寄葬于此。后来舍亲回家，又为倭寇所阻，耽迟道途，直到今春才到舍下通知。原说外有木标为记，内有砖块勒名。晚生原欲浼舍亲同来，不料舍亲回家不久，亦得病而亡，因此晚生只得独自前来搬柩，谁知竟寻不着木标形迹。今日得遇老丈、岑兄，实出万幸。但老丈既有所知，还祈老丈与岑兄斟酌的是。”蒋公与岑公子道：“总在这两冢之间，却如何分别？”岑公子道：“依小侄愚见，只怕昨夜所见女郎，莫非亦是此处。如今不妨将两冢俱发，即有差讹，则此处俱系无主之冢，有何妨碍？”蒋公笑道：“此言甚善。”因对刘电道：“此竹与下冢较近，且土色又比上冢更新。令先尊瘗此不久，谅必就是此冢，且试发不妨。”刘电又听得岑秀说出什么“所见女郎”，真是摸头不着，此时亦无可如何，只得叫这几个雇来的土工一齐动手，先将下冢起发。不到四尺来深，早见棺木，遂将四周黄土掀开，见棺木尚鲜明完好，刘电四下寻觅，并无勒名砖块，心下怀疑着急，因向蒋公道：“从前，舍亲原说有标木、名砖为记，今既无标木，又无名砖，难以凭信，却当如何？”蒋士奇未及回答，这些土工内有两个有年纪的道：“这个义冢地内，常有他亲人到来启棺，只要认得方向，就没有了记认，便依着方向乱掘起来。上春头也是一个外路客人到这里来起他叔子的棺材，起了五六冢才得起着。这起动了的，仍然与他掩好，做个羹饭，烧些纸锞，就无妨了。”蒋公道：“如此说，且将此棺与他掩盖那上面的冢必是无疑了。”

众人正欲掀土掩盖，只听得棺内呻吟之声，叫道：“你们不须掩盖，快些开了棺盖，放我出来。”众人听见，惊得个个缩头吐舌，满身毛孔都直竖起来。惟岑公子不禁笑逐颜开，便对蒋公道："老叔，这是所见女郎无疑了。快些开棺，便见分晓。"刘电不知其中缘故，只是作声不得。蒋公笑道："这棺中却是令妹再生，不必惊怪，开了此棺，令先尊之棺自见。"当即吩咐众人："你们可将这棺木四周，轻轻撬开，不可大惊小怪。"刘电听说，愈增惊愕。这众人见蒋公说话有因，都怀着个好奇喜异的心肠，且要看看这棺里面的光景，都道："纵然是个活鬼，青天白日有许多人在这里，怕她做甚？"遂一齐动手，将棺盖起松，掀起盖来，却见里边一个女郎侧身而卧，面色如生，转瞬之间，已掉过身来，慢慢坐起，秋波开视，看见蒋公便开口道："昨宵已拜识尊颜。"又看着刘电道："这必是刘家三哥了。"当时刘电与众人俱大为骇异，惟蒋公与岑公子欢喜不已，因对刘电道："三兄不须惊讶，此事一言难尽，少刻便知。"随即吩咐同来家人，即速回庄备两辆太平车来应用，又吩咐如此如此，不可有误。家人答应，如飞而去。正是：

莫惊千里成奇遇，须信三生有定缘。

不知后事如何，且听下回分解。

第十四回

# 回阳世义妹胜同胞　遇异乡贤东成至戚

却说蒋士奇当下吩咐家人即速回庄，备太平车二辆：一辆内铺垫坐褥凉席，即着一庄家妇女到来，陪侍小姐；一辆搬刘公灵柩。家人答应去了。因对众人道：“你们不须惊怪，这再世还魂的事，从古甚多，不足为怪。”此时雪姐已慢慢扶出棺来，先与蒋公道：“此处不敢为礼，且到老叔府上再为叩谢。”又对刘电道：“三哥不必惊讶，小妹代兄侍奉父亲，阴间阳世总是一般。父亲盼望三哥，已知今日必到，再世相逢，亦是定数。这上边就是父亲坟冢，便可速起。其中缘故，三哥只请问蒋老叔与岑公子便知。”刘电见事出非常，又茫然不解，只得漫为答应。

蒋士奇已吩咐土工将上冢起发。不到四尺余深，便见一具漆棺，掀开旁土，果见头边有一块方砖，刷土看时，上泐“吉水刘公之柩”六字。刘电此时惊喜交集，喜者已得父亲棺木，惊者不知这女郎还魂来历。又见蒋公与岑生十分欣喜，料其中必有原委。因向雪姐道：“小姐称我为兄，谅必有故。”雪姐道：“小妹在地下侍奉父亲，一如人世。即三哥家事，我已悉知，岂得无故？”刘电听了，复问蒋公道：“老丈既知其详，请先言大概。”蒋公道：“不必性急，待到敝庄，慢慢再叙。”此时已将棺木起出土来，刘电不禁抚棺大恸，蒋公再三劝止。刘电看棺木时，却还坚固，尚无伤损。此时众人七张八嘴的道：“我们只耳闻说，古来有还魂的事，哪得眼见？不想今日竟眼见这样的奇事，真真是千载难逢！”又说：“这个姑娘且是生得齐整，日后只怕还要享大福哩！我们听得，当初有个什么杜丽娘还魂的故事，想来也与今日一般。”大家互相谈论不已。刘电又细看这女郎日中有影，毫无所异，且举止幽闲，容质端丽，声音娇朗，话语有源，谅无怪异，只不知是何来历。当下日色将午，颇觉炎热，蒋士奇正欲让雪姐、刘电同往树林中少息，却远远望见两辆车子如飞而来。蒋士奇对刘电道：“此去小庄不远，屈到那里慢慢再叙。”因向这几个土工道：“你们工钱，可到我庄上去取。”刘电道：“他们六人已言定，每人工钱三百，昨已给发过一千，尚该找钱八百，叫他们同我到下处去取便了。”蒋公道：“不必，尊寓谅在北关旅店，想只身到此，未必多带行李。只要说知店主姓名，即叫小价前往搬取，必无疏失，不必台兄自往。我们便可同往小庄叙话。”又对众土工道：“这具空棺尚无伤损，你们辛苦一场，即与了你们，拿去变价均分。内中被褥等物，一并相送。该找工钱八百，即到我庄上去取。”众人听说甚喜，都道：“费得这半日工夫，各人倒赚了数百文钱钞；这口棺木极少也卖他五七两银子均分。”俱各欢喜。蒋公吩咐：“即将刘公灵柩抬在一辆车上，安放停稳。”又叫这庄户妇人扶小姐上车，吩咐：“同灵车慢慢而行，不许颠动。”刘电见蒋公为人豪迈，作事敏捷，十分钦敬感激，且急欲问知缘故，无暇到寓，因道：“承老丈高谊，敬当从命，但恐灵柩无处安放。”蒋公道：“已有措置，不劳费心。”刘电因说知店家姓名，并交出锁房钥匙道：“些微行李，俱在客房。一宿房金所该无几，并众工人的找钱，下处俱有，即烦尊价到彼给发他们，众人亦不必同往贵庄了。”蒋士奇道：“甚好。”当下，这些土工就将原带来的绳索，把空棺捆好，四个人抬着，跟随蒋宅家人回到北关搬取刘生行李、找钱去了。

蒋公与岑生相邀刘电一同步行往庄上来，到得庄前，见妇女们已扶雪姐下了车子，同入庄里去了，灵车在庄前停着。蒋士奇吩咐庄户们在祠堂东房内设放两条大板凳，将灵柩抬在居中，又吩咐家人叫妇女们先与小姐饮姜汤开胃，当下刘电先在庄前倒身拜谢，蒋公扶起，与岑公子相让，同进庄来。到了厅上，刘电从复与蒋公、岑生叙礼毕，因向蒋公道："晚生到此实是茫然，若无老丈与岑兄指引，竟至束手无策。敢问老丈何以预知其详，乞即见教。"蒋士奇笑道："姻缘姻缘，事非偶然。此事说来却是一桩创古罕闻的奇事。昨日因中元扫墓，即同岑贤侄住此纳凉，晚间闲步郊原，贪看月色，到一茂林中少坐，忽见一苍头出来传说：'主人相邀叙话。'我二人却不知不觉随着前往，到了一个所在，村庄屋宇宛然。见一苍颜老者，年约六旬，状貌清奇，长髯苍白，邀入一室，烧灯叙话，也与人世无异。及动问姓氏，云是江西吉水人氏，姓刘名芳，字德远，侨寓于此，已有年余，并道及二位令兄名字。因说尊驾明日到来搬取回里，恐不识认住居，托为指引，并呼令妹出见，说是过继之女，明日亦当同归，恐道路差别，预为相托照料。此话听时，未解其意，今日想来，正应着令妹回生幽明异路之说了。并另有商托之事，却一半明白，一半含糊。彼时我二人竟不觉有阴阳之隔，又承留饮美酒，可见地下风光不减人世。及相送出门时，将手中竹杖植于门旁，说以此为记。转眼之间，我二人却在星光月露之下，人迹房屋俱无，恍惚若梦，审视其处，却是丛葬之所，那所植之杖，便是那枝野竹。及回到庄来，已是三鼓时分，因此不敢负约，今早即到彼处相候，果遇三兄到来，所言一一相符，岂非创古奇闻、一大快事！"刘电听说这番情节，神情飞越，大为悲感道："老丈为先严所敬仰，不以阴阳之隔，谆谆重托，比亲亲之谊更加百倍。我与岑兄同辈，若不嫌鄙劣，从此敬当以叔侄相称，老叔想不见弃。"蒋公道："只恐不当。"

正叙间，雪姐却从后面梳洗毕，出到厅前来向蒋公拜谢，又谢过岑公子，然后与刘电以兄妹之礼相见毕。蒋士奇正要动问地下缘由，即让坐于刘电下首，雪姐裣衽道："自分幽埋尘土，不料重睹天光，此皆老叔大人恩及九泉，老父感激不尽。从此存殁均当戴德不朽。"蒋士奇道："此皆令尊公灵显，因以成事，何德之有？请问小姐家居姓氏，当时如何埋玉在此？"雪姐垂泪道："此事言之伤心。"因将住居姓名，并如何随父往外家拜寿，如何同干娘回家，如何遭船户用迷药将干娘谋害，如何勾连媒婆卖至曹府，如何哄骗上船赴任，如何至起岸时吐露真情，如何被恶妇得知，毒施捶楚，如何至此处旅店中捐躯自尽，又如何至地下为匪鬼欺凌，如何得遇仙姥指点授药、保全身体，"并教相投老父，因蒙父亲不弃，收留为女，朝夕侍奉，并将家中母亲与二位兄嫂一一与我说知。父亲在地下已受了宇章大哥诰命之荣，因此众皆钦敬，都称为刘老封君。预知三哥今日到来搬取，恐无处寻觅，故昨宵相邀老叔与岑公子拜托指示。还有拜托之事，老叔尽知，不须再说"。把这前后缘由细细说了一遍，大家方知有这许多缘故在内，共相惊叹不已。

刘电道："如此说，真是我义妹了，且请问妹子的干娘是何姓氏？"雪姐道："姓殷，娘家林氏。"刘电惊喜道："这干娘的儿子可叫殷勇么？"雪姐惊问道："正是。三哥如何得知？"刘电道："这又是一桩奇事。"蒋公道："却是为何？"刘电道："小侄因搬柩前来，沿江顺流而下，这日到了一个临江大镇，遇见一人，姓殷名勇，说他母亲同一小妹探亲不回，分头寻找，却在彼处寻着母尸，号天大恸。那时小侄上岸，问知缘由，却与妹子所说一般。小侄见他路途莫措，遂分赠棺资，权厝江寺，又看他仪表非俗，即与他结为异姓骨肉。如此说，这死者是妹子干娘无疑了。"雪姐听了，伤心堕泪道："我干娘果被贼人害了性命，此仇何日得报？家中生父又不知为我如何痛苦？"想到此处，不禁放声大哭起来。刘电劝道："这是大数，妹子且免伤悲，即如今日，妹子死而复生，也是定数，岂人力可为？明日愚兄顺道送妹子回南，便可与老伯相会。这凶徒既有姓氏来历，便可禀官拿获，以报此仇。”蒋公道：“此乃小姐不幸中之大幸，且免伤悲。”雪姐拭泪道：“三哥所遇的殷勇，正是我干娘的亲子，自幼我父亲因无子息，原欲过继他承祧宗祀，只因干娘现在，称呼不便，因此未曾举行。小妹自小与他兄妹相称，为人极孝，最重义气，惯抱不平，父亲见家计淡薄，因叫他在叔父处习学生理，不想又遇见三哥，结为兄弟，实是难得。只可怜我干娘反是我累她死得好苦！”说毕，悲泣不胜。刘电道：“殷家兄弟，堂堂一表，胆勇过人。愚兄再四劝他投充武勇，从戎效力，他已允从，将来必然发达，未可限量。”大家叙话间，家人已将刘生行李搬到，除去找给房钱工值之外，所余之物点视不差。刘电道：“却是有劳，再当相谢。”家人又禀道：“如今北关厢都知道有这件奇事，明朝只怕有许多妇女们要来看小姐哩。”蒋公笑道：“这原是一件奇事，妇女们来看看何妨？”此时日已正午，家人禀说饭已完备。蒋公道：“今日已预备粗饭一桌，先与尊公权为祭奠，然后同享祭余。”刘电不胜感激道：“老叔云天高谊，存殁均沾。”蒋公道：“小事何烦挂齿。”当即吩咐家人庄户将祭桌抬往刘公柩前，摆供端正，点上香烛，一同前往祠堂。先是蒋公与岑公子上下肩一同拜奠，刘电兄妹在旁涕泣叩谢；然后兄妹拜奠毕，不禁痛哭了一场，焚化冥资。刘电遂与雪姐另拈香一炷，同到蒋公祠堂中来叩拜，蒋公阻之不住，遂陪他兄妹行礼毕，然后一同回庄上来。

蒋士奇对刘电道：“令尊棺木虽无伤损，但水陆长途常须启动，倘于路有失，反为不美，依愚见竟在这里用坚固木料做一少薄外椁，则途中便万无一失。”刘电道：“老叔所见极是，只是又要累老叔费心。”蒋公道：“这却不费甚事。”当下雪姐自有妇女接往里边陪待，这外面客位安放桌席，让刘电在左，岑秀对面，蒋公主位相陪，家人斟上酒来，刘电举杯谢道：“天涯萍迹，何幸得遇老叔，如此周备，即骨肉至亲亦不过此。不知他日何以为报？”蒋公道：“论今日之事，果是一段奇闻，千秋佳话。然将来与二位老贤侄亲亲之谊，正未有艾，今日幸聚，大事已完，且须宽饮一杯，以解道途劳苦；明日屈到舍下，安息几时，正好细谈衷曲，且尚有正事相商。”刘电道：“小侄因搬父柩，星夜前来，老母在家日夜悬望，因不敢久停。今蒙老叔如此恩谊，小侄亦不忍遽别，只是明日先要恳烦老叔觅一作椁材料，并恳老叔即雇匠人一做。”蒋士奇道：“此事甚易，材料现有，明日即可动工。老侄纵欲急归，亦须屈留十天半月。一来尚有相商事情，二来亦可小尽地主情谊。”刘电道：“明日自当同小妹登堂拜谢。请问尊府还有甚人？离此多远？”蒋公道：“不过十余里地，舍下还有老母、拙妇，一个小儿尚在幼龄。”又问岑公子：“府居金陵，在城在乡？几时到此？”岑公子亦将住居并同老母避仇到此缘由说了一遍。刘电道：“原来老伯母也在此间，明日一并瞻拜。”大家一边叙话、饮酒，彼此情意相投，各带微醺。

用饭毕，蒋公即邀到花园内，在一座亭子上纳凉。这亭前山石玲珑，四围丛篁交翠，大家倚栏坐下，家人送茶来吃过，刘电对岑秀道：“弟从江南一路来，闻得人说，那侯巡按狼戾自用，声名甚是不好。但明岁乡场，兄亦当回南应试。”岑秀道：“正是。只为此人未去，尚在踌躇未定。”刘电道：“此是进取之阶，岂可错过？纵然此人为仇，他亦不能禁止人场之事。一登黄榜，他其奈我何？”蒋公道：“我也正如此劝他。”因问刘电道：“老贤侄青春几何？英伟卓立，将来必当大任。”刘电道：“小侄年才十九，虽侥幸武学，技艺荒疏，正要求老叔指教。”蒋公笑道：“功名之念，颇不置怀，但见猎心喜，闲时不过借此消遣，改日正要看贤侄妙技。”因问：“宇章令兄此时谅已丁艰回里了？”刘电道：“小侄出门时，本地文书已是早发，况得信后即先专差前去讣闻，谅已早到，但知县衙门钱谷交代，恐一时不能动身，正不知归与未归。”

此时三人各叙家常，谈文论武，亹亹不倦。岑秀看刘电胸襟磊落，是个英雄豪侠；刘电见岑秀言论恢宏，是个俊逸儒流。二人交相敬羡。蒋公见他们情投意合，气谊甚殷，因道："我看二位贤侄青年卓荦，一文一武，将来万里云程不可限量！予何幸得此！你们既如此敬爱，亦不必效世俗常情，只要肝胆相照，从此竟结为兄弟何如？"两人一齐起身拱手道："老叔大人即是主盟。日后倘有负心，即如此日。"当下叙齿，刘电长岑秀一年，应当为兄。自此二人即以弟兄相称，倍加敬爱。蒋公大喜，犹如取了得意门生一般，复命取酒，在竹亭小酌。此时日已沉西，月光早上，三人畅叙，直到夜凉人静，才回房安歇。蒋士奇当下吩咐家人，明日一早如此如此，不可有误。正是：

今番幸会，增添无限情杯；他日重逢，做出许多事业。

不知蒋公吩咐家人是何说话，且听下回分解。

第十五回

# 试铁弓叔侄显英雄　解玉环刘苏结秦晋

却说蒋士奇叫家人来吩咐道："你明日五鼓即骑牲口回去，先禀知老太太！随即将轿车备好。着大丫头到来，好陪侍小姐回去，可多取几件衣饰来与小姐更换，并着厨下明日备两桌酒席伺候，再多备一牲口来骑坐，不可有误。"家人答应，自去理会。又吩咐佃户将所存大桐木一株，明早即去叫匠人来解开作椁。因对刘电道："此木性坚质轻，便于道路，但用漆恐不能即干，只可权用桐油灰补，到府后再为整理。"刘电称谢不尽。此时已觉夜凉露重，家人收拾杯盘，三人就在花园竹月轩安寝。雪姐自有庄妇相陪，在内室安歇，一宿无话。

次日，叔侄们早起盥洗毕，同出前厅，见两个匠人到来解板。蒋公吩咐："依着棺木式样做一外椁，有二寸净板便好，须留着正头，做成抽屉缝道，将棺木推人，然后合笋。"匠人道："这不须吩咐，我们知道。"刘电见蒋公如此用心，感激不已。当日才吃过早饭，家中已将车马备到，那大丫头碧莲听得说这还魂的事，巴不得要先来看一看，下了车，捧着个衣包，急急忙忙到后边来，见了雪姐，暗道：好个齐整姑娘，只说我家苏姑娘齐整，原来还有一般齐整如她的。因对雪姐道："恭喜姑娘，我家老奶奶、大娘娘先叫上福姑娘说，趁上半日早凉，请姑娘就起身。”把带来的衣包打开道：“请姑娘拣称体的更换了。”又动手与雪姐将几件首饰插戴好。雪姐道：“有劳你！”因问：“你家老奶奶今年多大年纪了？”碧莲道：“我记得老奶奶大前年做六十岁，如今想是六十三岁了。还有个大娘娘与大爷是同年的，有三十八九岁了。还有个苏姑娘，是大爷的表侄女儿，同姑娘倒像姐妹一般的齐整。如今还有一位岑夫人，是去年来的，说是老奶奶的干女儿。”雪姐笑道：“还有何人？”碧莲道：“还有一个八九岁的小相公儿。”当下雪姐更换了衣服，当不得这丫头催促得紧，因谢别了庄户家妇女，碧莲扶着雪姐，妇女们一同送出厅来。蒋公道：“小姐请上车先走一步，我们随后回来。”雪姐道：“到了府上，再叩谢老叔。”当时，妇女们搀扶着雪姐，同丫头上了车先走，这里蒋公吩咐管庄家人：“监看木匠造椁，后日我们同来观看，该多少工钱就给发与他，一做完就去叫油漆匠来灰补。”又对匠人道：“只要用心做得好，格外有酒资相谢。”匠人道：“不消大爷费心，包管如意。”

蒋公料理毕，就与刘、岑弟兄一同骑牲口回来，沿路见男妇们往来络绎，有那在车上看过了雪姐就转来的，也有不曾看见，跟着往村里来的。原来这件事不但尚义村闹动，即乡关妇女来看者纷纷不断，只等雪姐车子一到，这些妇女们便揭起车帘，拥挤观看。及雪姐下了车，早有内眷出来相接，那些远近妇女们也一齐拥进来观看，如何拦挡得住，都道：“好个标致姑娘。”雪姐到了后堂，先与蒋老夫人拜见过，又拜见了岑夫人、蒋大娘子，又与苏小姐表姊弟见过了礼，同众妇女万福了，大家相让坐下。蒋老夫人就问：“姑娘今年十几岁了？”雪姐道：“今年十六岁了。”此时大家都要问雪姐的始末根由，并地下的光景、还魂的情节。雪姐因见人多，只好将大概对答。这时来看的妇女，一队去了一队进来，七张八嘴，问长问短，没一个不称赞叹息，都道：“真是一件稀奇罕有的事。”外边蒋公与刘、岑弟兄早已到家，刘电重与蒋公叩谢。当下原要进内堂来拜见，因为这些妇女们打搅不了，队进队出，几乎把客位都挤满，因此大家只得在前书房暂待，被她们整整聒噪了半日，才渐渐散去，已是晌午时分了。蒋士奇因先进内堂来，把刘公冥中相托之事，并刘公子启柩、雪姐再生，几段情节一一禀知老母。老婆婆道："这是千载奇逢的事，既然是他令尊显灵相托，必然与玉儿是前定姻缘，自当应许，只不知这刘相公人品如何。"蒋士奇道："仪表非凡，如今已与儿叔侄相称，又与岑家大侄结为兄弟，便都是子侄辈，少刻进来拜见，大家都不须回避。"说毕，就起身出来，雪姐还要拜谢，蒋公、老婆婆道："已经见过，再不消了。"当下，蒋士奇才出外面，刘电就要进来拜见，岑公子遂相陪一同进来，到了内堂，那时只有苏小姐要避去，原来雪姐有意，正要使他两人一见，就一把拉住道："这是我三哥，姊姊见见不妨。"蒋士奇便对老母道："这是刘家三公子，与岑家大侄同辈，都是亲谊，见礼不妨。"老夫人道："如此说，只行常礼罢。"刘电不肯，叫岑公子扶住了，倒身拜了四拜，蒋士奇搀起，因对岑夫人道："大姊与弟妇竟一同见了礼罢。"因此刘电口称"伯母、婶娘"，望上总拜了四拜。岑夫人与蒋大娘子俱受了两礼，然后与苏小姐表姊弟二人深深四揖。行毕礼，刘电对老夫人道："再侄兄妹们承老叔大德垂庇，又在府上搅扰，不但举家戴德，即先人亦当于地下感激不浅。"老婆婆道："将来就是亲戚，凡有简慢处不要见怪。"刘电连称"不敢"，一面遂告辞出来。老太太见刘电人品轩昂，心下甚喜。时已过午，酒席早已齐备。里面内眷们陪雪姐同坐一席，外边让刘电坐了客位，岑秀对席，小相公即坐在岑公子肩下，蒋公主位相陪。

正是酒逢知己，话不嫌频，大家直叙到日色将西，方才散席，就同到内书房来散坐。刘电见四壁琳琅，图书满架；果是世家体统。又见架上有良弓数张，内有一张描金细画的铁胎弓，上着虎筋弦，未曾解放。刘电道："这弓自然是老叔常开的了？"蒋士奇恐刘电力不能胜，故意道："功夫久荒，难以开动。"刘电因问："不知有多少力？"

蒋公道："约有八九石力。"刘电终是少年豪气，便道："老叔既有此弓，岂有不能开动之理？"随将弓取下道："小侄八石之弓也曾试过，恐此不止八石。若试不开，老叔莫笑。"蒋公道："贤侄且试一试。"当下刘电将弓弦兜住，略扯了一扯，然后使出那三尖六靠的身法，两臂运力，将弓扯得如满月一般，蒋士奇大喜道："不知贤侄有如此神力，可敬，可敬！"刘电将弓双手送与蒋公道："小侄粗疏，还求老叔指教。"蒋士奇接过弓来道："贤侄功夫已到，何必过谦。"便也把弓拉了个满，刘电亦深敬服。蒋公笑对刘电道："尚有一张硬弓，比此更多几力，已拿去修整，明日取来再请一试。"岑公子接口道："三哥神力，非老叔则无双矣！"因对蒋公道："老叔何不把这件正事与三哥说明了？"刘电急问："何事？"蒋公道："此事本欲烦岑贤侄转致，今既提起，亦不妨面言。方才贤侄进内所见与令妹并肩的，系表侄女，本姓苏氏，年才十八，自小在老母身边，抚养成人，论其德容，与令妹可相伯仲，愚意欲与贤侄结朱陈之好，就烦岑家贤侄为媒，贤侄谅不推却。"

刘电欠身道："承老叔大人不弃寒微，小侄敢不从命。只是现今多有未便。"蒋公道："为何？"刘电道："现有孝服在身，不忍议及姻事，一也；未禀老母，不敢擅专，二也；身在客途，毫无聘物，三也。还求老叔见谅。"蒋公道："贤侄所言虽是，但此时只要一言订定，又不即偕花烛，与孝道何碍？即明日令尊堂知道，谅亦乐从；至于聘物，更为小事。大丈夫处世，一言九鼎，何必计此！"岑公子便道："三哥却不知，这姻事也是老伯显灵，再三谆恳老叔成全的。只问令妹便知端的，三哥岂可不遵？"刘电听说，便不敢再推，即将腰带所系羊脂玉带环二枚取下一枚，双手奉与蒋公道："客中并无他物，聊以此环为聘。小侄回家，禀过老母，俟服满，当来亲迎。"蒋公大喜，接过玉环道："此即千金之重了。"刘电又向岑秀深深一揖道："月下冰间，即借重贤弟。"岑秀道："敬当如命。"刘电又问道："前日老叔所言先严所托，一半明言，一半含隐，不知又是何故？”蒋公笑道：“此事也当说明了。前者令尊所托三事：其一是与贤侄指引处所；其二即为贤侄婚姻；这第三事，却是说令妹与岑家贤侄，亦有姻缘之分，但其中话语含隐，却像个尚须耽待，目前不宜预定的意思，正不知是何缘故。但既有定缘，终当成就。况令妹年才十六，即耽待两年，亦不为迟。贤侄回南，见了许丈，当为一言订定，取了庚帖，便无改移了。令堂面前，亦当禀明，不必更为他议。”刘电道：“此一事，老叔不言，小侄亦有此意。”因对岑公子道：“愚兄见过许丈，即当成全报命。况愚见服满后，必先到贤弟处，那时自当与吾弟完成美事。”蒋公道：“所言极是。你二人却互为郎舅，又互作冰人，更加亲热了。”因起身道：“我当进内与老母说知。”遂一直到内室来。

此时里边席已早散，都在上房叙话。蒋士奇因对老母将结姻之事，一一禀知。老夫人道：“方才许姑娘已在这里说起，只是路途遥远，我一时如何割舍，须要说过，先当赘在此间，过一两年再作归计。”蒋士奇道：“这事亦易为商量。”因将玉环一枚，交与老母道：“这是他的聘物。”又对岑夫人道：“许小姐与大侄的这段姻事，刘公子已一力承当。他去见过许丈，订定后即有书来通知，谅无不成之理。”岑夫人道：“此事虽是刘公谆托大弟，终有阴阳之隔；且不知许公允与不允，况如今又有刘老夫人在堂，亦可作主，事难预定。且待三公子书来，才得定局。若果是姻缘，即迟一两年亦有何妨！”蒋公道：“大姊所见极是。”说毕，就出外边来，将老母所言，与刘电说知。刘电道：“小侄自当禀知老母，谅来无不从命。”

且说这里边都知道苏姑娘与刘公子结了姻，这些丫头仆妇都到上房来与老太太们叩过喜，又来与苏小姐道喜，都说：“这刘公子好个标品，真真是一位出色的新郎。”你一言我一语，说得苏小姐脸上红了白、白了红，十分羞涩。然两下都已见面，心中却是暗喜。原来雪姐与苏小姐，身材不差上下，这更换的衣服都是苏小姐的。那碧莲丫头看着雪姐笑道："许姑娘同我家姑娘身材齐整，都是一般，这衣服鞋脚竟好合穿得的。"雪姐对玉馨道："这衣饰想都是姐姐的，与小妹身材却是一般。"苏小姐道："只是粗衣饰，不中姐姐穿戴。"岑夫人道："你们两个真像姐妹，如今又成了至亲。这许姑娘小你两岁，以后竟以妹子相称，却不要客气了。"碧莲又指着岑夫人，插嘴对雪姐道："我们姑娘是她老人家的干闺女，如今你们做了姊妹，少不得也是她老人家的干女儿了。"雪姐道："这个自然。"蒋大娘子笑道："你这丫头偏会多嘴。"老夫人道："虽是多嘴，却也有意思。"时已黄昏，当晚内外用过晚酒，刘电就在书房后间另设一榻，与岑公子同房。里边雪姐就在老婆婆房中，与苏小姐同榻。岑夫人见雪姐娇美温柔，一口一声叫着"娘"，心中欢爱不尽。雪姐又与苏小姐取笑道："你如今是我的姐姐，他日又要改叫嫂嫂了。"苏小姐也笑道："你如今是我小姑，日后还是我的弟媳妇了。"大家说说笑笑，直到交三鼓才睡。正是：

乐对新知嫌夜短，细谈往事喜更长。

毕竟不知后事如何，且听下回分解。

第十六回

# 扣禅关菩提三指觉　施武勇英杰两倾心

却说次日蒋士奇又备聚亲酒席，内外欢聚了一天。晚间，刘电对蒋公道："明日外椁谅可做就，还请老叔岳同往一看。"蒋公道："明日趁早凉就去，我们就在庄上多住几天，比家中凉爽。"刘电道："小侄恐家中老母悬望，归心如箭，能够早起身一天更好。"蒋公道："贤侄孝思甚切，我亦不敢久留。只等外椁灰布干燥，即以此为期便了。"是夜一宿无话。次日早起，蒋士奇与老母说知，叫家人唤几个裁缝来，与刘电兄妹制备衣服行李，开出一个清单，吩咐家人蒋贵置买赶办；料理已毕，用过早饭，遂同刘、岑两弟兄骑牲口，带了小使元儿往庄上来。

这日匠人正值完工，大家同到祠堂看时，见做得甚好，遂叫家人给发匠人工钱，格外给与酒资去讫。恰好油漆匠已来，就吩咐用整布周围灰布，多用油料，不许草率，仍着家人监管。说毕，同到庄院。蒋士奇见天色正早，因对二人道："离此不远，有一慈云庵，庵中有一位点石禅师，道高德重，年愈九旬，往往知道过去未来之事。因一向无暇，久不往访，今日趁此闲暇，同二位贤侄前去一访，消此长日何如？"二人欢喜道："如此道德高僧，正当往访。"蒋士奇道："此去不过十来里远近，一路都有松杉蔽日，尽可缓步，只带小使同去，却不累赘；再封一香金送他，就在那里扰了他的素斋，尽此一日之长，省得回来吃午饭。”弟兄二人齐道：“最好。”当下叔侄三人带了小子元儿，缓步望慈云庵路上来。此时已是巳牌时分，日色虽大，一路却有松竹布翠、古树交阴，不觉炎热。约走了五六里路，见前面却是从远山拖下来的一带高冈，满冈都是合抱不交的大树，冈下一带清流环绕。下得冈来，过了一座小桥，远远见一座翠森森的茂林，蒋士奇指道：“那林间便是慈云庵了。”大家一路缓步闲谈，觉微风习习，炎气全消。蒋公道：“闻得宋时此地却是一片戎马纷争之地，今际此升平盛世，只见牧唱樵歌。古今虽异，山水依然。倘得于此优游终老，颇亦不恶。”岑公子道：“圣明在上，老叔正当进取功名，以图报效，且俟功成名就，然后归来，遂此林泉之乐未迟。”刘电亦道：“老叔岳如此英雄胆略，自当建立功名，岂可埋没！小侄不才，尚思进步，何况老叔岳健翮已修，一举即可云程万里。”蒋公笑道：“我期望二位贤侄正复如是。”

说话之间，不觉已至谷口。进得谷来，两下松篁密荫，日色全遮，一带石子砌成的曲径，径侧溪流清澈，直引到庵门首来，却是一座小小山门，上有“慈云庵”三字匾额。进得山门，便是弥勒佛像，转过背面，却是韦驮尊者，穿出来却是一座小桥，桥下水声濑玉，是从前溪转过来的。过得小桥，一条莓苔石径，两下松柏交加，早有一个知客僧出来相接，见了蒋公道：“老檀越有好些时不到此了。”蒋公道：“正是。因因俗冗，少来瞻仰。”知客就让三人先到正殿上来，却见上面只供一尊古佛，四下幡盖缤纷，沉檀香霭。礼佛毕，引入内客堂里来，知客便问蒋公：“这二位居士贵姓高名？从哪里来？好像是江南声口。”蒋公道：“正是。”因导刘电道：“这是江西刘三公子。这是江南岑大公子。都是舍亲，特来随喜的。”知客道：“原来都是远方贵客。”遂送过茶来。

岑公子见四壁有五十三参画像，并莲池大师的诗偈。大家看了一回，用过茶，只见一个小侍者来请道：“禅师请三位到方丈叙话。”三人就起身随着侍者到方丈里来。这点石禅师扶着一根龙头藤杖，在门首伫迎。他弟兄二人看这禅师生得骨格清癯，形容苍古，雪发盈头，霜眉覆目，不须问偈谈禅，已识道高德重。三人进了方丈，合掌施礼毕，叙次而坐，侍者送过一道松子茶来用过，禅师微笑道：“今日何幸得三位大善知识到来？”蒋公便道：“这是弟子两个舍亲。”都代通了名籍，“因慕老禅师道行，特来参谒，要求指示迷途”。那禅师闭目凝神了一回道：“二位前程远大，分内所有可喜者，却得同事一方。只是岑居士有小人为祟，尚费一番周折，亦不过青蝇之玷，无甚妨碍。”刘电恭身问道：“弟子扶先严灵柩回里，沿途可有障碍？家兄自山西解任奔丧，目下可否平安到家？求老禅师指示。”禅师道：“刘居士纯孝感格，一路自有吉神拥护，不须过虑。令兄归途虽有一大惊恐，幸遇救星，亦无妨事。”蒋士奇道：“弟子不思仕进，得傍禅师发明心要，于愿足矣！”禅师摇头道：“老檀越根蒂虽深，却非闲散之人；时来相逼，不由自主。”又向蒋公合掌道：“刘封君所托三事，老檀越已成其二，这一事虽迟时日，必竟要待老檀越完成，不负异途之托，可敬可敬！”三人闻言惊讶道：“老禅师竟是活佛了！”禅师笑道：“阴阳一理，不足为怪，此是老僧饶舌耳。”刘、岑二人又问：“弟子们寿缘结局如何？尚求指示。”禅师道：“如日之升，不必计此，但存一好生之心，何愁不享大寿。数年后，三位与老僧尚有一会之缘，彼时自然明白也。”说毕，垂眉闭目，寂然不言。三人亦不敢再问。

少刻，知客来说：“聊备粗斋，请到客堂过午。”禅师道：“素面一餐，莫嫌简亵，恕老僧不得奉陪。”蒋士奇道：“正要领此清芬，请老禅师自便。”当下就同到客堂饱餐了一顿素面，知客又引往各处散食游玩，但见“碧阴径绕苔痕满，清韵林和鸟语多。”大家拣一松阴石上，清茶闲话，到此境界，真觉五内清凉，尘襟尽涤。直到日色渐西，遂与知客送了香金，同到方丈谢别禅师，这禅师拄杖只送出方丈门首，便道："不得远送了。"三人合掌作辞，那知客直送出山门而别。大家于路说："这禅师竟是一尊罗汉临凡，可惜不得常求指示。"岑公子道："说我们数年后尚有一会之缘，那时这老禅师却是百岁以外之人了。"蒋公道："他既知过去、未来，必非虚语。"

此时趁着晚凉，一路说笑，回到庄来，已是月光满野。蒋公吩咐烧汤沐浴后，仍将酒果摆在竹亭看月。酒至微醺，蒋公问刘电道："贤侄诸般武艺，谅俱精妙。"刘电道："虽从师习学，恐只可演样，难以临阵。"蒋公道："我这里兵器俱有，不知贤侄精于哪一件？"刘电道："俱曾习过，但短兵相接，莫过于剑；临阵交锋，莫过于枪。其余兵器，总不外乎此。"蒋公喜道："真是惯家，必定精专于此。我正欲观贤侄妙技。"刘电道："正要求老叔岳指点，只是长者面前不敢放肆。"蒋公道："这是分内应当操习之事，何妨一演？"因叫家人将兵器架抬放在箭厅前。原来蒋公有一口双股剑，却是镔铁炼成，松纹灿烂，光射日月。其余刀槊，俱是平时常演习的，件件精工。这刘电原有带来防身的一口宝剑，却是祖上遗留旧物，真是斫坚截铁，锋利异常，当下一齐取出。

此时万里无云，月光如昼。遂一同下竹亭，到比箭厅来，却是一座小小厂厅，面前一块平地，约有数亩宽阔。这时庄客佃户聚集许多人到来观看。蒋士奇遂将双股剑递与刘电看道："此剑何如？"刘电接过，抽出鞘来，寒光凛凛，月下看来，分外精彩，赞道："真好剑！"蒋公亦将刘电的剑抽出看时，见刃长二尺四寸，按二十四气盘列八卦，背嵌七点金星，上有"古定"二字，光华夺目。蒋公道："此乃古剑，系干将莫邪之俦，就请一试。"刘电再三谦让："先请老叔岳赐教。"蒋公不肯占先，一定要看刘电剑法。岑公子亦道："老叔吩咐，兄长不必过谦。"刘电只得告过罪，将衣幅撩起，右手捧剑，放开脚步，先演几个解数，漫漫使开身法，把平生剑术施展出来，只见一片寒光罩体，无半点渗漏。蒋士奇看到神妙处，不禁鼓掌大笑道："真得剑家秘术。”刘电舞罢，因对蒋公道：“还求指教。”蒋公道：“予亦尝留心于此，也曾见过几人剑法，不外婆休一派，总不及贤侄高妙，我当远退三舍。”刘电道：“老叔岳过于谦抑，还求赐教。”蒋公因将双股剑掣出鞘来道：“只恐多时不试，未免荒疏。”因将双剑望空一掷，使身法用双手接个住，展开上三下四左五右六的解数，使得如星飞电掣，两道寒光射得众人眼花撩乱，刘电亦看得出神，称赞不迭。蒋士奇击罢，笑道：“贤侄休笑。”刘电道：“老叔岳神术，小侄万不及一。”当下蒋公对岑公子道：“贤侄亦可试击一番。”刘电道：“原来贤弟亦精于此！”岑秀道：“虽承老叔指教，然班门弄斧，殊觉可丑。”蒋士奇因对刘电道：“岑贤侄从前所学，却是浙靳一派；近日改学少林，已是精熟，即试一击何妨！”岑秀道：”破绽颇多，未免见笑。”说毕，遂在架上另取一剑，撩衣起舞，尽平生所学，进退疾徐，颇得其妙。舞到分际，如一道白虹环绕身体，当时若无蒋、刘在前，却也可称独步。岑秀舞罢道：“真是雷门布鼓。”刘电道：“有文字者必有武备，如吾弟可称文武全才矣。”蒋公又问刘电道：“贤侄枪法是哪一派传授？”刘电道：“虽说是少林一派，恐未必得其真秘。老叔岳谅必尽其神妙。”蒋公道：“只恐未必，但所习总是一派，如今同贤侄试演几路何如？”刘电道：“实欲请教，恐不敢与老叔丈交手。”蒋公道：“操演武艺，这有何妨？”因在架上取下两枝铁心攒竹的蛇矛来，将锋刃用毡片裹住，各执一杆在手。刘电道：“凡疏漏处，求老叔岳不吝教诲。”蒋公道：“彼此较正才是。”当下两人走离有百步远近，使开解数，如两条银龙翻江搅海一般，众人不敢相近，都拥到厅上来观看，真如满空乱舞梨花，遍体纷飞瑞雪，看得众人噤口吞声，觉得害怕起来。

当时两下交手有一二十合，蒋公止住道：“已尽知贤侄妙艺，不必更试了。”岑公子虽不知其中神妙，然看到此处，想那临阵交锋亦不过如此。众人俱伸嘴咂舌道：“我们也曾见过大爷与人比过几回枪，却从没有今日这般利害！”蒋士奇执着刘电的手道：“贤侄技勇如此，取功名如拾芥矣！”又道：“武当一派，称为内家，然终不及少林外家之妙。况张三峰之后，其艺传于东南，如今已渐失其秘。”刘电道：“如今婺休中，尚有得其真传者。”因向岑秀道：“贤弟想亦善于此。”岑秀摇头道：从未习学。”蒋士奇因见月色倍明，便道：“我们何不较射饮酒？不中者饮一巨觥。”岑秀对刘电道。“老叔妙技，弟常得领教，却未见兄长妙手，一发请教。”蒋公因道：“岑贤侄亦颇善射。”刘电道：“定是神妙的了。”此时家人见说，早已将箭把安放，那把子上两边挂着两盏小小红灯，搬出几张弓来，轻重不等，随意取用。当下厅上已摆下酒果，三人各取了一张弓、三枝响箭。刘电再三不肯占先，蒋士奇因趱步离把有六七十步远近，搭箭开弓，扯得如满月一般，喝声“着！”只听呼的一声，正中红心，人家齐声喝彩，一连三箭，并无落空。刘电亦射了三箭，俱贯红心，无不喝彩。原来岑公子本精骑射，又经蒋公指点，虽不能开张硬弓，却颇精射法，因对刘电道：“小弟竟饮三觥，免得出丑。”刘电道：“何必过谦。”蒋士奇道：“这礼、乐、射、御，原是文人应习之事。射以观德，何必定以贯革为强。岑贤侄弓力稍轻，不能射远。”因叫家人将箭把移近二十余步。岑公子说声“见笑”，搭上箭，扯满弓，觑得亲切，呼的一箭，亦中红心。蒋公与刘电齐道声“好”，复发两箭，亦无虚发。岑公子道：“偶尔中的，真是见笑大方。”刘电道：“贤弟亦精于射矣！”当下又各射了数箭，总不落空，旁边众人都道：“若是这般射法，射到天明，也没有酒吃了。”蒋士奇大笑道：“却说得是。”因吩咐将兵器弓箭都收拾了，仍取酒到竹亭上来共饮。原来叔侄三人酒量俱宏，彼此谈论武艺，讲究兵法，不觉饮到月转亭西、露凉风冷，才回书房安歇。正是：

不辞相对连宵话，因惜将归千里怀。

不知后事如何，且听下回分解。

第十七回

# 洒别泪征途重气谊　叙情肠绣阁惜分离

却说蒋士奇次日起来，同刘、岑二人到祠堂中看匠人灰布才完，不得干燥，未上桐油。叔侄们在庄中无非演武谈文，以消永昼，不觉又过了数日，油气渐干。蒋士奇因见刘电归心甚急，到二十六日，一同归家商议起身之事。蒋士奇计算：必须雇两辆大车，一辆装放灵柩，一辆与他兄妹坐；但长途之间，虽然兄妹无嫌，必得一妇女相伴才好。刘电意中亦想及此事，虽为兄妹，水陆长途，非一朝半日可到，毕竟得一老年妇人作伴才妥。却不知蒋公早已踌躇此事，这日进内与老母相商，蒋大娘子道："不如叫大丫头送去。"老婆婆道："碧莲粗蠢，途中服侍，尽可去得。但都是个闺女，终究不便。必得有年纪的陪伴才好。"岑夫人道："我这老仆妇闲住在此，不若叫她送了雪姑娘回去，就近先叫她回家倒好。"蒋士奇道："此论甚好。且到大姊回时，我这里另着人服侍。"

当下计议已定，出来与刘电说知，刘电道："最好。我送了妹子回去，就烦许伯转送这梅嫂回家，是极便的了。"此时家人已叫裁工与雪姐做了一套上盖衣裙，又做了两套途中更换布素衣服，又与了梅氏一套绸子裙袄，又与刘电做了一套布素衣服，并两副被褥行囊，俱已齐备，车已雇就，择定八月初一日起程。里面内眷们俱有梯己送雪姐的衣饰，并赏梅氏的物件。岑夫人梯己与了雪姐一枝凤钗、两个金戒指。又分付梅氏到家时，将我们离家后光景备细写一字雇人寄来，免我悬望。苏小姐亦送了雪姐几样衣饰并鞋脚等件，姐妹们依依不舍，整夜说话，说到分离就哭泣起来，连岑夫人也陪了许多别泪。

这七月却是个小尽，到了二十八日，刘电自备了两副祭礼，前往祠堂拜祭蒋氏宗亲并父亲灵柩。将祭物都给了庄户家眷。二十九日早，蒋士奇即分付将一辆车子打到祠堂，将灵柩装载停当。到初一日黑早，从西门外穿到南关，与家眷车取齐起身。这日内外俱有饯行酒席，说不尽许多留连惜别的情况。席散后，蒋士奇取出白银三十两送刘电，以为路途费用，格外十两一封，以为奠敬。刘电道："舟车之费，小侄自备，但长者之赐，实不敢辞。"岑公子亦送奠敬十两，刘电俱拜受了，因向岑秀道："表弟功名大事，不可错过。此人明年秋间，亦当限满去任，不足介意。愚兄服满后，即到贤弟家中相访。"蒋士奇又再三嘱托："见过许公，即与我一信。"刘电应诺。

此时诸事齐备。蒋士奇道："今先着家人送二位贤侄，竟到庄上住宿，明日凌晨即送灵车由西门外转到南关。我在家料理内眷车子起身，在南关取齐，庶不两边耽误。"刘电道："老叔丈见得极是。小侄亦是这般想，省得两下照料不便。"此时，日已过西，刘电先在厅前洒泪叩谢蒋公道："老叔丈如天恩谊，不知何日得报万一？"蒋公道："已成至戚，何必挂齿！"又与岑公子叩谢后，就同到内堂叩辞了内眷出来。蒋士奇遂吩咐家人："同骑牲口送二位相公到庄院过宿，预将灵车收拾稳当，只等鸡鸣时就要起程。"家人答应，骑牲口跟随刘、岑二位竟投庄上来。这夜，他弟兄二人竟叙了一夜的话，不曾安寝。到得鸡声再唱，就料理起程。刘公子赏了家人佃户两个封子。将及黎明，秋风瑟瑟，衣袂凉生。弟兄二人同家人各骑牲口跟着灵车，取路往南关来。

且说这边蒋士奇家中，将一切行李物件料理周到，都安放在一处，又吩咐蒋贵先到南关连夜备两桌便饭伺候。这夜，里边内眷们陪着雪姐叙话，雪姐对蒋老婆婆道："可怜再世之人，得蒙老婆婆与娘们待如骨肉。此恩此德，生死不忘，今日拜别后，不知何日再得会面，想起来怎不伤感？"说着，泪如贯珠而下。蒋老夫人婆媳都道："难得你如此多情依恋，定是有缘，自然日后还得聚会。"蒋大娘子道："雪姑娘日后荣贵了，不要忘记我们，须要当至亲往来才好。"雪姐垂泪道："婶婶说哪里话？这番恩德生死难忘，总然天南地北，也要到来探望，再不敢一刻忘怀的。"岑夫人见雪姐如此依恋情深，想起膝前并无女儿亲热，也是流泪不止。因想那刘封君的话，若果灵验，得他做了媳妇，也不枉了此番恩义。

这雪姐也是一般的心事，见岑夫人如此悲戚，因道："儿自幼失母，若得在娘身边侍奉，也不枉再世为人。"岑夫人道："若得你这样一个媳妇，老身也心满意足，只不知日后缘分如何；即或不能遂愿，但得做一亲戚往来也好。"雪姐道："娘请放心，想地下恩父所言，必有应验。总然海角天涯，十年廿载，儿已矢志不移；回去禀知生父，也再无不允之理。"说毕，流泪不止。岑夫人听了道："但愿如此。"这一夜，大家说一回哭一回，竟不曾安歇，及听得鸡声再唱，大家又用了些点心。将及黎明，车辆俱已装载停当。雪姐含泪一一拜辞，又请蒋公拜谢，梅氏也都磕头谢过了。

原来苏小姐同小相公一定要送雪姐到关，因备了一辆轿车儿，姊妹们好同坐。此时因小相公睡熟，不去唤他，只碧莲服侍同去。这时蒋老婆婆同内眷并这些丫头仆妇跟随直送出大门外来。梅氏先坐上了大车，看雪姐洒泪与苏小姐上了轿车，碧莲相随跟着大车缓缓出村去了。老婆婆们直到看不见了车辆，方才转身对岑夫人道："好个有情意的姑娘，又齐整，又温柔，又伶俐，与我这玉馨儿正是一对，这几日倒叫我老人家陪了她们许多眼泪。"岑夫人道："古人说'人生最苦是离别’，真个不差，听她姐妹两个说话，倒叫人心酸。”蒋大娘子道：“倘若日后再得聚会，真是一场大快乐的事。我看她两姐妹你恩我爱，一刻不离，就是同胞姐妹也没这般亲热。”岑夫人道：“真是难得。大婶子还不知她们两个已哭了好两夜了，今朝送去，一定还要哭一场，才得分手。”蒋老婆婆道：“看来总是前世有缘，日后还得聚会，也不可知。”

且不说内眷们一番叙话，却说蒋士奇自料理车辆起身后，就骑牲口一路照管往南关来，到了一座大客店门首，蒋贵接着，将车辆打进。原来这关厢妇女们，因昨晚蒋贵到店备饭，传言开去，都知道来的就是这还魂的女子，等得车辆进门，都来观看，左邻右舍闹动了多少妇女，拥挤不开。因看见却是两位姑娘一般齐整，及至开口，方才知道这江南语音的就是。

不说众妇女问长问短，且说蒋公即着家人至关口探看灵车到来，且在路口暂停一时，请二位相公到店用饭。家人去不多时，引着刘、岑弟兄到店，此时饭已端正。蒋士奇道：“贤侄水陆长途，诸凡谨慎。我不能远送，只此间祖道一杯，以壮行色。”刘电道：“老叔丈无微不照，小侄戴德实深，不敢言谢。”当下蒋公与岑公子各送了三杯酒，须臾用饭毕，蒋公吩咐先请小姐上车。原来里边许多妇女们簇拥着观看，姊妹两个连话也不能说一句，惟有含泪相对。苏小姐与梅嫂劝雪姐略用了些酒饭，听得外边饭毕，来请起身，只得含泪一同出来。

苏小姐拉着雪姐的手道：“妹妹途中保重，到了家务必寄个信来要紧。”雪姐道：“姐姐不须伤悲，日后再得相会，回家拜上老婆婆并两位娘，说我生死不忘大德。”说着，两个泪落如雨。苏小姐必要看梅嫂与丫头扶雪姐上了大车，又叫丫头搀扶梅嫂上了车，然后无奈同碧莲上了轿车，一同出店。这些妇女们看车辆出了门，才分头散去。这边蒋公与岑公子同刘电步行出关，家人拉着牲口同行，到得关外，见那灵车已在大路等候。叔侄三人又同行了数箭远近，来到个三岔去处，便须分路。刘电叫住车辆，便在大路旁扑翻身拜谢，请蒋公与岑公子上了牲口，自己才跨上车辕，洒泪而别。蒋公看着车已去远，才吩咐蒋贵去算还店费，自与岑公子同着苏小姐轿车回家。这边刘电护送灵车就道，免不得黄昏宿店，鸡唱登程。

话分两头。却说那殷勇自从在金家拜辞继父、金舅，起身回至京口，便要辞别叔婶，前去投充武勇。到得门口，看见婶娘方氏独坐在铺面内，见殷勇回来，身上穿着孝服，吃了一惊，便问："侄儿为何穿着孝服？"殷勇流泪道："我母亲不在了。"方氏大惊道："是几时没的？为何竟不通知我们一信？"殷勇便将母亲于某日同雪妹渡江怎么不回，又怎么分头找寻，寻到某处怎么只寻见母亲身尸，雪妹尚无着落，又怎么买棺权厝某处，后来到金家报信，又怎么拜继了的话，从头说了一遍，不禁泪如泉涌。方氏听说，呆了半晌，便哭道："姆姆年纪比我大得几岁，不想遭此惨变，可怜，可怜！怪不得你去了这好几日。你叔叔自你去的第二日就生起病来，如今卧床不起，望得你好苦。你兄弟才去取药去了，连铺面也没人照管。"殷勇听说，急问："叔叔是何病症？请谁人医治？还不妨事么？"方氏道："请的是何先生医治，吃了几天药，总不见转头，因盼望得你紧，不想你又遭此大变。"殷勇道："叔父现有病在身，我母亲亡故的话，婶娘切不要提起，且待叔叔病好再说不迟；我且到楼上看看叔父再处。"说毕，进内换了一件青布海青，便上楼来。

原来这殷俭开的是个杂货铺面，年过半百，只有一个儿子，名叫殷富，年才十七，却是个少年朴实的人，虽读过几年书，不能通达笔下只会写写帐目，到十五岁上，就辞了学堂，帮着父亲照管店中生理；这外边买卖发货许多帐目，都是殷勇经手，他两老口又都是老实人，把殷勇待如亲生一致。当下殷勇上楼来看叔父，正值殷俭睡醒翻转身来，见了殷勇，便道："你怎么去了这些时，叫我好生盼望。"殷勇道："只为那边有事，因多耽搁了几天，不知叔叔因何得病？"殷俭道："我不知何故，胸口胀闷，头目眩晕，吃药也不见效，浑身疼痛，连床也起不来。外边有几处要紧的帐目，正等你来，好去讨要讨要。"殷勇道："正是。叔叔且放心，这几处帐目都是容易讨的。待叔叔病好了，侄儿便好出门。"殷俭又问："你母亲康健么？"殷勇忍泪点头道："健！"因坐在床边说了一回话道："叔叔且安心调养，诸事不要挂怀，侄儿去取药来。"说毕，便下楼来，却见婶娘两泪汪汪，与兄弟正在厨房说他母亲身故的事。殷富见了殷勇道："怪不得哥哥去了好些时，可怜姆姆死了，我们一些也不知，却又死得苦恼。"方氏听了儿子这句话，待要哭出声来。殷勇急止住道："婶婶且莫悲伤，叔父现在病中，若听见了，一定烦恼。倘再加起病来，反为不美。婶娘兄弟千万不要提起，且待叔叔好了，再说未迟。"方氏见侄子如此说，只得忍住不哭道："像姆姆这样的好人，偏死得这等苦恼，叫人想起，怎不伤心！"因将药煎好，殷勇便送上楼来。这殷俭见侄子回来便放了心，吃下药去，就安然睡着。自此日渐轻松，母子兄弟俱各放怀。惟殷勇有事在心，这投充武勇的话又不敢一时提起。弟兄二人每日只是小心服侍。过了几天，便可起床行走。这一日，殷勇不在楼上，方氏不合将姆姆溺水身死缘由一口说出。这殷俭听了，号叫一声，忽然晕倒。正是：

乌鸦喜鹊同鸣，吉兆凶音未保。

不知殷俭性命如何，且听下回分解。

第十八回

# 乍施威强徒齐授首　重聚义昆季共衔杯

却说这殷俭是久病才好的人，身体虚弱。听得说嫂子溺水身死，号哭了一声，不觉晕倒在地。方氏着急，连叫：“殷勇，你们快些上来！”这殷勇在楼下听得上面喊叫，又听楼板上一声震响，吃了一惊，叫兄弟管着店面，连忙跑上楼来，见叔子跌倒在楼板上，殷勇惊问：“怎么会得跌倒！”方氏哭道：“只为说了你母亲的话，哭了一声，就晕倒了。”殷勇着急，连忙将叔子轻轻扶起。口中叫唤半晌，才听得喉咙口哽咽转来，哭道：“我的可怜的嫂嫂！你辛苦了一生，也不曾安享得一日。我先前原要接她回家，她只为有雪姑娘在彼，不舍得抛撇，不想如今遭这样惨变，连雪姑娘也不知死活存亡。”说罢又哭，殷勇只得含泪解劝，因慢慢扶着叔子仍然睡下。殷俭又问：“如今棺木停放何处？怎么不回家来商量？”殷勇因将遇刘电结义赠金买棺、权厝在临江寺侧的话，细说了一遍。殷俭道：“难得这个人如此仗义，日后当图报答。”

殷勇道：“侄儿原不肯受他的，因见他义气深重，出于至诚，因此受了他厚赠。看他却是个豪杰，将来必当发达，今番往山东搬他父亲的灵柩，往返不过月余，仍须由水路回来。侄儿原欲往仪真口去等候，再会他一会，他又再三阻我，又劝侄儿去投充勇壮，挣个功名，正要与叔父说知。”殷俭道：“论你的膂力汉仗，尽可去得；若做得一番事业出来，也与祖宗争气。只是我已衰迈，你兄弟年轻，不能顶立，外边帐目都是你经手，将来等我略健些，叫兄弟同你出去，把各处帐目清算清算，过后便好叫你兄弟前去取讨。”殷勇道：“叔父所说极是。近日听得沿海地方倭寇又来乘间劫掠，江浙两省制抚操江已经会同奏闻，现今奉旨招募勇壮，民间有材技者，俱许投充考试，合用者即注册报部，分派地方防守，有功之日即行升赏，比兵丁不同。侄儿侍奉叔父好了，先与兄弟往各处算清了帐目便去，借此图个出身。若得见用，分在沿江一带防守，再讨得一附近地方，便可常通信息。倘或侥幸，得个微名，也不枉了此生。”方氏听了道：“听说那倭寇利害得紧，这一刀一枪的事，也不要轻看了。侄儿虽然壮健，我两老口终是放心不下，况你爹娘只生得你一个，岂可冒险做事？不如还是做生意的安稳。”说着，眼泪汪汪。殷勇看见婶娘如此，就不敢再说。殷俭道：“且待我病好了再作商量。如今这棺木暂寄江边，也非常事，择日搬到坟茔，做个佛事，好与他两老口合葬。”殷勇道：“侄儿也是这般主意。且待叔父康健了再理会。”

光阴迅速，又过了十来日，殷俭病已痊好。殷勇计算：回家已将一月，若与兄弟出门讨帐，往来也得半月，且喜正在沿江一带，去仪真不远，却与刘家兄长归期相近，不若禀知叔父前往，倘得相会，岂不一举两便。算计已定，即将这事禀明叔父。殷检道：“那刘公子的归期，却是算不定的；只是同你兄弟出去讨帐，也是一件要紧的事。算明白了，即便回来，还要到苏州去置货。却不可在外耽搁，免得我悬望。”殷勇应诺，到次日早起，带了帐目、随身盘费应用之物，同兄弟禀辞出门，先渡江到青山一带村镇店家来算帐。大概路远的，一日只到得一处；路近的，一日便可到两三处。凡算清了帐，便与店家三面对明，叫兄弟认识，以便下次到来取讨。内中也有清还的，也有还一半的，也有未还的，各处不等。

话休絮烦。却说这日到了凉山地方，却是个临江大村镇，交易的店家甚多。他弟兄二人就在一个常往来的周家住下。到次日，就近往各店家去算帐，当晚回到周家，主人管待晚酒后，弟兄一处安歇。这晚殷勇翻来复去，再睡不着，到了二更时分，腹中作痛，要出去登厕。原来这周家后门临着江汉，这些客船到晚都湾在套汉内过夜，这夜也有十来号大船湾住。殷勇弟兄宿处就在后边，原是走熟的路。

这夜月色甚明，殷勇出后门去登了厕，正要转身，只见那边有十数个火把，吹风唿哨而来，到一只大船边，霎时间呼号响喊，只听得喝道："哪一个敢出来的，先叫他吃刀！"殷勇知是强盗打劫，因想：近日听说沿江盗贼甚多，却不料竟敢如此猖獗！倘把他得了手，将来这客船谁敢在这里停泊？岂不坏了这镇上的买卖？又想起母亲妹子身死不明，正好拿住这厮们出气。主意定了，急回身到床头边，取了一条防身八棱水磨浑铁锏，殷富醒来问道："哥哥做甚？"殷勇道："兄弟莫响，我去去就来。"说毕要走，殷富一把拉住道："哥哥半夜三更往哪里去？"殷勇道："兄弟莫声张，江边有强盗打劫客船，我去救他一救。若拿住几个强盗，好与你姆姆出气！"殷富道："强盗人多，哥哥莫去管别人的事！"殷通道："兄弟，你只关了后门等候，不要声响，谅这几个鼠贼也不在我心上。"一边说着，就将衣服拴扎停当，大踏步出后门，竟奔向那火把丛里去。这边殷富无奈，起来穿好衣服，走到后门首一望，见那边一大丛火把，人声喧嚷，唬得站在后门边只是发抖。

且说殷勇一直抢来，大声喝道："什么鼠贼？敢在这里行劫！"这一声就如雷吼一般。说时迟，那时快！原来这伙强盗有四五个上船劫夺着，两个在船头接物，七八个在岸上助威，都是大刀阔斧，蓝布缠头，青红涂面，不防殷勇飞身一纵，竟上船头，手起一锏，早把一个连肩夹脊打下水去，飞起右脚，又是一个倒栽葱落水，岸上那一伙见势头凶狠，不敢上前，却要招呼船内的出来，又被殷勇拦舱门截住，喝道：“该死的贼，放下东西，饶你狗命！”这舱内有一个身长力大的少年强盗，手执钢刀抢出来抵敌，恰好殷勇左脚飞起，将刀踢落，照头一锏，盖将下来，那贼一闪，却将左膀打折，呵呀一声倒在舱内。那两个见势头不好，正要往后梢逃走，又被殷勇钻进舱来，将一个照背脊上一锏，口喷鲜血，打倒在舱，那一个从后梢跳上岸来，招呼众盗弃了物件，吹灭火把，都逃散了。殷勇看时，见舱内三个人赤条条像馄饨一般捆着，官舱底下一个人躲在被内发抖，舱中箱笼俱已打开，衣服物件抖得纷乱。那个折臂的强盗，正待挣起，却被殷勇一脚踹住，随将那三个捆住的人解放，即将解下的绳子，把这两个打倒的强盗捆住。

官舱内那客官已是唬得动弹不得，及看见拿住了强盗，才渐渐住了抖，开口道：“多谢壮士搭救！”那三个解放的人忙将衣服递与了主人，然后各寻衣服穿上，对着殷勇磕头道谢。这时梢工水手才敢钻出头来。殷勇即吩咐：“外面还有两个打下水去的，一发拿住，不要被他逃走了！”这些水手听说，才大了胆，出来看时，正见一个才待爬上岸来，却被水手一齐动手，将篙钩扎住衣服，拖到船边拿住，那一个却不知死活去向。这时家人们见岸上强盗抛弃的物件，都上岸去拾回。那些邻帮客船，初时见强盗打劫，谁敢出头？这时见强盗已散，大家都出来看问，知道拿住了三个强盗，都道：“这位客人真是英雄好汉，不但救了这船客人，连我们众船上都得保全，感激不尽。”这时，连岸上人家一齐惊起，殷富同了周家店主也都到来，内中就有保正乡地道：“多谢这位客人拿住了这三个强盗，替我们除了地方大害。不然这里被劫了客船，连累我们，干系不小。明日送到当官，少不得连那些逃走的都要招出来，客人还有官赏重谢。”殷勇道：“我也是一时路见不平，谁想什么酬谢！”众人道：“客官不知，这是官府大张告示：凡有拿获江洋大盗一名，官给赏银一百两；拿住积贼一名，官给赏银五十两。这是奉上司明文准开销的。客人若是不肯受赏，岂不便宜了别人？况与我们地方上除了这个大害，受恩不浅，我们还要纠公分重谢。”殷勇道：“不必。你们明日解这强盗到官，只说是你们地方上拿获的便了。”众人道：“客人莫说笑话！这事谁人不知？况现有强盗对质，冒功请赏，我们吃罪不起！”只见舱内这位客官出来道：“这是兄台慷慨，却断然使不得！且莫说官长一定要见兄台，就是弟亦不肯放兄去了。”因问：“你们众位谁是本地方当官的人？”内中保正、乡约、地方、总甲齐应道：“我们就是。”那客官道：“这三个大盗交付与你们，我着一个家人执我名帖，同众位连夜解往本县，好究出他伙党，即刻往拿；倘若迟了，恐四下逃散。我同这位客长明早一同到县就是了。”这时众人才知这船内是个丁艰回籍的官府，都道：“只求老爷留住这位客人，我们连夜就去，明早在县前伺候。”当下，这客官取了一个名帖，着一个家人同众连夜前往。

殷勇又吩咐：“把三个强盗各加一条绳索，绑缚牢固，你们多去几人，各带防身器械，以防路上劫夺。”众人道：“客官见得极是。”殷勇又问那折臂的强盗：“你这厮叫什么名字？”那盗道：“小的姓张，排行第三，人都叫我‘小张三’；那一个叫‘半头牛’孙二；这落水的叫‘水老鼠’毛八。我们都是被人引诱来的，只求老爷们在官府面前开恩超释。”殷勇笑道：“谅你这班鼠贼，如何敢大胆行劫！”当时岸上已约齐了二三十人，各执器械，同着家人簇拥着这三个大盗，连夜解往江浦县去。此时殷富已知哥子被官船上留住，便放心随众散回安歇。

这客官发付众人已散，随请殷勇同进舱来，倒身叩谢，动问姓名。殷勇见这客官是江西口音，又是丁艰的官府，且与刘电面貌相似，因一手搀住道：“在下姓殷名勇，就在这京口居住，今为讨帐到此，适遇强徒，一时相救，不劳致谢。且请问尊驾可是吉水刘宇章，从曲沃丁艰回籍的么？”刘云听得叫出自己姓名，大惊道：“兄台何以得知小弟姓名来历？”殷勇大笑道：“事非偶然，我此来虽为取讨帐目，却原要在沿江等候三哥相会，不想先遇着尊驾。”刘云道：“原来三弟也与兄台相识！”殷勇道：“不但相识，且承他不弃，结为异姓弟兄，今往山东搬取老伯灵柩，计算此时必当过此。”刘云道：“不知兄台与三弟在哪里相会，如何结义？请道其详。”殷勇遂将几时在某处相逢结拜缘由细说了一遍。

刘云大喜道：“惺惺惜惺惺，好汉识好汉。我三弟果有眼力。如今我与你也是生死弟兄，岂可如此称道！”殷勇道：“恐兄长贵介，不屑下交。”刘云道：“贤弟以我为何如人？且莫说与我三弟结义在前，即今日之事，若非贤弟，几至性命不保。这也是天遣相逢，不然海角天涯，何以偏遇着贤弟搭救！”当下即吩咐家人：“这是四爷，不是外客！”都叫过来重磕了头，即命：“将现成酒菜取来，我与四爷且畅饮一杯！”殷勇道：“最好。”这些家人、水手没一个不心中感激，俱勤谨伺候。殷勇见刘云如此相待，亦甚欢喜，因问：“大兄在任几时闻信？如何此时才到这里？”刘云因将交代迟延的缘故说知，“只不知三弟曾否过去”。殷勇道：“弟算来七月初与三哥相会，如今已是月余，只恐已经过去。况现在又有了此事，多分不能相会了。”刘云灯下看殷勇相貌堂堂，威风凛凛，心下甚喜，因道：“我看贤弟如此英雄，屈在商贾，岂不可惜？何不图取功名！如今倭寇作乱，江浙两省奉旨招募勇壮。以贤弟英雄状貌，若往应募，定当首推。明日我同你去见了这里县尊，不怕他不申文举荐。不但保全了他地方责任，又叫他得了荐贤名望，他也受惠不小。”殷勇道：“前日三哥也是这般劝我，因为叔婶年高，只有一个兄弟，年才十七，此番与他同出来交清了帐目，便欲禀辞前去。惟恐叔婶不允，正在踟蹰。”刘云道：“大丈夫当显亲扬名，不宜错过机会。”二人饮酒谈心，已觉东方渐白。正是：

吉凶遭遇皆天定，名利相催岂偶然。

不知后事如何，且听下回分解。

第十九回

# 廉县令因公留壮士　贤操江为国举英才

却说刘云见殷勇豪杰气概，心中甚喜。一力劝他图取功名，两人杯酒谈心，情投意合。正是欢娱夜短，不觉鸡声三唱，天渐黎明。刘云即着家人在镇上雇两乘小轿，好同往县中。殷勇道："我须去与兄弟说一声再走。"刘云道："何不就请到船上来？"殷勇道："他初次出门，年轻未谙，且叫他在店家暂住。"说毕，上岸回到周家，见殷富正要到船来接。殷勇道："兄弟不知，原来这船上的客官，却是我结义哥哥刘电的胞兄。他从任上丁艰回家，不想在这里遇着，兄弟且在此暂住两日，我同他到县里走一遭就回来的。"殷富道："哥哥去去就回，省得父亲在家盼望。"这时，周店主也来说道："恭喜！殷大哥干了这桩大事，我们合镇的人无不感激，还要公分相谢。"殷勇道："烦周大哥转致众位，不必费心。我不过偶然相救，岂望酬谢？不想如今倒绊住了身子，兄弟在此还要打搅一天，明日一并相谢。"周主人道："正要奉酬，怎说'打搅'二字。"当下殷勇别了店主来到船上，轿已雇就。

刘云取了一套衣服与殷勇更换，道："贤弟见了县尊，只说我与你是两姨表弟兄就是了。"殷勇笑诺，就一同起身赴县，船中留一个家人看守，一个雇牲口跟随同往。行到半路，早见一个公差迎来。到得轿前，看见刘云模样，便问："轿中可是刘老爷？"跟随的家人答道："正是。"那人连忙走到轿前打一跪，赍帖禀道："本官差役请老爷到署说话。"刘云伸手道："起来，有劳你远走一程，我们正要去见你老爷。"因吩咐轿夫缓缓而行，便于问话。这来役道："小的已见过老爷，要去邀那拿盗的客人到县，本官要见面问话，并留他暂住，候详明上司，支库银旌赏。"刘云道："如此说，你不须远去，后面轿内就是拿盗之人。"来役道："却是造化，小的省走了许多路。"刘云因问："你老爷贵姓？是哪里人氏？这事如何办理？"来役答道："本官是浙江杭州府仁和县人，两榜出身，清廉正直。这地方盗贼是本官第一严紧的，昨夜五鼓，听得通报，即刻坐堂，审了口供，将三个强盗收监，即差四班头役分头去拿伙党，因差小的来请老爷。"刘云道："难得你老爷如此用心。"来役道："不瞒老爷说，如今这沿江地方，盗贼甚多，邻县也曾有人拿获了贼盗的，及解到衙门，多被官府冒了功去，因此人心不服；小的本官却不是那样人，是最秉公的。"

一路说着话，已进了县城。将到衙前，这来役先跑去通禀。进得头门，仪门早开，轿子才进仪门，早听得里边点响，这成县尊已迎出堂来。两人即便下轿。成公见他二人一般素服，遂一同打恭让进内衙。刘云先与成公叙过同寅礼，即指着殷勇道："这是舍表弟，因契阔多年，骤难认识，及叙起方知，不料在此处相逢，又救了弟一场大祸。"成公道："昨夜乡地等来报，只说是一位过路客商，不想却是令表弟，一发难得。"随施礼就坐，成公道："殷兄才勇过人，自然是武库名贤了。"刘云道："舍表弟以家计之累，随叔贸易，未能进取功名。"成公道："殷兄豪杰之士，岂可久屈商贾！此时正是用人之际，以如此胆勇，何愁不建功立业？今与弟境内除此大害，自当一力保举，只恐殷兄不屑小就，但建功立业也须由卑而升。"因对刘云道："小弟昨夜接着尊刺，即刻问供，已将同伙招出，尚有脱逃者十名，内有几名籍隶邻封，据那小张三供招，系是邻境什么‘青草蛇’江六纠合来的，因连夜备了移文，差役即刻前往知会，协同拿提，限两日内回话；在本境的，限今日午堂带到。倘不能齐获，当先将现在盗犯定拟招解，今欲先具一通禀，声明事主并拿盗之人不能久候缘由，然后由府招解上去。此是立决之犯，十天内便可先结。敢屈二位在敝署相叙数天，俟招解转时，方可尊便。不然，上台若要见二位时，弟亦不敢擅主。”刘云道：“老寅翁所见周详，敢不从命。舍表弟倘蒙荐举，自当报效。”

三人茶罢，就请到书房早饭毕，彼此谈论江、晋两省的民风土俗。叙话间，见外边传梆来报：昨夜被打落水身死、不知姓名盗犯一名尸首，现今飘起。成公即细问殷勇昨夜如何拿捉情形，明日好叙亲供附卷。殷勇道：“昨夜闻声往救，见船上、岸上，共有十数个强盗，明火执仗。因纵身上船，锏打脚踢两盗下水，当就水中拿住一个，这一个不知死活，只须押着一盗前去看验，他自然认识。”成公道：“是。”即刻委了典史，带同捕快，押着小张三前去看验明白回话。当日将及午时，又拿到逸盗四名：洪三、马大、李标、刁积四名。少刻，典史回来禀明：验得该盗肩脊打折，落水身死；据小张三认识，系是“青草蛇”江六。当下成公即刻坐堂审问，四盗供招画一，着牢固监禁；随取具岸邻证见、乡地人等实系强盗甘结。只等邻封人犯拿到，即便招解。又吩咐地方，将江六尸首掩埋乱冢。发放毕，退堂与刘云叙述。刘云见成公办事英决，甚为钦敬，午饭后即欲告辞，回船等候。成公执意不肯，道：“天各一方，幸得相叙，正要借此领教数天，岂可言别，且有事相商，往返亦觉不便。”刘云见成公如此用情，因吩咐昨夜来的这个家人回船看守，并吩咐送食物到店中去，与二相公用。家人领命而去。此时成公即取出禀稿，请刘云观看，上面先叙获盗情由，后面极叙殷勇人品、胆勇，并仰体各宪爱惜人材至意，不敢不叙功保举；并声明事主不能等候。因取亲供附卷代质，俟拿获邻境逸盗，即日招解缘由，备细叙述。刘云看罢道："简切详明，不能增减一字。舍表弟承老寅翁抬爱，倘得进步，不但身受者终身感戴，即弟亦拜惠不浅。"成公道："这也是因公起见，非弟私意。"是夜，宾主三人饮酒谈心，情甚相洽。

次日一早，将各宪禀帖先发。是晚，差往邻封人役俱回，带有回文，成公拆看，却是移复：盗犯江六，系是孤身，并无妻小，又无一定住居，现今在逃。其余逸盗因江六未获，不知姓名住址，无从查拿，俟拿获江六到案，即严刑究出同伙，拿获另解云云。原来这江六，就是谋害殷勇母亲的"混江鳅"江七的哥子，他弟兄几个，都是盗贼，先防事发株连，故四散分居，踪迹莫定，且又勾连倭寇赵天王，暗吃海俸，作内地奸细，一发肆恶无忌，却不道天理难容，这江六已先丧在殷勇铁锏之下；那江二、江四早已去投奔汪直做了头目，他娘已死；这江五、江七知道江六事发，恐有连累，带了郎氏，三人扮作洋客，连夜投奔倭首赵天王去了，这是后话慢提。当时成公看了回文，对刘云道："眼见江六已死，无从追究。"刘云道："死了江六，却是那几个的造化。"当晚成公吩咐刑书照供叙稿，以上船者为首，在岸者为从，首盗江六已死勿论，又与刘、殷二人各叙了一纸亲供务卷，连夜备成文案，次日早堂，遴选干役二十名，委典史押解这七名大盗，赴应天府来。原来由县到省，水陆只有数十里，半日便到。

且不说这边成公款待刘、殷二位，且说该典史押解这干盗犯到府，当晚收监。这府尊已见过通禀，备知细底，即于次日早堂复审各盗口供，与原详画一，当即备文转解按察司衙门，并一面申报巡道。且说这南直操江察院，原与总制同驻应天省城，其时因倭寇肆扰太仓、苏松一带地方，制宪请旨，移驻苏城经理，省城只有操江驻节。这操江察院姓程，双名宏达，原籍河南，系现任东阁大学士程公之子，为官风厉，品望非常。这日看了江浦县的通禀，因想这一人能擒数盗，必有非常技勇，因即令佥牌行县，饬知：事主既系丁艰职官，取有亲供，不必到案；该员表亲殷勇，着即日送辕验看毋违。这日成公接着宪牌，知是大宪美意，不敢怠慢，随差家人送殷勇到省。其时正值本府转解到司，遂先在司前听候。这日臬司晚堂审理此案，先叫一干邻证、乡地保等问过情形，即传殷勇看问。这臬宪见了殷勇一表人材，心下甚喜，因问了这获盗始末情由，笑道："原来你就是本省人，如何与刘知县又是表亲？"殷勇回说："原是两姨弟兄，只因隔了省分，虽知道他在山西做官，却多年不会，一时不能认识，及至说起才知。"臬宪道："这也难得。"因奖赏了几句道："此番送你到院，必有遭际。"殷勇谢了出来。随带各盗，逐一问供，俱与原详无异，发下收监。

次日，由司解院。这是钦差衙门，非同小可，三通吹打，放炮开门，官吏人等整肃伺候，听得里边排衙，点鼓升座。巡捕官传出，先带邻证地保等问了出来，随传殷勇进去。程公在座看殷勇时，生得七尺以上身材，二十上下年纪，豹头燕颔，一貌堂堂，心中大喜。暗想：若非此人，哪得力获数盗。因和颜霁色，细细问了一番，殷勇声如洪钟，朗朗答应。程公道："你虽与刘知县是姨表弟兄，但你籍隶丹徒。本院如今保举你做一个把总，俟有功之日再行升赏，你意下如何？"殷勇叩谢道："这是大老爷恩典栽培，怎敢有违？"程公道："你且在此暂候，待本院移会制宪，公同录用。"殷勇因禀道："蒙大老爷宏恩，即当在此伺候，只为家中有老年叔婶，不知此事，求大老爷给假半月，回家禀明，即到辕伺候。"程公道："这却应当，准你半月，不可过限。"又道："你且等候，本院给你一角牌文，带回江浦县，在该县库中取给官赏银三百两，准于公项报销。"殷勇禀道："已蒙大老爷洪恩超拔，不敢再领赏银，乞留县库，另赏有功。"程公道："这是你分内应得，正好拿去办理军装，不必推却。"殷勇叩谢了出来，只听里边雷声一般，喝带首盗小张三、马大等逐一推问，悉照原供无异，即日发回臬司，仍饬各县缜密踩缉逸盗五名，务获解报，一面关移总制不提。

且说这殷勇出来，地邻人等都来道喜。少刻，这些传宣、巡捕、听事、旗牌等官都来识认殷勇，各各道喜，甚是闹热。过了一回，只见内巡捕赍了一角公文出来，交给殷勇带回江浦县当堂开拆。殷勇谢过差官，领了牌文，随同一行地邻人等，回江浦县来。此时，成公的家人早已赶回县衙通报一切。次日辰牌时分，殷勇到了县前，人役即忙通报，成公一直接出堂来，十分欢喜，携手而进。正是：

一朝龙虎风云会，方显英雄志量高。

不知殷勇如何回家，且听下回分解。

第二十回

# 殷壮士立功辞叔婶　程察院破格重英雄

却说成公接进殷勇，到书房与刘云相见。殷勇遂拜谢成公举荐。成公道："以兄的本领，谁不青眼？昨日家人回来，知大宪深加奖赏，将来万里云程，从此发轫。但愿得与兄共事一方，弟亦叨庇不浅。"因着家人取出元宝八锭，对殷勇道："此三百金是官项，这百金是弟少申薄敬，望乞笑纳。"殷勇道："大宪虽然要践前言，实非治晚本意，恳将此项留赏有功；这盛情亦断不敢领。"成公笑道："这是官给开报之项，并非私物。若殷兄不受，难道叫弟干没入己不成？殷兄竟不须推让。这百金原不足言酬，不过少表微意，若是见却，弟反增惭愧了。"刘云见他二人彼此推让，因对殷勇道："闻吾弟领有宪檄，若果系官给，成寅翁亦决不肯存留，吾弟竟从直收下。"因对成公道："老寅翁的盛情，舍表弟自然断不敢领的了。"

殷勇因在怀中取出察院公文递与成公观看。成公道："弟已早知，不必再看，明日即当照牌申复。"殷勇见如此说，只得将银收下，成公不由分说，将自己的两锭一并交与刘云家人收去。殷勇见情不可却，只得拜领。成公大喜道："兄台既有限期，不敢久留。今日草酌，尽此一日之欢，又当送行。明早起程回府，数日后再图相聚。当日三人谈心畅饮，情意交孚。成公道："我三人籍隶三省，又都连界。你二位虽是至亲，却多年不会，一朝相聚，缘分不小。将来或得与二位同事一方，亦不可定。今日我三人当效桃园故事，结一患难之交，以为何如？"刘云道："弟实有此意，恐老寅翁有所不屑，今既承不弃，实获我心。。"因各叙年齿，成公三十有八，大刘云四岁，做了长兄；殷勇不必说，是三弟了。成公道："我们结义，赤心如一，不必效世俗的献祝，明晨对天八拜，倘有负心，神人共殛。"刘、殷二人大喜道："兄长所言极是。"当日共饮至二更后方散，约定次日凌晨起来盥洗毕，在庭前设案，焚起一炉沉檀，三人对天结拜毕，就如亲弟兄一般，再无半点客套。

殷勇对成公道："弟有一事，今当禀知大哥。"成公道："贤弟有何事故？"殷勇遂将母妹被溺情由说知，"现今小妹尚无下落，已在六合、上元两县具呈悬缉，至今并无踪迹，务恳大哥于拿获盗贼之中，留心查问，倘得凶徒下落，死生衔感不尽"。成公道："原来吾弟有这件伤心之事，只是当时不知船户姓名，若是遭风被溺，令妹岂有竟无下落之理，其中必有缘故。愚兄当随时察访，倘有消息，即当通知。"

当日早饭后，殷勇即拜别起身。成公道："我却不留贤弟，你须速去速来，不要过限，有负上台好意。我留住二弟，在此候你到来，送你见了上台，有了着落地方，好叫他放心回去。"刘云见说，也就不忍言别；因对殷勇道："吾弟速回，倘得早到几天更好。"殷勇道："上台虽准假半月，我计程不出十天便可到此。但有一小事，尚须兄长为我措办。"成公道："何事？"殷勇道："明日去见大院，不便如此装束，必得制几件合式的衣服，小弟家阀一时不能措办，须得兄长这里与我一做。"成公笑对刘云道："早是我两个已计算及此，如今现叫裁工制作，五七日内便好齐全，贤弟只顾放心，来时包管合式。"殷勇道："二位兄长真是无微不照。"当时家人过来回说："牲口都已齐备了。"刘云即叫家人将行李取出，殷勇对成公道："兄长与我留下一半打换碎银，以便将来衙门一切使用，弟只带回一半便了。”当下别了成、刘二兄，家人跟随上马。不及一个时辰，到了凉山周店，与兄弟殷富说了备细，大家欢喜，就要作辞店主，起身回家。这周店主还要邀镇上人家酬谢饯行，殷勇道：“极承盛情，我已心领，如今系是官身，立有限期，不敢迟误。将来我兄弟到府时，诸凡仰仗照管，就感激不尽了。”店主道：“这个不消吩咐，明朝老兄若恭喜到这里来做官，我们俱叨庇不浅。”当下弟兄收拾行李，店主人必要留住午饭，并管待成公家人，殷勇赏了他一两银子，又雇了一人拉着这匹空马，跟送家丁回县不提。

他弟兄二人辞谢了周店主，叫了一个便船，迅速赶行，至次日午前，已到京口，回家同拜见了叔婶，此时殷俭亦已强壮，看见他弟兄回来，两老口欢喜道：“你们怎么就去了这好几日？”殷勇即将前事一一禀说，殷俭大喜道：“我们这里前日也听得传言有这件事，却说是个过路客人，拿住了强盗，解官请赏。原来就是你。你从前原说要去投充勇壮，立取功名，如今却不用投充，已遂了你的志愿。将来若再有个升迁，也与你父母争气不小。”殷勇在行囊内取出四个元宝交与叔婶收用，又将帐目一一指对清楚。

殷俭道：“你如今在本省做了官，又与那县里大爷结拜了弟兄，你兄弟出去再没有人敢骗侮他了。但是这宗银子你还要到衙门去使用，还得做几件本等服色，如何不带了去，反留在家里搁着？如今你也正该婚娶的时候，我虽一向留心，总不曾寻着一个门当户对的；这番你去，有了地方即便寄信回来，我一面与你打听一头好亲事，好送到任上去，与你完姻。”殷勇道：“衙门使用，侄儿自有；衣冠等件，已承两位义兄与我制办；婚姻事，叔叔且慢慢料理，不必性急，还不知将来是何光景，且待侄儿有了地方，再作理会。只是此时不能耽待，明日就要拜别起身，母亲棺木暂厝江寺，不能前去祭奠，虽然没有风雨侵淋，还得叔父或兄弟常去照料照料。”殷俭道：“这个不须你记念，你去后我就亲自去代你祷告祷告，也叫你母亲在地下欢喜。”当日亲丁四口，欢天喜地，叙了半日的话，吃了半夜的酒，才各安歇。次日早晨，一家儿起来，收拾吃了早饭。殷勇拜别叔婶，就要起身。方氏千叮万嘱：“侄儿有了地方，即速寄个信来，免得我老两口悬念。”殷勇应诺，当下雇人挑了行李，殷富随送到大码头，雇了一个便船，殷勇又吩咐了兄弟些家常要紧的话，分手而别。

不说殷富回家，且说殷勇开船，却值风色不顺，又是上水，当晚歇了青山，次日傍晚才到浦江口上岸，投了客店过宿。次早雇牲口驮了行李，取路投江浦县来。这日到得县中，已是傍午时候，值堂吏住宅门传报，里边开了暖阁请进，却是成公的堂侄成友德迎接到书房中，因说：“家叔奉委与六合县会同踏勘地界去了；刘二叔亦于昨晚回舟照料，说今日午间必到。家叔吩咐小侄说：殷叔到来，诸凡俱已齐备，已派定家人成信跟随上省，待殷叔恭喜了地方，才看他回来报信，不必等待家叔回来。殷叔今日见过刘二叔，明日便好上省。”殷勇道：“最好。只是要你叔父过于费心了。”成友德道：“冠服等件，俱已制就。”因叫家人搬出：“请试一试身材，不知可合适么？”当下殷勇看见各色冠服袍带，俱系新制，身材亦甚合适，心下甚喜，因说：“不知用了多少价值？老侄谅必知道，就与我在存银内扣除。”成友德笑道：“家叔说过，殷叔所存银两，俱换成一两一锭的，并有些碎银好零星使用，到时一并交付。这袍服家叔没有开帐，只说到日后再说。”当时即将银两一并交明，殷勇却不好再说扣除的话了，遂将物件逐一收拾停当。

到了午饭后，刘云才到，见了殷勇道：“贤弟果然来得恁快！”殷勇道：“幸喜叔婶无恙，因得早来。”刘云道：“昨日大哥已说过，不必等候。贤弟明日就好到省，待你有了着落地方，我也就放心起身了。”当日成有德备了一桌齐整酒席，晚间与殷叔饯行，弟兄、叔侄同饮至二更后才罢。刘云仍与殷勇在书房安歇。刘云道：“兄弟初入官场，诸凡须要谨慎。此去若分防在个要紧去处，须昼夜提防，不可少懈。那倭奴肆横已极，官兵多有畏怯，且闻内地有奸细暗通线索，此事深为可虑。兄弟到那里，当审时度势，千万不可恃勇轻率，亲随伴当也要察他邪正，恩威并用才是。武官虽无牧民之责，但朝廷设兵，原以卫民，贤弟须要文武和衷、戢兵保民为要。”殷勇一一领诺。刘云又道："此去分发地方，尚不知繁简远近，一应用度不比州县官有人公应，必须自己部署。若是得功保题，还要一切使用，我已留下几两银子在成大哥处，要时只顾到这里来取用，倘或不敷，成大哥自能设凑。”殷勇道："哥哥也太为兄弟用心了。前程之事，正如黑漆，不知将来是何光景。只据这个微末前程，要得多少用度？况兄弟又无家小，一人一口，有这二百金亦尽可过日，兄长亦有限的宦囊，我曾听三哥说，家中伯母已逾六旬，又无多余的田产，尽数带回以供甘旨才是。况如今兄长回去，又非往时可比，外边应酬须增数倍，正恐用度不给，何必为弟踌躇到此？”刘云道："兄弟所言虽是，但愚兄素常省俭，不滥交接。此番回去，除弁吊行殡事毕，即闭门谢客，甘旨之供尽足有余。若说这点宦囊，若无贤弟，莫说罄尽无存，连性命亦难存保。今日我与你既成骨肉弟兄，也不说这报德不报德的话，但也要叫为兄的心上过得去才好。况我所分无多，只有三百金存此，以备日后升迁之用。倘有不敷，成大哥自能凑办。他日兄弟有余，为兄的多用你些也何妨！”殷勇听了，也不敢再辞。因道："三哥此时谅已过去了，兄长回去代弟与伯母请安，并与三哥说知不能等候的缘故。”二人叙话，直到五鼓，略睡了片时，已是黎明，殷勇才待起身，成有德已推门进来道："二位老叔昨夜说到几时才睡？我如今来催殷叔起身了。”殷勇笑道："昨夜睡时，已交五鼓了。"

当时二人一齐起来，盥洗后，早饭已齐。饭毕，成有德道："牲口船只俱已备齐，成信跟随三叔到省伺候，恭喜得了地方，着他即速回来通报，好送刘叔起身。”殷勇道："承贤叔侄十分相爱，我也不敢套谢。令叔回来时，与我致意，不及面辞了。”成有德又道：“刘二叔有三百银子在此，殷叔带去不带去？”殷勇道：“存留在此，要用时来取。”当下辞谢了成有德，又与刘云拜别，只为义重情深，不禁英雄泪落。当下俱从宅门送出大堂，看着殷勇上了马，家人成信牵马搭上行李，跟随去了。

按下刘、成叔侄这边，且说殷勇这日傍晚赶进了省城，成信即引到成公素常所寓的公馆住下。次日一早换了冠服，备了手本、履历，先往两司副总衙门禀到后，即赴察院。此时二鼓已过，殷勇到巡捕厅来，与值日巡捕官施礼毕，即烦传禀。

原来程公早已吩咐该巡捕：“如殷勇到时，不拘早晚，随时传禀。”因此那官儿不敢迟慢，即刻传梆通报，少刻里面吩咐出来：“院爷着他进见。”殷勇即进了宅门，与堂官施礼毕，跟随缓步进来，过了一带穿堂，就是二堂，左侧东角门内便是书厅。那堂官领殷勇进了东角门，早见程公在书厅门口站立，见了殷勇，满面堆下笑来。殷勇趋进厅门，即行参叩，程公受了两叩后，即用手扶起道：“这是私见，不必如此。限你半月，为何十天就到？”殷勇禀道：“大老爷格外鸿恩，敢不仰体！因家中叔婶无恙，禀过后即求复命。”程公道：“前日江浦县申文到来说三百两官银，已全给你了么？”殷勇道：“这是大老爷恩施，本县已照数全给，格外又送了百金盘费。”程公笑道：“他是个清廉县令，竟有百金赠你，也算破格。但是他地方有此江洋大盗拿获不着，参罚也就不小了。前日我将你移会了制宪，回文转来，要讨你去差遣委用，你随处俱可立归。明日我与你一角公文，内中另有书函荐你，你去投见，必有重用。但你初历仕途，诸凡必须谨慎，不可自恃勇力，临事急躁，须知彼知己，计出万全。这制宪性情最急，御下最严，应对之间，须要检点。作事须要三思，切记不可任性。”殷勇叩谢道：“大老爷天高地厚之恩，训诲金言，当铭心版。程公吩咐堂官陪他酒饭，又道：“今日有了公文，你即速前往，不必再来禀辞。”这是程公格外的恩宠。这堂官见上面如此看待，也就与殷勇诸事周旋，陪待酒饭后，代禀谢了，殷勇即辞谢堂官出来，到了官厅内，这些辕门上的官儿，也都分外恭敬。

不及一个时辰，里面值堂官赍着一角公文出来，外火票一张，交与殷勇道："大老爷吩咐，叫你即日起身，这火票是恐你于路迟误，因给你在本汛支应塘马二匹，逐汛更替，计四日可到苏城，叫你不必再禀辞了。"殷勇接了火票，不敢迟延，即谢别了众官，回到寓所。一面着成信赍了火票，到坐汛守府处挂号，支领营马；一面收拾行李，俟马匹一到，即刻起身，无分星夜，兼程而进。正是：

欲将忠义酬恩宪，宁忍蒸黎遭逆倭。

不知殷勇如何去见总制，且听下回分解。

第二十一回

# 识英雄海疆当险要　遇弟妹湖畔诉衷情

却说殷勇感程各知遇之恩，不敢迟延，昼夜兼程，逐塘更换马匹。有了操江火票，并无阻滞。第三日傍晚，即到了苏省，就在制宪衙门左近，觅一寓所住下，整顿冠服，此时因未曾受职，只以武士装束，收拾一切停当，只等次日投文参见。

且说这总制黄公讳炯，表字宪南，北直顺天府人氏，为人端直，不喜阿谀，只是性情刚愎，御下极严，未免多招尤怨。由都御史总制江南，与操江程公寅好甚笃，惟见侯巡按行止乖张，大不快意，几番欲动弹章，却是程公再三劝阻说："他恃有内援，况限满即去，且不必与他计较。"因此黄总制只得忍耐。那侯子杰也知道黄公气色不足于己，遂托故往庐凤淮扬一带巡视去了。后因倭奴作乱，黄、程两公商议连名具疏，请将总制移驻苏城弹压，并请招募民间勇壮、计功升赏等情奏闻，奉旨交阁部会议，后蒙议复，大概云：倭寇连年肆扰各处，沿海地方不能宁谧，必得非常之人，歼除此寇；恐民间有智勇足备者僻居草野，不能上达，实为可惜；自古立贤无方，可否着山东、江、浙、闽、粤沿海各省督抚、操江衙门，准其招募勇壮，另立一营，交与各该督抚总操管理，果有英材，计功优叙，并请颁给总督总制衙门空头札付各五十道，自守备以下等弁，许便宜补用；凡巡抚操江衙门招募者，仍移送总督总制衙门验实，给札分发委用；如无督制兼理者，许该巡抚操江按名造册，报部给札委用，俱不得滥行填补。倘有冒功徇私等弊察出，将各该管官照徇庇律革职。如此则抱负者不致沉埋，滥冒者亦可杜绝，庶真才迭出，积寇歼除，伏乞圣恩俯准云云，奉旨依议。这却大半是内阁程公之力，凡沿海各省督抚制操衙门，俱照例遵行，内中虽也遴选了几个真实本领的人，却也便宜了许多纨绔子弟。这操江是分节巡狩衙门，因许一例招募。凡有投充之人，验看的实，填了姓名、籍贯、年貌清册，仍移会制宪复验，然后给札，分发委用。

这殷勇是程公心上最得意的人，原要自己委用，不意黄总制为倭奴猖獗，巴不得要招几个胆勇出众的人，以收指臂之效，今看见程公移文书札上说得殷勇智勇胆量十分出众，如何不喜？因必欲向程公讨来亲验委用。程公亦为公事起见，不好推辞，只得将殷勇送去，又吩咐他许多要话，还恐制台不肯重委，又写了一封切实书函保举。你想一个白身人得这大宪垂青，又兼自己本领出众，哪怕不成就了功业！

这闲话慢表，且说殷勇到了次日早晨，整顿衣冠，赍了察院公文，竟到辕门上来。此时尚未二鼓，见有许多文武官员伺候禀见。殷勇寻着了巡捕官，施礼叙了来历。那巡捕见是操江衙门到来投文的，不敢轻慢，道：“兄台且在这里少坐，待各官禀见后，与你投文，这忙乱之际，恐有差误。”殷勇道谢了，就在巡捕厅内坐候。少刻，只听三通鼓乐已毕，放炮开门，大小文武官员照例禀见，先是司道大员到后堂会话出来，然后府厅州县副参、游守等官禀见。此时，因倭寇肆扰，军务控偬，也有传进说话的，也有不见的，纷纷不一，直候到巳牌以后，备官才散。

殷勇即将公文烦巡捕官递进，未及片时，只听得里面吩咐值堂官：“着来差进见！”殷勇即跟着内巡捕打从角门进去，到得二堂，只见上面虎皮交椅上坐着黄总制生得面如满月，一部长髯，猩袍玉带，甚是威严。殷勇上前参叩毕，起来躬身站在一旁。黄总制见了殷勇这表人物，先自欢喜，且又有程公保举之书，已有心重用，因问了一遍当日获盗的情节。殷勇不慌不忙，朗朗的对容。原来制宪自招募以来，投充者不少，大约其中有一半是情分荐举的，不过射得几枝箭，使得几路刀棍，不是人材有限，便是膂力平常，并无出色人物，今日见了殷勇真才实学，如何不喜？暗想：若非此人，如何能力敌群盗？胆量勇力不问可知。因道："这里现今沿海一带地方，倭寇出没无常，肆行劫掠。本院招募日久，并无二个捍御之材，如今都宪举荐你有十分本领。现在有一个最紧要的去处，委你去把守，你敢去么？"殷勇跪禀道："大老爷不弃鄙劣，施恩委用，愿图竭力报效，岂敢有违钧旨！"黄总制大喜道："有材技者，必有胆量。"随令值堂官吏取一道空头札付，当案填了殷勇姓名、籍贯、年貌，给与殷勇道："本院如今且填你做一个把总，却委你去署留河守备的事，这是太仓、崇明等处最要紧的海口，那倭寇时常出没的去处，你须用心把守。若有功劳，即行升赏。"又命库内取一副盔甲赏他，殷勇一并叩谢了，才侧身出来，未及数步，黄总制又叫上去吩咐道："那个海口，非同小可，从前往往失事。你去须要不分昼夜，上紧提防。你本管游击驻扎太仓，也是个要地，恐仓卒有事，一时救应不及，我与你令箭一枝，倘有紧急，一面飞报本院，一面许你在本营各汛调兵接应。若有疏虞，不但你自身军法不贷，且辜负都宪与本院重委之意，你须刻刻在心，勉图上进。我看你汉仗膂力、胆勇俱有，但你初登仕版，这弓马武艺未必精熟，若只恃勇力，便非为将之道，你须上紧演习武艺，讲究战阵，不可一刻苟安。"殷勇叩谢道："大老爷恩训，当刻刻在心。"黄公随取给令箭一枝，着"即刻起身，赴留河防守，替回那阮守备，别有差委。待平静之日，再去见你本营游击不迟。"

殷勇领了令箭，即叩辞出来。所赐盔甲，已有人搬送寓所。因复到巡捕厅来辞谢，这些辕门上都守千把等官都来道喜。不一时，值堂官赍出一张委牌，带封套交与殷勇，系委署留河守备印条，着即刻起身无误。众官道："这是大老爷格外的恩典，老寅兄不要轻看了。"殷勇谢别众官，回到寓所，当下就有同寅官荐来伺候的人，殷勇俱各留下，见上台如此垂青，又闻留河地方紧要，不敢少怠，当即吩咐成信道："我这边的事，你已尽知，可即日回县，报与两位老爷知道。我也不及写书。"因取了四锭小银与他作盘费。成信当下叩谢去了。殷勇就着从人收拾衣甲、头盔、行李。有了制宪令箭，便即日驰汛，前往留河署事不提。

且说成公自公出回署，知殷勇已经上省，因与刘云道："三弟此去，不日即有好音到来。"至第二日却得了总制要去的信息，及闻给塘马星夜前往。二人计议：此必因倭寇紧急之故，到时即有差委，只不知是何去处，算来总不出十天，即有定局。原来成信也星夜赶回，到第九日午后，已回到县，进书房来回禀了前后的话，二人大喜，刘云又赏了他二两银子，因与成公道："三弟蒙两位上台刮目，将来未可限量，只不知那留河地方何如？"成公道："若说那留河地方，却是一个最险要的去处。从前原只有一把总防守，后来因两番失事，才改了守备，添兵弹压。以三弟的本领镇守，定当从此立功显达。"刘云道："若论他的胆勇，实人所不及。所虑者是少年恃勇，急躁从事。兄长须随时打听，频寄音书，免弟挂念。弟明日就拜辞起身。"成公道："贤弟为先人大事，已经耽搁有日，愚兄亦不敢再留，明日早饭后即送贤弟起身。三弟那边，我自理会。倘有要事，当专差相闻。"当晚弟兄二人直叙饮到更余，一同安寝。

成公又吩咐家人连夜备席。次日凌晨起来，盥洗后，即摆上席来。成公叔侄各敬了刘云三杯，又共饮过数巡。刘云道："此番别过兄长，后会未知何日，彼此须常通信息，以慰相思。"成公道："这不消说。若有要务，便当专差；寻常信息，只用官封递到吉水县署，转寄与贤弟。但须贤弟先在本县关会他一声。”当下匆匆席毕。刘云已封了四两银子赏了书房伺候的家人，格外二两，赏了厨役。成公却命侄子赍出二十四两一封奠仪来道：“我也不送贤弟的程仪，这是代我与老伯灵前一觞之敬。”刘云不敢推辞，叩谢领了。外边职事人役俱已吩咐齐备。成公必要亲送到船，刘云阻辞不住，别了友德，一同上轿起身。巳牌时已到凉山。成公到船上又坐谈了一回道：“贤弟途中保重，到家后即与我一音。”刘云应诺。只为情深，不禁洒泪分手。刘云随送成公上了轿，看着导从去远，才转身进舱，就吩咐鸣金开船。一路无话。

不止一日，到了九江府，进得鄱阳湖口。这日适遇大风骤起，白浪掀天。大小客船何止数十号，都收在套汊内避风。这风自辰牌时候发起，直到未末申初才渐渐矬下来，已是开船不得。原来这日刘电的灵柩船，亦在其内。你道为何如此凑巧？原来刘电自八月初一日在尚义村起程，中秋前两日到扬州，雇了一只大船，中舱安放灵柩，后面官舱留与雪姐、梅嫂，刘电自在前舱安歇。因要送雪姐回家，故不走仪真，竟出荻浦。这日来到，把船泊在码头，刘电上岸来，访问到许公家里，见大门上锁，因问着间壁周老人，这老者把许俊卿如何没了姑娘，几次要寻短见，后来他舅子如何接了他回去同住，不多几时，因他舅子的叔父选了江西大庾县的知县，举家同到任上去了的话，与刘电说了一遍。刘电听了暗想：如此不凑巧，今既不得相会许公，也就不提起送雪姐回家的事。遂别了周老人回舟，一一与雪妹说知。雪姐闻言，十分伤感，因道：“父亲与母舅都挈家而去，无处可往。从前恩父原与我说，当同三哥回家，今日果然应验。”刘电道：“如今妹子且安心同我回去，到家后即当专人送书往大庾县去通知许伯，便可相会。只是从此回家，路途尚远，还得梅嫂作伴同去才好。且到岑贤弟家再作计较。”梅氏道：“我到家与老头儿说一声，自然要送姑娘同去的。”刘电道：“甚好。”

当下就叫开船，放到观音门来，访问到岑公无家，到得门前，见大门上封皮封锁，吃了一惊，往问邻居，说："自岑公子与老夫人去后不多时，被侯巡按说，他祖父做官时，有欠他官银八百两未还，把他老家人岑忠逐出，将房屋官封变卖，到如今虽没人敢买，已是无人居住了。"又问岑忠下落，这邻人说："他搬了家什箱笼出来，气出一场大病，亏得他兄弟来搬他回湖州碧浪湖村家里养病去了。"刘电听了这个信息，见两处俱无着落，心下好生动气：待要寄信往山东，这途路上又无可托之人，看这邻居又是个少年人，难以相托；若不寄信，又恐蒋公与岑弟悬望；左右思维，因想那个周老人是许公重托他的，却是个至诚长者，不若托他寄信，谅无差误。主意定了，即辞别邻居回到船中，把这事说与梅嫂、雪妹得知。梅氏听了十分气苦，因想如今在途路之中，若回湖州，路途又远，况这雪姑娘是老夫人再三托我陪伴的，岂有半途抛撇之理。因道："三相公也不用心焦，如今只要寄封信到山东去，免得那里记挂。我情愿陪伴姑娘到吉水，待日后姑娘恭喜了，我再陪送姑娘回来，岂不是好？"刘电听说，大喜道："梅嫂说得极是！"

当下即在舟中，将两家情事备细写了一封书，封固停当，叫把船仍放回荻浦来，幸喜相去只有二十来里江面，一时便到。刘电遂称了二两银子，和书函包好，一直竟到周老人家里来。周老人一见便问："客人为何去而复返？"刘电道："为有一件要紧事，特地来拜烦。"因将书函取出道："这是一封紧要书信，外有盘费银二两，烦老丈觅一的当妥人，寄往山东沂水县地方，封面上居址姓氏逐一写明。寄书到日，再谢酒资二两。那边与贵邻居许公有些瓜葛，因知许公与老丈又是紧邻至好，故敢奉托，千万不要迟误。日后小生还要到来奉谢。"周老人道："一封空信，有了这些盘费，何愁不得寄到？只是老汉与许先生相好多年，并不知他山东有什么亲友。"刘电道："只烦老丈把书函寄到，日后自然知道。"周老人看了信面写得分明，因道："刘客人放心，这封书包管与你寄到；若有回书，我存在这里候你就是了。”刘电打恭称谢，又再三叮嘱而别，自此才放下了这条心。回到舟中，与雪妹说知，当即开船前进。

于路无话，这一日恰恰船到湖口，遇了风暴。也在套汊内避风，及至风定，已是申牌时分，秋江易晚，不及开船。刘电吃毕饭，上岸来闲步，见前面一只大船桅上扯着曲沃县正堂的旗号，心中惊喜道：“莫不是哥哥也在此？”因走到船边，却值老家人刘用走出舱来，一见刘电即叫道：“那不是三相公来了？”刘云听得，急走出舱来。兄弟突然见面，悲喜交集。刘电遂进舱来拜见了哥哥。刘云即问：“父亲棺木何在？如何此时才到这里？”刘电惊问道：“哥哥如何晓得我搬柩的事？”刘云道：“我本不知，因遇了殷家兄弟，方才知道。”刘电惊喜道：“可是殷勇兄弟么？”刘云道：“正是他。”刘电急问：“哥哥在何处与他相会？”刘云道：“说来话长，且拜了父亲灵柩，慢慢再说。”刘电道：“船上还有一个义妹在那里，却就是殷勇兄弟的义妹。”刘云道：“这又奇了，殷家兄弟说他只有一个义妹，已经同他母亲不在了，如何还有他妹子在这里？”刘电道：“这话说来一发长了。哥哥且过船拜了父亲灵柩，我们兄妹三人见面再叙。”此时他弟兄两个，心下都摸不着头脑。原来两船相离不远，刘电引哥子到了船中。刘云见了父亲灵柩，想起自己做了官，父亲不曾安享一日，不禁一阵伤心，扑翻身放声大恸。刘电、雪姐又一齐哭将起来。邻帮船上，尽都吃惊。问起缘由，才知道是个丁艰的官长，在这里刚遇着了他父亲的灵柩，因此伤恸。当时刘电劝住哥哥，暂且收泪，且与妹子相见。正是：

泪从心窍流将出，喜自眉梢引上来。

不知他兄妹如何相叙，且听下回分解。

第二十二回

# 识小妹征桌解离愁　得娇女慈帏添喜色

却说刘电劝住哥哥，拭泪同到后舱，却见雪姐一身孝服，哭泣未止，见刘云进来，已知是做官的长兄，口称“哥哥”，倒身下拜。刘云以小妹相见，只回了两礼，一同坐下。梅氏过来叩头，刘云抬身道：“你是客边，莫行此礼。”便问雪姐道：“闻妹子与殷家伯母在江中遇害，怎的又与我兄弟相会？”雪姐未及回答，刘电接着说道：“哥哥不知，说起来却是一段创古奇文。”因将雪姐怎生遇骗，卖入曹家；又怎生遭妒妇凌虐，得保全了身体；怎生到沂水客店中自尽，埋在义冢；怎生在地下遇了仙姥指引，拜认了父亲；父亲又怎生显灵，邀蒋、岑二位嘱托，引弟先发出妹子的棺木，当下还魂转来，便指引起出父亲灵柩；又蒙蒋公十分仗义，与兄弟结了婚姻，又与岑公子结为兄弟，蒙岑伯母命梅嫂子陪伴妹子前来，于八月初一在沂水起身，原要送妹子与梅嫂子回家，不料许伯又同亲戚挈家往大庾县任上去了，岑贤弟家又被侯巡按将备屋封锁，岑掌家又病回湖州，进退两难，承梅嫂子情愿陪伴妹子，因此就一同回家，不料在这里遇着哥哥。还有许多细底，一时也说不尽。

刘云从头听了一遍，点头吐舌道：“果然有这等奇事，若不是亲身经历，旁人说来也难相信。只是殷母遇害，如今既知强徒姓氏，又有根究之处，为兄自有道理，必要拿此凶徒，与你兄妹报仇泄恨。那蒋公与岑公子既成至戚，且容图后报。”因对雪姐道：“若论殷家兄弟与我八拜之交，你便是我义妹；若论拜继父亲，就如亲妹子了。”雪姐道：“小妹在地下，若不是父亲庇护，必被群鬼欺凌。父亲因预知三哥到来搬柩，恐无处找寻，因显灵邀蒋家叔父与岑公子到来，托他指引，彼时父亲已令小妹先拜见过他二位，次日三哥果然到来，小妹幸得再生。回想前事，就如做梦一般。”刘电即问道：“正不知哥哥如何又与殷家兄弟结拜？”刘云道：“这事说来虽不似你们的奇异，却也是天假奇缘。我在任得了父亲的凶信，因为交代的事耽搁了三个多月，才得起身。七月下旬坐船到了江南凉山地方停泊，不料夜间被江洋大盗十数人，明火执仗，上船行劫，将家人捆缚，行李尽行搜出。我那时也只想留得性命，便是万幸。不料忽然来了一个少年壮士，一上船就打翻了两个强人下水，又在舱里活捉了两个，将我救了，不但保全性命，连行李一些也不失脱。我还未曾动问他的姓名，他却见我与兄弟面貌、声音相像，又见我穿着孝服，一口就叫出我的姓氏，我倒吃了一惊，问起始末，才晓得兄弟与他结拜在先，说你助他银两，劝他投充勇壮，立取功名。他原要在仪真口等你，不料生出这件事来，谁知他却就为此事得了功名了。”刘电同雪姐一齐问道：“怎么就得了功名？”刘云因将那官司如何严禁盗贼，如何悬赏缉拿，成公如何荐举，操江如何恩待，给赏了官银三百两，成公又有已赠，又如何三人效桃园结义，后来制宪黄公要讨他往苏省委用，当下给了把总札付，并与他令箭，委署留河守府，许他得调兵马，十分恩宠，从八月下旬就到任去了。

刘电听了，不禁眉花眼笑道：“兄弟当日一见了他，就知他不是久居人下的人，因此与他结为异姓骨肉，但不料他骤然就做了官。”雪姐道：“只可怜我干娘为我身亡，不得享他一日之福。”说着，又哽哽咽咽哭泣起来。刘云劝道："这也是他老人家的大数难免，即如妹子死而复生，亦是定数。日后只要拿着这个凶徒，斩首沥血，祭奠灵前。如今妹子回去，我就当差人去报知许伯，接他到家，与你父女重逢，省得两下伤心牵挂。况你再世重生，也是古今罕有的事，将来必有后福。终身之事，兄当为你择一佳偶，必不误你。"刘电接口道："哥哥却还不知其中委曲，父亲冥间嘱托蒋公三事：一件是托蒋公指引埋棺处所；第二件是为他表侄女与兄弟婚姻之事；这第三件就是嘱托妹子终身之事，说将来与岑家兄弟有姻缘之分，却又不叫当时订定，必要等待数年，仍须蒋公完成此事。此番回来，原要见了许伯就将这姻事订定，不料又不得相会。到家后请了许伯来，便可一言而定。"刘云道："那岑公子是名门旧族，正是偶配。况且阴阳两途先已见面，这姻缘非寻常可比。若我在彼，就当同蒋舍为媒，一言订定，何必更待定他时！"刘电道："兄弟也是这般主意，倒是岑家伯母说妹子现有生父，如今又有我们母亲在堂，大家不便专主；况如今又在客边，果是姻缘就耽待两年，也不为迟。"

刘云听了此话，因问雪姐道："岑夫人待妹子如何？"雪姐道："就是亲娘也没这般怜爱，临行啼啼哭哭，还与了妹子许多东西。"刘云道："如此说，是极相爱的了。这件事就当反经从权，况这重生再世，实是世上罕有的事，许伯得知已喜出望外，岂有不乐从之理，又何必拘拘于此。"刘电道："这是父亲冥中如此嘱托，谅必有因，如今妹子年才十六，即迟待三两年亦无不可。"刘云道："这也罢了，只是他明岁必须进取功名才好。"刘电道："兄弟也再三劝他，他只为那侯巡按与他作对，不敢回家。如今房屋又被他封锁，亦无家可归，倒是一件难事。前日兄弟访问明白，因写了一封备细的书，留下二两盘费，交与许伯的紧邻周老人，托他雇妥人寄往山东，信面注明：到日另给酒资二两。这封书不知何日才到。"刘云道："有这重酬，哪怕没人寄去。只是他那里得了此信，却又增一段愁肠。"因想："父亲所说迟待的话，未必不为有此顿挫。”这是刘云意中所想，却不知雪姐心中已深信了恩父的言语并岑母的怜爱，就迟几年谅无更变，因此倒不把这事放在心上。他兄妹三人直说到上灯时分，向灵前炷了香烛。此时两只大船已并在一处。刘云道：“明早就在这镇市上买了祭品，先与父亲祭奠。叫两只船帮着同行，我是惊怕的人，如今却放心了。”刘电道：“哥哥遇殷家兄弟相救，兄弟却早知道。”刘云道：“这是何说？”刘电又将遇点石禅师的话细述了一遍。刘云道：“如此说，这禅师竟是个知过去未来的罗汉了。”说话间晚酒已备，弟兄二人就同过这边船上来，另送了几样酒肴到这边与小姐。他弟兄又叙话到半夜，才各自安歇。

次日早起，就在镇上买了那鸡鸭鱼肉、果品蔬菜、香烛纸锞等，准备在船中祭奠。从此兄妹三人常在一船叙说那历过情节，颇不寂寞。不止一日，到了吉水，停船在城外码头，他弟兄已先在船中商定：将灵柩暂停城外普化寺，傍院面前搭盖三间大厂棚，中间安放灵柩，后向安顿女眷，外间接待亲朋，旁边左右另盖两小厂，一处做了厨房，一处留待来使，就借旁院做了帐房，并安放什物。当日刘电先上岸到普化寺与长老说知，然后进城，到家中拜见老母、兄嫂，把客途经历之事，从头至尾说了一遍。大家听了，又悲又喜，又甚惊怪。当下刘母就要同了媳妇们到船上去哭奠，并就好看看这个还魂的女儿。

刘电道：“母亲与嫂嫂们理应前去，但这码头上船只拥挤，行人杂乱，况船中又甚窄狭，一无备办。且待搭起了棚厂，再请母亲同嫂嫂们往船上起棺，一同送到厂中祭奠。”刘母道：“既如此，你们快些去料理棚厂要紧，且先家祭过了，再商量开吊的事。明日先把你妹子接了回来，省得她在船上不便。”刘电领命，即同了二哥刘霖分头办理，雇了人夫工匠，赁了杪木竹竿，将自己铺中大布抬了十多筒到寺里去搭盖棚厂。傍晚弟兄同出城到船上，刘霖先拜了灵柩，大哭了一场，然后与兄妹见过，因说：“这棚厂连夜搭盖，明日还得一天工夫才竣，后日早晨便好起棺上去。”刘电对雪姐道：“明日母亲就要接你先回。”

雪姐道："小妹也正要拜见母亲，这里且留梅嫂子在此照管。"刘霖道："不必，妹子只将东西收拾收拾，明日一总与你搬回家去就是了。"当晚刘云派一个家人跟随刘电往寺中歇宿，监督工匠，照管什物。刘霖仍回家中料理一切应办物件，自己同两个家人在船守灵。

且说刘霖回家，对母亲说知："明日棚厂便可盖完，后日一早同母亲大嫂们去起棺到厂，合家祭奠。"又道："这个妹子生得好个模样，见了我十分亲热，真个像亲妹子一般，明日母亲见了必定喜欢。"大娘子道："这还魂的事，人再不信，如今却真有这般奇事，正不知在棺木内如何过得这许多日子，难道不气闷的么？"二娘子道："想必死了，这棺材就如房屋一般，那魂灵也好走进走出，谅来是不气闷的，不恁地公公怎得邀了生人去说话？"两妯娌你一句我一句，胡猜乱讲。刘母道："你们且莫乱猜，明日接了她回来，正好慢慢的问她。"当晚过了一宿，次日一早刘母起来一面打发家人前往普化寺催促搭盖棚厂，一面叫刘霖去雇两顶轿子，"接了你妹子与那梅嫂子回来，再到寺中去料理"。刘霖领命，顺路雇了大小两顶轿子。到得船上，雪姐早已收拾停当，将要紧之物随身带在轿内，其余交给梅嫂携带，与大哥说了一声，随即上轿，刘霖一路照管着回来。

且说刘母打发刘霖去后，就同了两个媳妇都出中堂探望。好大一会，轿子抬到大门内下轿，婆媳们都迎将出来，看见雪姐果然生得十分秀美，一身孝服，梅氏跟着进来。到了堂前，刘霖一一指与雪姐道："这位就是母亲，这是你大嫂，这是你二嫂。"雪姐叫梅嫂将一把椅子移在当中，请母亲坐了拜见。刘母见了便十分怜爱道："途路辛苦，只行常礼罢。"雪姐当下端端正正拜到四拜，刘母叫两个媳妇搀起，然后与两位嫂子拜见。这刘大娘子却只有一个三周四岁的孩子，叫做"端儿"，生得粉妆玉琢一般，因叫过来与姑娘磕头，那孩儿真个就扒在地下磕头，喜得雪姐连忙抱将起来，那孩儿把两只小手儿抱紧了雪姐的颈项不放。刘母见了，也不禁笑将起来。大娘子过来拉他的手，只是不放。雪姐道："这个小侄儿乖得紧，怎么竟不怕生？"大娘子道："却也作怪，别人要抱他，还哭着不叫抱哩。"当下梅氏也与老夫人并两位少夫人磕头，大家都搀扶免礼。雪姐抱着端儿，随老母大家同到上房里来坐下。雪姐看刘母虽年及六旬，却神清体健，鬓发才白得几根；这刘大娘子是个五短身材，银盘白面，生得秀雅端庄；这刘二娘子却是长挑身材，瓜子脸儿，生得温柔婉丽。当下刘母就问雪姐："你三哥与蒋公的表侄女结姻，不知那个姑娘生得如何？"雪姐道："才德工容，无一不备。"二娘子便道："比小姑姑何如？"雪姐笑道："胜我十倍还不止。"刘母听了，便也欢喜。

原来刘母只生了他弟兄三个，却没有女儿，今见了雪姐，就如亲生女儿一般，问长问短，大约三日三夜也讲说不完。晚间母女就同床安歇，雪姐也就如亲娘一般孝敬，姑嫂们又彼此十分敬爱，连这小端哥儿见了雪姐，就扑着要抱，急忙骗不下来，看来却与在蒋家情义一般。

且说他弟兄料理棚厂，果是人多手众，到第二日傍晚已搭盖齐全，上面俱用双层大布三檐起脊，地下通铺垫苇席毡条，纵然下雨亦不能渗漏。

次日凌晨，刘老夫人婆媳同雪姐都披麻重孝，坐轿到船上来哭拜起棺，只留一老家人在船照料，弟兄三人斩衰执杖号哭，扶柩往普化寺来。到了棚厂，将灵柩在正中安放停妥，遮护孝堂，摆设供桌，一切齐备。内眷们都在后面守灵。当下刘云才得与母亲拜见，母子、夫妻悲喜交集。当日已整备猪羊祭品，焚香点烛，全家恸哭，祭奠毕，就都在厂中伴灵。刘云因家中无人，只派二弟同一小厮回家照料，并令往船上将所有物件查点，搬送回家。船家雇值，照票找给清楚。那官船上因在凉山耽搁多日，额外给他几两银子盘费。刘霖领诺去了。当日又叫了两个漆匠来，将外椁通身只用擦漆，三两日内便可干燥。择定十月十三日开吊，十五日吊止，就在本寺大殿上起建道场三昼夜。这同城文武官员以及亲戚邻朋吊奠者络绎，俱拜挽至亲好友支持，管待酒席三天。止吊后，即择于十七日出殡于祖茔，合家眷属直到送殡后才转回家。普化寺中送了一分重香金酬谢。回家后，又设席酬谢帮忙亲友。前后整整守了半月有余，方才完事。

这一日，刘云在书房中修了两封书，一致成公，一致殷弟，将来封在一处，托本县用官封邮递江浦，转寄留河。书中细叙弟兄途中相会，并殷母被害、义妹还魂许多情节，以及强徒姓氏，恳其关拿严究。又作一札，专差往大庾县，与许公报信，并接他来家相会。自此，雪姐安居刘府，母女、兄妹、姑嫂们雍雍睦睦，一团和气，只日逐盼望父亲到来聚会。正是：

历险尽时才信命，受恩深处便为家。

不知许公可能接来相会，且听下回分解。

第二十三回

# 华秋英急智刺淫倭　何仙姊幻形救淑女

且不说雪姐安居吉水，却说这倭寇的根由，起于嘉靖二十五年，只因彼时倭人将洋货到江浙沿海地方互易，多被奸商邀赊，奸商又被诸贵官家鲸吞，成千累万不偿价值，以致群倭盘踞近地岛屿不散，诸贵官又声言倭寇侵窥内地，嗾官兵进剿，因此激变，群倭分头肆扰，始则劫夺客商，邀截海道，继而攻城破邑，杀掠乡村，且有内地凶徒、匪类、逸犯、逃兵勾连响应，遂至猖獗。连年以来，沿海生民受其荼毒。及浙抚茹环、同都指挥使吴璜，获斩通倭奸细九十余人，督兵进剿，屡立战功。这诸贵家因不能获利，反嗾言官论茹环玩寇殃民，逮问煅炼，暴卒狱中，吴璜亦下狱论死。自此倭寇益无忌惮，闽、浙、江、淮等处，出没不定，杀掠焚劫，异常惨毒。又兼同时有海盗徐海、汪直，聚众至数万，寇扰江浙，与倭首赵天王相为狼狈，官军屡战不克。这赵天王更为桀骜，其妻赤凤儿，使两口苗刀，有万夫莫敌之勇，却是美而悍妒，因此赵天王十分畏爱。其时被江五、江七怂恿，率领倭寇数千，突入崇明，攻破城池，大肆屠戮。知县汤一澄率领民兵巷战而死；把总在逃被杀。彼时常镇参将李更良驻兵杨舍，崇明是他统辖地方，闻报率领官兵一千，会同太仓专管游击袁潮合兵前来救应崇明，已是无及。两人见倭势方张，不敢进逼，因商量分兵守住孔道，待他自出，截其归路。

原来这崇明失守，正是殷勇到任前一日之事。那阮守备闻知攻破崇明，离汛咫尺，正在坐立不安，手足无措，忽报殷勇到来接印，正中心怀，便匆匆交代而去。

殷勇接印后，恐倭奴乘势来侵，即传令箭调集附近汛兵二百五十名，交本营把总董槐守住留河要道，自己率领本营兵三百余名，星往孟河地方据险设伏，邀集倭奴归路，又与留河首尾相顾。

且说这倭奴攻破崇明，大肆杀掠，巨商富室，罄掳一空，妇女三十以上无姿色者，杀戮无存；少艾者驱使作役。青天白日群聚裸淫，少不如意，挥刃溅血。群妇股裂受污，天日为惨。这赵天王杀掠满意，幸得赤凤儿悍妒非常，不敢恣其淫虐，却听了“就地滚”江五的指挥，带了倭兵三千，出据圌山，欲窥太仓。尚有倭奴千余盘踞城内，为犄角之势。

却说这崇明城内有个黎富户家，夫妇二人同逾花甲，并无子息，只有一义女名叫秋英，本姓华氏，原是书香旧族，父亲华宣是个寒士，因拖欠官银，追比不过，无奈将她卖身抵偿到黎家，时年才十二。黎老夫妇因无子女，见她是个旧家儿女，又且生得秀美聪明，就把她作女儿看待。后来华宣死了，也亏黎老与他买棺殡葬。秋英到十八岁上，更出落得十分标致，黎老夫妇原要与她招赘一个养老女婿倚靠，不料其年因倭寇屡来攻打城池，两老口相继忧怖而死，都是秋英一力殡葬。这华秋英不但人物秀丽，抑且心性聪明，遇事见机，极有胆智。其时也被倭奴掳在群妇女队里，身边却紧紧藏着一口小利刃，防倭奴来犯，已拼一死。只因妇女众多，一时犯她不着。

一日早晨，有数十倭奴聚集在一大宅院内，着众妇女与他造饭，其余各搿一个，当众宣淫。内有一个身长力大的倭奴来犯秋英，这秋英却是天生的灵巧，在倭奴中数日，已习知倭奴的言语，见这倭奴来犯，便给他道：“白日里当着众人面前不好看相，不如同到屋后无人处好。”那倭奴大喜，即跟着往里边来，却是一座楼屋，秋英指着道：“楼上去好。”一面说，就上胡梯。这倭奴也随了上来，秋英到得楼上，原主意拼命刺倭奴，不意看见楼板上放着一个压衣石鼓，约莫也有数十斤重，秋英心生一计道：“你且关了门，把这石鼓靠住，省得人来打搅。”这倭奴点头，就将手中两口苗刀递与秋英拿着，弯倒腰，双手来掇那石鼓，秋英见他抱起石鼓时，即将一把苗刀从他小肚子底下用力刺进腹软，刃利直尽刀把。这倭奴痛绝倒地，竟不曾出声。秋英见倭奴已死，想道：“少刻必有倭奴进来，难免一死。”人急计生，却打从楼窗走出，见左右人家墙垣，楼屋处处接连。因料这倭奴昨日从东而来，今日必不再往东去，我若走得出东门，便有生路，因打从屋瓦上逐家盘递，望东而走，到了房屋不连之处，便下来从坍塌处一步步找路而去。如此上上落落，约莫也走了有四五里的光景，望见离东门不远，只听得后面哭声震天，回头一望，见西头烟火冲天而起，原来这些倭奴饱饭后，探听得有官兵到来，却将这些妇女关闭在屋，放火焚烧而去。可怜这些妇女既遭淫污，又活活烧死，惨不可言。

秋英已料倭奴西走，急忙打从人家楼上下来，竟出东门，却见一路尸横遍野，血腥触鼻，她也顾不得害怕，心慌意急，又不知路径，只望着东走，足足一口气走了有二三十里，已过晌午，望后面并无响动，四下里亦无人迹，把心略略一放，却半步也走不动了，看脚下鞋已绽裂，两弯莲瓣如何受得此苦？又见前面是一道小河阻住，斜侧里虽有一条路径，却不知是往何处去的，欲要挨上前去，却无半点气力，又兼腹中饥饿难当，没处去讨饭吃，想起来终不免一死。正在着急，只听得西北上火炮连天，喊声动地，秋英想道：倭寇里并无火器，想必是官兵剿杀；若是官兵得胜，便有生路。正在踟蹰，听得喊杀之声愈近，打一望时，已见有兵马到来，心下惊慌，却没个躲避去处，只见那侧路旁一箭之地，有个荷池，水已干涸，却是一池污泥，还有些枯烂荷叶在上，池侧边却有一株老树，半边树身横倒在池上，一时无奈，只得拚命走入污池内，那傍岸处不过深得尺余，挣远几步，便陷到脐上，回头看时，杀声已到。原来却是一队官兵，被倭奴杀得丢盔弃甲，又追赶得紧，俱往前奔命，到得河边，见没有桥梁，都往河里乱跳，大约逃得过岸的甚少，淹死的甚多。后面大队倭奴赶来，何异屠羊杀豕！奔不到河边的，都被斫杀，血腥四溅。这时秋英也顾不得性命，将身子都蹲倒在污池内，把一片烂荷叶遮住了头脸，幸喜又有那横倒的树枝挡住，偷眼看那些倭奴，呼啸成群，因赶得发热流汗，都开怀脱臂，也有坐地歇力的，也有跳跃嬉笑的，拉屎溺尿，混闹了有个把时辰，呼啸一声，仍复回原路去了。

秋英见倭贼虽去，自身却陷在污泥内，莫说拔步不起，即上身也伸不直来。天色又将傍晚，想道：死在这个泥池内，却强如被倭奴斫杀，只是浑身泥污，做鬼也不得爽利。抬头看时，这横倒的树枝却离身咫尺，忽然想起，用手在污泥内将一条系腰的长汗巾解下来，拿着了一头，把污泥用手勒去，再把这头用力甩上树枝，然后两只手拉住汗巾两头，一步步用力挣将上来，幸喜脚带系紧，不曾掉下鞋脚，及挣得到池上，已是气力全无，坐在地下半晌看浑身都是污泥糊住，肚中饥火焚烧，不觉一个头晕就倒在地下，昏昏沉沉，似梦非梦，只听得耳边有人唤道："你这个女子好大胆，这黑夜间敢睡在这死人堆里！"秋英微微睁眼，隐隐见一个立在身边，听得是老年妇人声气，因问道："你是哪里来的？"这老母道："我也是与你一般逃难的。"秋英道："原来你也是逃难的！我却是饿倒在这里，动弹不得，只好听死的了。这老母道："我逃难时，幸亏身边带得有些干粮在这里，你挣扎起来吃些，我扶了你同挨到前面去寻个安身的所在，这里如何过得夜！"一边说，一边递了一个饼饵与秋英。秋英接了道："你是我的救命恩人了。不知姆姆姓甚？府上在城在乡？如何这时候恰恰也逃到这里来？”老母笑道：“我姓何，在城外居住，亏得我日间逃在个山坳里，倭寇找寻不着，夜晚才敢出来。”秋英一边吃着饼，一面叫道：“何姆姆，求你扶我一扶起来。”这老母就捏住秋英两只手腕，拉将起来，笑道：“怪道你这般重，原来身上倒加添了一半泥巴！”说得秋英也笑将起来。此时虽然坐起身来，还是浑身打颤，幸亏得吃了这一饼饵，才把饥火按住。老母道：“你身上的污泥，我与你扳个树枝儿刮落了才好。”秋英道：“我两腿上都是污泥，如何走得动？幸亏脚带缠得紧，不曾掉了鞋，不然怎了！”这时略有一点微微月色，这老母扳了一条树枝与秋英上上下下刮去了一层污泥道：“这沾在衣上的，且由他，待干燥了再处。我和你且挨到前面去安住了身，再作道理。”秋英道：“多谢姆姆，只是我们往哪里走？”老母道：“这条小路，我还有些认得，你只跟我来，包管不错。”秋英就一手搭在老母肩上，慢慢跟着从小路里行来。

在微月光中看这何姆姆，虽有六十来年纪，却肌肤细腻，步履强健，因说道：“幸亏得遇了你老人家，救了我的性命，真是重生父母，我已无家可归，情愿拜你老人家做了娘，侍奉你老人家终身如何？”老母道：“你这个姑娘心肠好，日后还要享大福哩！只是我家乡远，带你不去。”秋英道：“你老人家方才说，就住在城外，纵然远几十里，我也情愿跟了你老人家去。”老母笑道：“好姐姐，我实对你说，我娘家姓宣，夫家姓何，原是山东人。我有个女儿许在这里金陵岑家。我原是到这里来探亲，不想遇了倭寇杀来，大家分头逃散。如今这亲戚一家儿也不知逃往何方，我如今只得仍回山东去了。我女儿叫做小梅姐，你日后若会着她，就知道我的老家了。”秋英道：“你老人家要回山东，我也情愿跟去。况这个小梅姐姐，我又不曾见面认识，日后叫我往哪里去会她？”老母笑道：“你也虑得是。只如你今日遇着我，却也是有缘。日后安知又不遇着我女儿？你只记着我的话，包管日后会得着。”两个一边说话，一边脚下轻轻松松，也不知走了有多少路。

此时已是半夜时分，行走中间，见路旁有一座大树林，老母道："我们也走得乏倦了，且到这林子里略坐坐再走。秋英道："甚好。"当时一同到林子里席地而坐。老母道："你走了这半夜，肚里可饥么？"秋英道："我吃了你老人家的饼饵，只恐姆姆反受饥了。"老母道："不妨，我曾合了几丸辟谷丹，每服一丸就可耐两天不饥。如今还剩了两丸，与你分吃了罢。"因向怀中摸出一个小小袋儿，袋内取出两粒鸡头子大的丸药，馨香扑鼻，自吃了一粒。将一粒纳入秋英口内，不觉一口咽下，又将这小袋儿递与秋英道："这里面便是修合的丸方，你好好藏着，日后也好济人。"秋英此时吞下丸丹，便觉五内清凉，精神顿长，四肢间好像添了许多气力一般。因道："姆姆这药，竟如仙丹一般，只恐我日后修合不来。"老母道："这个丸方，说是留侯张良传下救人饥荒的。只要照方修合，却也不难。"秋英遂将袋儿贴肉藏好。老母道："我们去了罢。"当下秋英已觉行步轻疾，便随着老母前进，走不到一里多路，不防芦苇中伸出两把铙钩来，将她两个钩倒，听得喝道："你们这黑夜里奔走，不是拐逃，定是奸细！"老母道："我们是逃难的妇女。"那两个道："我们不要管他是拐逃，是奸细。既拿住了，只把她送到老爷船上去听凭发落。"当下不由分说，押着她两个走了有一里来路，到了个河湾里，见有一只大哨船，里面还点着灯火。听见岸上有人行走，舱里就钻出十数个大汉来，手里各执短刀，喝问："是谁？"岸上的答道："我们捉得两个黑夜行走的妇女，来禀爷。"只听里面有人吩咐，叫"带她上来！"正是：

才离虎穴，又入龙潭。

究竟不知这船里是何等样人，华秋英凶吉何如，且听下回分解。

第二十四回

# 说兵机无心得佳偶　设险伏有志建奇功

且说这秋英被铙钩拖翻，大吃一惊，恐是遇着短路劫贼，后来听得说，送到老爷那里去发落，想必是个守夜的巡兵，及到了船边，见舱里走出十数个贯甲持戈的兵来，知是官船，便放心不惧。

原来这船却是殷勇的哨船，这地名叫做孟河港，却是崇明、太仓两处出入海口的要道。殷勇却只管辖得三百六十名官兵，虽有总制令箭可调汛兵，因知袁游击已与李更良合兵会剿，无兵可调，自揣众寡不敌，因想参游两营之兵合计三千有余，会剿倭奴，谅可必胜；倭奴一败，必从此处出口，正好截杀。因此把这三百名兵分为十队，据险埋伏在芦苇丛莽之中，口内各衔哨子为号，准备黑夜厮杀。每一队用鸟铳十杆、钩镰枪十杆、大砍刀十柄，一声炮响，四下接应；又恐有奸细出没，沿路另派巡兵，伏于大小要道，昼夜哨探防守，自己亦不卸甲。这夜巡兵把两个妇女带进舱来，殷勇看时，一个年老妇人，一个青年女子，因问道：“你们为何黑夜行走？”只见那老妇答道：“我们是逃避倭寇的，日间不敢行走。”殷勇道：“如今倭寇四散屯扎，你们待逃往哪里去？”老妇道：“老身自有亲戚相投，只是这个女子是在路上遇着的，她已无家可奔，如今遇着老爷，便是她终身造化，只求将她收下，保全她一条性命，老身也省得路上累赘。”

殷勇看那女子，虽然蓬首垢衣，却掩不住她那容光秀丽，因想：若不收留，恐遭贼害。便道：“你何不同她在此，待平静了，差人送你们回家如何？”老妇道：“我自有安身处所，不消老爷费心。只要将她收下，我便放心去了。”因对秋英道：“你安心在此，只不要忘记我的言语。”说毕，转身便走。秋英却待要拉住她时，早已走出舱外。殷勇即吩咐巡兵将她送出大路。这巡兵才答应了出来，已不见了那老母的踪迹。众人吃惊道：“分明才走出舱，怎么就不见了？奇怪，奇怪！”因回禀了本官。殷勇便问秋英道：“这个老人家，你在何处遇着的，可晓得她居住姓氏么？”秋英道：“曾问过她，她说娘家姓宣，夫家姓何，原是山东人，到这里来探望亲戚，说她有个女儿，许在这里金陵岑家，想必这就是她亲戚了。”殷勇又问：“你是从哪里逃来的？”秋英却将崇明如何失守，合城如何被害，今早如何刺杀倭奴逃走，如何见官兵败绩、躲入荷池，又如何上岸饿倒、遇着这姆姆救我同来的情节，细细说了一遍。

殷勇听了，惊讶道：“看你不出，竟有如此胆量！但崇明到此，有百十余里，你如何走得半夜，便能到此？如此看来，这老母决非凡人了。既说有这金陵岑姓，且慢慢访查。”因道：“你且坐下说这倭中情状如何？”秋英也不推辞，就在旁坐下，因说：“这倭奴狡猾凶残，大约攻破城池，先肆掳掠，那年老者不分男女，杀戮无存，把那些少壮男人驱在一处，遇着官兵到来，先驱使冲阵，倭奴却伏在背后，有回顾者，即行砍杀。官兵不分青白，枪铳矢石齐发，杀的却是些无辜百姓，还割了头去冒功请赏。这些倭奴却四分五落避开，待官兵锐气已过，他却四下呼啸合围拢来，官军十场九败。因此这些倭奴藐视官军，全无畏惧。但其性最贪，又无纪律，往往伙内分财不均便自相残杀。老爷用兵，当以智取，示可力敌。”这一席话，说得殷勇满心敬服，道：“你有如此才智，胜过男儿十倍。但此处正当要害，早晚恐有厮杀，不便留你。你且吃些饮食，到五更送你到留河署中暂住，平静后再作计较。”当下给与了些干粮，在后梢舱少歇。到五鼓时，即着两个老诚伴当，由水路护送回署。这秋英见殷勇是个年少英雄，心下也十分有意。这话暂且不提。

且说那李参将与袁游击两个不敢进逼倭寇，推说在要道把守，截他归路，其实是心寒胆怯，畏惧交锋。谁知却被赵天王使“混江鳅”江七暗约城内倭奴，从半夜两下劫营，杀得官兵大败。次早二将聚集败兵喘息未定，又被倭奴四下合围拢来，刀飞血溅，又大败了一阵。袁游击舍命力敌。李更良却身带重伤而逃，却被赤凤儿同江七紧紧追来。正在危急，只听炮声震天，一彪官军从斜侧里云飞电掣而来。原来却是黄总制得了飞报，差中军副总镇陈奇文率领精兵三千前来救应，正遇赤凤儿追赶李更良到来，遂截住大杀一阵。这赤凤儿与江七只带得五七百倭兵，不防这大军到来一冲，杀得星散云落，却得赵天王同“就地滚”江五夫妻率领大队到来接应，又混战了一阵。江五、江七见官兵势大，招呼赵天王夺路往庙湾而走。陈奇文听得东南角上杀声震天，知是袁潮被困，即分兵一半，着中军守备金尚忠追赶赵天王，自率官兵前来救应。

却说这袁潮见李更良带伤而逃，支持不住，也要脱逃，不料被倭寇四下围住，不能脱身。正在十分危急，幸得陈副总救兵到来，军势复振。内外夹攻，倭寇抵敌不住，又见赵天王大队已走，没了头领，其势已孤，呼啸一声，齐奔孟河而逃。陈副总同袁游击率兵随后赶来。这千余倭寇除被官兵砍杀了三分之一，所剩七百余人，一来赶得心慌，二来没了江五弟兄的引导，只顾往前乱奔，恰恰往孟可港这条路上奔来，已是起更时分，却被殷勇伏兵等个正着。这边官兵赶到黄昏时候，见道路丛杂，又无星月，对面看不见人影，陈副总恐黑夜难以攻击，又恐倭寇有埋伏接应，因下令且拣平旷处扎住营寨。这群倭见后面没了追兵，遂放心连夜奔逃，却又见四下里芦苇丛杂，道路盘曲，正不知哪一条是出路。正在黑摸，只听得芦苇中一声炮响，十队伏兵鸟铳齐发，从四下里打来，倭奴无路投奔，自相践踏，又见四下里芦苇一时烧着，烟火冲天，那火光中，殷勇左手执一条铁锏，右手执一口钢刀，奋勇当先，率领这十队伏兵，长枪大刀着地卷来，杀得倭奴四下乱窜，逼落河内并烟火中烧死者，不知其数，七百余倭寇竟不曾逃了一个。及至陈副总见火光触天，杀声动地，知是厮杀，急与袁游击引兵到时，倭寇已是杀尽。殷勇即参见了陈副总、袁游击。陈奇文便问："你如何恰好在此等着？"殷勇即将调兵埋伏情节一一禀知。陈副总大喜道："虽老诚夙将用兵，不过如此！明日回禀制宪，当得首功。"当时下令即在此间安营造饭，因与殷勇讨论剿倭的要着，殷勇就将华秋英所说之言一一对答。陈奇文鼓掌大笑道："深合机宜，真是至当不易之论。"这时袁游击在座，脸上十分削色。

再说金守备追赶赵天王到得海口，有倭兵接应下船，扬帆遁去，只得星夜领兵回来缴令，天明时各营兵已齐集。陈奇文计点本镇人马，阵亡七名，带伤二十六名，计得倭首二百七十四级；参、游两营兵丁，阵亡四百三十八名，带伤者甚众，只得倭首一百十二级；惟殷守备所领官兵，不曾伤了一个，却得倭首四百五十七级，火烧水淹者不在其内。当下叙功造册，先行飞报制宪。仍令金守备、袁游击率所部人马各回本营；惟李更良受伤深重，已抬回汛地，即着该营守备领本部人马回杨舍严防倭寇复出，整治军需听候调遣；又移会太仓知州安云从，请他会同殷守备，往崇明一带地方招抚难民，酌量详请赈济；又再三嘱托殷勇，严防倭寇突入海口。殷勇见陈奇文办理周详，相待甚厚，因密将收留华秋英在署之事细底禀知。陈奇文道："有如此奇女子，又是奇遇，正堪与奇男子作偶。但不知有多大年纪了？"殷勇道："看来也不过二十来岁。"陈奇文道："此事我当密禀制宪，必有佳音。"当下料理完毕，带了亲随，星夜回辕缴令。

却说黄总制初闻失了崇明，急得三尸暴跳，因飞檄饬调参、游两营悉兵进剿。幸他两个先已起兵，尚可塞责。后又闻被倭寇劫营，连败二阵，恼怒已极，因即令中军陈副总领兵三千，星往救应，尚恐不济，正欲再调吴淞总镇之兵，却又接飞报，已得胜了一阵，因此中止。及接到此次飞报，方知大胜，只可恨倭首遁去，留此后患。正要亲往崇明招抚，又接到中军申报，已移会太仓知州，会同殷守备前往招抚，心下甚喜中军办理周到。因又檄委分巡副使前往总理查勘难民，酌量赈济。

及中军回来缴令，细问情形，方知崇明初失，参、游两营之兵不敢进攻，却只在要道把守，以致倭寇在城屯聚，人民受其屠戮，又不能严紧提防，致被劫营，连败二阵，若非大军救应，几至全军不保；又知段勇接印后调度有方，据险设伏，以本兵三百，不损一人，截斩倭寇四百余级，其功不小。即日飞檄将袁游击掣回巡捕营听候发落；即委殷勇署理太仓游击印务，仍兼摄留河守备事，赐精甲一副、良马一匹；李更良俟伤好再论；杨舍系总辖要地，檄委都使同知耿自新前往署理参将印务；又委荻江县县丞龙为霖往署崇明县印。一面犒赏有功将士，一面备细奏闻，自陈失守崇明之咎。此本上去，后来发内阁会同吏、兵二部议复：总制黄炯将功折罪，仍留原任；中军副将陈奇文军功加一级，候升；参将李更良已经身故，勿论；游击袁潮降三级调用；守备殷勇莅任伊始，即建大功，实属可嘉，可否实授太仓城守游击，以励战士；崇明县知县汤一澄杀贼捐躯，所有赠典，恭候钦定，仍难荫一子；该县难民，速即招抚，照例查造清册赈济；其余有功战士及阵亡者，照例分别赏恤云云。奉旨：汤一澄追赠太仆寺卿，仍荫一子县丞，余依议。这京报发到各省，谁不知道。

且说殷勇初意原不过指望实授了这个守备，谁知又奉委署了太仓游击，并得了精甲良马，喜出望外，只不知华秋英之事陈副总曾否禀知。此时因公务匆匆，只得放下，遂会同太仓知州安云从往崇明招抚难民，查造清册，足足忙了半月，才得竣事，将文册申总理副使转详赈济不表。回到留河守署，雇觅两个老年仆妇安顿了华秋英；将本营事务暂交把总董槐管理，授与方略，凡有军情，飞速通报；又于五里设立汛兵四名，专管飞报紧急军务。部署毕，星夜上省叩谢制宪。此时是游击将军，沿途有塘马伺候。三日夜即赶至吴会；不照常例，随传梆禀见。即刻传进，此番不在二堂，却在东书房便服传见。殷勇进来，见总制笑容可掬，即上前参见毕，复又叩谢。黄公道："恭喜你得了大功，我已将你保奏，不日旨意下来，必有分音。"殷勇道："这是大老爷的格外宏恩，卑职还未有涓埃之报。"黄公道："如今海贼勾连倭寇，肆扰江浙东南一带，不能安枕。你所辖地方最关紧要，责任不小，须昼夜提防，不可一胜便生骄惰。"殷勇道："卑职当凛遵钧旨。"

原来殷勇那日送秋英回署，此事传得合营皆知。袁游击因忌殷勇得了头功，署了他的游击，在省扬言殷守备掠取民间女子在署。却不知这事已经陈副总备细禀知。当下黄公问道："我记得填你的札付是十九岁了，你署中可有家眷？"殷勇道："卑职还不曾婚娶，只有嫡亲叔婶并一恩父，因军务匆匆，也不曾接到。"黄公道："你此时也正当婚娶，不可再耽搁了。"殷勇见总制说话有因，因跪禀道："卑职有一事禀知。"黄公笑道："你不必说，我早已知道是为那收留在署的女子。这事有忌你之人满营传说。前日陈中军回，我方知原委，说她能刺倭逃脱，却是个奇烈女子，况又孤孑无倚，这是天作之合，本院与你作伐，成就了这亲事如何？"殷勇叩谢道："这又是大老爷的恩典。"黄公道："你地方紧要，即日到太仓去任事，不必回留河，我自有道理。"殷勇当下即叩辞了出来，谢别了堂官，又往拜谢陈副总并辕门巡捕等官，星夜回太仓部署军务。到第二日，知州安云从来拜，道："恭喜总爷，弟奉制府檄委代作冰人，当着拙荆亲往留河，伴送尊夫人到来与总爷完姻。只候择定吉期，方可前往。"殷勇道："虽是大人恩典，有烦太尊已是不当，至烦劳太太如何使得？"安知州道："这是大老爷的台旨，岂敢怠慢！"殷勇遂查看通书，择定腊月初四日，安知州茶罢辞去，各自料理，至期一切完备。

原来留河离太仓只一站程途，先一日，安夫人已将新人迎至公馆，初四日子时拜堂。这日同城文武各官都送贺礼，各官夫人都来看新人道喜。这华夫人并无一毫儿女情态，知署中无人，合卺后，即陪待各官夫人，井井有条。内外筵席，大吹大擂，兵丁们俱有犒赏。午后有总宪差官送花红羊酒彩缎到来，并带有陈副总的礼物，殷勇一并拜领，款待差官，直闹热到傍晚，各官方散，差官送在公馆安歇，然后各官夫人起身。当夜洞房恩爱不必尽言。次日又盛席特请制宪差官，只邀知州相陪，起身时送了二十四两程仪、一对锦缎，并修禀叩谢制宪、副总。次日江浦成公差家人送礼并赍刘云所存之项到来，以备费用，殷勇一一领收，留家人在署厚待了两日，修书二封：一封致谢成公，一封托致刘氏兄弟，厚赏家人而去，都不在言表。

原来华氏夫人自到留河署中，即将老母所授丸方取出观看，却并不是什么丸方，上面都是行兵布阵之法，后面还有三十六路梨花枪法，细细详看，心领神会。且自服了丸丹之后，两条玉腕似有神力，私自演习，颇得其妙，已知所遇老母不是凡人，朝夕望空焚香顶礼。自成亲之后，凡遇出兵，即戎装贯甲，临阵督战，所定计策，无不奇中，且又能知书达理，一应文檄俱出其手。殷勇屡立大功，全得华氏夫人之力，后来晋封一品夫人，只是寻访娘家无人，只记得有一个堂房姑娘嫁在浙江，也不知音信，因此只在内室供奉何仙姥牌位，终身焚顶。又常嘱殷郎访问金陵岑姓。这都是后话不提。

当时殷游击原要接取继父、叔婶到来，只因地当险要，恐老人家到来，反受惊恐，因此只频寄音书安慰，差遣不断；又托叔父将母棺迁至北固山祖坟权厝。后来接到朱英的回信，方知继父往大庾县去的缘故。当时又具禀叩谢操江都院程公。正是：

天涯有意酬知己，云水无心得好逑。

不知后事如何，且听下回分解。

第二十五回

# 喜聚首最苦别离多　望音书偏叹鳞鸿杳

笔只一枝，事宜分叙。如今且将殷勇这边情节暂停。却说岑公子母子二人安居蒋宅，时光迅速，不觉已是三个年头。自去年八月初，刘公子兄妹起身之后，时时盼望南边信息，不觉挨过残冬，又是清明时候，音耗俱无。蒋士奇道："那刘公子必非爽信之人，或者这音书浮沉道路，也未可定。"后来适遇南边到来一起客人，问起江南消息，那伙客人说："这侯巡按已被黄总制纠参，早离任去了。"这话，只因侯巡按与黄公不合，托巡视为名往庐凤远避，又因他行事乖张，口碑藉藉，故此道路就有这个讹传。岑公子听了这个传闻，就信以为真，因与母亲相商，要回家赴考。岑夫人一来牵挂着雪姐，回去好就近打听；二来过了三个年头，并无信息，不知家中是何光景；况梅氏回去，亦无音信到来，更是放心不下，因此亦想回去；况且又是儿子的功名大事，归念更切。因即对蒋老婆婆母子说知其意。蒋公道："若说大侄要回去乡试，这是一桩正事，我却不好拦阻；但是江南尚无的信到来，又兼倭寇作乱，失了崇明，军兴旁午，恐道路难行。不若再待些时，或者刘公子有的信到来亦未可知。再打听倭寇平静，道路通达，到夏间起身，亦不为迟。"因此，岑夫人母子又复中止。

及到了五月初，总无音耗，且闻倭寇已经平静，岑夫人恐再耽延，天气炎热，路上难走，为此决意要行。蒋老夫人婆媳又道："不如只叫大相公回去应考，待恭喜了，那时送你回去未迟。"岑夫人道："婶婶与大婶子这般骨肉相待，我也不忍言去。只是叫孩子自去，家中无人照料，我也不得放心。刘公子去时，我再三吩咐老梅，叫她专脚寄个信来，不知何故，也竟没有信来。家中虽没有什么东西，只丢下个老家人，也不知如今作何光景。想那个侯巡按已过了两年多，谅不得再寻事端。不如且回家去，倘有意外之事，我娘儿两个再转来，婶婶们谅不多我。"蒋公道："这件事总是我当日见得不到。刘公子起身时，我大该专差一个人同到江南，有了着落，好叫他回来报信。那时却料不到此，如今悔之无及。大姊必要回去，我这里专人送去，倘有意料不及的事，仍可转来，不过多费了一番途路辛苦，盘缠一切总不要大姊费心。"岑夫人因对岑秀道："你叔叔所说甚是，竟定了主意，不必游移。"因对蒋公道："我母子在这里搅扰了三年，一家子待得如至亲骨肉一般，谢也谢不得许多。你侄儿倘有出头日子，慢慢报答你们的大德。"蒋公哈哈大笑道："大姊怎么又说起这客气的话来，只恐将来我们还要倚赖大侄哩。"

当下商量已定，取通书来择了五月十一日起身。婆媳、母子彼此依依不舍，就如雪姐起身时一般，日夜相叙，泪眼不干。大家千叮万嘱，务必再来。蒋老婆婆又道："我已是六十多岁的人，你此番去后，不知还得再见你么？"岑夫人听了心酸道："你老人家精神强健，寿数正长，还要受诰命、享大福，莫说这话。"嘴里虽如此安慰，由不得心上悲酸，泪珠儿满襟乱滚。玉馨小姐在旁道："我待送了娘去，再同了娘来何如？"岑夫人道："呆姐姐，这是好近的路儿，说得恁般容易！将来等到你的喜期，我若得来更好；倘或不能，我在家里等你，你们顺道到我那里来，我再接了雪姑娘来，大家相聚几时，这倒是算得定的。"蒋大娘子道："听得大姆姆家里到江西，只得一水之地。明朝竟请大姆姆与玉姐做送亲去倒好。”岑夫人道：“这倒使得，只不知那刘亲母做人如何？”大家说一回，悲切一回。那个小学生听得说岑夫人要走，他拉住了啼啼哭哭道：“我只不放姆姆、哥哥去！”蒋大娘子骗他道：“大姆姆是骗你的，看你留她不留。”小学生听说就笑了，道：“我怎么不留？我正要大哥哥教我做文章、做官哩！”大家听说倒都笑了。

却说岑夫人母子又自备了两副祭礼，往两家坟上奠辞过了。蒋公已雇下了一辆大车到台庄，只讲定了二两五钱银子，连酒钱在内；到了台庄，再雇船前进，派定老家人蒋贵夫妇两口相送。岑夫人道：“我娘儿两个路上好走，不必人送，省得要人远远的往返。”蒋公道：“着他两口子送去，一来好路上服侍，二来好着他同到许公那里讨个实信息；三来等他回时便知道你们的下落，省得悬望。”岑夫人道：“大弟既如此费心，只叫蒋贵同了去就是了。我路上有你侄儿，不用人服侍，省得他转来，带着个婆子不快当。”蒋公道：“也罢，听大姊说。我只雇一个牲口。叫蒋贵同去就是了。”

当下计较定了，却将行李预先收拾齐备。里边玉馨小姐连日连夜与岑夫人赶做鞋脚之类；岑夫人给了玉姐几件钗环首饰，做个记念；蒋老婆婆梯己与了岑夫人一对金凤钗说：“将来好与你媳妇戴。”蒋大娘子送了四匹大茧绸、好些零碎东西。岑夫人一一都拜谢收了，留下一个项圈，上面一把小金锁，镌着“长命富贵”四个字，与小学生戴。蒋大娘子叫儿子来磕头谢了，戴在项上，甚是欢喜。起身前一日，就在内堂摆酒饯行。岑公子道：“在此三年，叔祖母与叔婶待如骨肉，生死不忘，不是一时口上谢得尽的。这小兄弟聪颖过人，必成大器，须要请个高明的师傅教导，切不可随着乡塾，耽误了他。老叔大人明岁春初，务必往都中一行，小侄当静候捷音，千万不要错过。”蒋公笑道：“且到临期再作理会，我昨日已写下了两封书：一封与许公的，贤侄回家后就可前去相会，许丈他见了贤侄，定当乐从，这封书就是红叶了；一封与刘公子的，贤侄觅便寄去，不必专差，但是这没有回音的缘故，贤侄须查个明白。我看刘贤侄决不是轻诺寡信的人，其中必有缘故。”岑公子应诺，当下一家们饮酒叙话，直至交三更才罢。蒋公取了两封书，格外一封二十四两银子，与岑公子道：“这来回盘费我已交与蒋贵，贤侄路上一些莫管，这几两银子不过少助贤侄夜窗灯火之用，今秋我这里专望好音，明春进京会试，又好便道到来相会。”岑公子道：“只恐不能仰副老叔的期望。”岑夫人便道：“大兄弟这就太多情了。娘儿两个在这里三年扰得不够，还要格外费心，叫人心上也过不去。”蒋公未及回答，蒋大娘子道：“这是他与侄儿做灯火费的，大姆姆不要管他。”岑公子见义不可却，便道：“长者赐，不敢辞。”即拜谢收了。岑公子又给了元儿二两银子，众家人媳妇丫头们，共赏了五两，各人都叩谢了。

这夜只蒋老夫人和衣睡了一睡，其余众人都没有睡觉，相叙到五更时分，又摆上起身的饭来，各人敬了岑夫人母子一杯，正是：

衔杯和泪饮，夜短情愈长。

少刻东方渐白，车辆行李都已齐备。岑夫人母子一一拜别了，洒泪起身。蒋大娘子与苏小姐一定要送出南关，惟蒋老夫人只送出大门口，着丫头们扶岑夫人上了大车，蒋大娘子与苏小姐已上了轿车，岑夫人在车上再三请婶婶进去，然后开车。蒋士奇与岑公子都上了牲口，蒋贵骑骡在车前引路，一同往南关来。到了三岔大路，岑夫人叫停住了车，岑公子下牲口来，阻住了叔婶的车马，又在路旁叩谢。蒋大娘子叫将轿车打在大车旁边道：“不得远送，姆姆前途保重。”岑夫人在车上探出身来，又与她娘儿两个流泪谢别，并嘱蒋大娘子：“与我拜上婶婶，叫她老人家宽心，再图后会。”岑公子又在车前拜谢了蒋大婶子，谢别了玉妹，看着轿车回了辕，请蒋公上马。蒋公道：“贤侄前途小心保重，到家见过许丈，打听了刘公子的信息，即着蒋贵回来，免我悬望。”岑公子应诺，才洒泪登车而去。

蒋士奇见车去得远了，才同着轿车回家。到得门口，见老婆婆还在门首与邻居的两个老婆子说话，看见儿媳们回来，才一同进内。老婆婆道：“你们倒送得快，这咱就回来了！”蒋大娘子道：“她叫拜上你老人家放宽心，再图后会。”玉馨小姐还是眼泪汪汪的。老婆婆道：“你日后倒还是相会得着的，我们是算不定了。”家中这些丫头仆妇没一个不说岑夫人好的：“在咱这里三个年头，重话儿也没见她老人家说一句，倒不知给咱们说了多少好话，解了多少是非！”一家子自岑夫人去了，甚觉冷清，直待过了几日，才把这心肠渐渐放下。那日幸亏起身得早，小学生还未睡醒，及起来，知道他大姆姆同他哥走了，整整的哭吵了一日。这也是前生的缘分，不然如何一家子都这般情深意重、难舍难分？

如今且不说这边分别的话，却说这不通音信的缘由。原来刘电所托寄的这书信、盘缠，周老人正要觅妥当人寄去，不料自己忽生起病来，日重一日，竟至不起。他儿子又在外边与人做伙计，及到家时，周老人已在垂危之际，一句话也说不出来。他儿子并不晓得有人寄书信的事，及至忙忙乱乱、料理丧事毕后，这书信、盘缠已不知落于何人之手，竟没有踪迹了，以致两下音信不通。这也是有个定数在内，并非刘电与周老人的误事。

再说这岑忠自从岑夫人母子起身后，不及三个月，被按院行牌着落江阴县查追岑家家产。原来岑公当日两袖清风，并无余蓄，只有祖遗薄田数十亩，并这所住宅。江阴县明知寻衅，只将住宅着经纪估值了五百两银子申报，侯巡按饬令勒限官卖，要抵偿他代还的官项。这县官知是按院作对，平地风波，没奈何照牌行事，只得着岑忠将箱笼家什尽行搬出，即时封锁，着落经纪速卖。这侯巡按愤犹未息，要将岑公子仰学除名，幸亏徐老师暗令三学联名公保他，据情申详该生告游学在先，且并无丝毫过犯，乞恩免革。侯巡按看来难违公论，才得了局。这岑忠被逐出来，十分恼恨，无奈将箱笼等物暂寄邻家，适值他兄弟岑义到来探望，岑忠就雇了一只大船，将一应物件尽行搬到湖州碧浪湖村兄弟家去居住。原要自己往山东报信，不料气出一场病来。这有年纪的人受了惊恐，着了气恼，一病年余，不得痊好，几次要雇人寄信，又值倭寇作乱的时节，苏、松、嘉、湖等处戒严，行旅都不敢来往。他兄弟、弟媳都是个本分乡农，胆子最小，惟恐倭寇杀来，日夜怀着鬼胎。后来听得倭寇退去，岑忠也略可起床行动，因对他兄弟道："主母同小主人一去两年，杳无音信。他们也不知家中遭此变故，我又病到如今，不能前去。虽则我此时略可动弹，终是出不得远路，我们三辈子受他的恩养，到此时连信也不通知他们一个，明朝岂不叫他母子抱怨？如今我与你料理家中的事务，你代我往山东去探望一回。"岑义道："哥哥说得极是。端正起来，明后日就起身。况且如今五月天气，又不用带铺盖累赘，只消一床夹被，随身衣服打个包裹就好去了，只是要打凑几两盘费。"岑忠道："这个不用你说。只是你不惯出门的人，路上须要诸事小心。"

原来这岑义夫妻两口只有一个六岁的小儿子，倒有一个十五岁的闺女，取名端姐。岑忠当日跟岑公做官的时节，积攒了几两银子，都把与兄弟，买了几亩水田，自已耕种，又置了几间小小瓦房，与他讨了亲事，两口儿倒也勤俭度日，服侍岑忠就如父母一般，十分恭敬。今日叫他往山东去，便一口应承，并无难色。岑忠当下在箱内取出五两银子，与兄弟做盘缠，又开了一个路程单，并山东沂水县尚义村的住址，因道："我也不写甚书，你到那里将家中的事细细说知，或者在何舅爷那里再住几时，或者竟回到这里来暂住，隔了省分，也不怕他寻事。且计算他不久也就限满，那留任不留任还不可知。若是这对头去了，大相公还好回来应考，总听他老人家的定夺便了。"岑义一一应诺。到次日，别了兄长，拿把雨伞，背了包裹，计水路搭船、旱路雇短盘牲口而去。总因事有前定，若使当日岑忠不病，倭寇不乱，周老人不死，山东得了信息，岑夫人回与不回尚在未定；谁知这边病的病，死的死，山东又没个人来，以致岑夫人母子回来，又生出许多情节。正是：

当知饮啄皆天定，须信穷通是命该。

毕竟不知岑义如何往山东报信，且听下回分解。

第二十六回

# 报远信巧遇远归人　觅幽栖专拜幽居叟

且不说这边岑义前往山东，却说岑夫人母子自从尚义村起身，免不得车行陆路船走水程，五鼓起身黄昏投宿。幸喜五月天气还不十分炎热，这蒋贵又一路谨慎，并不要岑公子费心。这日将到扬州地面，却要换船前进。蒋贵道：“小的上岸先走一步，到码头左近寻个洁净些的客店。等船只一到好卸行李，省得到了那里慌慌促促寻不出好店来。”岑公子道：“甚好。”这蒋贵果然上岸先到码头左近看了一座客店，讲定饭食，不论上下一日每位一钱，连房金在内；要雇船只，大小俱有，只要客人看中意了，讲定价钱写票承揽，不要客人的运钱。这日，岑夫人的船到得已是日西时分，随停在客店门首埠头，卸了行李进店。当晚，蒋贵将前船价值开发清楚。是夜无话。

次日早起，店主人领了岑公子到河下看船。正值一只大车排子船，载了一船客人到码头上来卸载。先是一个船头上的客人，驮着包裹雨伞一脚跨上岸来，正与岑公子打了一个照面，吃了一惊道：“这不是大相公么！”岑公子见是岑义，连忙问道：“你往哪里去？”岑义道：“我正要到山东见大相公，不想在这里遇着，不知太太可同来么？”岑公子道：“现在店中。我正要看个坐船。你哥子怎么不来？”岑义道：

“一言难尽！这里不便说话，且到店中见了太太再说。”

岑公子见他有个不悦之色，正不知是何缘故，当下且不看船，就一同回到店中。且喜岑夫人住在尽后一层，无闲杂人往来。岑义进内叩见了岑夫人，岑夫人惊问道：“你为甚到这里？”岑义道：“小的哥子叫我到山东与太太报信，幸喜在这里遇见了。若是错过，岂不空跑一回？”岑夫人道：“你且说家中如何光景。你哥子怎么不来？你嫂子几时到家？怎么隔了三个年头竟没有一个信来与我？”岑义道：“我嫂子并不曾回家。”因将家中的事从头至尾细说了一遍。岑公子终是个有胆识的人，道：“怪道总无音信，原来有这许多变故！”这岑夫人听了，知道无家可归，便半晌说不出话来，只道得：“怎了？怎了？”蒋贵在旁道：“太太不用愁烦，俺爷原吩咐过小的，仍送太太转去便了。”岑公子笑道：“你爷固是美意，但我们既已到此，断无转去之理。”因问岑义道：“你方才所说，你家里房屋还可暂住得么？”岑义道：“小的哥子是这等说：太太或是在舅爷那里多住几时，或是接到小的家里暂住都可。如今太太若是在舅爷处，回不回还在两可；既已到了这里，自然请到小的家里去的是。就是房子窄小，恐天气炎热，太太嫌不便。那里前后左右都是王乡绅家的赁房，闲着的甚多。大相公去看中意的，赁他一间暂时居住也可。况听得说那个对头不久也要离任，大相公还好去进大场，小的家里到南省一水之地，来往也容易。”岑公子道：“你这话甚是。”岑夫人道：“既如此，主意定了，不必再议。”因对蒋贵道：“烦你就去雇一只船，我们早早起身，不要在这热闹处耽搁，恐惹事端。”岑公子道：“母亲所见极是。”因吩咐蒋贵：“你去雇船要与船家说明，我们要打从荻浦出口。到了荻浦还要暂停半日。或者竟与他讲到湖州，或者只讲到京口，再换船亦可。”蒋贵应诺，就同店主人去了。这里岑公子又问了岑义许多细底，方知刘公子到家时房屋已经封锁，谅无人可托，只得同了梅嫂儿回去，或者竟还住在许家亦不可知。只是许家如何也没有一个信来？真是令人不解。岑夫人道："正是呢！那刘公子岂有不托许家寄信的理？总然那许老者不十分关切，难道雪姐同梅氏也都不关切么？"岑公子道："正是，其中必有缘故！明日到了许公家里，便知分晓。"

这岑义听了他母子们说的话，一些头由也不知，因问道："是哪个刘公子？哪个许家？如何我嫂子住在他家里？"岑公子道："这事你如何知道！"因将大概与他说了一遍。岑义才晓得何舅爷已故，却住在蒋家，嫂子在上年秋间同许小姐回来的缘故。因道："如此说，我嫂子一定在许家住下。只是荻浦离家又近，一水之地，难道打听不出我们搬回湖州去的信息？怎么过了年竟没有个信寄回来？"说话之间蒋贵已回，说："就雇了方才岑义哥搭的这个车排子船。共是四个舱口，桅、篷、舵、橹俱全，梢舱里是船家家眷住的，官舱内太太住了，大相公住了中舱，我们在头舱内，尽够住了。店主人与他说明，四两五钱银子包送到湖州。一日两餐，小菜便饭，每人给他三分半银子。若要荤菜，自己买了叫他做造，不算柴火钱。已与他说过要走荻浦、停住半天。"岑公子道："这也算便宜的了！叫他就写了船契来，看他要先付多少船钱，好称给他，就搬行李下船，到船上吃饭也罢。"蒋贵出去对店主人说了。那店主人道："我这里粗饭早已齐备，请太太同大相公吃了饭下船，省得他船上又另做饭。"岑公子听见，便道："就在这里扰了饭也罢。"当下就跟同船户写了契，注明船价银四两五钱，先付银二两，到日找足；开船日格外神福银三钱；饭钱照例。岑公子都依了，蒋贵就先称给二两银子去了。店主人随吩咐端饭到上房去，甚是丰洁。岑义同蒋贵在外边另是一桌。他们先吃完饭，就同本店小伙计搬行李下船，收拾停当，才请岑夫人上船。岑公子见这店家饭食丰洁，竟算了两日的饭钱与他。店主甚是欢喜，还送了一罐十香小菜到船上来。与了那小伙计五十文钱，当时别了店主人就解缆开船。岑公子对蒋贵道："这船甚是宽绰，你们两人在外舱也尽够住了。只是又要多劳你走几天路！"蒋贵道："大相公说哪里话！俺爷起身时再三吩咐，一定要送太太到了家，还要讨了许老爷的回书，打听了刘姑爷到这里的消息，才好回去报知。”岑公子道：“只恐你转来正是三伏天气，路上暑热难行。”蒋贵道：“不妨，小的单身独自出路惯的。十分暑热，午前就歇了店，到五更头起来赶早凉走路才爽利哩！”主仆们一路说长说短，颇不寂寞。那船家姓葛，夫妻两口，还有一个五十多岁的老娘，一个十六七岁的妹子，生得甚是姣好，时常推开后舱门与岑夫人端茶送水，说说笑笑，甚是相合。

不只一日到了荻浦，已是未牌时候。在码头上停住了船，岑公子同了蒋贵上岸，访问到许俊卿家来，看见大门锁住。这周家原是紧邻，周老人在日，门前开个小杂货铺。自周老人死后，铺面也收了。他儿子在外经营，家中只有婆媳两个，一个五六岁的小儿子，闲常门也不开。岑公子不便惊动，正在踟蹰，只见斜对门一个老者，有六十多年纪，拄着根拐杖，问道：“这位相公是从哪里来？要寻哪个的？”岑公子连忙上前作揖道：“小生才从山东回来，要与这里许俊卿老丈送信的。正不知他往哪里去了。请问老丈高姓？谅必得知。”这老者道：“老汉姓佘，与许俊卿是对门邻舍。他家自上年没了他姑娘，险些儿要自己寻死。他舅子金振玉因怕他短见，请了他到家里去同住。后来他舅子的叔子选了江西大庾县的知县，合家儿都同到任上去了。记得去年秋间，有一个江西的刘相公，也从山东到这里来访他，不得相会，留下一封书信、二两盘缠，托对门周老兄寄往山东。不料这周老兄过不得几日就病死了，这封书也不知寄去没有寄去，老汉却不知道。但我知道他山东并没有亲戚朋友。这是谁人托相公寄来的信？”岑公子听了，明知刘电会不着许丈，又知雪妹的母舅家无人，见我家又被封锁，自然同了雪妹与梅嫂儿一齐回江西去了。但其中情节与旁人说之无益，且恐反惹罗唆，因只答道：“承老丈指教！这也是朋友托寄的信。既然不在，只好再来相访了。”当即一揖而别，心中十分怏怅，遂同蒋贵回船来，一一与母亲说知。岑夫人道：“怪不得杳无音信，原来有这许多缘故！”岑公子道：“如今对头还在，万一知道我们回来的信息，又生事端，不如早到了湖州再作道理。”当下就开船，过了扬子江到得京口，天色已晚，停泊过夜，次日五更开船。这内河里好日夜兼行，不消三日夜，已到了碧浪湖村。

这岑义家离大湖有一里多路，他后门离湖汊只有一箭之地。岑义叫他把船从大宽转摇入湖汊里来，在自己后门口湾住，上岸来打后门。他妻子听得，出来开了门，问道：“你怎么就回来了？”岑义道：“太太同大相公到了。”一面说，一面到前边来报与哥子。岑忠倒吃了一惊，问道：“你们怎么恰恰儿就遇得着？”岑义遂将扬州遇着的话说了。岑忠道：“这也难得！若错过了，岂不空走一遭！”当时也不及细说，叫兄弟：“你把房子快些收拾出来！”原来他这房子是里外两进，外边另是一座小小门楼。门内一个院子，外边三间瓦房，夹了一间堆放了家伙什物，两间做个客座。进里又是一个院子，三间瓦房，一间堆放粮食等物，两间做了上房；每边有两间厢房，左边一间做了厨房，空着一间供了祖先，右边两间岑忠住着。如今岑忠叫把上房腾了出来，与岑夫人母子居住！岑义夫妻儿女移在右边两厢房内；岑忠移在左边供家庙的房内安铺。当下岑义在家搬移，岑忠同了一个做短工的到船上叩见了夫人、公子，就叫短工帮着蒋贵搬取行李到家。因不见自己妻子在船，便问她如何不服侍太太回来。岑夫人道：“说来话长，且到了家慢慢的说。”当下岑义媳妇与女儿到船上来了，接了岑夫人上岸。

岑夫人四下看时，山明水秀，十分清雅。左边一带都是王进士家的高楼大厦，后边一带风火墙垣包住，当中一座后墙门，侧边另是一带青墙，也有一座小小后门，离岑义家后门约有两箭多地；堤边一带都是垂柳。岑夫人进了后门，就是个小小园子，种了些蔬菜，侧边一个小角门，进来就是上屋，虽然不大，却也洁净。岑夫人到了上房，他弟兄两个同媳妇重复参见了。岑夫人看见岑义的这双儿女，道：“好个女孩子，倒生得端正，日后是有福气的！这个孩儿也甚清秀，尽好读得书。只是这房间窄小，天气暑热，我住在这里恐你们不便。”岑忠道：“我兄弟、弟媳在这右边厢房住下，老奴前面也好安歇。太太若恐暑热不便，这里王进士家多的是赁房，明日大相公去看一间合式的暂时赁住也可。”当下岑忠叫兄弟宰鸡做饭。岑公子一面叫蒋贵算清了船钱，打发船家去讫，一面母子们检点行李。只好同在一房，还有家下搬来的一切箱笼物件，都堆在上房，中间已是没了空处。

当日吃毕饭，天色已晚。主仆们在院子里纳凉，大家才叙起这别后的缘由，通前彻后一问一答，足足说了半夜的话。岑忠才晓得妻子不回、往江西去的缘故。岑夫人道：“那刘公子服满后，就要往山东去迎亲。那时，他必然带你妻子同来。若到江南再找寻我们不着，到了山东必然知道。他娶亲回来，必定要到我们这里来探望。那时才得顺便送你妻子回来。你若十分不放心，改一日与你几两盘缠，到吉水县去接了她回来也可。又好寄这封蒋家的信去与他，也是一举两得。”岑忠道：“既是那许姑娘拜继了太太，就是自家姑娘一般，她在那里陪伴也可。蒋老爷这封书既不是紧要的事，且再觅便寄去，不用多费这盘缠。如今所望的，只要这对头走了，大相公就好回去进场。”因说起多亏了徐师爷，约会三学相公联名具保、一力申辨，才保全了大相公的功名。母子听说都十分感激。当夜直说到月落参横、夜深凉透，才各安歇。岑忠这夜陪蒋贵在外边堂屋内打铺睡觉。

次日，岑夫人母子相商，先须打发蒋贵起身，免得山东记念。因将许丈同他妻舅于上年即挈家往江西大庾县亲戚任所，刘三兄到来不遇，托紧邻周老人寄书，又值周老人病故，将书遗失，并自己遭衅暂在湖州碧浪湖村老仆家暂住，雪姐与仆妇俱同往吉水的缘由，逐一备细写了一封书函，封了五两盘费、二两劳使，当日与蒋贵道：“劳你千里往返，本当留你安息几天，一来因恐你大爷悬望，二来这里房间窄狭，天气炎热，就是我们也还要另寻房屋。你回去多多拜上老太太、大爷、大奶奶，我这里凡有事故定当专人通报。这是一封备细书函，并五两盘费，格外二两与你买双鞋袜，只是莫嫌待慢。”蒋贵道：“小的看这里房间，太太与大相公原只好暂住，须得另寻一所住屋才好。这路上往返盘费，大爷都交付与我，吩咐不要大相公费钱。连赏也是不敢领的。”岑公子道：“你爷虽如此说，这来的盘费已都是你爷的了，劳你一路辛苦，岂有叫你空手回去的理？我书上也并不曾提起给你盘费的话，你也不必在大爷面前说起。”蒋贵道：“这个小的一发不敢。就是领了大相公的赏，小的也一定要对大爷说的。”岑公子道：“有贤主必有贤使，实在难得！但你若必不肯收，倒像是嫌轻了。”蒋贵见如此说，只得叩头谢了。当晚，岑公子叫岑忠收恰了几样荤素嗄饭，就叫他兄弟两个陪他多饮几杯，只当送行。蒋贵又进来与岑夫人叩头谢了，岑夫人又吩咐：“回去多拜上你老奶奶、大爷、大奶奶、姑娘，说我致谢不尽。若有便人，务必寄个信来！”蒋贵应诺，出来与他两弟兄谈说那许姑娘还魂的故事。吃了更把多天气的酒，次日五更趁早凉起身回山东去了。

且说岑夫人，因天气暑热，与岑忠商量，必得另寻一所房屋才好。岑忠道：“这里王进士家赁房甚多，只有他东边一所房子最好。前年也是个相公赁住，后来搬去了。他却不肯赁与平常人家居住，到如今还空着在那里。这村中有个老道学先生，叫作严润苍，是王进士最敬重的。就是大相公避仇的事，他也都是知道的。明日大相公去拜他一拜，烦他同去看看王家这间房子。若中意了，只烦严先生说一声，王进士无有不依的。”岑公子道：“这却甚好。”到次日，一早写了一个晚生名帖，就叫岑忠领了前去拜望。正是：

只因欲觅幽栖地，必定先寻处士家。

究竟不知如何相见，且听下回分解。

第二十七回

# 老道学论交成水乳　小仙娃识相别贤愚

却说这严先生讳为霖，字润苍，别号碧湖居士，是个隐居高士。壮年举过岁贡，如今年近古稀，却精神矍铄。又夫妇齐眉，足迹不履城市几二十余年。为人端方正直，平坦简易。乡中凡有争竞，只须严先生一言，两边无不悦服，以此人人敬重。村中与王进士最为莫逆，因重其文章品行。两老夫妻只有一个公子，单讳个毅字，也是饱学秀才，却在府城里邹太仆家设帐。娘子卓氏亦甚贤孝，跟前有个七岁孩儿，老夫妻爱如珍宝。家中教诲几个蒙童，就带着这孙儿在学读书，说这小孩子家却是个完璞，可以造就得的，且又好借此消遣。

这早，见岑忠到来，便问："岑哥一早到来有何事故？"岑忠道："我家大相公同老太太昨日从山东来到这里，在我那边权住。因敬仰老相公的德望，专诚过来奉拜。先着我来通禀，有名帖在此。"严先生道："你家房间窄小，如何住得下？你大相公来了不曾？"岑忠道："已在门首。"严先生道："你与我请他进来。"岑忠出来说了，岑公子便叫他先自回去。这严先生即整衣迎将出来，见岑公子如亭亭玉树，洒洒丰仪，暗道：果然是旧家人物！遂让进草堂。岑公子正欲叩拜，严先生拉住道："老朽不能回礼，竟是常礼好。"岑公子遵命长揖就坐，因拱手道："久仰老先生盛德！只为道里迢遥，不得一聆清诲。今日得亲道范，实慰渴怀！"严先生道："仆已老朽无闻，久疏世事。足下真是少年可畏！日前，尊纪说及岑兄同令堂老夫人避仇东省，不知从几时起身回来的？"岑公子道："晚生奉家慈在山东舍亲处，不觉一住交三个年头，竟不知家中变故。五月中旬从东省起身，幸喜在扬州遇着他们来报信，因此不往金陵，就一直到此。"严先生道："小人与君子为仇，自古有之，不足为怪。想此人也卸事不远。今当乡试之年，正是足下扬眉吐气之日，亦不必因此过虑。只是现今他家房屋窄小，值此三伏炎天，虽是暂居，亦觉不便。"岑公子道："正是！虽只有家母一人，天气炎暑，甚是不便。闻得这里王乡宦家赁房颇多，正欲暂赁一所居住。也不用多余房屋，只可以住得下的便好。"严先生道："他家房舍甚多，所在亦颇幽静，只是不甚高大。我知他左侧有一所房子，紧傍他的大宅。从前也有一位吾辈中朋友赁住，上科高发了，城中傅御史家请他去与子侄们看文章，因往来不便，就搬往城里去住了。这一所房屋我从前却曾见过来：前面一座墙门，进内一个大院子，三间堂屋尽可会客，东边两间书房，对面有两株垂丝海棠；后面三间上房，左右四间厢房；后边另有一个空园，几间下房；后门外临着湖港，沿堤都栽桃柳，与王宅后门相并，晚间纳凉是最幽静的。"岑公子道："如此甚好！只不知一年要多少赁价？"严先生笑道："这乡间房屋比不得城市中的价值，一年多不过五六两银子。那王公也极重斯文，若说是岑兄去住，或者竟不取值也不可知。"岑公子道："这个如何使得！只要借重老先生一言，就感激不尽了！"严先生道："请用过茶，不妨就同去一看。"岑公子道："只是动劳起居！"

原来这严先生素常不轻易出门，且懒于交接。今知岑公子是廉吏之后，又见他举止端重、器宇不凡，心下十分敬爱，且又为他避难异乡，故并不推却，用过了茶就一同出门。这村中也有二百余家人家，不是务农的就是出外经营的，所住房屋倒有一半是王家的。严先生与岑公子行不多路，正遇着王进士家管房的家人，因叫住道：“管家来得正好！我们正要寻你。”那管家便站在一旁问道：“老相公有甚事吩咐？”严先生道：“这位是江南的岑相公，要在这里寻间房子暂住，正来寻你同去看看那东首的这间房子。”那管家道：“如此小的就同去。”遂一直领来。原来这所房子，却在王宅左边，一条大夹墙过道进去，另是一座墙门，开了锁进去前后一看，与严先生所说一般，果然雅致。岑公子道：“这房间尽够住了。”看毕一同出来，这管家仍锁上门，对严先生道：“这位相公既然中意，就烦老相公去见主人说一声，再无不成的。这所房子，住了就要发科发甲，只要这位相公格外赏个看家酒礼。”严先生道：“这不消你说。我们这回就同去见见你爷，烦你先去通报一声。”那管家答应，便急急去了。岑公子道：“只是不曾备帖，未免不恭。”严先生道：“不妨，我与你道意就是了。况已到他门首，大家会一会，省了明日又走一回。”

当下两人缓步而来。到得门首，只见王进士早迎将出来，笑道：“老先生肯挪玉同来，一定是佳士光临。”一边说着话，一眼就看见岑公子品貌非常，暗暗喝采，遂拱揖进门，让到厅堂。严先生便道：“这位是金陵岑玉峰兄，适才到舍说及老先生的德望，原要明日具柬来奉拜，倒是弟说不必拘此，因此就相同过来。”王进士道：“极承先施！”当下岑公子以晚辈礼与王进士见过了，严先生亦与主人长揖。因让岑公子坐了首位，严先生对面。用过了一道茶，彼此叙了些仰慕寒温，严先生遂将岑公子的来意代说了一遍。王进士满口应承道：“岑兄是名门世胄，不过暂屈一时，将来不可限量！只是枳棘非鸾凤可栖，若不嫌蜗陋，竟请搬移过去就是了。”因对严先生道：“老先生切莫提起赁之一字。”岑公子道：“既承慨允，岂有不奉值之理！”王进士笑道：“玉峰兄岂以我为市井人乎？”岑公子也就不好再说。彼此又叙了些时事，王进士就叫取过通书一看，笑道：“明日就是个移居吉辰，正好迁移，不必再拣日了。”岑公子谢过，遂同严先生起身告辞。王进士对严先生道："今日不便相留，好待岑兄回去料理料理。倘有欠缺的东西，不妨开个单子过来，有的只顾取用。"严先生道："这却更好！省得岑兄一时难以置办。"大家说着话，已到大门，岑公子又打恭致谢而别。王进士回来，就着家人送锁匙到岑公子那边去。以便搬移物件。岑公子于路对严先生道："承王公一团美意，只是不言赁值反觉不安。"严先生道："他也不在乎此。若再言及，反是我们小看他了。况他也不是那鄙吝之人。明日且搬了过去，慢慢的尽情便了。"岑公子道："只是深费清心，容日叩谢。"当下与严先生分路而回。到家，即将拜严先生、同看房屋、会王进士的话，一一与母亲说知。岑夫人甚是感激道："既承他好意，且搬了过去再慢慢商量谢他。"

母子正在说话，岑义进来回道："那边王管家送钥匙过来。"岑忠道："这是他家管房租的总管，倒不好轻他。大相公酌量赏他个礼儿，日后恐还有用他处。"岑公子道："竟送他一两银子罢了。"当下就封了交与岑忠给他，那管家禀谢欢喜去了。岑忠即叫兄弟另觅了两个短工，将一切床桌厨柜、箱笼器皿什物俱从后门搬去，甚是近便。自己先到那边去开了前后墙门，扫除洁净，各处房间俱烧些芸香、苍术以辟潮气。岑公子也过去料理收拾，先将家庙供在内室当中，然后将床铺、桌椅、箱笼次序安顿停当。幸喜当日岑忠将家中一应物件尽行搬出，除了打造灶火之外，其余一应家什俱各完全，不须另置。天气正长，料理到晚，俱已齐备。

次日黎明，岑义妻女送岑夫人步行从前门过去。当日买了一付三牲果品之类，烧过神纸，供献祖先。这日，王进士、严先生都来回拜道喜，两家又各送了一付水礼。岑公子不好推辞，都写帖领谢了。母子商量："现今天气炎暑，待秋凉些，治一席请他两位过来坐坐罢。"过了一日，王进士先具柬相邀在花园赏荷。这日只请严先生相陪，宾主们清谈雅酌。坐中，王进士欲试岑公子的才学，略加问难。谁知岑公子如悬河倒峡，反亹亹逼人。王进士愈加敬爱。三人整整盘桓了一天，至晚方散。从此成了莫逆，彼此时常往来，不在话下。

如今却要提起这何氏小梅，自从那年在山东被何成骗卖与王进士家，随到湖州。及到了家，这王进士的夫人华氏与女儿月娥，见了小梅十分欢喜。王夫人便道："看这女子却不像个小家儿女。"王进士道："她原是个旧家，只为没了父母，遭她一个族中的无赖骗卖出来的。叫女儿当另眼相看。"原来这月娥小姐年方十四，生得比花能解语，似玉更生香，与小梅不相上下，且又知书达理。当下看了小梅举止不常，回到房中便细细问她的家世。小梅一一诉说。月娥知是个宦家子女，且又端重秀丽，因走来与母亲说道："这小梅说起来不是小家儿女，她曾祖、祖父俱出过仕，父亲也在黉门。只为父亲病故，遭她族里一个无赖叔祖骗卖出来。孩儿不忍将她作下人看待，因禀过母亲只叫她与孩儿做个闺中女伴。不知母亲意下如何？"王夫人道："我也看她不是个小家模样，又生得秀美，你既有此心，待我慢慢与你父亲说。"月娥道："母亲若肯微主，父亲也是肯的。不如就请父亲来说过了，省得明日另改口。"王夫人笑道："直这般性急！"因叫丫头去请老爷。

王公进来，夫人就把女儿的话说了。王公道："我早知她是个宦门女子，原许过她另眼相看，不知女儿心上如何。如今女儿既有这番好意，何必做什么女伴，不如竟做了姐妹的好。"月娥道："孩儿实有此意，如今爹爹、母亲应允了，待孩儿与她说知，叫她明日先拜过爹娘，才好与孩儿姐妹相称，今日也不便造次。"王公笑道："女儿说得甚是有理。"王夫人道："明日还须备两桌素供，斋斋佛、祭祭家庙才是。"王公道："这个自然。"当下月娥欢欢喜喜回房，一一与小梅说知。小梅垂泪道："小姐如此见爱，老爷、夫人又如此垂慈，真是粉身莫报！"月娥道："你小我一岁，明日拜过爹娘，你就是我的妹子了。"当夜一宿无话。

次日早起，月娥取出一套自己的上盖衣裙与小梅打扮，王夫人又叫丫头送了几样钗环首饰来。月娥与她穿戴端正，真果是粉妆玉琢，分外生妍。当日佛堂、家庙俱焚香点烛，摆列素供，月娥先引小梅参了佛，拜了家庙。小梅请爹娘上坐受拜。王公就与夫人在上面东西相向，受小梅端端正正拜了四拜，王夫人就扶了起来。然后两姊妹交拜过，又一同拜了父母。这些家人、仆妇、丫头们都来与主人磕头，又与两位姑娘道喜。自此以后，两姐妹便如同胞一般。小梅也绝无一点矜骄之色，凡是仆妇、小厮、丫头有了罪过，老夫妻动怒时，只消二小姐到跟前，三言两语便说得老两口反怒为笑。因此这些丫头、仆妇没有一个不奉承她。每日只在房中与月娥做些针指；闷时，两姐妹往园中游玩；有时，母女们出后门来观玩湖中景致。小梅又天生成的一双慧眼识别贤愚，家人中有不驯良的，有忠诚可托的，在继父母面前说知，屡试无差。这些家人、佃户不知原委，只说是主人的见识远大。尝对月娥说："父亲、母亲面带孤煞，子息上甚是艰难。父亲的前程也不过六品，只是要及早退步才好。"后来王公知道，起初也只说是偶然料着，及后来屡试屡验，以为神奇。又知她原是仙人遗荫，因此十分爱惜。月娥也尝私问："看我的终身如何？"小梅道："姐姐略有些小坎坷，喜得后福甚大，凤冠霞帔直要穿到老了。"月娥笑道："你看自己何如？"小梅笑道："只怕与姐姐一般也不可知。"月娥道："我若果有好处，决不叫你相离。"小梅道："姐姐虽是美意，惟恐人事不齐，只好听之于天。"因此她两姐妹十分亲爱，坐卧不离。这月娥自小梅进门后，凡来议亲的，东说不成西说不就，不觉又过了四个年头，可见姻缘俱有定数。正是：

有分天涯情可合，无缘朝夕会难偕。

不知后来端的如何，且听下回分解。

第二十八回

## 去炎威故里访亲知　纳清原异乡逢骨肉

且说这月娥与小梅不啻同胞姐妹，自从岑夫人搬来这日，就听得王公对夫人说："我们东边房子，如今又搬了一个江南秀才来住了，年少多才，又好个品貌。只有母子二人。说起来倒是个名门旧族，他祖父曾做过九江太守，他父亲也是个一榜。间壁岑义弟兄是他祖父的老管家。如今因避当道仇家，搬到这里来暂住。倒是严先生来说的。"王夫人道："严先生肯与他来说，一定是个好秀才了。这村里都是些务农人家，搬个斯文人来住也好。"当时小梅在旁听说了，因想起："当日父亲曾对我说，我姑娘嫁在江南岑家，她公公做过九江太守。却不知这家姓什么？"因此就留心打听。

过了一日，听得王公要请新搬来的岑秀才赏荷花。小梅听得暗喜道：果然姓岑！却是姑娘的儿子无疑了。且待他来时看他是个怎样的人物。又想：那严先生从不轻与人往来，如今肯与他相交，必定是个高尚的人了。及到请岑公子这日，小梅留心窥看：却只有二十以来年纪，丰神俊雅，气宇不凡，虎步龙行，必然显达；且见他印堂上黄光紫气交聚，发迹也就不远。心头暗喜，已是念念不忘，因想：必得见了姑娘方好相认，且不可造次说破。又过了一日，听得王公与夫人商量，要请岑夫人来坐坐："将来你们母女们也好往来。"小梅听了正中心怀。不想王夫人道："这两日天气暑热得紧，等凉快些请罢！"因此将这事暂且放下。

且说岑公子自搬翻此间，又雇了一个老妈子做饭，岑忠仍在这边料理。岑义的女儿端姐又常在这边陪伴岑夫人习学针指。岑公子旦夕无非吟哦诵读以消长日，到日落时，或在后门外散步柳塘，或到严先生家闲谈今古。一日早晨，方盥洗毕，王进士着家人来相请说话。岑公子即便服而往。进得门来，王进士笑迎道："今日得了一个的信，特与岑兄道喜：那侯巡按已是内转离任去了，岑兄可放心料理科举之事。"岑公子道："不知老先生此信从何得来？"王进士道："昨日有友人从南畿到来，是亲知灼见的。并说近日海寇汪直、徐海勾连倭奴，从江淮、台宁沿海地方分道入寇，势甚猖獗，苏、松、嘉、湖处处戒严。诏用监察御史吴宗宪巡抚浙直，又命工部尚书赵文华巡视江淮，各处招募武勇甚紧。"岑公子因说起当日与蒋、刘聚会缘由："他二位武勇绝伦，皆可称当世英杰。只可惜蒋公懒于仕进，刘兄丁艰在籍。"王进士道："果是英雄必不终于埋没。"谈论移时，王进士就留住用过了早饭，因说道："岑兄可与令堂老夫人先说一声，改一日贱内要奉请过来看荷花，千万不要见却。"岑公子道："老母已说过，只为天气炎暑，还不曾过来奉拜太太。待少凉些一定要过来拜见。"说毕就起身告辞。回来即与母亲说知，打点上南直销假。岑夫人道："你如今去考，却在哪里住好？"岑公子道："母亲放心，此番去，不是徐老师那边便在姑母那里居住。"岑夫人道："你可带两匹茧绸去送与姑娘，再送徐老师那边两匹，不过略表表意儿。"当下母子商定择于六月二十四日起身。先往辞别了王进士、严先生，他两家俱治酒饯行。王进士又送了四两程仪，岑公子璧谢不依，只得领谢了。此时岑忠身体已健，定要跟随前去。岑夫人道："也得个老成人，同去甚好。"岑忠又吩咐岑义常过这边来照料。因此，主仆二人打点行李，至期拜辞母亲，坐船前往，且按下不提。

却说岑夫人，自到此间，颇觉幽闲清静。这日天气甚热，到下午后，开出后门来纳凉，观看湖中荷菱。正观玩间，只听那边王进士家后门开响，里面先走出一个丫头来，看见了岑夫人即转身到门口说了一声，大约是说间壁岑太太也在这里乘凉。只听里边笑语之声，却是王夫人同着两个女儿出来，这边岑夫人就迎将过来，却是初见不曾认识，因问那丫头道："这位可就是王太太么？"丫头道："正是。"王夫人便笑道："原来岑太太也在这里乘凉！"彼此万福了。岑夫人见两个美貌女子，年纪不相上下，一般打扮，因问王夫人道："这两位可就是小姐么？"王夫人道："正是小女。"岑夫人道："好两位姑娘！"当下都与岑夫人万福了。王夫人道："妾身原要敬请太太到舍下少叙，只为天气炎热，待到秋凉些相请。不想今日倒先得相会。且请到舍下拜茶。"岑夫人也道："老身到这里，小儿屡屡在府上叨扰，又承王大人的厚贶，早要过来奉拜太太，也为暑热，恐惊动不便。今朝却是幸会！"王夫人定要请岑夫人到家，因道："小园就在后面。池内莲花颇盛，请太太到里边少坐待茶。"岑夫人道："又不曾专诚来拜得太太，不好轻自到府吵扰。"王夫人道："太太说哪里话！这边是个湖套内，并无往来之人。今日见过，便好时常往来，太太也免得寂寞。"一面就相让进门。岑夫人见里边又是一带花墙，侧首一重小墙门；进去便是花园，四下树木垂荫，山石叠翠，有几处亭榭楼台。转过一山洞，却是一座水亭，四围都有一箭宽的池面，从湖中放进来的活水，里面荷花正盛。亭面前培出一条柳堤，当中一座小小石桥。大家让岑夫人一同到亭子上来。岑夫人与她母女们重见过了礼，便都倚栏而坐。王夫人即吩咐丫头取茶。

此时，小梅注意看岑夫人，举止有大家风范，听说话带些山东语音，面貌又与父亲相像，知是姑娘无疑，便觉盈盈欲泪，因王夫人在前，一时不便开口动问。只见王夫人道："前日听得家相公说，府上的仇家已去。大相公此番乡试必然高发的了！"岑夫人道："小儿年轻，只恐才学疏浅。幸得在这里，正好请王大人朝夕指教。”王夫人道：“这是太太过谦。家相公曾对妾身说，大相公是才貌兼全的。不知曾对了亲么？”岑夫人道：“小儿自十六岁进了学，就有几处说亲的，都求卜不起。后来为了这个对头，就远离乡井，不觉又过了三个年头，因此还蹉跎不就。”王夫人道：“太太今年高寿？跟前可有姑娘？”岑夫人道：“老身今年四十六岁，只有这个小儿。”因问王太太贵庚，有几位相公。王夫人道：“妾身今年四十四岁，只为命薄，有一个小子招不住，到五岁上出花儿没了。如今跟前只算有这两个小女。”岑夫人道：“好两位姑娘！真似如花似玉！”王夫人道：“不瞒太太”因指着小梅道，“这个小女是螟蛉的。她原籍山东，祖父做过江西刑厅，父亲是个秀才。因父母俱亡，被难到此，家相公就承继做了女儿。她两姊妹倒情投意合，一步也离不开。”岑夫人听了此言，口里答应：“这也难得。”心里却想起：在蒋家时曾说我侄女叫小梅，卖在一个浙江的新进士家。今又说她是山东人，祖父曾做江西刑厅，莫非正是小梅？因急问小梅道：“小姐的本姓姓甚？是山东哪一府县人？”小梅见问，止不住泪如雨落，哽咽答道：“本姓何，是兖州府沂水县人。”岑夫人惊问：“你家在城在乡？”小梅道：“在乡。”岑夫人大惊道：“你莫不是北门外尚义村何式玉的女儿小梅么？”小梅大哭道：“你果然是我的亲姑娘了！”说罢哭拜在地。岑夫人此时也顾不得王夫人，便过来一把拉起，口叫“亲儿！”抱头大哭。

当时王夫人见她姑侄相认，十分惊异，感叹道：“这真真是天假相逢！”又想：“幸喜我不曾将她轻待了！”因见她姑娘侄女伤悲不止，上前劝道：“这是太太姑侄相逢，一桩天大的喜事！且免伤悲。”岑夫人收泪道：“老身泪出痛肠，多有得罪！”小梅起来重又拜见姑母。岑夫人对王夫人道：“老身今日不诚，明日还要专诚拜谢。”王夫人道：“岂敢！明日也要与太太道喜。前者实是不知，还要太太涵容！”岑夫人道：“太太说哪里话！她若不是在太太这里，承太太的抚养、小姐的见爱，莫说今日不能相见，还不知流落到怎样了！”这里两位夫人说话之间，这些丫头仆妇早将此事报知主人。王公听了道：“有这等巧合之事？”甚是惊叹不已，因吩咐丫头请岑太太到内堂相见。丫头们到花园传命，岑夫人道：“老身急欲亲自拜谢你老爷，只是今日随身便服，不敢请见，明日一早再专诚过来拜谢罢。”王夫人笑道：“太太，不是这等说。令侄女与小女自姊妹，妾身本不敢高扳，如今与太太是亲家了。今日家相公请见过以后，便好作亲戚往来，就不用避嫌了。”一边说着，就邀岑夫人出了花园。又转过一个院子，另是一重墙门，进来便是五间大楼房。到正中这间，王夫人逊岑夫人上坐。

少刻，王进士衣冠进来，岑夫人即起身道：“今日愧不专诚，大人休怪！侄女蒙大人恩抚，小儿又屡次叨扰，并承厚赐，老身感戴不尽！”说着就拜下去。王公连称“不敢！”也跪下回拜。岑夫人四拜起来道：“侄女若不是在大人这里，蒙恩以骨肉相看，如何得有此日？老身与他父亲是同胞姊弟，前年到山东避祸，不想她父亲已是去世。遭族叔将家产败尽，落后将她卖身，不想倒是她的造化。不但老身终身感激，就是亡弟九泉之下也当衔感不尽！”王公道：“日前虽与令公郎相聚数次，却并不曾提起太太家中之事，因此不知。如今令侄女已拜继与我，明日叫小女也拜继与太太便成了真亲家，却好做亲戚往来。”岑夫人道：“只恐仰扳不起！”王夫人便道：“以后彼此再莫说客话了。”王公道：“今日天已傍晚，可留住太太不必回去。一来姑侄们正好叙叙话，二来明日就叫女儿拜继了太太，省得改日又是一番举动。那边叫丫头过去说一声不必等候；若是无人，就叫丫头在那边陪老妈子过宿，与太太锁好了上房门就是了。我在外边去料理明日之事。”又吩咐丫头仆妇们收拾酒碟在上房款待，说毕，王公便往外边去了。

岑夫人因对王夫人道：“老身今日且过去料理料理，明日自当一早过来。”王夫人笑道：“我晓得姆姆要回去备办与干女儿的东西，可是么？如今日子正长，何必在此一时？”当下即取了一把大锁交与一个老管家婆，叫过去与太太锁好了上房，就在那边陪老妈子过夜，明早回来。那仆妇应着去了。这里丫头们摆上酒碟，王夫人逊岑夫人坐了客位，自己对面，姐妹两个在上横头并排坐了。王夫人亲奉了一杯道：“今日草草杯盘，姆姆不要见怪！”岑夫人道：“一来便要叨扰！”当下王夫人母女殷勤相劝，十分亲热。饮酒中间，姑侄二人叙起家常，未免悲喜交集。小梅道：“前日听得姑娘搬到这里，说是江南岑姓，祖公曾做九江太守，侄女就猜是姑娘。只是不曾见面，不好说得。今日见了姑娘带些山东语音，又与父亲面貌相似，不想果是姑娘。”王夫人道：“既如此，何不早与我说知？”月娥道：“妹妹倒与我说过。只为总要请姆姆过来赏荷花，待到见面时，问了的确再拜认。不想今日无意中先拜认了。”母女四人说说笑笑，直饮到二更时分。酒罢后，夜气清凉。两姐妹就请岑夫人在自己房里安歇。王夫人也一同送到女儿房里来，又坐了一回，夜已深了，王夫人道了安置，自回房安歇。她姊妹原有两张床，因让岑夫人独自睡了一张床，她两姐妹却一床同睡。岑夫人见她两姐妹十分亲热，心中甚是欢喜，因想起：当日雪姐曾对我说，那刘老封君有言，说她的婚姻“不宜预占，有妨亲疏”这句话，莫非侄女与儿子也有姻缘之分？想她孤孑一身，若得在我身旁做了媳妇，倒省得日后两处挂念。雪姐日后果是姻缘，她两个都一般儿温柔和婉，就在一处也是过得来的……。思前想后了一回，也就睡熟去了。正是：

功名禄籍生前定，婚媾红丝暗里牵。

要知后事如何，且听下回分解。

第二十九回

# 俏娇娃拜继老夫人　贤能妇管教呆公子

却说岑夫人，次日黑早先自起来。小梅道：“姑姑还好再睡睡，起得太早了。”岑夫人道：“今日他两公婆要将小姐承继与我，必要见礼。我穿着这夏布裙衫如何使得？须得回去换了衣服来才好。为此起得早些，免得惊动他们。此时月娥已醒，便道：“娘不用去取。我有一套新做的纱衣服，叫裁缝略做得长了些，只怕娘倒穿得着，待我取出来与娘试看。”一面就起来穿衣。岑夫人道：“你新做的衣服，不要穿污了你的。”月娥道：“不妨。娘若穿得着，只顾穿。”一面说话，一面缠足。下来穿了裙衫，开箱取出那一套新衣服来。却是一件佛青府纱披风，一件松花色府纱衬衫，一条水合色府纱裙子。月娥抖开披在岑夫人身上，穿了一穿，却甚相称。岑夫人道：“不要污了你的。”月娥笑道：“娘只顾穿，污了也不值多少！”

正说时，王夫人叫丫头又送了一套衣服过来，说是与岑太太穿的。岑夫人道：“多谢你太太费心！”月娥道：“你放下就是了。”月娥看了看，却是一件玄青纱披风、绿纱衬衫、天蓝纱裙，又一件天青亮纱披风，因对岑夫人道：“这衣服虽都还是新的，娘只穿我这套未上身的好。”当下叫丫头取了脸水来，大家梳头洗脸方毕，王夫人笑进来道：“姆姆起得恁早！”岑夫人道：“天气暑热，倒是早些起来清爽。又要亲母费心送衣服来！”月娥道：“娘一早起来，要回去换衣服。我说前日新做的这套衣服略做长了些，拿出来与娘试穿了穿，倒正合适。”王夫人道：“是呀！若姆姆穿得着就送与姆姆穿了，也是女孩儿的孝敬。”岑夫人道：“我还没有在姑娘面上尽一点情哩！”王夫人道：“姆姆只顾穿就是了。”说笑了一回，丫头请吃早点心。王夫人就叫端到这里来吃。却是四盘蒸糕、粉团、卷酥、果馅，四盏雀舌芽茶。

母女们正用过点心，外边王公叫管家进来问：“太太们若用过点心，趁早凉请到厅上见礼。”当下两姊妹打扮得花娇柳媚，一同出到厅堂。见银台烧烛，宝鼎焚香，堂悬红彩，地衬氍毹，王公冠带整齐。岑夫人先与王公夫妇道谢。见毕礼，两夫妇就请岑夫人上坐，叫月娥拜继。岑夫人在上面立受了两礼，即来扶起，王夫人拦住，一定叫行了个全礼。岑夫人又与她两夫妇谢过，道：“一时备不及礼，只好改日补送吧。”王夫人道：“姆姆不要费心，她还不曾有什么孝敬着哩。”当下小梅又与继父母拜喜，又拜了姑姑，然后两姐妹交拜。礼毕，王公对夫人道：“房中暑热，竟不如请亲母到花园竹厅内坐。那边又凉快又好赏荷花。”王夫人就让岑夫人，大家一同到花园中来。

早饭后，四处游玩。但见蝉鸣高树，鱼戏清涟，鸟语林端，花香几席。母女四人赏玩了一回，日色渐高，便一同到荷亭上来倚栏而坐。岑夫人因说起雪姐还魂的这桩事来，王夫人道：“只说这还魂的事是戏文里做出来的，哪里晓得真果有这般的奇事！”两小姐听岑夫人说出雪姐许多好处，恨不得即见一面才好。午间就在竹厅上设席。这厅周围俱是丛篁，挂起四面吊窗，照映得人衣袂皆碧。母女们殷勤劝酒，欢叙了一日。席罢后已是日西，岑夫人要辞了回家。王夫人母女坚执不放道：“姆姆过去独是一个，也觉冷静。如今大相公不在，只要把前门关了，从后门往来甚便；这里并没有闲杂歹人，姆姆放心，常住在这边也不妨。”岑夫人道：“承亲母不弃，只不要把我当客待才好。”王夫人道：“是呀，姆姆也莫怪简慢。”因此，岑夫人就住下了。从此以后，母女们无日不相往来，大约岑夫人在这边住的日子居多。此话暂歇。

且说岑公子主仆二人到了南直，先寻了一个寓所住下。及到自家门口，见房屋仍然封锁。那邻佑人家见了岑公子，都欢喜道：“公子去了许久，如今回来正好进乡场，今科必然高发！”岑公子道谢，遂逐家拜望。内中有一个老者道：“如今老太太可康健么？”岑公子道：多谢垂问！托福安康。”老者道：“上年有一个过路的江西相公，到这里来访问，见房屋封锁，他愤愤而去。这房屋，本县大爷奉上司所委，没奈何到来封锁，后来催卖了几回，也没人敢买。那侯巡按离任时也不暇提起这事。大相公何不去见见本县大爷，开了锁，仍旧搬回来住何妨？”岑公子道：“承老丈关切！但既经封锁，此人还在县里，也不便擅专。只好从缓商酌。”又一个道：“公子今科高发了，他双手送还也嫌他迟了！”岑公子道：“承高邻们关爱！”当下谢别了邻里，一竟进城往儒学来拜徐老师，一来拜谢，二来销假。

到得衙署，门斗即忙通报。徐老师听得岑公子到来，三步做两步迎将出来，拉着手道：“贤契一别三年，老夫时常记念。如今令堂可曾同回来么？”一面问话，已到了书房。岑公子叩谢毕坐下，因说：“自同家母到东省，不料家母舅已故，家业荡然。因在一蒋舍亲家住下，不觉三个年头，竟不知南边信息。夏初同老母回来，在扬州遇见了老仆的兄弟前来报信，才知道这边的情节。那时侯公未去，只得同老母又往湖州暂住。如今得了侯公去信，才敢回来销假。”老师道：“乡场在即，我甚是盼望。你来得正好，竟在我这里住罢。”岑公子道：“承老师见爱！但恐这边朋友往来，未免不便。门生且在郑表弟家暂住。”徐老师道：“他家住也好。只是这个呆子自你去后，一发呆得不像样了！吃了酒当众大骂侯巡按，劝也劝他不住。你来了，他倒还肯听你的话。如今，你且在此少住几天，正要与你叙叙契阔。”因问：“你行李在哪里？我叫人去取。”岑公子道：“无多行李，叫老仆在城外暂住。待门生自去取来。”徐老师道：“不必，只要说明寓处，叫人去取来就是了。”遂叫了一个门斗，说明寓处，前去搬取。他师生两人在衙斋便饭，叙说三年之事，一时也难以尽言。午后，门斗搬了行李到来，岑忠与徐师爷磕了头，就叫在后边吃饭。晚间，师生饮酒谈心，直到夜深方睡。次日，岑公子取了两匹茧绸送了老师，因禀过要往各朋友处拜望。

且说这郑璞与岑公子是亲姑表弟兄，家道却称小康。为人朴实，言语戆拙无文，又带几分呆气。作文鲁钝，多亏岑公子指点，十六岁上同进了学，因此最敬重岑公子。这些学中朋友见他憨拙，凡事哄骗他，他却信以为真。如道考前，朋友们把一个从不出的题目骗他道：“打听得学台今年要出这个题目，你可留心。”他便信以为实，把这个题目日日摹拟了一篇文章，要岑公子删改好了，牢牢记诵。谁知进场去恰恰出了这个题目，他反取在五名前头，甚是感激。这些朋友都以为奇事，因取了他一个诨名，叫做“靠天田”。惟有岑公子不但不戏谑他，反敬爱他，事事与他周旋。自从岑秀到山东去了，他弄得手足无措，终日在家里纳闷，嘴里不住的骂侯子杰害了他。郑婆婆只有这一个儿子，十分宠爱，却与岑公子同年，只小月分，上年已与他完了姻。他娘子和氏甚是贤能。两口儿也十分恩爱。他娘子初时见他的憨样，劝过几回，见劝不转，也便随他。后来见惯了，就不以为怪。往往有那好顽的朋友到家，故意挑逗，他说得高兴，连闺房亵事都说将出来。他娘子私下埋怨他道：“你也呆得不像样了！这是什么话，也对着朋友们说！”他笑道：“精扯淡！夫妻、朋友都在五伦里的；夫妻们的事，又是当官的，谁人没有？说说怕怎的！”他娘子气得慌，瞅了他两眼，他只是慈笑而已。后来他娘子见有他朋友来，便留心观听，见那志诚厚道、斯文端正的，便许他往来；有那游戏三昧、轻佻薄劣的，便不许他往来。这呆公子却也好，听了娘子的话，凡是轻薄的到来，便口也不开，茶也不留。那朋友见他有些古怪，偏要再三盘诘他是什么缘故。问得他着了急，他便直说将出来：我娘子说你轻薄，叫我不要与你往来。”因此，有几个轻佻的朋友自觉无趣，倒渐渐的疏远去了。凡是斯文端正的到来，和氏娘子便叫他留茶留饭、谈诗论文，十分亲热。因此，倒长了许多学问。

这日，正在门口闲站，看见岑公子到来，喜极了，他却不迎上前来，反急转身往家里飞跑，大叫：“母亲！岑家哥哥来了！快些叫媳妇打扮了出来拜见。”一面叫着，一面复翻身跑将出来。正迎着岑公子进门，笑道：“贤弟见了我，为何反跑了进来？”郑璞笑得话也说不出一句，直至笑定了，才道：“我的哥哥，我如今娶了弟媳妇了。方才看见了你，连忙通知她，叫她好打扮了出来拜你。”岑公子笑道：“原来兄弟恭喜了！愚兄失礼。还不曾吃你的喜酒。”说话时，郑婆婆已同着媳妇出来。岑公子先拜见了姑娘。这郑璞却笑个不住，自己且不与哥子见礼，只叫娘子与大伯磕头，口里还啯哝道：“叫你妆扮妆扮，怎的就这般出来了？”和氏娘子也不理他，端端正正朝上拜了四拜。岑公子平还了礼，郑璞才与表兄拜毕，一同到内室来坐下。郑婆婆道：“你兄弟自你去了，竟像发狂的一般，走投无路。去年与他完娶了，幸亏媳妇贤能，他才略改了些。因想念你，半夜里常发起梦颠来，惊得人了不得。如今你母亲住在哪里？身子可康健？”岑公子因将别来之事一一说知，喜得个郑璞只是手舞足蹈，说：“何不同舅母搬到这里来住？”又道：“哥哥不要住在学里，那个老人家有些古板，拘束得慌。快些搬到这里来，我叫你弟媳妇好生做茶做饭请你。”郑婆婆道：“你看他还是这样发呆！”岑公子道：“兄弟本质如此，一些无假，其实可敬。”

当下郑璞叫娘子快些做起早饭来，岑公子道：“我已在老师那边吃了。今日还要往各处去拜望拜望。明日到这里来吃饭罢。”郑璞道：“如此说，哥哥去走一转，到这里来吃午饭。”岑秀道：今日老师已是费心端正约定去吃午饭，不好辞得，明日一准过来。”郑璞道：“你不要哄我，明日若不来，我自己到学里去请你，把行李都搬了来，在这里住好。”郑婆婆也道：“侄儿在学里住，岂不叫人笑话我们！岑公子道：“侄儿原要搬来，只为老师再三留住，不好遽然辞他。今日回去禀知，明日一定搬来。”说毕就起身出来。郑璞又再三叮嘱，岑公子应诺，遂往各处去走了一转。午间回学，将姑母相留之事说知。徐老师道：“这是亲亲之谊，搬去也好。幸喜不远，好常到这里来走走。”岑公子道：“门生自当常来领教。”当午设席相待，师生们直叙谈到晚，过了一宿，次日一早，岑秀方才起来，郑璞已到学里，便跑进书房来逼着岑公子起身。及老师出来，他只作了一个揖，话也说不出一句，只瞪着眼呆看岑公子，徐老师见他这个光景，笑道：“你想是一早来请他，且在我这里吃了早饭同去便了。”郑璞听了这句话，才笑了一声道：“老师说得是。”当下岑公子收拾行李，叫岑忠觅人挑着先走一步。他师生三人同吃了早饭，又坐了一回。郑璞几次丢眉挤眼，催着叫走。徐老师笑对岑秀道：“他这个样子，只恐你不去。不要急坏了他，我们改日再叙罢。”岑秀只得就告辞了，与郑璞一路回来，于路道：“兄弟为何如此性急？”郑璞道：“我若不发急，他还不放你哩！”两弟兄说着话，已是到家。

此时尚在三伏之内，天气正热。他书房是个泥地，南边地方未免有些潮湿。郑璞却自己早起，生了一大盆木炭，放了把苍术芸香在内，关上了门。那木炭渐渐旺将起来，烘得里面如火炕一般价热，满屋都是烟气闷住。他回来一开门，烟气外冲，岑秀吃了一惊，看里面时，却是一大盆炭火已待烧完。岑秀道：“这是为何？”郑璞连忙摇头道：“不要响，是我早上起来瞒着她们生了这盆炭火，把地烘烘燥，哥哥在里住不受潮湿气。”岑秀笑道：“兄弟也太过虑了！”因即叫岑忠同他小厮容儿，快将火盆扛出，将窗门大开，放出烟火之气。郑璞一直拉岑秀到上房明间内来坐下。此时她婆媳正在厨房收拾午间肴饭，郑璞自己去取茶来吃。岑秀道："兄弟近日文思如何？"郑璞笑道："不瞒哥哥说，比从前熟滑了好些。"岑秀道："这是用了苦功，文思日进，所以下笔敏捷了。"郑璞笑道："哥哥猜得也着，却是亏了你弟妇的教道。"岑秀惊问道："原来弟妇是个才女！"郑璞摇头道："什么才女！她又一字不识，全不在行。偏要我一日做一篇文章，又不会出题，拿了一本书，指着哪一句，就要做哪一篇。还恐我骗了她，在题目文章上都记了记号，说遇了通人还要对问。及做完了，又要朗朗念与她听；若做不完，就不许我进房睡觉，比宗师还利害！"岑秀笑道："原来如此！"

他弟兄在上房说话，不料大娘子有心在窗外听了个明白，转身来告与婆婆。郑婆婆笑道："这是他第一个心上敬爱的人，又是骨肉至亲，比不得外人，随他说罢了。"当时同着媳妇走来。岑秀与姑娘作了揖，大娘子也万福过，就进里间去了。岑秀道："兄弟可把近日窗稿与我一看。"这话才说罢，大娘子在里边听见，想道：正不知他平日做的是些什么，好与不好，又没处去对问。今听见岑公子要看他的文章，连忙捧了一大卷出来，放在桌上道："正要请伯伯看看，不知做的是些什么？"岑公子随手取了一篇看时，题目是"柴也愚，参也鲁，由也谚"，通篇看了，虽是平铺直叙，文理却还清通。又看了一篇，是经题"女曰鸡鸣"，也颇平顺。因道："兄弟近日文章，果然比前清通了许多。若再加琢磨，便可驰聘文场了。"郑婆婆也喜道："如今得侄儿在这里指教他就好了！"大娘子听得说他文章比前更好了，方知平日不是哄她，心下也十分欢喜。郑璞见表兄称赞他文章比前好了，就拍着大娘子的肩头道："你平日不信，今日何如？"大娘子见他又发起呆来，就转身往厨房去了。郑璞当下立逼着表兄与他改了这两篇文章，已是晌午时候。

婆媳两个在厨房收拾端正，叫容儿就端在上房吃饭。岑秀道："我同兄弟在外边去吃，这里好让姑姑、弟妇在此。"郑璞道："没得说，大家一同吃吃就是了，哪里三桌两席？岑秀道：“姑姑却不妨，弟妇如何好同桌！”郑璞道：“这样说，且待我们吃过了，她再吃罢。”岑秀道：“在此日子正长，却不是常便。”两个正在分说，郑婆婆走来道：“侄儿就在这里吃，我们还未吃哩。”岑秀见姑娘说了，只得坐下。容儿斟上酒来，郑璞酒量原好，又见了岑公子，心下十分欢喜，一面说笑，只顾大杯价吃起来。岑秀道：“我们且吃了饭，到晚间月明下和兄弟畅饮何如？此时恐怕有朋友来会，吃得脸红红的，不好看相。”郑璞道：“哥哥说得是。”因此，两弟兄吃完饭就到外边书房里来。岑公子取出两匹茧绸递与表弟道：“这是你舅母在山东带来的。这紫色的，姑姑们好做两件衫子，这本色的，兄弟好做件衬衣。”郑璞笑道：“舅母老远带来，一定是要收的。”就捧了进来道：“这是舅母送的。”交与母亲收了。岑公子自搬到此，每日有朋友来回看，也有请接风的，倒忙了十来日才得清静，看看场期不远，大家打点精神赴试。正是：

只缘才品超群出，应有逢迎倾盖来。

不知他两表弟兄如何进场，且听下回分解。

第三十回

# 真铁口五星断休咎　程操江一语解纷争

却说岑公子搬在姑娘家居住，他表弟夫妻两口十分恭敬。过了十余日，早又是中元佳节。这日是报恩寺的兰盆胜会，弟兄要同去游玩。一早起来盥洗，吃了点心就同出门。到得寺中，大殿上起建水陆道场，香气纷纭，游人如海。弟兄们四下观玩了一回，已是早饭时候，就同到一个洁净面馆内吃了面。出来复去塔上游了一回，无非一片繁华热闹。岑秀道："我们到个清静些的所在去坐坐，避过了午间烈日回去；不要在这里挨挤，甚觉无趣。"郑璞道："前日有人说，水月庵里来了个江西的星相先生，如神仙一般的准。我自哥哥来了不曾去得，今日我们同去试他一试，看他如何？"岑秀道："甚好。"

两人一径行来，也有一里多路，却是个僻静去处。来到庵前，见庵门外有个招贴上写着："江西真铁口星相无差"。进得庵门，果然好座幽闲静室！正中供着一尊弥勒古佛，背后是韦驮尊者；第二层便是正殿，上供一尊如来佛祖；东边一座小门，进来另是三间小殿，供着普门大士；侧首朝东三间客座，门上贴着"真铁口寓此"的条子。弟兄两个缓步进来，只见这个先生六十上下年纪，须发斑白，骨格清癯，坐在一把交椅上打盹。听得脚步之声，睁眼见有客来，便起身拱手道："二位何来？"郑璞道："特来寻你看看星相。你且看我两个今科中不中？"岑秀忙接口道："闻得先生星相如神，特来请教。"这先生道："且请坐！待献过茶再讲。"因叫童儿不应，这先生寻到后边来，原来在厨房里睡觉。因叫醒来道："外边有客，还不起来烹茶！"那童子才呵呵欠欠的起来灌水生火。这先生出来道："今日是报恩寺的大会，这里住持都去赴会去了，因此无人，实是有罪！"岑公子道："我们也从会上到来。请问先生，星相二事，何者为先？"先生道："二者原可并参，如今先看了尊相再看五星，必有相合。"因请岑公子对着亮光端坐，这先生存神注目细看了一回道"尊相也不须细讲，三台高耸，五岳丰隆，眉秀春山，目澄秋水，鼻直口方，神清气旺，是生成大贵之相。所欠发脊不齐，早年恐其失怙？库仓略陷，青春微有坎坷。却都逢凶化吉，无妨于事。一交眉运，官禄荣升，前程远大，寿缘可至期颐，子息尽皆玉树，富贵二字已是分定。目下印堂黄明光润，恭喜也不远了。再请把八字一推。"岑公子即写出自己八字。那先生仔细推详了一回道："却又作怪，论功名应从科甲得来，但这官禄宫中又变出稀奇品格，偏不由科甲出身。但文昌高映、奎璧相缠，总不由正途，却胜于科甲。论爵位当居极品，又喜武曲临宫，官职必兼文武。却是一位大人，失敬失敬！"岑公子道："岂敢过望！"因为有雪姐这桩心事，又问婚姻不知几时可就，这先生又推算了一算道："红鸾发动，天喜照临，婚姻不远，九、十月间必然见喜。但这贵造中尊夫人却不止一位，据理算来当有三位，却又都是贤能内助，都可同偕到老，真是难得！只是命中有小耗作祟，常为小人所忌，总无妨大局，不足介意。在下是依理直谈，不是虚誉。日后应验当领重酬。"岑公子道："再烦与舍亲相一相。"

这时郑璞听他两个说话，呆呆坐定不动，及说与他看相，才道："别的都不管他，你只相我今科中与不中。"这先生笑了一笑，请他坐正，定睛细看了一回道："这位却也是个贵相。双眉耸秀，少年可取功名；两目定光，到老总无厄险。虽带几分拙直，却存一片慈祥。寿过古稀，子有三四。再请写出八字一推。”郑璞笑道：“我却忘记了。你只算我是五月十五丑时生的就是了。”先生笑道：“贵庚几何？”岑公子道：“与我是同年的。”这先生推算了一回道：“这贵造也应少年克父；最喜金水相生，当得一贤内助，终身受益不浅。论功名，今年正值文昌相照，这举人是稳稳的了。但只可一榜，出仕亦不过六七品之间。却喜贵星坐落命宫，一生多得贵人扶持，到老风光，并无坷坎，可喜可喜！”郑璞听得欢喜，把双手在桌上一拍道：“我若中了，谢你五两银子！”先生道：“五两也不多，中了不要翻悔。”郑璞道：“我从来不说谎，中了包管送来！今日却不曾带得，莫怪莫怪！”岑公子道：“今日却是偶然到此，不曾多备，先生莫嫌轻亵！”因取了一两银子送与先生道：“改日再得请教！”先生道：“明日高发了，还要领重酬哩！”又留吃了一道茶。岑公子起身告辞，这先生直送出山门而别。

此时也是未末申初时候，两弟兄取路回来。郑璞道：“这个相面先生说得倒也不错。只是说哥哥不从正途出身，这是胡说了。”岑秀到：“星相之言，未可全信，且自由他罢了。”两人于路说话，回到家时腹中已馁。郑璞即叫娘子快些收拾饭吃。大娘子道：“已端正，现成的。”郑婆婆道：“你两弟兄在哪里吃的早饭？”郑璞就将游玩看相的事与母亲说了一遍，道：“我今科中了，应许送他五两银子。只是他说哥哥不从科甲出身，真是放屁胡说了！”当即摆上饭来，两弟兄用毕。郑璞又对娘说：“这相士说哥哥日后官居极品，又有三个贤慧嫂嫂同偕到老。”郑婆婆道：“但愿你哥哥做了大官，你便有倚傍了。”岑秀道：“星相的话，里当得真的！”这边姑侄、弟兄们闲话，且表过不提。

却说这年，南直正考官，钦点了翰林院侍读学士汪耀辰；副考官是礼科掌印给事中顾其章，都已进了贡院。至八月初，这通省秀才聚集省会，把各处寓所都住满了。到了初七日，这监临就是操江程公，副监场是布政司参政陆文山、按察副使高兆麟，率同内外帘官入闱，甚是热闹。初八日五鼓，众秀才按册点名进院。却好郑璞正与岑秀联着号房，喜得他心痒难爬。等得题目到手，谁不用心做文！这郑璞起了正稿，就拿来叫岑秀删改。岑秀就先与他改好，叫他用心誊正，然后自己誊毕，果然字字珠玑、行行锦绣。二人早早交了卷子，头牌放出。三场考毕，也是郑璞的造化，总与岑秀同号不离，回家欢天喜地对他母亲、娘子说道："我今科一定中了！恰恰三场总与哥哥在一处，他与我把文章都改得好了，不怕他不中！"郑婆婆道："或者是你的造化也不可知，不然怎么三场恰恰都在一处？只是你果然中了，怎样报答他？"郑璞道："他是个不望报的。只愿与他一同中了，就好同他进京会试。若我中他不中，我也会不成试了。"

且不说他母子们闲话，却说这岑秀的卷子，正落在江浦县成公的房里。见了这本卷子，成公大加称赏，以为合场无出其右，因特特把这卷子亲自荐到大主考面前，道："帘官选得一卷奇文，真是连城之璧！请大人垂鉴。"这汪公接来细细观看，看到中间，连称："可惜，可惜！"成公问道："却是为何？"汪公指着道："这一句竟重犯了圣讳，如何使得？"下半卷就不看了。成公道："这是他疏忽，却与正文无碍，还求大人通篇一看。"汪公只得通卷看完，道："好一卷文章！但犯了圣讳，只好有屈他了。"成公见汪公有些执意，又把卷子送到副主考顾公这边来，道："有一卷奇文，请教大人，不知可抡元否？"顾公笑道："想经你的采择定然不差！"因接过来。才看到起股，便称赞道："果是奇才！"及看到这一句，道："可惜误犯了圣讳！却还有可恕。"及通卷看完，赞不绝口道："这卷文章虽有此微瑕，即不拟元亦当置之三、四之间。"成公道："大人不取便罢，若取了必得拟元。置之三、四倒反屈了他了！"顾公道："汪公可曾见来？"成公因将汪公为此执意不取的话对顾公说了。顾公道："待我去与他相商。"成公道："人才难得，岂可轻弃！还求大人一力成全。"当下顾公拿着这本卷子来见汪公道："这本卷子，成县令荐将上来。论文章实可抡元，但中间有这犯讳字样，或置之五名之内也可。若因此而弃，实为可惜！”汪公道：“这犯圣讳是一件大不敬之事，如何使得！只恨他自己忽略，也怪不得人了。”顾公道：“此卷通篇堂皇正大，置之榜首谁曰不宜！虽有此误，却与文章无碍。若必见弃，恐人才难得。况得此奇才，岂可当面错过！”汪公道：“这事弟实不敢专主！若老道长必欲中他，万一触怒圣心，弟却担当不起。”顾公道：“弟也是为人才起见，并非私意。若果有不虞之事，弟当独任其咎！”

这时，大监临程公到来，见两主考各执一见，因道：“二位大人且不须争执，待弟看一看这文章果是如何。”顾公因将这卷子递与程公道：“都台巨眼，必有定论！”原来程公是鼎甲出身，高才博学，将这五经文字通卷细看，只顾点头称赞道：“的是仙才！”及看完了，道：“二公不须争执，弟倒有个愚见，不知可否？”二公同问：“都台高见若何？”程公道：“此卷中又使不得，不中也使不得。依弟愚见，不若将此卷联名具奏此中情节，进呈御览，中与不中，一听圣裁，何如？”汪顾二公齐称“甚善”。当下即将此卷另外封置。及拟取足额，看那十名前的卷子俱不如此卷之美。到放榜之日，榜后另签一条，标着：“天字第三十三号，生员岑秀，五经文字俱佳，惟卷中误犯圣讳，不便中式，特将此卷进呈恭候御览钦夺。”

这榜文一出，万人拥看。这日，他表弟兄两个也在看榜，却拥挤不上，耳边只听得看过的人说：“这倒是件从来没有的事，一个秀才的卷子竟得进呈御览！”岑公子正待动问，却撞见个同学的朋友道：“岑兄恭喜！你的卷子犯了圣讳，主考不敢中式，竟进呈御览了！”岑公子却一时竟想不起这犯讳的字样，心上游移道：若进呈了御览，不知将来如何发落？因想起真铁口所说不由科甲出身的缘故，或者这里边倒有个好意……。此时郑璞却挨进去观看，见自己高高中了第二十四名，喜得没法，也不往后看去，竟挤了出来，寻着岑公子道：“兄弟中了二十四名。怎么反不见哥哥的名字在前头？”岑公子道：“你且再去看，那榜末贴出的就是我了。”郑璞果然复翻身挨进去看，那榜末另签出的这一条上写着如此如此。郑璞哈哈大笑道：“好灵验的算命先生！果然有这等的奇事！”因挨出来道：“哥哥，我们回去。你的卷子进了御览，只怕比这中了的还强十倍哩！那真铁口真是神仙！断得一些不差。”

当下一同回到家中，见大门上插着一面红旗，许多报子在厅上吵闹。见他弟兄回来，便问哪一位是新贵人。岑公子道：“这位就是。”大家一齐磕头道：“老爷高中巍科，要求重重的赏赐！”郑璞却白瞪了眼，说不出一句话来。岑公子道：“众位且请少坐！”因拉了郑璞进来，对姑姑道：“这报喜人酌量赏他多少？”郑婆婆道：“悉凭侄儿怎样处分。”岑秀道：“少了拿不出手。先与他八两银子，格外二两代饭，看他如何再处。”郑婆婆道：“侄儿说得是。”因取了一个银包出来。岑秀称了大小两封，将封套装好，拿出来道：“本当留众位吃钟酒，因一时措办不及，折送二金；这是菲仪八两，幸勿嫌轻！”这些报子七张八嘴哪里肯依，道：“府上是个大家，这点东西如何拿得出手？随岑公子分说，哪里肯听！后来直添到了十六两才作谢散了。郑璞道：“那算命先生果然算得不差，这五两银子一定要送他的！”郑婆婆道：“却有屈了你哥哥。”郑璞道：“娘还不知，哥哥的文章做得甚好。只为误犯了圣讳，主考不敢中，竟进呈到皇帝面前去了，还要听候旨意，只怕明朝比中举还高得多哩！那相士说哥哥不由科甲出身，当初我甚恼他，不想如今果然应验！将来哥哥只怕竟做了官也不可知。”郑婆婆道：“原来如此！如今侄儿该怎样料理？”岑秀道：“这事也不用料理，只可静听旨意罢了。将来或者侥幸得邀圣恩，许我与举人一同会试也不可知。”

当下且与表弟料理做衣巾、参主考、谢房师、会同年、领鹿鸣宴、祭祖、拜客、请酒，整整忙了半个多月才得完结。岑公子就要告辞回家，一家儿再四苦留。岑秀道：“一者恐老母家中记念，二者旨意下来还得两月，在这里等候反恐多事。昨日我已托了徐老师，他说一有的音专差报我。兄弟也与我留心打听，倘有好音，少不得还要到这里来料理。”郑璞苦留不住，因与母亲、娘子相商：“哥哥一定要回去，我们如何谢他？”大娘子道：“若说谢他什么，他是断断不收的。不如买两套好缎子的裙袄料，再买两件缎袍料、两件绫衬袍料，只说是母亲送他娘儿两个的，他便不好不收。格外再送一个盘缠，或者肯收也不可知。”郑婆婆道：“你说得真有理。”郑璞道：“这盘缠到他起身时，我暗地放在他包裹里不叫他知道，待我送他上了船再与他说，怕他不收？”郑婆婆笑道：“这倒是你的见识！”郑璞有了主意，即日自己同了容儿去买办了回来，也共用了三十多两银子。又格外封了二十四两银子盘缠。先一日摆酒饯行，郑婆婆就将这缎子裁料交与岑秀道：“这是送你母亲的两套裙袄与你的两套袍料，回去上复你母亲，务必请她到这里来盘桓几时。”岑公子因是姑娘送的，不敢推辞，只得拜谢收了。因道：“侄儿在这里搅吵日久，还要姑姑费心！”大娘子道：“伯伯到家拜上姆姆，务必请她老人家来，待我们孝敬她几时。”岑公子道：“回去自当禀知。”此时郑璞听着他们说话，只呆呆坐着，两眼红红的只要掉下泪来。岑秀道：“兄弟不须伤别。倘若我侥幸有个好音，明年就好同你进京会试。”郑璞也不声不响，只是点头而已。当晚，娘儿们说着话直吃了半夜酒才歇。

次日一早起来打叠行李，郑璞悄悄把这盘缠装入包袱内，连岑忠也不知道。又因岑忠帮了多日的忙，给了他三两银子。岑忠里外磕头谢了。当下大娘子已将早饭收拾停当，一面两弟兄吃饭，一面叫容儿去雇了两顶轿子，又与岑忠雇了一个驴儿。此时，饭已用毕，把包袱放在轿内，行李雇人挑着，岑公子拜辞起身。婆媳两人一同送到大门口，看他两弟兄上了轿才转身。正是：

已看黄榜将名播，又见红鸾照命来。

不知他两表弟兄如何分手，且听下回分解。

第三十一回

# 爱才华觌面许东床　感恩义真心虚左席

却说郑璞，直送表兄到水西门外，看雇了一只小小座船，把行李包袱都搬到船上。郑璞两泪交流道：“哥哥几时再来？”岑公子见了，心上也十分不舍道：“兄弟不须烦恼！你只与我在徐老师那边打听，倘有信息，即专差人来通知，我即到来相会。”郑璞道：“我早晚只在学中打听，一有信息，我便亲自来报你。只是哥哥与舅娘还是搬到这里来住的好。”岑秀道：“当回去与母亲商量。”当下就要开船，只得分手。郑璞上了岸，才说道：“包袱内有个东西，哥哥打开看看，不要丢掉了。”岑公子再要问时，郑璞已匆匆上轿去了。岑公子这边亦已开船，因见表弟说话有因，随叫岑忠把包袱打开，看一看不知是什么东西在内。及打开看时，却是一个银包，约莫有二十多两。岑忠道：“怪道早晨大相公在里边与太太说话的时节，老奴从外面进来，见郑大相公在房里摸索，原来是暗放在里边的。”岑公子道：“他惟恐送我不收，故意如此。且到再来时回他的情罢。”主仆两人只一日来到京口，换了小船，日夜兼行，不及三日已到家中。拜过了老母，因说起考场之事。

岑夫人道：“这里已传言得都知道了。间壁王亲家说这是从来未有的事，将来只怕倒有好处也不可知。”岑秀因问：“为何母亲称起他亲家来？”岑夫人道：“你却不知有这样奇巧的事。原来你何家表妹，当日却正卖在他家。”因将相会、认亲、拜继之事从头说了一遍，道：“她母女们十分亲热。你表妹自到他家，他女儿问起她的缘由，知是官宦人家，当时就与她父母说知。王公就承继她做了女儿，她两个成了姐妹，十分亲爱，王夫人也把她当亲女儿一般看待。你表妹今年已十七岁了，比王小姐小一岁，两个一般生得标致。如今时常往来不断。”岑公子听了大喜道：“原来有这等合巧的事！若不是搬到此间，如何得遇？真果是天假相逢！如今既成了亲戚，明日去拜王公便当行叔侄之礼才是。”岑夫人道：“承他十分关切，你明日请见他夫人，竟称她婶母。他女儿既拜继了我，也是妹子，都好见面的了。岑公子又将姑姑送物致意并要请母亲去的话说了一遍，岑夫人道：“承她好意！且再商量。如今你姑姑也是五十多岁的人了，可康健么？”岑公子道：“姑姑甚是强健，见了儿去十分欢喜。表弟上年已完了姻，倒好个贤能娘子，家中全仗她主持。表弟也亏得她，长了许多学问。”岑夫人笑道：“这是怎么说？”岑公子因将每日要他做一篇文章，又不许他与轻薄人往来，“今科恰恰三场都与儿同在一号，与他删改删改，他倒得中了二十四名举人。姑娘与他夫妻感激不尽，回来时一家苦苦相留不放。表弟私下又每了二十四两银子，暗放在包袱内不叫我知道，直到上了船才与我说知。实难为他这一番亲亲之意！”岑夫人道：“他如今谅来不大呆了。”岑公子笑道：“亏得弟妇管束，比前略好了些。”

岑夫人听了这话，心下未免辛酸，道：“你姑姑有了这个贤能媳妇，儿子又中了举，她却正好享福了。只是你如今也正当婚娶之时，虽有雪姐这段姻缘，但如今天涯海角，不知何日才得成就，这是预定不来的。况且，那刘老封君原说她不宜预占、有妨亲疏，须待数年之后方得成就。这话必定有因。如今我身旁无人，你出了门，早晚独手独脚、走前无后，甚是不便。这亲事也再迟不去了！我如今已有个主意在此，你明日见过了表妹再作商量。”岑公子见母亲如此说，也就不再言。母子们说话时，天色已晚。吃毕晚饭，在家堂前点了香烛，又说了一回在省城的话，岑公子候母亲睡了，才回书房安歇。因想母亲方才所说，必有心在表妹身上，但雪姐这段姻缘，如何抛撇得下！又想起真铁口之言，却果有应验！但不知这表妹德容如何，明日且见了再作道理。一宿无话。

次日早起盥洗毕，整理衣巾，先到严先生家来。严先生一见，便道：“昨晚已知岑兄回来，我正要过去道喜，反承先施。”岑公子拜揖就坐，因说起科场之事道：“晚生一时疏忽，误犯了圣讳。后来打听房师是江浦县成公，把卷子特荐上去。两主考各执一见，主意不决，却是操江程公的主裁，竟把卷子进呈御览，不知将来作何发落。想圣度汪洋，未必以此为罪。”严先生道：“这却是件稀少之事。皇上必不肯因微瑕而弃大才。算来在闰十月半边便有分晓。”又道：“如今令堂又得认了令表妹，王公的令爱又拜继了令堂，却成了亲戚了。”岑公子道：“昨日家母说及，实承王公盛德不浅！”严先生道：“谅岑兄还不曾到那边去，我且不留坐。待见过了王公，我们明日再慢慢相叙。”岑公子因即辞了严先生，就到王进士家来。王公先已知道，却在门首等候，见了岑公子便道：“恭喜岑兄回来了！”岑公子道：“昨日家母已与小侄说知，老叔不当如此相称了。昨因小侄到家已晚，不便过来。舍表妹极承恩抚，况已拜在膝下，就是至亲一般，如何使得客套！”王公笑道：“只是未免有僭！”当时一同到了厅堂，岑公子即以子侄礼拜见道：“今日拜过，名分就定了。”王公谦让不过，却受了半礼。岑公子因请拜见婶母，王公先令老家人进去传说。略坐了一回，里边丫头出来相请，王公就引着岑公子进来。到了后堂，见王夫人站在右边下首，两位小姐随在背后，岑公子道：“小侄初次拜见，还请婶母上坐。”王夫人笑道：“岂敢！大相公只是常礼罢！”王公道：“既成亲戚，不必客套，竟转这边受了半礼罢。”岑公子再拜后，王公即来扶起。然后，两姐妹就在下边平拜见了。

岑公子见两小姐一般如花似玉，因问："不知哪一位是表妹？"王夫人指着下首的道："这个就是。"岑公子道："表妹得婶母抚育成人，存殁均感不尽！"王夫人道："只是从前不知，多有得罪处！"因留岑公子坐下吃茶。王夫人仍走过右边与两个女儿一带坐下；岑公子只得告坐，在左边下首，正与小梅对面；王公倒只好北面相陪。因叙起科场之事，王公道："贤侄此番竟得名闻天下，胜如中式。大约闰十月内就有好音。"岑公子道："正不知圣意如何？"王公道："当今求贤若渴，必不肯因小误而弃大才。我算定八九是准与举人一同会试。贤侄正可因此成名。"叙话移时，丫头们送过了两道茶，岑公子起身告辞出来。王夫人道："我已吩咐厨房收拾，留大相公用了早饭去。"王公道："甚好！"因此同到书房。王公因说："贤侄的功名是在掌握之中的了，但如今正当婚娶之时，此事也再蹉跎不得！"岑公子道："从前也有几家说过，都不相合。后因同老母前往山东，这三年之内也无暇及此事。"王公道："以贤侄的才品，必要德容俱备的才好相配。但往他处相求，一时也难于成就；将来功名到手，虽不愁无贵戚相扳，但非亲知灼见，终不放心。如今令堂身边又无人侍奉，断不可再迟。你表妹既拜继与我，我就可以为她主持。况且她年已及笄，德容俱备，与其另为择婿，不如亲上加亲。贤侄回去即与令堂说知，谅令堂亦必乐从。况且又可诸事省从，又可指日完娶。令堂身旁有了侍奉之人，贤侄出门也得放心。岂不是十全其美！"岑公子道："承老叔至戚相关，回去即当禀知老母。"

当下吃毕早饭，就告辞回来，将相见情节并王公的说话一一禀知母亲。岑夫人道："我久有此心，倒承王亲家先为道及。如今你已见过表妹，谅已放心。但王夫人面前我并未提起，如今却是她的女儿，我明日还须过去当面求亲才是道理。再，她的姑娘前日拜继与我，还不曾有一些礼物送她。明日将你买来这四匹色绫，拣两匹鲜明些的，再配上姑姑送我的那天青缎袄、玉兰锻裙，送了她姑娘也罢。”岑公子道：“只恐太轻了些。”岑夫人道：“她们倒不在乎此，只要礼到就是了。再，这婚姻大事，虽是当面允许，爱亲结亲，毕竟要请两位月老主持。如今只有严老先生年高有德、夫妇齐眉，竟请他两老为媒甚好。他家老太太、大娘子，我明日还要请她过来坐坐。”岑公子道：“母亲所见极是。”当下母子商量已定。次日早饭后，岑夫人将这四匹绫缎用毡包包好，叫老妈子从后门送去：“先通知一声，我随后就过去。”

且说王公，昨日自岑公子转身后，随将这觌面许亲之事与夫人说知。夫人道：“我已有此心，她们姑娘侄女做了婆媳更加亲热，又省得我们另外择婿，这是两全其美的事。”这老夫妻说话时，她两姐妹却都在面前。在小梅，原是意中之事，也不足为喜；月娥听了这话，顿觉面容惨戚。小梅会意，略坐了一回，就拉了月娥一同回到自己房里来，道：“姐姐不须忧戚，你我情同骨肉，你的心事我岂不知？当日姐姐曾说要与我同堂一室，不忍相离，我就说恐人事不齐，今日不想先有此举。但我非无心之人，姐姐的恩义生死不敢相忘！只要姐姐耐心，三年之内，小妹必然与你遂此初愿。总然小妹先过门去，必当将此情告知姑姑母子，小妹当虚正席以待，必不教姐姐有离群之怨。我看郎君印堂紫气交腾，黄光明润，功名未有限量，也非小妹一人可以专房，只怕还不止你我二人，总在三年内必有应效。不知姐姐能耐心否？”月娥听说至此，不觉转愁为喜道：“妹妹果然算计得定，莫说三年，即十年亦当相待。但只恐父亲另有他议，却当如何？”小梅道：“这件事不是小妹夸口，实是算得稳、拿得定。如今姐姐面上气色未开，喜期尚早，三年之约实可践言，姐姐不必过虑。”月娥道：“只恐妹妹到那时不能践言。”小梅对天盟誓道：“我若负今日之言，当遭神诛鬼殛！”月娥连忙与小梅掩口道：“妹妹何必立此大誓！今日之言，我当刻骨铭心。只是如今忽然分拆，怎不动情？”小梅笑道：“如今相离不过咫尺，朝夕仍可见面，只怕不久还有远别。”月娥惊问道：“妹妹何故说此？”小梅道：“我昨日见父亲面色官禄驲马已动，不久定有喜报，母亲与姐姐必有远行。”月娥道：“父亲即去做官，我与母亲不去如何？”小梅道：“恐事有定数，不能不去。姐姐亦不必以此为虑，凡事只恐情意不坚，便有更变；如你我生死一心，虽隔千里亦与在目前一般，终当会合，何必伤情！”月娥见小梅说得如此真切，才把愁肠放下，一心宁耐。

次早，见老妈子送礼过来，说太太随后就到，她母女们都欢欢喜喜迎将出来。小梅悄地取笑月娥道：“这是我姑姑来与你下定了。”月娥啐了一声。大家接着岑夫人。王夫人先道：“女孩儿还不曾孝敬得干娘，倒反要干娘费心！”岑夫人道：“这是小儿从南省带回来的，菲薄之物，不要见笑。”一面说话，就同到上房来。月娥又过来拜谢了。王夫人道：“昨日大相公回去，必定与姆姆说知了。”岑夫人道：“正是。小儿极承亲家与婶婶的过爱。”因指小梅道：“她如今却是婶婶的女儿，比不得在何氏门中。老身应当过来亲自相求。”王夫人笑道：“我们是爱亲结亲，一概客套俱要去掉。如今大相公也正当婚娶之时，姆姆身边又无人侍奉，不如与他们早毕了姻，也完了我们一桩心事。只是匆促之间，妆奁未曾置备，只好过后慢慢补送。”岑夫人道：“老身那边礼数也恐一时不周，还要婶婶原谅。今承面允，就要拜烦严老相公为媒，择日便好行茶礼过来。”王夫人道：“这月老是少不得的。得请他夫妇两位老人家为媒甚好。”当日母女们叙话，留过了午饭才回。正是：

功名未称云霄志，婚嫁先完儿女情。

不知岑公子如何成亲，且听下回分解。

第三十二回

# 亲上亲才郎求月老　喜中喜表妹作新人

却说岑夫人这日午后从王家回来，与公子说道："承王夫人美意，倒催我们早些择日。你明日就可去拜请严老先生为媒，再说我要请他老太太、大娘子过来坐坐，看她肯来不肯来？"岑公子应诺。次日早晨，整顿巾服，就到严先生家来。

岑公子未及开口，严先生笑道："岑兄今日早来，一定是要我做个现成的月老，可是么？"岑公子笑道："老先生何以预知？"严先生道："昨日王公在这里说及，我道这是一件极美的事，正当玉成。况此举算来其便宜有五：第一，彼此亲知灼见，不须打听；第二，姑侄做了婆媳，不比生人，分外亲热；第三，相爱结亲，一切礼文俱可从省；第四,一边省得另为择婿，一边省得另为求婚；第五，姑娘侄女省得日后两地挂怀。岂不是五便？玉峰只须择吉过礼，仆自当效此执柯之劳。"岑公子道："既承老先生慨允，还要奉屈一叙。"严先生道："这可不必从俗，竟到过礼这日早晨在岑兄那边，午间在王公这边，岂不一举两便！"岑公子道："家母还要请老太太、少夫人过去一叙，不知可肯赐光？特着晚生先来拜达。"严先生道："老妻也说要过去拜识令堂。不如到了吉期过去道喜吃喜酒罢。"岑公子道："到那日另当敬请。”严先生因取过通书一看，道：“这月二十八日是个天喜月德，正好过礼。闰十月初三日却是不将吉日，合卺最好，竟定了不必改移。”岑公子道：“只恐时日太促，料理不及。”严先生道：“尚隔着十一二天，也不为急促了。况诸事从简，有什么料理不来！明日我过去先与王公说知，总是两边一概从省。竟不必游移了！”

又坐谈了一回，岑公子告辞。回来与母亲说知，岑夫人道：“他老人家虽如此说，我们还该请一请的为是。明日你备一副全帖请严先生，再备两副我的帖子请她婆媳，也尽了我们的礼数了。”母子相商已定，次日即叫岑忠送帖过去。严先生看了道：“我已与你大相公当面说过，何必又多此礼？”岑忠道：“这是家太太的主意，说本要先过来奉拜这里老太太，又恐反为惊动。明日这桩喜事，那边并无一位内客，还要敬烦老相公同太太作双寿星，因此先请过去叙叙，以后便常好相见。若老太太不允，家太太说还要亲自过来拜请。”严先生道：“既是你家太太这番盛意，只须内边一席，叫她婆媳过去领情。我只到过礼这日去叨扰，明日不必多费。我也不写辞帖，就将原帖拜上你相公，说我心领就是了，不必再劳你往返。”岑忠知严先生是说一不二的，也不再言，因只将两个岑夫人的柬帖留下，回来说知。岑夫人道：“他老人家既如此说，就不须再请，后日只打轿去请她婆媳两位就是了。”因叫岑忠明日定下厨子，买办食物，诸凡必须丰盛。

当日，岑夫人亲自过去面请王夫人母女。王夫人道：“女儿本该过去奉陪严太太，因房里无人，叫她同妹子在家里罢。我去相扰就是了。”因说：“那严太太做人最要好，虽然是七十岁的人，却康健得紧，眼也不花，耳也不聋，就只掉了几个牙齿，今年新年里在这里会过，直到如今了，她家大娘子见我们，也亲热得紧。生得好个模样，跟前有个六七岁的学生，甚是聪明乖巧，如今跟着他爷爷在学里读书，从不见他到外边来顽耍。”大家坐话许久，岑夫人才辞了回来。

这日，岑义夫妻都过来帮忙料理。早饭后，先请了王夫人过来，然后打轿去请严太太婆媳到来。都迎接到上房，一同见过了礼，坐下吃茶。岑夫人见严太太鹤发童颜、精神康健，大娘子肌理丰匀、态度闲雅。

茶罢后，岑夫人道："早该过去拜见老太太，只为小儿未回，家中无人，不曾去得。今朝有屈光降，简慢处还要老太太涵容！"严太太道："说哪里话！老身也因上了年纪，不大出门。王太太那边，新年里拜年去了一次，也直到如今，心里也正要想会会。昨日承太太这里相邀，只是反来叨扰不当。如今大相公在家，何不请来见见？"岑夫人道："小儿自当进来叩见！"少刻，岑公子整衣进来，一一拜见过，即往书房去了。严太太道："好一位才貌兼全的郎君，正好配那位齐整小姐！"因对王夫人道："恭喜你得这一位佳婿！也不枉了拜继一场。你们两亲家母也是天缘福凑，难得遇合在一处的，如今又是亲上加亲，真是天大喜事！前日老身听见了，欢喜不尽。这样合巧的姻缘，实是难得！"两夫人齐道："这都是邀老太太的福庇！"岑夫人因问："大娘娘为什么不同了小相公来？"严大娘子道："小孩子顽劣得紧，因在书房里，不叫他知道。"岑夫人道："这也难得！多有六七岁的小学生，一刻也还离不得娘哩。"大家说说笑笑，叙到晌午时候，岑义媳妇来请上席，岑夫人就相邀同往外边客位里来。

严太太见桌面朝南，系着红锦桌围，因道："这样坐法倒觉不安，不如把桌面东西相向，我们四面坐开倒好。岑夫人道："只恐不恭。"严太太道："从此以后，再休客套！"因叫岑义媳妇与老妈子将桌面掉转，去了锦围。岑夫人道："恭敬不如从命。"因举杯先逊严太太坐了首席，王夫人对面，严大娘子因婆婆在坐，与岑夫人上下横坐了。岑夫人亲递过了三巡酒，岑义媳妇与老妈子往来斟酒、上菜。王夫人就叫跟来的丫头相帮端盘。岑夫人道："不好劳客。"王夫人道："一家人使唤何妨！姆姆这边无人，且叫她在这里伺候几时。"岑夫人道："改日谢她也罢。"这日，大家说笑饮酒，也直到日西时方才散席。又留到上房来吃茶，严太太道："我们出月初三日还要过来吃喜酒。不知择在什么时辰拜堂？"岑夫人道："却还不曾定得。"严太太道："自然用上六时辰好，寅卯不通光，觉得太早，倒用辰时也罢。"岑夫人道："老太太是福人，说的辰时就好！这里又无别客，到那日一早打轿过去，务请老太太、大娘娘早些光降。"严太太道："我们一定早来。"因对王夫人道："这日还得太太做个女送亲。况且岑夫人这里又无别客，你们两亲家甚是亲热，我们又得欢叙一天。"王夫人道："老太太在这里，我一定要来奉陪的！"严太太道："这还是我来奉陪太太。"说毕就拜谢了起身。大家都送出门首上轿，叫岑忠扶轿送去。不一会儿，轿子转来，大娘子也辞谢回家。

岑夫人送了严大娘子，又留王夫人到房中吃茶。王夫人因问："明日新房做在哪里？"岑夫人道："厢房内又觉不便，这三间上房颇宽大，中间仍做了内坐，只好腾出西边这间来做了新房。"王夫人道："甚好，早晚服侍姆姆也近便些。"两亲家又叙了一回话，王夫人方告谢回家。那边也有丫头仆妇来接，王夫人就将跟来的这丫头，留在这边伺候帮忙。岑夫人再三致谢，直送出后门外，看王夫人进了门才转身。回来对公子说道："她们今日都欢喜得紧。你丈母明日还要亲送过门。吉期不远，诸事须预为料理，也要整整齐齐成个局面。虽然说诸事从省，也不可十分草率，惹人笑话。这凤冠钗钏珠环首饰，有你祖母并我的两副在此，只消拣一副拿去收拾收拾就好，不必更置。只须买几匹绫缎就是了。"因叫岑忠弟兄明日把西上房收拾出来，将应办之事开出单子，逐一赶早备办，省得临时局促。

且说这边，王进士夫妻相商：日期逼近，妆奁之类一时置办不及，且将与月儿预置的嫁妆什物，拨紧要的且拿来用了，过日再与月儿补做。又叫裁缝制了几套时新裙袄，一件大红妆花圆领；叫银匠打了一条银带，一付镀金头面首饰。又与岑公子备了一套回盘：巾服靴履并文房四宝之类，各色齐备。到二十八日，岑夫人这边过礼是：凤冠一顶，金钗一对，珠花一对，金钏一双，珠环一对，玉簪二枝，金缎二端，色缎二端，色绫四端，色绸四端，折席四十两。严先生蓝伞四轿为大媒。又请严太太往王宅与新人上头插戴。这日，两边都盛设喜筵厚待，不在言表。

到了闰十月初二日，王宅就搬送妆奁过来。初三日吉期，已择定辰时花烛。两边都有鼓吹、旗伞，职事人役，一乘彩舆，大媒送亲另是两顶四轿，伴娘仆妇两顶小轿。此时小梅打扮得珠围翠绕，如仙子一般，红巾遮盖，伴娘们扶上彩舆。王夫人大红补服、珠冠金带，上了大轿。鼓吹放炮起身迎喜神，方先从西村大宽转往东村行来。早惊动合村男妇都来观看，十分闹热。这边岑夫人也是天蓝补服、凤冠金带。严太太婆媳都是大红吉服。彩舆到门，抬进中堂。烦严太太启围，岑夫人接宝，伴娘们搀扶新人出轿，把彩舆打出院中。然后送亲大轿进来，严太太婆媳同岑夫人接出轿来。岑夫人与严大娘子请王夫人先到上房去坐。严先生两老夫妻在外厅上首东西相向。傧相赞礼，请新郎出堂。岑公子儒巾公服挂红簪花，拜过天地，行交拜礼毕，牵巾进来。严太太与新人挑去了红巾，坐床撒帐，吃过交杯盏，然后一同都请到外厅见礼。两新人在下边并立氍毹，先拜谢了严老夫妇两位大媒，又拜了王夫人，再与严大娘子平见了礼，然后拜过老母。礼毕，大家簇拥新人归房。岑公子就在外边陪待大媒。这些职事人役拜堂后，岑忠都给与花红酒礼打发去了。这边王宅跟轿的家人，都是岑忠弟兄接待；里面这些来看拜堂的仆妇、丫头，有岑义媳妇在厢房款待。

这日适值严大相公从城里回来，随即过来道喜。岑公子即留住不放，请严老先生都同去了公服坐席。外边一席，主客三位；内边一席，却是严太太、王夫人上坐，岑夫人主位相陪；严大娘子同小学生陪新娘子，在房内另是一席。这日喜筵直饮到申牌时分。外席已罢，严先生不肯坐轿，父子先告辞起身。里面席毕，都在新房吃茶叙话。岑夫人已将严太太留住过了三朝回去，面请王夫人、严大娘子三朝务必要屈过来再叙一天，明日就送帖过去。严太太道："你们两亲家母又不是初见面的，我们也正要时常往来，何必具帖多一番客套？"王夫人道："正是呢，我们一定过来。"严太太道："大小姐难得相见，明日也请过来，我们会会。"王夫人道："一定叫她来陪老太太。"

当下王夫人先告辞起身，严大娘子因家中无人，也就作辞一同起身。这些丫头仆妇也有跟轿去的，也有从后门去的。严太太却陪着新人在房，只岑夫人直送到厅门外，看着王夫人、严大娘子都上了轿，才转身回到新房里来。严太太道："做客容易做主难，今日也够太太张急了！如今有了这位大娘子，以后正好安享哩。不瞒太太说，我家这个媳妇，当家把计甚是贤能，自从有了她进门，一点事也不用我操心。"岑夫人道："好一位大娘子！也是你老人家的福气，正好安享哩。"叙话移时，不觉也是上灯时候，就在新房内摆上酒碟，又让严太太吃了几钟酒。严太太就起身道："我们酒已有了，过那边去坐罢，让他两个新人也好同饮一杯，早些安歇。"岑夫人一面叫请大相公进房，就同着严太太过这边自己房里来。外面岑忠弟兄两个收拾照料一切停妥，所雇厨司帮工都一一开发，欢喜而去。岑义媳妇与丫头、老妈子收拾厨下，候上房睡了，俱在厢房安歇。

这晚，岑公子先到东上房与严太太、母亲道了安置，才过新房来。小梅一见，即站起身来。公子遂将房门掩上，见桌上摆着酒碟，因满斟一杯递与小梅。小梅双手接过，随与岑公子回斟了一杯。夫妻并肩坐下，灯前细看芳容，真是千娇百媚。小梅也并无一点小家羞涩，因道："小妹幼失怙恃，即遭挫折，不想得遇王小姐十分除爱，又蒙继父母垂慈，待如亲女，此恩此德生死难忘！如今得遇亲姑，又成连理，都是王小姐的大德。当初与她结拜时，情同骨肉，有誓在先：情愿死生相守，不愿相离。今日不想小妹先占洞房，情实不忍，不知哥哥何以教我？"岑公子道："感恩戴德是妹妹的好心，当图后报。至于生死不愿相离的话，只可夫妻私语，即父母面前亦难言及。况她是大家小姐，分又居长，总有私下盟言，于情理大不相合，岂宜齿及生此妄想？妹妹却教我何以为计？”小梅笑道：“我已知哥哥此时实无筹划，但日后倘有天缘会合，那时你莫非推脱不成？”岑公子笑道：“这是必不可定之事。即或有之，其权又在贤妹，非我可为之主也。只恐那时，贤妹又不似今夕之言了。”小梅正色道：“小妹曾誓天日，生死不移。哥哥岂以我为世俗儿女，虚言不足信耶？”

岑公子见表妹如此认真，肃然起敬道：“却不知贤妹竟是个女中道学！今已深悉贤妹心迹。但为兄也有一桩不敢言的心事，今见贤妹如此重义，却不得不说了。”小梅笑道：“哥哥不必言，小妹已预知久矣。”岑公子惊问道：“贤妹预知何事？”小梅道：“可是杜丽娘一辈？我筹之已熟，她二位一是小妹的恩姊，一是哥哥的义妹，况又相会在前，日后会合，小妹当退让三舍。”岑公子听了，不禁眉飞目舞道：“小生今日得贤妹做了娘子，已是三生有幸，若再兼二美，恐无此福分消受。”小梅道：“得陇望蜀，男子常情，只要那时不使我作秋风团扇之感，就是万幸了。”岑公子急得发誓道：“我岑秀若有负心，神天不佑！”小梅急为掩口道：“只要情坚，何须立誓！但今日欲与哥哥仍以兄妹相处、同床各枕，待有了她两位，再尽夫妻之道，何如？”岑公子笑道：“这却实难从命。”因即欲拥抱上床。小梅笑道：“谅必不依，又何必如此性急？”岑公子搂住粉颈道：“我的娘子，求你不要再作难了！”当下共饮过三杯，即宽衣解带，互抱上床。这夜你恩我爱，似蜜如糖，难以尽述。正是：

交颈鸳鸯眠正稳，莫教鸡唱五更来。

不知此后如何，且听下回分解。

第三十三回

# 王进士挈家为县令　岑秀才奉旨作中书

却说次日岑公子夫妻早起，才盥洗毕，王夫人那边已着丫头送盒酒点心过来。岑夫人叫岑义媳妇留住款待。岑公子因与母亲商量：“今日去谢严先生并回拜他公子。明日三朝，竟请丈人与严公父子同叙一叙，不知可否？”岑夫人道：“这个何妨！你就进去面请一请，丈母、严大娘子那边也请一声，说我昨日已当面请过，不具帖了。”当下岑公子因备一副门下子婿的请帖，一副晚生、一副同学弟的帖子，先着岑忠送去。随后，岑公子先到严先生家叩谢、回拜，又当面请过，遂作辞到王宅来。此时是新姑爷，不比往常，家人们一见即往里通报。王公笑迎出来，岑公子行翁婿礼。拜见毕，随邀到后堂，拜谢了丈母，因说：“明日母亲请岳母与大妹早些过去叙叙。”王夫人道：“昨日姆姆已张急了一日，明日又要作主人，太繁劳了！”岑公子道：“喜的都不是生客，就有不到处，也都是包涵的。”王夫人道：“明日不用再邀，我们早饭后即过去就是了。”王公笑道：“若是从俗，明日该我这里设席相请才是。如今贤婿那边既已准备，我这里只好改日再请罢。”王夫人也笑道：“只是太脱俗了些。”当下吃过了一道茶，岑公子就告辞回来，料理明日席面之事，诸色齐备。

次日早饭后，先打轿去请了王夫人、小姐过来。岑夫人与新娘子出来，迎接到新房里，见了严太太，大家一同见礼坐下。一面又叫岑忠打轿去接严大娘子与小学生同来。不一时也到，接进房来。严大娘子道："今日又来吵扰。"岑夫人道："说哪里话！只是简亵，不要见怪！"当下大家见过礼，又叫小学生逐位磕头。岑夫人自己去攒了一大盘点心果子，与小学生吃茶。这小学生与岑夫人深深地又作了一个揖，喜得岑夫人了不得，道："好一个知礼的小学生，明日一定要强爷胜祖！"大家吃茶叙话。

移时，岑义媳妇来与岑夫人说，家庙的供献都已端正了，岑夫人就叫两新人焚香点烛，先参了灶，然后拜祖先毕，又要请严太太、王夫人见礼。严太太道："前日已见过礼，今日不敢再劳。"岑夫人道："还该叫他们拜谢才是。"严太太与王夫人再三阻住，岑夫人道："既如此，你们竟朝上总拜四拜就是了。"两新人遵命下拜，岑夫人叫岑义媳妇与自己将二位搀住，不叫回礼。然后与严大娘子、月娥小姐一同平拜了，又与母亲拜毕，岑公子即出外边，叫岑忠邀客。王进士只带了一个小厮缓步过来，严先生父子随后已到。大家施礼坐定，茶罢后，里边老妈子捧出红毡来道："新人出来拜见。"严先生正欲相阻，岑义媳妇与丫头已扶新人出堂，将红氍铺好。王进士对严先生道："省得她们两番起拜，不若我们竟同见了礼罢。严先生道："我却不敢当！"当下两新人并立红氍，端端正正拜到两拜，王进士就搀了起来。然后与严公子只行了常礼，新人退入后堂。

这里正在坐谈，只听得外边一片锣声响亮。正不知何故，只见一个老家人进来禀王公道："老爷已选授了山东登州府宁海县。报子报来，在那边讨赏。"王公道："你且去管待他酒饭，待我回来打发。"老家人答应去了。大家都与王公道喜，王公道："出作外官实非所愿，况且后嗣未续，家下无人，走前失后，也是一桩不惬之事。我意欲告病不赴，如何？"严公子道："这却使不得！前日晚生看京报，内有江南道御史条陈，凡新选官员，有嫌道远缺疲托故不赴，着该地方官严查。的确果有丁艰疾病事故，由该县具结申府，逐递加结转申司道督抚，七品以上奏闻，七品以下咨部另选。如有托故规避，除将该员革职外，再行议处。地方官徇私贿结，察出降三级调用。因此近日功令甚严。老先生如何推脱得！就是本县官也不敢担当。”严先生道：“家中之事，现有令坦，尽可相托，不足为虑。况山东道路不远，何必推辞！”王公道：“幸而有此，果不能辞，只得将家事托与小婿管理。多则两年，少则一载，即当告归。”说话之间席已齐备，就请严公首坐。严公道：“今日王老先生是初次，虽系旧好，却是新亲，我如何僭坐！”王公道：“叨在至爱，老先生不要过让，还是照常的好。”因此依序坐下。

饮酒间，谈及山东地方民情土俗不知如何，岑公子道：“小婿在沂水三年，那边风俗颇称淳朴，但登州系沿海地方，恐与沂水不同。”严公子道：“敝居亭曾任青州太守，说起那边风俗也还朴实，只是有些粗蛮之气。登、青两府连界，想风土亦当相似。”王公道：“此去登州也有二千余里，不知凭限紧缓如何？”严公道：“只怕此时文凭已到省院了。”王公因有报子在家，只吃过四道菜，上了点心，先辞了起身。岑公子送出门外，转来奉敬严公父子，席终方散。里边王夫人也因丫头报知，先要起身。岑夫人再三留住，终了席，母女辞谢回家。因前厅有报喜之人，遂从后墙门回去。岑夫人与新妇一同送出。到了后园子里，月娥悄悄执了小梅的手道：“妹妹说的话果然应了！明日千万过来，我有话说。”小梅点头答应，已送出门外，直看她母女进了门才转身回来。严太太道：“明日王公去做了官，他家中无人，只好托大相公与他照管了。”岑夫人道：“前日与亲家母说起家常，才知道他族中竟无亲人。亲家母的娘家也是江南人，她父亲在这里做官时对下的亲，后来告病回去就没了，又无弟兄。闻说她父亲承继了个侄子，也只生得个女儿，因遭倭寇作乱之后道路隔绝，竟有十余年不通音信。

如今虽然家道殷实，尚无子息，说起来就眼泪汪汪，也是个暗苦。”严太太道：“正是呢！若说她夫妻的为人是极好的，或者得子迟些也未可知。论王太太只有四十三四岁，人又健旺，也还好生长哩。”岑夫人道：“她说生了这个姑娘后，又生过两胎，都不能保留。”严太太道：“这有子无子命中生就，强不来的。如今做了官，还该劝他娶个妾才好。”岑夫人道：“亲家母曾劝过他，倒是亲家不肯，耽搁下了。”

大家叙话良久，日已平西，严太太婆媳都要告辞回家。岑夫人还要留住，严太太道：“客去主安，老身也搅扰了三日了，主人也好歇息歇息。老身改日再来。”此时外边轿已伺候，岑夫人又装了一大盒点心茶果与小学生放在轿内，婆媳再三作谢起身，岑夫人与新娘子一同出厅相送。

岑夫人自有了这个媳妇，早晚侍奉料理，家事井井有条，一切不须自己费心，婆媳、夫妻十分亲爱，是不必说。梅娘子又常在老母面前说王小姐母女许多恩义，岑夫人也万分感激。及说到王小姐情愿誓不相离的话，岑夫人虽然心爱，只为这话是说不出口的，且还有一个雪姐挂在心中，因道：“这姻缘都是前生分定，不是人力勉强得的。将来只可听天由命。”梅娘子道：“姑姑说得极是，大约人心不合便是无缘，人心既合，这姻缘就有分了。”

且不说这边婆媳叙话，却说王进士与夫人相商，却欲告病不出。夫人道：“既选着了，好歹去做一两年，也是出了仕。别人求之不得，好端端的告什么病！”王公道：“既去做官，你母女们必须同去，家中何人照管？”夫人道：“现放着有女婿可托。”王公道：“我也是这般说，但恐不日旨意下来，若许他一体会试，他也就要出门了。”夫人道：“女婿总不在家，可托亲家母与梅女儿照管，只怕还胜如男人。”王公笑道：“若是这样，竟请她们搬了过来也罢。”夫人道：“待我明日与亲家母商量，谅她们也不好推却。”谁知到第三日，上司已行文到县，县尊持帖着吏房来催促领凭。王公只得先去拜了本县，定于本月初十日赴省院领凭，恳其起文书由府申司呈院。这领凭之事，经由衙门俱有规礼。此番王公赴省，往返也花费了二百余金，回到家中，已是闰十月下旬。因是沿海地方，凭限紧急，因与岑公子部署起身之事。

此时，两亲家母早已商量明白，将岑夫人那边箱笼细软已搬过这边西院安放。惟家庙并家什等物，仍着岑忠在那边居住看守。岑夫人意欲就在这边西院住下，王夫人道："西院邻着花园，未免空阔，又照管不着这边，只好暂住几天。我们起了身，姆姆就好在上房东外间做房，里间我们安放箱笼在内。这西上房两间，原是她姊妹住的，他小夫妻好在里边做房，内外都好照料。"商量已定。

自王公从省领凭回来，这些城乡亲友都来送礼恭贺。家中设席，翁婿二人应酬接待，忙乱了几天。祭祖后，择定十一月初三日起程。雇下两号大船，由水路至台庄起陆。所有一应田租簿籍、内外锁钥，慎交岑公子点收。格外交出三百两银子，以备不时紧用。各处所收房租，尽够逐日零星之费。家中留下老家人王朴夫妇一房人口并一个小丫头，自己只带了王诚、王谨两房家人，一个大丫头，一个小厮赴任。村中只严公内外设席饯行，外席是王公翁婿，内席是王夫人母女、岑夫人婆媳。起程前一日，岑公子梯己饯行，合家团聚，难免有许多惜别之情。岑公子原要送出京口，王公道："家务也是要紧的，不必远送。贤婿若有佳爵，倘要远出，务须斟酌周到，勿使我有内顾之忧。"岑公子道："岳父只顾放心，小婿即有远行，家母与媳妇自能主持，不必岳父母远虑。"王公不觉伤感道："我若无贤婿可托，也断断不肯去做这官了。"翁婿二人饮酒叙话，直到二更时候才罢，就同在书房安歇。里边两亲家母也叙话到更余方寝。惟她姐妹二人依依不舍，月娥小姐不知掉了多少泪珠，小梅娘子虽有定见，到此际也不禁感情泪落。因再三慰劝月娥道："父亲上任喜事，姐姐不要如此悲戚。

言犹在耳，只要保重身体为要。还有一句要紧说话，姐姐切记在心：两年之内，即劝父亲告休为要。倘有意外之事，务劝他两大人不须忧恐，凶中自能化吉。姐姐只安心宁耐。切记切记！”月娥见妹子话多应验，敢不深信！惟垂泪点首而已，这夜也就不曾安寝。家人们已将一应行李搬起上船。

次早，王公知有许多送行的亲友邻里在码头上，内眷们起身不便，因命岑公子拨一只坐船由湖汊转到后墙门外，照管家眷上船，仍到湖口取齐，自己从码头下船。诸亲友邻里俱设酒盒公饯，王公立领三杯，拜辞上船，鸣金而去。岑公子家眷船只已先往湖口等候，又叫了一只小船同行。不一会，官船已到，两船相并，铺好跳板，打了扶手，王夫人、小姐带了大丫头同过官船。老家人王诚夫妇也在官船伺候。那边船上是王谨夫妇看守箱箧等物。王夫人过船来，因与岑公子道：“贤婿回去拜上姆姆，家中事务一应重托。”王公道：“倘有紧要之事，便可专差寄信。”岑公子道：“岳父母请放心，小婿必不有负重托。”当下即拜辞过了小舟，大家不禁落了几点别泪。看着两船鸣金扬帆，岑公子只得回舟，仍从后墙门到家。因将家中各处器具什物逐一检点，细细造了一簿清册，存贮仓中粮食，严查出入，逐日一应进出用度，俱条条登记。且大娘子尽知细底，管理精明，也不须岑公子费心。

这日，母子、夫妻在房中闲叙。大娘子道：“事有定数，明年秋冬间，务必专差人去劝继父告休回来才好。”岑公子道：“这却为何？”大娘子道：“父亲到五九之交，恐有大厄，母亲也要受些挫折，不如早些告归的好。虽然命不由人，也须尽了人事。”岑公子道：“你直相得如此精妙，果然有些仙气！”岑夫人道：“她说的话却多应验。前日你岳父未报到时，她曾说不出一月必有远行官禄之事，如今果然应验了。”岑公子笑道：“你看我将来如何？”大娘子道：“你这顶纱帽此时虽然不大，却也体面。行期也在目前不远了。”岑公子笑道：“若果应验，当拜你为师，习学相法。”

大家正在说笑，只见岑忠进来报道：“郑老爷来了。”岑公子一时不省，急问道：“是哪个郑老爷？”岑忠道：“就是郑大相公。”岑公子笑道：“原来是郑家表弟来了！”急迎出来，早听得郑公子一路喊着进来了。见了岑公子只叫了一声哥哥，看见岑夫人站在上房门首，即跑将进来，一把拉岑夫人坐在椅上，扑地就拜。拜罢，起来叫道：“我的姆姆！甥儿哪一日不想念你老人家！我娘、我媳妇都叫拜上，还叫我带了两匹绸子来送你老人家，说务必要请你老人家去住几时。”岑夫人道：“多谢你母亲！她如今康健么？郑公子道：“同你老人家一般健。”岑夫人道：“恭喜你如今是贵人了！”郑公子道：“姆姆又当面笑我了。什么贵人，这个举人谁不知道是哥哥作成的！”说话时，一眼看见了大娘子，便问道：“里边这个齐整娘子是谁？”岑夫人笑道：“你还不知，这是你哥哥新娶的嫂嫂。你们都还没有见礼哩。”郑公子大喜道：“原来哥哥也娶了这样一个齐整嫂嫂！请出来待我一同拜见了罢。”当下，郑公子一定要让哥嫂两个在上，大家平拜见了起来。岑公子因问：“兄弟此来，必有事故。”郑公子瞪着眼道：“怎么哥哥这里还不知道？你的卷子呈了皇上，皇上看了大加称赞，说这是无心错误，既不曾中式，钦赐你做了内阁制诰中书。前月底有文书到学里，催你即速起身领咨进京。你道好不好？那真铁口的话如今都应验了。”岑公子听了这话，也觉笑逐颜开。正是：

虽无姓氏登金榜，却也声名满帝都。

不知岑公子如何起身，且听下回分解。

第三十四回

# 报喜信呆叔认重亲　问病源慈帏失二竖

却说岑公子听了表弟的话，因问："徐老师那边可知道兄弟来么？"郑公子道："怎么不知！这日我正在学里打听，得了这信我就说要亲自来报你。老师见说，就叫一个门斗同我第二日就起身来了，如今现在船里。还有老师一封书。"因在靴甬内摸将出来。岑公子拆开观看，却与表弟所说一般催促赴院领咨进京受职的话。因对娘子道："你竟是神仙了。"郑公子不知其中原委，因笑道："哥哥离不得神仙，就同了嫂嫂一齐进京也好。"岑公子笑道："不是这等说，兄弟不知，你嫂嫂看得好相。方才正在这里说我要得官远出，不想贤弟就来到了，因此说她是神仙。"郑璞道："妙极妙极！嫂嫂且与我相一相，日后也有个官做么？"大娘子笑道："叔叔不要信他，我也是一时猜着，哪里会看相！"岑夫人道："你就与他看一看日后官禄如何。"大娘子道："叔叔只是禀性诚厚，一生常得贵人扶助。纱帽是有得戴的，只是不十分显达。倒是晚年要享侄儿们的大福了。"郑公子笑道："真真相得着，正与真铁口所说一般！"因与大娘子深深的谢了一揖。

这里说话，岑忠已叫人到码头同门斗将行李取来，船价已是开发他去了。岑夫人因吩咐厨下快些收拾便饭，因对郑公子道："前日又要姑姑费心，送我许多东西；你又暗地里送盘缠，太费心了！”郑公子道：“这是我恐怕哥哥不肯收，因此私下放在包袱里的。”坐话了一回，忽然又想起道：“还有一桩喜事告与哥哥，昨日在老师那里看见报上，你的那对头内转了太仆寺少卿，大约嫌衙门冷淡，不知怎样弄手脚，又外调了山东登莱兵备道。你如今进京，省得与他会面。”岑公子听了失惊道：“如今岳父偏偏又在他的属下！这厮无恶不作，却是怎好？”郑公子即问缘由，岑公子一一与他说知细底。郑璞笑得只是打跌道：“原来有这等奇遇！嫂嫂是亲上做亲，姆姆真真是两重大喜！”因对岑公子道：“如今你丈人虽做他的属员，只要不坏事，怕他怎么！”说话之间已是晌午，这同来的门斗是有岑忠在外管待；里边添了两样嗄饭，岑夫人就叫端在上房同吃罢，因对大娘子道：“这是我自小抱大来的小叔儿，同桌不妨。”大娘子也识得郑璞是个诚朴的人，因就坐在岑夫人肩下；他弟兄却南北相向。同吃毕饭，郑公子便往东西两边上房看了一个遍，因道：“他家这个房子造得甚好！前后有山有水，又幽静又雅致。怪不得姆姆不肯回去住了！”岑公子道：“后边还有一个花园，我与兄弟去看看。”因一同转过西院，到花园里来。

此时是仲冬时候，草枯叶落，未免冷淡。又开出后门观看，见道场山一带山紫潭清、枫红柏赤，颇悦心目。郑公子道：“果然好个去处！我明朝也搬到这里来住罢。”岑公子道：“论住家，此间甚好，不比南都一片繁华热闹。”两弟兄看了一回，仍到后边。郑璞道：“哥哥须上紧料理行装，我们明后日就好动身，老师在那里盼望得紧，我也要回去打点打点，好与哥哥一同进京去，前日京报下来，我已与哥哥打发去了。”岑公子道：“兄弟与我用了几两银子？”郑公子道：“几两银子说他怎的！”岑公子因对母亲道：“这是皇上特恩，不敢迟延，须要及早起身。到省还要赴院拜谢、领咨；房师成公，蒙他一力举荐，此去又是便道，正好去拜谢他：算来也得半个多月的耽搁。再，此番经过山东，还要绕道去望望蒋叔，不知他曾进京会试不曾？约计到得都中，也是腊尽春初的时候了。”大娘子道：“蒋家伯伯那边必定是要去的。我自小承他老奶奶与大姆姆十分爱惜；父亲自病起到临终，全亏蒋伯父请医制药，备办棺椁，朝夕照料，许多恩义。明日去与他说知，也叫他们欢喜。那苏家姐姐也与我最好，还要捎点土仪东西去送送才好。”岑夫人道：“这是应该的！我母子在那里住了三年，说起你来，大家无不感叹。那时，只为你蒋伯远出，以致被那族恶谋骗。如今看来，倒反是他的作成了。只是你蒋伯，谢也谢他不尽，只好略尽一点心罢了。”大娘子道：“我看那蒋伯伯，也是个富贵双全的相貌。他是施恩不望报的人，我们只好尽个敬心。”岑公子道：“虽然如此说，也要成个局面，不致轻亵才好。”岑夫人道：“这却凭你斟酌。家中事务我与媳妇料理，不须你挂心。再通得个信与你岳父母才好。”岑公子道：“这件事已上了省报，天下皆知，不消报信。”

这边母子说话，这郑公字却拿着一本通书在那里翻看，笑道：“这十一月十一日却是个天恩上吉日，正好起身。”大家商议已定，却叫岑忠把郑公子行李搬在大厅后内书房里安顿。晚间，弟兄们又吃酒叙谈。一宿已过，次日设了一席款待表弟。却好严先生到来，因是他大相公在城中见报，特着人回来通知，因此过来道喜。岑公子就留住，引表弟到外书房来相见。因对严先生道：“这个表弟却是个真诚朴实之人，并无一点繁文虚理。”严公道：“坦易直率，却是本来面目，其实可敬。”因问：“岑兄几时荣行？”岑公子道：“却也不敢迟延，已择定十一日起身。”严公道：“昨日小儿字中说，此缺是个清华而兼显要的缺，日与阁臣相处，制书诰敕俱出其手。若非圣恩特放，是最难得的。”岑公子道：“只恐才学疏浅，不称其职。”严公道：“以兄之高才博学，何必过谦！”因问：“郑兄进京会试，正好作伴同行。”郑璞笑道：“不过到京走走，担个会试的虚名，却也不作指望的了。”严公道：“功名之事，岂能逆料！”

三人叙话良久，严公欲去。岑公子挽留道：“今日聊备一杯与表弟接风，难得老先生到此，正好同领教益。”严公道：“只是叨扰不当。”大家又叙了一回都中之事，已是晌午，席已端正，就在书房摆桌，再三让严公坐了首席，郑公子对面，岑公子主位相陪。郑璞一连吃了十数杯后，却手舞足蹈，高谈阔论起来，将岑公子替他删改文字的话，都一齐说将出来，岑公子也遮掩不住。严公见他一片天真烂熳，并无一点渣滓，心下倒十分欢喜、敬爱。因此，三人传杯递盏，直饮到黄昏方散。郑公子吃得畅快，进来对岑夫人道：“这个老人家，不像徐老师古板，叫人同席酒也吃不下。今日与这个老者吃了许多酒，倒还不曾醉。”岑夫人道：“酒逢知己，自然吃不醉了。”大娘子见他有些蹭蹬，因叫丫头烹了一壶好浓茶，与他吃了几杯，就去书房安歇。

次日，岑公子起来，就料理行装，因与母亲商量：“此番必须多带盘费，恐到都中制办冠带袍服以及衙门用度，人路生疏，一时无处挪借。”岑夫人道：“家中用度尽够，不须你记念。我箱里还有那二百多两银子，你都带了去。再恐不敷，把丈人交与你的银子再带一半去，谅也够用了。”岑公子道：“有三百金谅已足用。昨日听严公说这倒是个清华显要的缺，若非圣恩特点，却不是容易得的。”岑夫人道：“这内阁是日近天颜的去处，你须事事谨慎第一，不可恃才傲物、惹怨招尤。出言吐语都要观前察后，虽不是外边有司官，有地方刑名之责，也要事事在民情上留心体贴。在大人面前说话，切不可僭越；待下人务须恩宽才好，莫使小人嫌怨。”岑公子一一领命。

这日又是严公饯行，并请郑公子两弟兄同去扰了。家间行李俱已齐备。因为这边老家人王朴走过北京几回，诸事熟谙，就着他同往。王朴也情愿相随。雇就了一只船，至期一早，两表弟兄拜别了老母；婆媳两个欢欢喜喜送他往后墙门外下船起身。家中婆媳督率岑忠并这边小家人、仆妇管理家务，凡一切帐目出入，俱是大娘子经手，条分理晰，毫忽不差。佃户、家人少有欺诈，当面一言道破，无不惊服。故此，这些下人也再不敢作一点弊端。且又体谅人情，勤劳必赏，凡有些微好处，总不叫他埋没，必要奖励他一番。因此，众人无不争先效力。那东院房屋，因有家庙并什物器具在内，晚间仍着岑忠过去住宿，逢时遇节两边作享。这话表过不提。

却说两表弟兄带同王朴门斗，不日到了南直，一径往郑家来。进得门，见小厮容儿慌慌张张的道："好了，大爷回来了！老奶奶这两日病得重了，大娘娘请医调治不好，着急得紧。"郑公子听说，唬了一跳，也不顾岑公子，飞跑进内房来。见老婆婆在床上呻吟谵语，郑璞叫道："我的亲娘！我回来了！你老人家怎的就病起来？"说着就流下泪来。郑婆婆睁眼看见了儿子，便轻轻说了一声："你回来了么！我不知怎样昏昏沉沉，眼面前像有许多人缠住我不散。"此时，岑公子已进房来：老婆婆觉得心下明白，耳边只听得几个人说："我们只索去休！"两眼也觉亮了好些，说道："这不是岑家侄儿么？"岑公子道："正是侄儿来看你老人家，如今身上觉着怎样？"郑婆婆道："你们弟兄来时，我就觉得明白了许多，眼面前人也不见了。"

说话时，大娘子拿药进房来，与岑公子万福了，看见老婆婆明明白白说话，便道："母亲病了十来日，总不能安睡一刻，口里只发谵语，问时也听不出话来，倒像吃惊的一般。今日说话却竟明白了。"因送药过来。老婆婆摇头道："这药灌得苦，我如今觉得清白了许多，眼面前也没人缠扰了，这药且不吃罢！"郑璞因问："吃的是哪一个医生的药？他说是什么症？"大娘子道："起先吃的是大街上胡先生的药，吃了三服不见应效；后来另请了鼓楼前的陶太医来看，他说是邪热交作、心神不宁，又换了个方子，吃了几服也不见应效。正要打发人去请你回来，却好你同大伯伯也到了。"岑公子道："既不应效，还须另请高医。"老婆婆道："我如今见了你们，似觉好了些，肚里有些饥，倒想些粥吃。"大娘子喜道："母亲几日不想东西吃，今日知道肚里饥，想要吃粥，却是好了。想必大伯伯是个福星照临，邪气都退避了。”岑公子道：“但愿姑姑好了，我们弟兄就在这里陪伴。”当下大娘子就往厨下煮粥去了。老婆婆对公子道：“多亏了你媳妇日夜服侍，也累她多日不曾安睡了。”

少刻，容儿端茶到房里来吃了。郑璞看见母亲说好了些，心头才略放下。两弟兄都坐在床边，又说了好一回话，老婆婆觉困乏得紧，渐渐就睡熟去了。岑公子悄悄道：“兄弟，我们在外边坐等，她老人家好安睡一回。”郑公子点头，将帐子放下，轻轻同出外间，坐下低低叙话。不一会，大娘子盛了一碗粥糜、一碟乳饼出来。郑璞摇头道：“且慢，娘已睡熟了。”大娘子道：“真奇怪！她老人家一连十来天不曾安睡，口里只是含糊谵语，怎么如今就睡熟了？”因轻轻走到床边，听得气息停匀，沉沉睡熟，复出房来，因道：“伯伯谅不曾吃午饭，我去收拾去。”岑公子当下出来，取了二两银子与门斗，叫他先去回复师爷：“说我明早去拜。”门斗叩谢答应去了。岑公子就在书房叫王朴收拾行李，因与郑公子道：“姑姑病体大约是点邪热，如今一退便无事了。”郑公子点头道：“是。”

却说这老婆婆一觉直睡到他弟兄吃过了午饭才醒，只叫肚饥要粥吃。大娘子连忙取来，一口气就吃了一碗，还要讨添。大娘子恐怕不宜多吃，不敢再添。岑公子道：“不妨，胃口是人之根本，有病之人胃口一开，断无不好之理。”因又取了一碗，也吃完了。此时精神顿觉清爽，只要他两弟兄在面前说话。郑璞见母亲如此，心下才得欢喜。郑婆婆一把拉住岑公子的手道：“你母亲康健么？”岑公子道：“母亲叫上福姑姑，如今托庇甚是清健。”'郑璞道：“哥哥如今娶了一个齐整嫂嫂了。”老婆婆笑道：“怎么这亲事成得恁快？”岑公子因将母亲得认表妹、王公许亲之事，从头说了一遍。老婆婆心下欢喜得紧，越觉清爽，便要坐起来说话。岑公子道：“姑姑且慢起来，天气冷，穿衣服恐怕受寒。”因此不曾起来。又问：“你们吃饭未曾？”岑公子道：“已吃过了。”老婆婆道：“你如今是做官的人了，你母亲有了媳妇服侍，你在外也放心。只是要照管那边的家务，不得请到我这里来了。”说了一会话，老婆婆觉得身子乏倦，因道：“待我再睡一会，你们且去料理料理事务。”两弟兄答应了出来。郑公子道：“谢天谢地！但是我实不放心，不得同哥哥进京了。”岑公子道：“总还有十来天耽搁，且再商量。”当晚两弟兄就在上房同吃了一会酒，郑璞就在娘房内陪伴，岑公子往书房安歇。这夜郑婆婆也安睡了一夜，半夜里还吃了一顿粥。

次早，岑公子进来问知姑姑夜来安睡，甚是欢喜，也便放心吃过了点心，带了王朴即往儒学中来。徐老师一见甚喜，道：“我也算你日内该到。不料你竟蒙特恩授了这个美缺，其实可喜！”岑公子道：“托老师福庇！只恐门生不能胜任。”徐老师道：“论贤契的本领，实不愧此职。但事不宜迟，我已与你备端正了呈送文书，只要填了日期，即可到院投递领咨。”岑公子道：“今日不知就可去禀见么？”徐老师道：“此时还未二鼓，正好禀见。”当下就留吃了便饭。徐公道：“你的文卷进呈，原是院台的主意，他后来送了主考起身，便到学来传你，你又去了。此番禀见，须谢他的美意。你如今不便步行，竟坐了我的轿去罢。”岑公子道：“只坐一乘小轿去才是。”当时即叫王朴去雇了一乘小轿，携带文书，辞了老师，同王朴竟上院来。正是：

　　未从金阙瞻仙仗，先向铃辕谒宪台。

不知岑生如何进谒，且听下回分解。

第三十五回

# 试奇文才子吐心胸　论往事英雄增气色

却说岑生坐轿，王朴跟随，一直往院宪衙门来。到得辕门，此时各官禀见才散，遂一直径往巡捕厅来。岑生尚是青巾儒服，巡捕官一见便问：“相公何来？”岑生即命王朴将儒学公文并自己手本递与巡捕道：“相烦传禀。”巡捕官接过手本看时，上写“沐恩生员岑秀谨禀”，这巡捕便问：“尊驾莫非是奉旨特授内阁的岑爷么？”岑生道：“正是。”这巡捕重复打恭道：“院宪前日就吩咐，打听岑爷一到，即便通报。如今各官禀事才散，请岑爷少坐。”一面吩咐看茶，一面随往里传禀。

少顷，巡捕官飞跑出来道：“请！”只听里边传点吆堂，闪开仪门。岑生就步行进来，只见甬道两边，官吏整肃，程公已迎出暖阁来。岑生连忙从侧道趋进，到了月台，深深向上打了一恭。程公回礼毕，即上前一步拉着岑生的手上暖阁来。岑生再三谦退，程公执意不从，道：“应当如此！”因一直拉进麒麟门来，竟到东首书厅上。岑生即请程公台坐庭参，程公笑道：“虽是年兄过谦，但内阁体制从无此礼。”岑生相让不过，因道：“大人若不嫌鄙陋，收作门墙桃李何如？”程公笑道：“只恐不当。”岑生当即以师生礼叩见，程公因受了半礼，相让坐下。程公道：“自两典试去后，即欲请来一会，闻知又往浙省。彼时看贤契的文章，以为是老儒夙达，谁知贤契竟是个青年俊逸，实是可喜可贺！今所授之职，出自皇上特恩，贤契也不宜耽搁。我这里即备咨文，三两日内便可荣发了。”岑生道：“蒙老师格外提挈，五中衔感！前者因恐涉私，故不敢来叩谢。且不知圣意如何，只得静候。今蒙皇上天恩，不以为罪，反授斯职，实惭蚊负！还求老师垂慈指示。”程公道：“以贤契之才品，无所不可。只是纶扉禁地，举动俱要留心，惟恐圣驾蓦然到彼，举止失措，未免获罪。我已禀过老父，诸事自当照应。”岑生又出位拜谢道：“若得太老师垂青，门生在都就不至孤立无倚了！”程公因问：“府上还有何人？如何又寓浙地？”岑生因将奉母避仇之事备述了一遍。程公道：“闻他封锁一故宦房屋，原来就是贤契。那人在这里举动乖张，总宪屡欲纠参，老夫恐投鼠忌器，几番劝止。他也自知与众不合，未及限满，即干办内转。如今又出作山东巡道，实是个大不安分之人。贤契此番倒可与他不相值了。”岑生道：“门生原无介意，只恐他还不肯释然。”程公道：“他封锁贤契房屋，无凭无据平空起衅，实是可笑！及他去时，也不暇顾此。我这里即当行文该县退还，令堂仍可搬回故里了。”岑生道：“虽蒙老师盛德。但恐他尚未释怀，若闻此屋退还，未免与门生更增嫌隙。况此数椽之屋亦无甚要紧，且须从缓行之。”程公道：“这是贤契深谋远虑，足见宽宏之量。”因说起：“江浦成令是你的房师，这卷子是他一力举荐的。当时，两主试几乎争执起来，老夫因从中解纷，也是贤契的一番际遇。前月，我已将他提升了太仓知州，部复未下，尚不曾离任。他是个有才干的好官，贤契可曾谢过他么？”岑生道：“门生此番正要去拜谢。”程公道：“那两位典试，贤契到都，也当去谢他一谢。那顾公是个极有担当的人。”

岑生一一领命，正欲告辞，程公道：“已近晌午，在这里便饭，明日再当奉饯。”岑生道：“如此，门生今日竟在这里领了午饭。明日还要料理料理行装，后日即可禀辞起身，不敢再烦老师费心了！”程公道：“也罢。但只是今日还有一事要相烦贤契，不知可否？”岑生道：“老师所命，敢不敬遵！”程公道：“只为总宪六旬大寿，我已制就锦屏一架，欲作一四六寿文，已将与他交情始末、宦途政绩叙一节略在此，烦贤契勿吝珠玉！”岑生明知此是程公有意相试，量这篇四六亦有何难！因答道：“只恐班门弄斧了！”

当下程公即相邀到内书房来，着一小僮伺候磨墨，道：“老夫暂且失陪，好让贤契构思。”岑生道：“老师请尊便！”当时将所有黄公出身、历宦、德政、升迁以及相交寅好节略看了一遍，见乌皮几上笔精墨良，即取过一枝犀管、一幅花笺，略一构思，落笔如扫，不及半个时辰，文已做就。复看一遍，略删改数字。及程公进来，见岑生翻背了手观看壁间诗画，只道未曾完稿。岑生看见程公进来，便道：“门生已草就一稿，还求老师笔削。”程公惊讶道：“如何这般敏捷？”岑生即将草稿递与。程公接来一看，未知文意精工，先见龙蛇飞舞。及从头看去，果是句句珠玑、行行锦绣。读完赞叹道：“贤契的是仙才，非烟火人笔墨！不但品格高古，抑且字句清新。只是行色匆匆，不得借重大笔了。”程公心下大喜，因命取酒，在迎和阁上先奉三杯以当润笔。

当即邀岑生从书房后间进来，又是一个花园。仲冬天气，树木虽然凋谢，山石依旧玲珑。转过一个山洞，就是迎和阁，数竿修竹扶疏，几树腊梅复馥。上了数层石级，揭起暖帘进来，里边摆列几件周鼎商彝，四壁有许多名人诗画，中间烧一炉兽炭，气暖如春。一面设席上来，师生坐定，只令一小僮行酒。程公道：“老夫在此为官数载，只有两桩大快心之事。今日得遇贤契是一大快也；前者招募武勇，得一少年英雄，屡建奇功，亦一快事。”岑生道：“不知此人是谁？”程公道：“这人却是个布衣，年纪与贤契一般，姓殷名勇。曾在江浦救一客官，力擒数盗，也是江浦成令举荐上来。制宪黄公再三要去，授与把总，不及数月，剿倭立功，已奉旨实授太仓游击将军。此人与贤契都在青年，一文一武，将来正不可限量。他前日因公到此，只可惜贤契来迟了数天，不得与他相会。”岑生忽然想起刘电当日所说结义之友，正叫殷勇，又是雪姐的义兄，莫非正是此人？因道：“这一位殷兄，门生虽未识面，却早知其人。”因说起在山东得遇刘电结交殷勇一段缘由：“但后来他获盗得功，门生却不知道。”程公听了道：“这江西武生刘电，他乃兄可是原任曲沃县刘云么？”岑生道：“正是他！”程公道：“我记得当日江浦县原详上说，殷勇与刘云系姨表弟兄，如何不认得刘电，反结拜起来？”岑生道：“老师如何得知刘云？”程公道：“这殷勇获盗相救之人，正是那刘电的胞兄一曲沃知县刘云。”岑生惊喜道：“如何便是他？”程公道：“那刘知县在任闻讣丁艰回吉水原籍，路过江浦凉山，夜间遇盗，却得殷勇相救，当日原说是姨表弟兄。如此看来，必是刘云当日感其相救之情，因他是个白身，恐见官不便，故认为姨表无疑了。”岑生大喜道：“天涯海角，有如此凑巧之事！当时刘电萍水中结识殷勇。不想后来就救了他令兄，真是难得！当日刘盟兄与他结义，便知他是个豪杰，真可谓识人矣！”因又极表刘电与蒋公二人的英雄出色、武勇绝伦。程公不胜慨叹道：“何地无才，只恨不能尽识！将来贤契当与这两人留意，不可使英雄埋没牖下。”岑生道：“门生职微言轻，还求老师留神嘘植。”师生二人谈今论古，情甚相洽，直饮至金乌西坠才罢。

岑生告辞起身，复至书房。程公取出一封家书报道：“所有咨文，我明日就差人送往儒学。这是一封家书，到京时烦贤契送到家君处，定有照应。”岑生收好，当下叩谢道：“门生就此禀辞，不敢再来惊动了。”程公道：“以心相照，不必拘此。”当下直送出大堂来。岑生叫将轿打出仪门，程公笑道：“贤契不知内阁与翰院的体制，不拘品级，俱是在此升轿的。”岑生再三谦让不过，只得遵命打恭上轿，从仪门而出。

次日，程公已差官将咨文送往儒学，格外有赆仪四十两。及岑生到学禀辞老师，知程公如此用情，即具禀着王朴前往禀谢。一面遂买备了许多应用缎匹绸绫之类，这是本地出产，比都门价省；一面收拾行装。程公又差官前来送行，本县官亲自到来送爵命驾。岑生随往拜谢后，不便迟延，即择于二十二日长行。郑公子因母亲初愈，不能同往，又送了一封厚赆。岑生推辞不脱，只得收下。郑公子又给了王朴二两银子。此时郑婆婆虽未痊愈，已觉精神渐复，只是还不能行动。岑生起身先一日，郑大娘子亲自精精致致办了一席酒，与岑公子饯行。就在上房明间围炉坐席，容儿伺候。两表弟兄直饮到更余方散。

次日黎明，郑大娘子即起来端正杯盘。王朴已将轿杠俱料理齐备。郑公子又敬了表兄三杯酒，不觉掉下泪来。岑生道："贤弟不须伤别，待姑姑身体康健，你赶腊月进都也不为迟。"郑公子道："总然母亲病好，我也不放心出门了。"岑生因到内房拜别了姑母，老婆婆含泪道："侄儿到京，须要常常寄个信来，免得我们记念。"岑公子道："姑姑放心，侄儿有家书回来，必先到这里请安。"说毕出来与表弟、弟妇作辞，又赏了容儿一件绸袍料、二两银子。王朴也到里面叩头谢了，押杠先行。两弟兄一同上轿，到了郭外五里塘，岑公子下轿阻住道："贤弟不必远送，腊尽正初，我在京等你。这里诸友，俱为我道谢，匆匆不及遍辞。"郑公子点头，洒泪而别。

不表郑生回家，却说岑生取路投江浦县来。冬寒日短，到得县城，已是日西，下了客店。原来这成公立下法度，凡有官商行旅下店，都要问明姓氏来历，打报条到县以备查考。这店家见岑生光景不同，问了王朴来由，不敢怠慢，即往禀报。这时成公正在书房与幕友相商交代之事，见了报单，知是自己举荐的门生，心下大喜，立刻着家人前往相请，务必将行李搬进衙来。

却说岑生，原要次早禀见，正待解装歇息，不料家人持帖来请。岑生道："只恐此时进谒不恭。"家人道："家爷在衙立候岑爷，说岑爷若不去，家爷即亲自到来相请。"岑生见来意谆切，因道："既如此，你请先回，我随后就到。”这家人又与王朴说知，将行李仍复上杠抬进衙来。岑生仍坐小轿，进得县门，见仪门大开。成公已打点出堂相迎，一见岑生如亭亭玉树，喜动颜色，也不教打恭，一把手拉进暖阁，直到书房里来。岑生口称“恩师”，即倒身下拜，成公拉住道：“前者虽有此一荐，然未成就，今日是皇上的特恩，何敢居功？”岑生道：“门生若非老师，何以得此？今老师如此说，竟是见弃门生了。”成公听说，因仍以师生礼相见坐下。岑生道：“本当即来叩谢老师，一者未知圣意如何，二者又恐涉于私谒，且为家间无人，恐老母倚望，因此匆匆回寓。不料，今蒙圣恩不加谴责，反锡恩荣。只恐绠短汲深，不能胜任，还求老师指示周行。”成公笑道：“以贤契的才华，正堪当此，何必过谦！前日在省与徐老师相会，问及贤契，方知寓浙情由。后来部咨一到，我计算贤契不日定然到此。”

因问几时见的院台，岑生道：“十八日往见。蒙院宪十分见爱，次日即发咨文，催促起程。当日又蒙留饭，坐间说起老师许多德政。因太仓系沿海要地，借重老师干才经理。并说殷将军也是老师荐拔，今得同事一方，崇明一带可以高枕无忧。”成公道：“虽蒙两宪提拔，其实不胜繁剧。可惜贤契到省迟了数日，不得相会殷君。前日他因公事来见院台，就匆匆回太仓去了。”说话之间，就摆上酒碟来，成公道：“草酌三杯，莫道简亵！”一面吩咐家人管待王朴酒饭。饮酒中间，成公因说起场闱之事：“见了贤契的卷午，真是金声玉振！当时荐了上去，不想汪公十分执意，几与顾公争竞起来。亏得院台一语解围，又显扬了贤契的名望。但到京时还当一例往谢，不可分别彼此。”岑生道：“谨当遵命！”当晚师生叙饮至夜深，即在书房安歇。岑生道：“今日见过老师，明日即禀辞起程。”成公道：“贤契荣发，本不当迟；但既到此，明日还屈留一天，后日即当送行。”岑生见成公情意周致，不敢再辞。一宿无话。

次日，岑生取出两端金缎、两端湖绉，送成公收了。早饭后，成公说起殷勇获盗得功之事，岑生道；“昨日皖台亦曾提起。这刘公的胞弟刘电，却与殷将军结义在先。后来他往山东搬柩，因与门生相遇，也曾结为兄弟。其英雄气概亦不在殷将军之下，老师可惜不曾相遇！”因又叙说在蒋公家一段情事。成公叹道：“天下英雄不少，奇奇怪怪之事亦何处无之！总因人见闻不广，便以为怪。贤契既深知其人，官场中不可不留心荐引。”岑生道：“门生虽刻刻在心，只是位卑言轻，无处着力。此番进京，顺道山东，正要去见蒋公。若尚未进京，当一力劝驾。”

师生畅叙，话长日短，又是晌午时候。摆上席来，成公因命侄子友德出来相见，一同陪饮。岑生因问：“师母如何不接到任所来？”成公道：“因小儿完姻，一同回家去了。况如今调了太仓，是个海疆紧要去处，倭奴出没不常，也不敢接家眷到来，且待倭寇平静再作道理。”当下师生们畅饮谈心，十分相洽。晚间席散，成公取出一封赆仪道：“聊作贤契途次一尖。”岑生道：“长者赐本不敢辞，但老师两袖清风，何忍又分清俸？”成公道：“休得见笑，不过表意而已。”因问：“贤契此番长行，还是由水由陆？”岑生道：“水路虽然安逸，一者恐怕冻河，耽搁时日；二来要往会蒋公，起落不便。因欲从此由水路到台庄登陆。”成公道：“与我所见一般。我昨日已吩咐家人，在江口雇下船只，所费无多，直送贤契到台庄起岸，甚为省便。”岑生道：“要老师如此用情，实是过意不去！”成公笑道：“虽是穷官，尚不在此。”当夜一宿无话。次日凌晨起来，成公早已治杯相送。岑生立领三杯，用毕饭，即起身拜别。成公还要亲送至江岸，岑生再三阻步，因命侄子友德乘骑代送。至江岸，下船而别。正是：

宦途迎送皆常习，客里情怀有浅深。

不知岑生此去又有何事故，且听下回分解。

第三十六回

# 探亲知真心劝豪杰　谒相国要语授英才

却说岑公子主仆，自江浦下船，一路无话，直至台庄登陆。雇了一辆大车，竟投沂水县尚义村来。此时正是腊月初旬，雨雪载道，路上好生难走。这日到得村中，已是傍晚时候。至蒋府门首，门庭如故，寒暑倏更。岑生下车整衣，进得门来，。见那老家人在门房内向火。一见岑生，便道："岑相公来了！"即忙往里通报。岑生也随后进来。到得厅堂，蒋公笑迎出来，道："贤侄为何冲寒而至？"岑生一揖后，即道："且见过叔祖母，慢慢告禀。"因即同到上房来。此时，老太太与大娘子都出房来，岑生一一拜见过，并叙述老母记念、请安。蒋公即道："我这里自从蒋贵回来，见了你的书札，才知那侯巡按未曾离任，又将房屋封锁；贤侄母子避居湖村，知房室只小，正值三伏炎天，如何住得！我们甚是记念。且贤侄又失此一科，愈令人恼闷。后来打听这对头已去，料想贤侄必然进场；及看题名录，又不见贤侄的名字。究竟赴考不曾？"岑生见说，笑道："原来老叔这里不知！"蒋公道："僻居乡间，又不看邸报，外省之事，如何得知？"岑生因将别后赴考遇亲之事，从头至尾说了一遍，喜得蒋公掀髯鼓掌，哈哈大笑道："奇事奇事！不意半年之间，竟有这许多事故！你如何不早寄一个喜信来，也叫我们早些欢喜！今日若非贤侄到此，还如梦里。”

当下说话时，蒋贵已将车上行李搬进书房，车辆牲口安顿后槽。蒋老太太婆媳听了，俱各欢喜不尽。大娘子道：“大相公完了姻，又做了官，真是重重喜庆！”蒋老婆婆道：“这做官做吏，是他读书人的本等，不足为奇。这得遇表妹，又成了亲事，真是意想不到的喜事！也难为你那岳父母一片好心，买来肯当女儿看待！想你母亲也不知怎样欢喜了！”大娘子道：“梅姑娘算来今年也是十八岁，自然长得一发标致了！”岑生道：“她再三叫在婆婆、姆姆面前上福请安，提起这里从前恩义便常常落泪。”老婆婆道：“也难得她不忘旧好！”大娘子又问：“如今刘三相公与雪姑娘那边，不知可有信么？”岑生道：“只因这几个月事务多端，小侄在家时无多，况江西道路迢隔，又无便人，连老叔的这封信也不能寄去。小侄回去时，即先到许老伯那边打听，问着一个邻居老者，方知刘三哥上年也到过那里，曾留下一封书，托紧邻周老人寄来，不料这周老人随即病故，这封书也就遗失不知下落，因此南北信息不通。”说话时，小相公从学里回来，见了岑生，打恭跪拜，因问：“哥哥为甚不同了我姆姆来？”岑生扶起道：“小弟弟越发知礼了！”因道：“你姆姆记念得你紧，叫我带了两个绫子来与你做衣服穿。”小相公道：“我也记念姆姆，只是没东西送她。”大娘子笑道：“姆姆也不稀罕你送东西！”岑生因问：“苏家妹妹如何不见？”大娘子笑道：“她在房里听你说话哩！”因即叫出来与岑公子见了礼，因问干娘康健，岑生道：“母亲甚健。时常记念贤妹，叫我问好。”

这时蒋公已吩咐收拾便饭，就在上房明间坐下。王朴也进来磕了头，这边蒋贵、元儿等都来与岑公子磕头请安毕。蒋公因天气寒冷，先叫元儿斟上酒来，蒋公父子相陪，老婆婆与大娘子俱在旁边坐着说话。蒋公道：“贤侄虽不曾中式，如今却胜如中式多矣！只是在京作官又要与那对头相遇。”岑生道：“老叔不知，这人又出来做了登莱巡道。偏偏丈人又在他属下，恐知情迁怒，真是一桩可虑之事！今晚，小侄修下一封书，托老叔觅便寄去更好；不然，专差前去亦可。只不知此去登州宁海有多少路程？”蒋公道：“此去登州约有一千余里。这书却不难寄去，我与本省提塘最相好，托他从塘报上打去，数日便可到了。”岑生道：“这却甚好！”饮酒之间，岑生因问：“不知老叔几时进京？”蒋公道：“且不必言。待贤侄荣升大位，我再出去未迟。”岑生道：“老叔何出此言！小侄此来，实是要请老叔一同进都。”蒋公笑道：“尚有两个多月，再作商量。”岑生因说起：“见操江程公时，小侄曾备说老叔的英雄。程公十分赞叹，再三叮嘱小侄劝驾。”因又将刘云江岸遇盗，却得殷勇相救一段原由说来。大家十分欢喜道：“天南地北，偏有这般凑巧的事！”蒋公道：“刘贤侄眼力果然不错！当日与他萍水相逢便成结义，却如何想到日后就救了他哥子！这殷兄也不想就因此得了功名。可见凡事皆有定数。因想当日点石禅师曾说他‘令兄有难得遇救星，’如今这话已是应了。”岑生道：“老叔既信服禅师，独不记得与老叔说的言语？”蒋公道：“且自由他！”岑生道：“老叔若真正不行，不是小侄狂言，到都适遇机会，决不使老叔英雄埋没！”蒋公道：“贤侄勿存此念！我其实无意于此。且等你兄弟大来，你照管成全他罢！”岑生说来说去，蒋公只不点头。岑生因对老婆婆道：“你老人家若劝一劝，老叔无不遵依。此番若会试不上，侄孙以后就不再相劝了。”老婆婆道：“他大约是为我有了年纪，你兄弟又小，家中没人料理，因此无心去会试。如今大相公这等苦劝，同去走一遭也罢。”蒋公笑道：“总然要去，不但家事要料理料理，且还要在本县起文、到院领咨，耽搁时日，贤侄却不能久待。且请先发，我到正月望后起身亦不为迟。”当下，蒋公叫取大杯对饮，直到起更后才散回书房，岑生就于灯下写了一封书，封好才睡。

次日一早起来，取出送蒋公的两匹贡缎、两匹绉绸，老婆婆、大婶子俱是一套缎子裙袄，小相公是两匹色绫，苏小姐是大红绉绸袄料一端、水绿裙绫一匹，亲自抱了进来道：“这是母亲送的。”此时，老婆婆尚未起来，蒋公夫妇道：“如何又要贤母子费心！”岑生道：“不过千里鹅毛之意，值得什么！”蒋大娘子笑道：“姆姆送的谅来都是要收的了！”因叫丫头都搬进房去。岑生道：“小侄今日就先起身，明年正月当在都门专候！”蒋公笑道：“直如此紧急！我已吩咐车上包他几天草料，贤侄纵不能久停，也当屈留三日。”岑生道：“老叔吩咐，敢不从命！只因岁内为日无几，且雨雪泥泞，只好破站而走，须赶封篆前到得都门才好。”蒋公道：“既如此，只留今日罢了！”岑生不敢再辞。当日，叔侄谈说往事，如同昨日。午间设席相待。正是欢娱日短，不觉又过了一天。晚间，蒋公送了二十四两赆仪，岑生推脱不得，只得拜领；又赏了王朴二两银子。次日一早，行李俱已装好，岑生将书交与蒋公，又再三相订正月下旬在都准候。蒋公点头笑应，又将大杯劝了岑生几杯，以解早寒，因道：“都门寒冷更甚，且内阁值班俱在五鼓以前，贤侄切须保重身体为要。”岑生领命，当下一一拜别。蒋公一直送出村口，看岑生上车而去。这边，蒋公将所留之书即日加封，着蒋贵送与提塘转寄宁海不提。

却说岑生主仆二人，一路逢村过镇，人烟辐辏，正是：荷担携筐人络绎，想因都为过年忙。只因道路难行，直至腊月二十日才进都门。暂在客店卸了行李，打发了车脚，就命王朴打听阁部程公的寓处，却在东华门外居住。因备下手本，将操江府报并咨文安放一处。次日一早，整顿衣巾，留王朴守寓，雇了一辆轿车径投程公寓所来。到得相府门首，见有许多官吏伺候禀见。岑生下得车来，就有值班人役过来查问。岑生道：“有江南少老爷那边府报，要禀见相公当面投递的。”因将手本交与班役。这班役听说是少老爷处来的，即便传禀进去。

原来程公朝罢才回，在书房少歇，禀见官吏尚未传见。掌家先将岑生手本传进，程公接来一看，上写“新授中书载晚学生岑秀谨禀”，程公微笑道：“是他来了！”因问：“是冠带来的，是巾服来的？”掌家道：“是巾服来的。”程公道：“请他进来。”掌家传出：“有请！”岑生即随着进来，看见里边堂宇巍峨。转过东侧门，便是书厅；岑生见程相国在里面站起身来，体貌魁梧，须鬓苍白，年及古稀，精神矍铄，真是当朝宰辅、内阁儒臣！岑生上前参见，程公举手着左右扶起，命坐，岑生告坐在下首。用过茶，岑生将府报双手送上，道："这是老师那边费来的安禀。"程公接过，拆开看毕，放在几上，道："小儿前已有书到来，道及年兄大才。今在内阁办事，正好借重勖勷！"岑生打一恭道："载晚诸凡不谙，正要求太老师垂慈教导！"程公道："咨文可曾投递？"岑生道："已带在此，尚未投递。"程公对掌家道："你取我一个名帖，把咨文送到吏部常爷处，就烦知会礼部，以便明早随班谢恩。"家人答应去了。程公道："年兄来得恰好！明日正是新春，又值封印，皇上御文华殿受朝，你正好同选补官员列名谢恩。不知你冠带可曾端正？"岑生道："载晚昨日才到，一切未曾制备。"程公道："不难。这冠带袍靴俱有现成制卖的，价值虽贵，物料精工，只要拣身材相称的购买，甚是容易。"因对掌家道："岑爷初到京中，道路生疏，你着班役去取几套顶好的青袍、银带、冠帽、朝靴来试穿一穿，相称的买一套就是了。"因对岑生道："且请少坐，就在此便饭。"

程公步出外堂，吩咐传外边官吏进来，一一会话毕，随进书房来坐下。因道："明日五鼓前，同选补各官在朝房演礼。若只在午门谢恩，便无事了。但你是特授人员，恐皇上一时要召见，须随着礼部仪制官从容朝拜；倘有所问，奏对须要详明。我看年兄器宇深沉，谅无差错。只是天威咫尺，初次朝见，未免担心。"说话时，外面已取了几套冠带袍服进来。岑生试了一套合式的，道："不知该多少价值？明日好取来还他。"掌家道："叫他外边开价值进来，谅也不敢多开。将不用的仍退了出去。"程公因问："如今寓所在何处？"岑生道："暂住客店，相离甚远，正要寻一个寓所。"程公道："内阁办事不便离远，须在左近才好。"因问家人："附近可有房屋？"家人禀道："这左侧却有一所现成房屋，原是御史金爷住的，如今金爷放了外任，搬去不久。房间甚是雅致，岑爷若要赁住，倒是极便的。”程公道：“你少刻就领岑爷去看一看。若合适，就赁下了，早晚相见倒也近便。要用家什，这里暂取去使用，慢慢再置。”当下就留岑生便饭。座间又教导了许多内阁的礼教，因道：“年兄才学虽富，但这制诰体格必须经练。阁中现有成卷可以查看，庶一时应诏不致仓卒。”岑生道：“自当谨遵操习！”当即用毕饭，又坐话移时。

程公见岑生应对如流，且从容闲雅，心内甚喜。当下岑生告辞起身，就有两个长班伺候，将所制冠带靴袍包袱停当，安放在车。程公道：“明日五鼓前须在朝房伺候，不可迟误！”又送了几步，因着家人就同去观看房屋。这家人就一同出来。岑生道：“着实有烦，容当后谢！”这家人道：“岑爷是少老爷那边来的，不比别位，理当伺候！”一面说话，已到了这赁房门首。却离相府不过数步，临街一座墙门，里边倒坐二间；中间一个院子，左边两间厢房，正面客位三间；后边又是一个院子，正屋三间，左右厢房各二间；后边还有一个空院，几间下房，足够居住。说定了每年房金十六两，四季交付，岑生就着一个长班在这里管理裱糊搪粉。当下谢别了家人，一个长班跟着坐车回到店中，料理齐备，早早安歇。到四鼓即起来盥洗，整肃冠带，长班跟随到便门外下车，径往朝房中来。此时选补各官将次到齐，一同演礼伺候谢恩。原来那吏部接着咨文，又是内阁相托，不敢迟延，即发与文选司官知会礼部。这岑秀是特授人员，因列在本日谢恩各官联名单之首。虽是遵循成例，若非相国吹嘘，那吏、礼二部投咨引见，未免要费许多周折。正是：

> 不因黄卷经三试，安得青云到九重！

不知岑生如何引见，且听下回分解。

第三十七回

# 试金殿犀管落珠玑　扰海疆倭寇划狼狈

却说岑生，次日四鼓即起来盥洗、整冠、束带。长班跟随，一直至东便门下车。步行从端门至午门外，见朝房里有许多补选官员在内，长班引至谢恩班内演礼伺候。这日系辰时立春，巳时封印。皇上平明御文华殿受朝，王公大臣、文武各官依例朝贺毕，吏部尚书将本日选补谢恩文武各官职名清单跪陈御览。皇上看第一名即是特授内阁制诰中书岑秀职名，因顾阁臣道："新进小臣，不知他才品，可带领到谨身殿引见。"阁臣钦遵传旨："各官午门谢恩；中书岑秀带领谨身殿引见。"皇上还宫，各官朝散。这些内阁官员，也有替岑秀担忧的，也有替岑秀欢喜的，议论不一。当时诸阁臣将岑秀传入内阁中来，岑生一一从容参见。首辅高公因问："年兄青春几何？"岑秀欠身道："二十岁了。"高公道："有诸内必形诸外，外貌如此雍和，内才必定渊博。但皇上顾问必须从容奏对，不可急促。倘有一时不能应旨之处，不妨直奏，容退后进呈。"岑生道："谨遵台旨！"这是高公见岑生年幼，惟恐皇上有面试之处，一时不能应旨，因此预先教导，却是一番美意。殊不知岑秀天性敏捷，倚马万言，全不以廷试为难。

不及一时，内监传旨出来，宣阁臣带领中书岑秀引见。当下岑秀随着阁臣到内庭来，但见重重宫阙巍峨，处处天香缭绕。四阁臣先进谨身殿复旨，内监传旨，宣岑秀到玉阶俯伏陈奏：“小臣岑秀，现年二十岁，系南直应天府府学生员。本科文卷字样误犯，蒙圣恩不加遣责，恩授内阁制诰中书。恭谢天恩！”三呼朝拜已毕，皇上在御座见岑秀美如冠玉、气度从容，圣心先自欢喜，因顾阁臣道：“看他外貌安和，胸中必有学问。今元朔在即，试他一道郊天表章，问他能否？”内阁传旨下来，岑秀奏道：“乞赐纸笔；愿草呈圣览。”皇上见他并不推辞，天颜甚喜，即命内监取短桌一张，放在阶前，赐他席地而坐。当下内监取过松烟端砚、玉管金笺，一时齐备，此时四阁臣都为他担心。但见岑秀不慌不忙，一面磨墨，一面构思，拈笔在手，洒洒而下，不及半时，已草成一道四六表章。奏请录正呈览。

皇上见他挥毫敏捷，已暗暗称奇，但不知文意如何，传旨不必誊正，即命内监将草稿取上御案观览。但见字字龙蛇，行行珠玉，铿锵金石之音，正大堂皇之体。览毕递与阁臣道：“难得难得！”即着照此誊用。四阁臣传览一遍，一同俯伏奏道：“恭贺皇上得此英才！”奉旨仍着阁臣随事指教。即命内监将所用文房四宝尽行赏给，岑秀又谢了恩，随着阁臣出来。都与岑秀道喜说：“不但圣心甚喜，我等也得借勗勤！”岑秀道：“全仗诸位老太师教诲！”当下一同出了午门，各归府第。岑秀却随了程公回寓，将所该冠带银两并先付两季房金，尽交掌家还给，以便择日搬移。岑秀重又拜谢程公的提携嘘植。程公道：“不知年兄有如此捷才！可敬可敬！但此番廷试后，将来应诏之事不少，当分外留心。”当即留住，早饭后，着长班领往内阁衙门大小各官寓所拜谒。又往谢吏、礼二部并拜谢汪、顾二公。从此岑秀在内阁办事，凡有诰敕，俱是岑秀捉笔，无不称旨。同僚各官见岑秀才高学广，且和蔼春风，因此莫不敬服。一时名重，求诗文者络绎不绝。虽然举笔之劳，却也应酬繁冗，这且表过不提。

却说此时正当倭寇作乱之际，海贼汪直、徐海勾连倭首赵天王，分道劫掠沿海，台、宁、嘉、湖、苏、松等处同时告警。总制黄公飞檄各汛，严谨提防；调吴淞总兵官王嘉桢、游击殷勇、署参将耿自新、守备董槐，督兵分驻海口要道，昼夜严防；又调副总兵陈奇文领精骑三千,四路救应。那汪直羽党、毛海峰贼众数千，结连赵天王倭寇万余，分道劫掠海盐、平湖等处。毛海峰聚众盘林，分为三屯；赵天王聚众洲山，分作四屯。赵天王自居前屯，赤凤儿居后屯，就地滚江五与郎赛花居左屯，混江鳅江七居右屯。诸屯相离一二十里，与毛海峰为犄角之势。浙抚胡宗宪飞檄饬令镇守平湖都指挥使任彦，督本部兵进剿。任彦即令指挥同知汪龙、都佥邹吉率步兵一千殿后，自同千户林中玉率马兵五百、步兵二千在前。一声号炮，马兵五百各执长枪，步兵随后，直冲前屯。赵天王见马兵冲来，唿哨一声，倭兵分两下散去。

官军并力前进，正待分兵追袭，只听倭屯螺壳之声竞起，后屯赤凤儿率倭婆三百、倭寇二千余，喊声动地，蜂拥杀来。赤凤儿金冠雉尾，锁甲雕鞍，使两口雪亮苗刀，跨一骑火炭烈马，飞奔杀来。任彦急挺长枪敌住，未及十余合，抵挡不住，拍马往斜刺里就走。马兵无主，不战自乱。千户林中玉见赤凤儿追赶任彦甚紧，即拍坐下马，拈弓搭箭，觑得亲切，一箭射去，喝声“着！”赤凤儿听得背后弓弦响，急扭回头看时，躲闪不及，正中左臂，几乎坠马。即兜马翻身，右手暗发一金镖打来，光华到处正中林中玉的肩窝，翻身落马。幸得左哨把总何英并力救去。又听两势下喊声大起，却是赵天王领倭兵从两下合围拢来，把官兵裹得铁桶相似。正在十分危急，幸得后军汪龙、邹吉兵到，杀入重围，与任颜、何英并力杀出。林中玉已带伤而走。正在混战，又听螺声四起，喊杀连天，江五、江七领左右两屯倭兵，蜂拥杀至，复将官军围住。邹吉正遇郎赛花拍青骢马挥日月刀杀来，邹吉欺她是个少妇，舞刀相迎。交马数合，郎赛花卖个破绽，让邹吉一刀砍入怀来，她将身闪过，把左手的刀逼住邹吉的刀柄，右手的刀早飞起，当头落下，“铮”地一声，连肩带头砍于马下。官兵大败，自相残踏。汪龙、任彦、何英不敢恋战，并力突围而走。倭奴随后赶来，势甚危急。

忽听东北上火炮连天，喊声动地，一彪人马如飞云掣电而来，却是嘉镇总兵褚飞熊闻平湖大战，率精兵三千杀来救应。官军见有了救兵，锐气复振，三将复翻身并力杀回。褚飞熊拍马舞刀，当先杀敌，正遇混江鳅江七使镔铁棍敌住。未及十合，江七抵架不住，拍回马就走，褚飞熊随后赶来。不防郎赛花瞧见，急取弹弓，一铁弹飞来，正中褚飞熊金盔，打去了半边凤翅，吃了一惊，勒马不赶。这一场大战，倭奴被马军枪挑铳打冲踏死者甚众，不敢迎敌，只听唿哨之声，四下散去。时天色已晚，官兵亦不敢进逼，鸣金收军。计点将士，邹吉阵亡，林中玉带伤，步兵折去三百余人，带伤者甚众；计斩倭首一百八十余级。褚飞熊与诸将计议道：“倭奴狡猾，今小负即散，必有暗算，不可不防！”传令各营饱餐战饭，拨鸟铳手四百名、弓弩手一千二百名，伏于营侧，把人马分为八队，四下埋伏，营中虚设灯火，仍传更点，只听中军号炮一起，鸟铳、弓弩齐发，四下杀出，断他归路。众将遵令，各自准备。

却说倭奴四散归屯，江五来与赵天王计议道：“今日他若无这枝兵救应，直叫他片甲不留！料他见我们四散而走，今夜必无准备。我们一面速去关会毛海峰，叫他连夜进兵截杀；我们半夜里前去劫营，包管大获全胜！得胜后，乘势袭取平湖、海盐，进攻嘉湖，叫他四下救应不迭。”赵天王大喜，当令倭奴饱食严装，准备劫寨，却派赤凤儿领一枝兵在后，恐有不虞，以便救应。到了三更时分，衔枚直进，到得营前，见营中旌旗不整，灯火明灭，以为中计，一声唿哨，杀入营来。谁知并无一人，却是个空砦。赵天王道：“莫非连夜都逃去了？”江五道：“必有诡计！可传令后军速退！”正说间，忽听中军一个火炮飞起，各处灯球火把齐起。霎时间，火光烛天，喊声动地，马步官军四下杀来，鸟铳如星，弩箭如雨，大刀阔斧，着地卷来，杀得倭奴叫苦不迭。

江五夫妻同江七招呼赵天王，率领倭奴突出火林，往盘林奔走。官兵随后赶杀，幸得赤凤儿这枝兵来救应。倭奴且战且走，到得天色渐明，倭奴正在困竭，忽听前面喊声大起，赵天王道："倘是官兵，我等休矣！"江五道："必是毛海峰的兵到了。"正说时，果见前面一片皂旗，盖地而来，却是毛海峰率马步贼兵二千余人杀到。见赵天王被官兵追至，放过赵天王，当先抵敌，这边倭兵又乘势杀回。官兵追杀了一夜，人马困乏，见倭奴已有救应，就按住不追。褚飞熊令弓弩手当先射住阵脚，倭寇亦不敢前逼。毛海峰与赵天王众人商议："此番不利。今日且暂屯在此，暗传号令，待晚间悄悄退回盘林，袭出捍海，再图后举。"计议已定，屯中依然传更喝号，挨至三更时分，尽行遁去，仍从捍海出口，分屯附近岛屿。此后，常从各处海口左出右入，不时骚扰。且说次日，官兵见倭奴连夜遁去，因收兵各回汛地。邹吉阵亡，申院题补。

话分两头，却说刘云，自从丁艰回来治丧之后，一面发书托本县邮寄江浦成公并致殷弟，一面即专差持书往大庾县去接许公。谁知金必显又以不胜繁剧，调了抚州府崇仁县简缺，已挈眷而去。专差回来告知，雪姐十分惆怅。大家劝慰道："既有所在，便可再差人去接。"因此挨过残冬，到得次年春间，接着江浦成公回书，云得信后即关移邻境严缉凶徒，并无踪迹；惟殷三弟得了大功，已实授太仓游击，有书请安。弟兄看了，十分欢喜。刘电向雪姐道："你殷家哥哥剿倭有功，如今已做了游击将军，又娶了一位有才智的嫂嫂。你道好么？"雪姐听了，又喜又悲。喜的是义兄显达，悲的是干母惨亡，凶徒无获。刘云道："天网恢恢，疏而不漏。岂有杀人强盗没个报应之理！"

其时，正要差人往崇仁去接许公，不料这刘老太太生起病来，日甚一日。弟兄甚是着急，雪姐与两个嫂子日夜服侍，雪姐衣不解带了两个来月。延医服药，直到秋初才渐渐好来。况是有年纪的人，病久了一时不能平复，慢慢将养了两三个月，才渐渐康健。刘云又经写书，托本县邮寄崇仁去接许公，亦无回信。不觉又过了残冬，复交新岁。二月初间，刘云观看邸报，见上面有南直应天府学生员岑秀，奉旨特授内阁制诰中书一条，因与刘电观看道："这岑秀莫不就是你山东结义的这位么？"刘电道："却又奇怪！若说应天府学生员岑秀，便是他无疑。如何不由正途，却又特授了中书？报上又没有题出如何实授的缘故，却令人不解。"刘云道："应天府学生员岑秀，谅没有两个，必是他无疑！这特授中书的缘故，也容易打听。"刘电又与雪妹说知，心下十分暗喜。及到三月内，又见邸报上成公升了太仓直隶州知州，弟兄心下大喜，道："这不是他弟兄们倒同事一方了？真是难得！"到得五月中，弟兄服满，就在本县报了起复文书。刘云因与兄弟商议道："待等省院咨文下来，兄弟就好与我相同进京。一来路上免得我独自担心，二来好顺道探访岑、许两家消息，又好到省觅便寄书与许丈；再，此番兄弟便好往山东完娶了亲事。待我得了缺，看地方远近再接取家眷。却不是一举数便！"刘电道："哥哥所见极是！如今且先同哥哥进京，待得了缺，兄弟再往山东就亲。"刘老婆婆道："你们自然先到山东，你哥哥与你料理完了姻事，然后你哥哥先进京去候补，你等满了月再进京不迟。"雪姐道："两位哥哥去时，我还有些自做的东西，寄与岑家姆姆并蒋老婆婆、大婶婶、苏家妹妹的，须与我带去。"刘电笑道："这送岑家姆姆的东西，是贤妹切己的，为兄自当与你致到。"雪姐也笑道："苏家妹妹的东西，是哥哥切己的，一发该致到的了。"老婆婆也笑道："这都是你们切己的事，不消说得，只是我这个女婿怎得人赞来才好。"刘电道："岑家兄弟若在京做了官，还要告假才得回来。如今倒还有一件事，甚为不便。"大家问道："何事？"刘电道："这梅嫂子前者送了妹子到来，如今若待送她回去，路上又恐不便；若不送去，恐她两老口儿两下牵肠挂肚，却不是一桩难事？"梅嫂听了笑道："不用三相公费心，我在这里，老太太、两位娘娘、姑娘待我如同亲戚，在家在此总是一般。我情愿服侍姑娘在一处，明日待姑娘完姻时，一同回去不迟。若三相公见了我家老头儿，叫他不用挂心。"刘大娘子笑道："梅嫂子说得且是宽心，不用我们替她干着急。"说着，大家都笑了。

当下商量已定，只等咨文下来。一面整顿行装，以及行盘过礼、头面首饰、绸缎绫罗等件，逐一制办齐备。到得六月中旬，咨文到县。本县又请酒送行，亲朋相饯，都不在言表。择定七月初二日起程。至期，拜别老母、眷属，带了两个家人，刘霖送到江岸，下船而别。两弟兄不日到了洪都省会，此时已知道岑秀做中书的原委，因又置办了些土宜要用之物，却找寻不出抚州寄信的便人，因写下一封书，托交藩司吏科觅便寄崇仁县金公衙署。省中事毕，即开船出鄱阳湖口，走长江，顺流而下。正是：

原从锦绣丛中去，岂料兵戈队里来！

不知刘云弟兄又遇着何事，且听下回分解。

第三十八回

# 重义气千里冒凶锋　救急难一身冲险隘

却说刘云弟兄二人，这日到了南畿，停船在龙江口。刘电即着家人雇了一乘小轿，一直往岑公子家来。到得门首，见门上虽无官府封条，却仍然关锁。因访向邻居，都道："如今岑公子与老太太寓居在湖州碧浪湖村。他如今已奉旨特授了内阁制诰中书，冬间，部文下来催他进京做官去了。他老太太没有同去，还在碧浪湖居住。闻得他入赘在一个乡宦人家，因此不搬回来。如今这里房子，县里一奉文退还，不是官封的了，刘电又问："这入赘的话可是真么？"这邻居道："听得他这里的朋友人人传说，自然是真的了。"刘电又问："不知此去碧浪湖又多少途程？"邻人道："近得紧！进了京口，从内河坐船，不过三天两夜就到了。"刘电问了备细，谢了邻人，仍坐轿回船。于路想道：这入赘之说若果是真，却置雪妹于何地？这事必得亲往碧浪湖去走一遭，才知细底。

算计已定，回到船中，一一与兄长说知，道："此去碧浪湖不过三天路程，弟当亲自一往。哥哥竟先往台庄，弟去了回来就顺道再往许丈家一访，星夜赶赴台庄。算来总不出半月之外。哥哥到了台庄，也不过等待我五六天便到。"刘云道："是便是，只是我受过前番惊恐，实怕独行。你须速去速回，不可耽搁！我从获浦一带沿河等你，到处码头贴下招知，省你查问。倘或赶不及，总在台庄码头左右寓所等你。”刘电应诺。当下只收拾了一个小小被囊并送岑母的物件一包，零碎盘缠随身，箭衣鸾带，挂了那口防身宝剑，却要另雇一只小船前往。看这沿岸一带停泊的大小船只颇多，问时，都怕下河倭寇作乱，不敢前去。内有一只小船，钻出一条大汉来，看了刘电道：“客人要往哪里去？”刘电道：“往湖州碧浪湖村去。”那汉道：“如此，坐我这小船去罢。”刘电道：“我有紧要事，须星夜前进，这小船甚好！”因说定船钱，随辞了兄长，叫家人将被囊取过，催令开船。这边刘云先往台庄不提。

且说刘电所雇这个船户，姓文名进，年方二十有二，生得身长力大，铁面剑眉，细腰膀阔。原是京口人氏，与人赌力，双手曾举起舂米的大石臼。与殷勇家前街后巷，只隔里许，常相认识。后来闻殷勇发迹，几次要去相投，图个出身，只为母亲年迈，不能放心，只得宁耐，日逐驾这只小船营生，供养老母。曾有海线奸徒来勾引他入伙，他立志不从。今日见刘电雇他的船只，看他状貌非常，心中暗想，这客人倒像是个好汉，不知他胆量何如？因一面摇着橹一面说道：“客人往碧浪湖去，如今哪里听得正是倭寇作乱的时节，来往客船都不敢乱走。客人必要前去，倘若遇到倭寇，如何了得？”刘电道：“你即如此胆怯，就不该雇船与我了！”文进寻思道：我去试他，他反来试我了。因道：“我却不妨，这只小船又无货物，随处可避。只恐客人担心。”刘电笑道：“我随身也只有一口利剑，并无别物，不必你心焦，只顾放心前去！那倭寇料没有三头六臂，倘若遇着了时，却是他晦气，好叫他饱我的利剑！”文进道：“那倭奴来时成千累百，客人纵有本事，只怕单拳不敌四手。”刘电道：“即有千百倭奴，也不在我心上！你请放心莫怕！”文进道：“原来客人有如此本事，倒是小人失敬了！”因说起：“我邻里有个殷勇，因为拿了一起大盗，救了一个路过的官员，因

此就得了把总。后来剿倭有功，如今现做了太仓游击将军。我几番要去投他图个出身，因为有老母在家，不敢远出。“

刘电听了大喜道：“你原来与殷将军相识！你却不知我与殷将军是结义弟兄。他所救的那官员就是我的胞兄，方才那大船内的便是。因从山西任上丁艰回家，在这里凉山地方遇盗，得他相救。如今我因有事在身，不得前去会他。你若有志上进，我写一封书与你去投他，再无不重用你的，只不知你可有些本事！”文进道：“船旁这根竹篙便是小人的家伙，相公若有用我处，也可助得一臂之力。”刘电笑道：“这根竹篙能有多重？如何算得家伙？”文进道：“相公请举一举轻重如何？”刘电因取在手中掂了一掂，道：“去得，去得！原来是跟铁心攒竹的篙子！”道：“你有这般勇力，岂可埋没在这篙工队里？我此番原是往碧浪湖探望亲戚，随即就要转来。你何不禀知你母亲，相同我去，与你做个朋友，包管你有个出身。只不知你家中还有何人？”文进道：“家中还有个叔伯哥子同居，也是与人驾船度日。只可自图衣食，不能顾我。”刘电道：“即有这个哥子同住，便好相托。至于你母亲的用度，都是我与你安顿，不知你意下如何？”原来文进心中只存念着一个殷勇，又不知刘电本领、性情如何，一时不敢承应。因答到：“承相公一番好意。且待我回来与老母商量。“刘电笑道：”我知道你心事，只恐我萍水相逢，心口不应，不敢倚托。这也难怪你，且到回来时再处。万一你母亲不愿你同去，我留下一封书与你去投殷将军，他那里正是用人之际，也可图得事业。”文进见刘电说着他心事，因道：“只恐老母不依，小人并无别意！”说话间，风水顺利，已过金山。

此时因倭寇作乱，沿江都有汛兵防守，过往船只只到了京口，盘诘甚严。刘电小舟进得下河，只听得上来船只与两岸行人，纷纷传说倭寇又进海口，沿途杀掠已过嘉松来了，官兵打了几仗不能取胜，如今分道截劫客船，下水船都去不得了。刘电听了，心中埋怨岑秀，进京时如何不奉了老母同去！嘉、湖地界相连，岂不受倭寇的惊恐！心头着急，促令文进不分昼夜，兼程而进。到得震泽地方，只见民船拥塞而上，号哭之声不绝。刘电喝问，多说倭寇正在九里塘截杀客船，不要前去。刘电惟恐岑家遭难，心火如焚，自己帮着鼓棹，如飞直进，只听见前面喊杀呼号之声，震动天地。

原来这倭寇数千，乘夜突入鹤颈塘，袭攻海盐城不克，便分为数枝，沿河杀掠而来。所过村镇，焚烧劫杀惨恶异常。驻防官兵，有相拒者却寡不敌众，胆怯者望风而逃。以致倭寇流毒更甚，分屯沿海白沙湾、柳坞等处，出没自由，来往民船尽遭劫掠。只恐官军截断归路，却不敢轻过对岸，以此湖郡一带不遭其毒，已是惶惶震动。这日，正值一队倭寇约有数百，邀劫河道，抢夺船只，把上下客船二百余号赶入九里盘塘来，惟空载小舟多得逃脱，凡有载大船便逐船杀掠。这时正值刘电小舟飞到，见前面船桅林立，喊哭震天，刘电道："见死不救，义勇安在！"回顾文进道："小舟不堪施展，你若有胆量，跟我上大船杀贼！"文进答应一声，把小舟直钻入船林里来。刘电瞥见一号大船桅竿上有"太仓州正堂"旗号，大惊道："莫非正是哥哥结义的成公？却如何在此？"因掣剑在手踊身一跃，便从后梢上了这大船。探身入来，只见梢舱里男妇数人，抱头大恸，只叫饶命。刘电道："我非贼寇，不得惊慌！"因见前舱有六七个倭奴正在抢夺行李，刘电大喝一声，剑起头落，连剁两倭。众倭出其不意，一拥出舱，刘电复刺倒两倭。其余奔出船头，又被文进在船顶上用攒竹铁篙戳下水去。各船上倭奴看见，大噪起来，霎时聚集，四面来攻。刘电舞动宝剑，如一道练光罩体。只因船头窄小，不能踊跃，倭奴稍近前的便剁下水去。文进在船顶上，抡起丈八长篙，左旋右转，倭奴不敢前逼。正在相持之际，只听东北角上火炮连天，倭奴忽相惊顾。原来却是驻扎乍浦海防兵备道雷信，与海盐城守都司万士雄，督官兵千余，水陆并进。这万士雄却是一员勇将，倭奴两番攻打海盐，都被他杀退。其时因兵卒不多，只好保守城池，不敢远战。却是雷兵备见倭奴肆毒，切齿痛恨，因尽率本标防兵五百名，飞檄知会万都司合兵进剿，已杀退两处倭奴，又从这里杀来。

其时，群倭正聚攻刘电，忽见官兵杀到，唿哨一声，都弃船登岸，前来迎敌。这边官兵火铳在前，弓弩继后。倭奴抵挡不住，夺路向白沙湾一带，招呼各屯，仍从鹤颈塘遁去。官兵奋勇赶杀了一程，因无后继之兵，且海盐、乍浦俱系要地，因此不敢穷追，仍收兵各归本处防守。彼时刘电见官兵得胜，因恐惹事，便不向前。但见这些客船上，也有被劫一空的，也有被杀害的，也有妇女被淫污的，也有畏惧投水自尽的，倭奴虽去，尚听号哭之声不绝。刘电正要动问本船客人姓名，只见船头里钻出四五个人来，却是家人、水手。舱中走出一个少年，向船头倒身便拜。刘电急忙扶起，因问："足下贵姓？"这少年道："小弟姓成，家君现任太仓。因同老母、贱内、兄弟由浙江前往任所，谁想在此遇着倭寇！自分丧身，不料得遇恩人相救，真同再造！"刘电听了，哈哈大笑道："真是有缘！"因先令家人、水手将四个倭尸撺入水内，把血迹拭除干净。却得了数口精炼苗刀，都交与文进。因向舱中对成公子道："我姓刘名电。家兄刘云原任山西曲沃知县，丁艰回来，曾在令尊原任江浦地方被盗，得遇现任太仓游击殷将军相救。家兄在令尊署中住有月余，因与殷将军三人结为兄弟。今因服满同家兄进都候补，我因绕道到此探亲，不想得遇足下，岂非有缘？"成公子道："如此说是叔父行了。"复又下拜道："请问叔父如今往哪里去探亲？"刘电道："就在碧浪湖，离此不远。"因道："公子到署，为我愚弟兄致意令尊并殷将军，说他令妹现在我家，不必挂念，日后再图相会。"因顾文进道："你若要往太仓，岂非顺便？"成公子因问："这位壮士尊姓高名？"刘电道："这就是我所坐船主，姓文名进，胆勇过人，与殷将军却是邻里。他将来正要去投他图个出身。公子去时，可先为他道及。"成公子道："极承壮士相救，正要图报，岂敢有忘大德！"

说话时，成夫人领着媳妇并一个小公子同出外舱来，道：“多谢恩叔相救！欲屈驾同这位壮士前往任所，不知可否？”说着即叩拜下去，大娘子与小相公俱在后拜谢。刘电即忙还拜道：“却是老嫂，如何敢当？”成夫人道：“若非恩叔相救，一家性命已是呼吸不保。如今只算是再生了。”拜罢起来。刘电道：“家兄原要往太仓一望大兄，因领有咨文不便耽搁，今先往台庄相等。我因探亲到此，已订定往返日期，即要赶到台庄。为此星夜趱行，不能耽搁。将来，俟家兄赴补，若得江南之缺，便相会有期了。”说毕，就要相辞过船。成公子知挽留不住，因道：“叔父大恩，途路之中小侄竟不能尽一点敬意，只好容图后报。”成夫人也道：“我母子们一毫莫报，实是惭愧无地！”刘电道：“后日正长，尊嫂休如此说。”因向成夫人一揖，即过船而去。成公子还要谢文进时，舟已如箭而发。成公子只说得一声：“叔父得便务乞到太仓与家君一叙！”刘电答应声中，船已去得远了。这边成夫人母子、婆媳并家人、水手感激不尽，整顿船只前往太仓不表。

且说刘电，小舟甚速，又值顺风，当晚即到了湖村，泊住了船。原来此地接连嘉郡，惟恐倭寇来犯，新设把总一员，防兵四十名守御。夜间沿堤俱有哨兵巡警，见刘电小船停泊，便来查问。刘电因向他说明。这汛兵知是岑中书亲戚，说声请便，转身去了。此时文进已拜服刘电英雄本领，因将行李收拾道：“我与相公负去！”刘电道：“甚好！”当下已是黄昏时候，遂一同上岸，向村人问岑家住处。村人指引道：“投东去那一带高大房屋就是。”刘电道谢，即与文进投东村里来。

将及里许，望见一带高楼大厦。到得门首，见大门紧闭。即便叩门，里面问是谁人，刘电道：“江西刘电特来探望！”又问探望谁人，答道：“是岑老夫人。”少顷，却是岑忠携灯出来开了门，却不认得刘电，又问：“相公是从哪里到来？”刘电道：“我姓刘，从江西到此。岑太太可在这里？”岑忠道：“正是这里。”口中答应，心里却一时记忆不起，道：“且请在客位少坐，我进去禀知。”及走了几步，忽然记起，复身转来道：“相公莫不是在山东与我家大相公结拜的刘三相公么？”刘电笑道：“正是。”岑忠道：“老奴一时记不起来。竟请相公到书房里少坐！我去禀知老太太出来相见。却是难得到此！”因问文进“这位可是相公同来的么？”刘电道：“这是船上驾长，送我来的。”岑忠道：“厢房内有灯，大哥请在里边歇息。我就出来陪你。”刘电因命文进将行李也放在厢房，待吃了饭回船去照管，文进应诺。当下岑忠执灯引刘电到书房内坐下，即往里传禀。刘电看见屋宇华丽，因想道：才做中书不久，却就住这般的华屋，或者就是他入赘的岳家也不可知。正在寻思，只见岑忠出来道：“老太太请三相公到后堂相见！”有一个小丫头打着个灯笼，领刘电进厅后内座里来。但见：院宇深沉，房栊窈窕；虽不是王侯甲第，却也是富贵门楣。刘电随灯缓步进来。正是：

冒危不失交朋义，赴难常存报国心。

不知岑夫人相见有何话说，且听下回分解。

第三十九回

# 叙旧事岑母动慈怀　结新知刘生显神勇

却说刘电到得内室，见岑夫人已在立待，因即上前叩见。岑夫人连声请起，因还了半礼，道："三相公途路辛苦！"因问："府上令堂老太太并尊嫂们谅都纳福！"刘电道："家母、家嫂、雪妹都嘱请老伯母的安！只不知伯母几时搬居在此？小侄一来请安，二来正要问问别后的原委。"岑夫人道："一言难尽！"当即吩咐岑忠先叫厨房收拾便饭，因说："自从前年三相公起身后，愚母子候到第二年夏间，总不得信息。又闻得对头已去，五月间就辞了蒋公起身回来。到了扬州，恰好遇着家中报信的人，才知对头未走，家中房屋又被封锁。路途中进退两难，因为老仆住在此间，只得到这里暂住。你兄弟也曾到许家探问，才知三相公有书交与他邻居周老人托寄，谁知这周老人死了，这封书竟不曾寄到。后来因赁这王乡宦的房子，不想我内侄女当时遭族恶之害，却正在此间。这王公是两榜出身，极重义气，夫人又甚贤德。檄承他夫妇将内侄女认为义女，待如亲生。后来老身会面，叙说起来，幸得姑侄相认。又承王亲家不弃，就将她许了你兄弟。旧年冬间，催逼着完了姻了。"刘电初时以为岑生另娶却是负盟，及听到骨肉相逢因亲做亲，甚是难得；又想到父亲显灵原说雪妹不宜预占，有妨亲疏，正是为此，便道：“天涯海角骨肉相逢，是一件天大喜事！又以内侄女做了媳妇，亲上加亲，极是难得。明日还要请见。”岑夫人道：“这是弟媳，理当拜见。”

说话之间，饭已端正，岑夫人就令搬在这里，三相公竟请自用。因叫丫头用大杯斟酒道：“仓卒便饭，不要见怪！”刘电道：“老伯母莫说客话！请尊便，待小侄自用。”岑夫人道：“老身在这里陪着，正好说话。”因说起：“前年起身时，你蒋叔有与你并许公的两封书。因无便人，不曾寄去，还在这里存着。明日取来交还。”刘电道：“天各一方，若无的便，寄信实难！”一面说话，一面自斟自饮。吃过一二十杯酒，用完饭，收拾过了，因问：“兄弟进京后可曾有信回来？如今王公却在哪里居住？”岑夫人道：“去年冬间，王公选了山东宁海县知县。十一月初，挈家上任去了。他两夫妻也只有一位小姐，又无亲族，因此把家事尽托付与你兄弟料理。谁知王亲家起身后，你兄弟又得了官进京去了。如今只有我婆媳两个，督率家人在这里照管。幸亏你弟妇贤能，不消我费心。前月，你兄弟寄了一封家书回来，说引见时皇上面试了他一道郊天表章，甚是合适，又蒙内阁程公十分关切。老身倒也放心。只是如今倭寇作乱，这里地方日夜担心得紧，不知将来怎样？”因问：“雪姑娘在府上可好？梅氏近日可健？”刘电道：“小侄自同雪妹到了江南，谁知许丈同他亲戚往江西任上去了，因留下一封书信、二两盘缠，托他紧邻周老人寄去。谁料这周老人死了，竟不曾寄去！及到伯母府上，又见房屋被官封锁。因此，只得同了雪妹、梅嫂回家。自到家中，母亲十分怜爱，一房同住，片刻不离；家嫂与侄儿女们没一个不欢喜、敬爱。老母去岁得病，全亏雪妹衣不解带的服待，真是难得！后来专差人到南安府去接许丈，谁知他亲戚又调任了抚州，至今父女未曾会面。雪妹心中常挂念的，便是许丈与老伯母两位。小侄来时，千叮万嘱与伯母请安，还有自己制作送伯母的东西带在此。”

岑夫人听说，不觉两眼酸酸欲泪，道：“我也是一般记念他。只为路远迢迢，不能通信。从前原有相订的言语；不料如今又有更张，只恐将来不能如愿。”刘电道：“伯母竟请放心，雪妹却一心宁耐，矢志不移，谅许丈也无不乐从。只要伯母作主，弟妇无言，为官作宦的人，三妻两妾也是常事。就是梅嫂在舍下，也十分相得，她是深知原委的，说明日等待姑娘恭喜才一同回来。”岑夫人道：“这也难得。如今，你这个弟妇是最贤德的，她常常对我说你兄弟是不止一妻相守的，倒只恐雪姑娘知道心中不喜。”刘电道：“这一发不然。当日父亲之灵，原与雪妹说过，雪妹已自知不宜预占，现已应验，岂有不悦之理？”岑夫人听了，转愁为喜道：“若果如此，倒是老身的造化了！”刘电又问道：“伯母方才所说，弟妇如何便知兄弟不止一妻相守的？”岑夫人笑道：“她也不过是预料的话。”因问：“三相公几时往山东完娶？”刘电因将此番服满同兄长进京，并到这里的原故说了一遍。岑夫人欢喜道：“三相公不远千里而来，老身感激无地！今去完姻，老身还有些微物带去。若日后搬亲回来，务必要到这里住些时，切不可径自回去了！”刘电道：“小侄一定要同来请安的！”因说：“今日见过伯母，明早就要禀辞起身。”岑夫人道：“三相公千里迢遥到此，纵有要事，也须屈留三天！”刘电道：“已与家兄订定日期，况到了山东还要耽搁，领有咨文是不便久迟的。”岑夫人道：“既如此，只留明日一天也罢。”因吩咐岑忠：“将三相公行李搬在内书房。途路辛苦，请早些安歇，明日再叙罢！”说罢回房。此时，文进已是岑忠相陪酒饭后，回船安歇去了。

当下岑忠掌灯送刘电到内书房来，道：“明日再与三相公磕头。老婆子在三相公府上不知可安好么？”刘电道：“原来你就是老掌家！梅嫂在那里甚是相得，如今与姑娘们都是同桌吃饭的，身体也甚康健。来时叫我致意你，不须挂念她，说日后要与姑娘一同回来的。”岑忠道：“承老太太、姑娘们的抬举！只恐在那里搅吵。”刘电道：“只是怠慢她！”岑忠将被褥铺好，随即出来。这边刘电安歇不提。

原来岑夫人与刘电在内堂说话，大娘子都已听得，又在暗中看见刘电气概不凡，及岑夫人进来，因说：“这刘公子将来必然贵显，目前喜气重重，不出一年定食天禄！只不知何故，面上带着一股杀气未退。明日母亲问他路上可有着气的事么？”岑夫人笑道：“明日待我问他，试你的眼力。”一宿无话。

次日，刘电起来盥洗毕，取出雪姐送的东西，却是一个小小绸袱，用针线缝好的。上面小小一条红签，写着“干娘安启”四个小字。格外有四匹细葛，是刘电送岑夫人的。都叫小丫头送了进去。岑夫人当下将绸袱拆开，里面却是两双月蓝缎子挑线的膝裤、两双石青素缎鞋、一封不缄口的书函，上面叙说拜别后记念情节，后面有矢志前言、终身不易的话。岑夫人一面看，不觉两眼澄澄泪落，看毕，递与大娘子道：怎叫人不想念！”大娘子看毕道：“原来这位姊姊也是能书识字的。明日母亲写回书与她，就把女儿的心迹与她说明，使她放心勿虑。”岑夫人道：“你就与我代写罢。”当时岑夫人出到书房，就将蒋公从前所寄之书交给，道：“三相公起得恁早！如何又要你费心！”刘电道：“这是那边土产，不过千里鹅毛之意！”因将书拆开看了，上面也是叙别后记念如何，并无回音的话，就念与岑夫人听了。

岑夫人道：“雪姑娘与我的书，就与三相公所说一般。明日老身与她一封回书，叫她只顾放心。这段不得已先娶的情节，谅三相公自能转言。”因道：“你弟妇要出来拜见。”刘电道：“不须劳步，竟到里面见罢！只是不知，不曾备得礼来。”岑夫人道：“不消。”因领刘电到上房来。这边大娘子正待出来，看见老母同刘公子进来，便退进里边，在下首站立。丫头在地下铺了拜毡，大娘子口称“三伯”，端端正正朝上四拜。刘电还礼毕，道：“不曾备得贺礼，只好改日补送！”大娘子道了谢，因问了老太太并两嫂嫂、雪姐姐的安，说了“请坐”，才退入内间去了。刘电道：“恭喜伯母！果然好一位贤能弟妇！”说着就要出来。岑夫人就留住坐下，因叫丫头取茶、点心来吃。因问：“昨日三相公在路，可曾着什么气来？”刘电见问，却一时不解其故，因说：“昨日中途，正遇一队倭奴劫掠客船，内有一船却是结义弟兄的家眷，恰恰小侄遇着，因忿怒砍杀数贼。随有官军到来，将倭奴杀退，幸得保全。其余客船遭劫杀的甚多。只有此事，别无着气。不知伯母如何问及？”岑夫人却笑而不言。

当下吃过了茶，刘电因说起：“我雇的那个船家，却是一个好男子，杀倭寇时甚亏他出力相助。今在湖口守船，须邀他来吃饭。”岑夫人道：“不须三相公费心，我已着小家人前去邀他，就同他把船移到后墙门来，省得远去照料。”因说：“这里后门外便是湖汊，没人往来的，上船最便。还有一个花园，如今早桂盛开。老身只收拾两三样嗄饭，在晚香亭上赏桂，只是没人相陪。”因带了小丫头，同刘电到花园里来观看。未到园亭，已闻得桂香扑鼻。进得园来，岑夫人即着老园公：“开了后门，看三相公的船来了，叫他就停泊在门首，酒饭送到船上，谙他甚是近便。”因就请刘电在花厅上吃早饭，叫小家人伺候。吩咐毕，岑夫人回进上房，对大娘子道：“你的相法实是不差，昨日他果然就杀了数贼。只是日间之事，如何到晚还有杀气？”大娘子道：“凡是杀戮大事，须过一昼夜气色才转。方才称赞那个船家，不知他相貌贵贱，邪正何如？”岑夫人道：“待明日送他出后门时，自然看见他了。”

这日，婆媳两个商量，写了一封家书，并将送蒋宅的东西收拾停妥。岑夫人还要与雪姐写回书，大娘子道：“写书容易，但他此时到山东完姻后，又要进京。想来总未得回家，带去也是无益。不如订他转来时，到这里来带去的为妥。他若肯应许了，是决不爽信的。”岑夫人道：“你见得极是！”当午设席在晚香亭上。岑夫人叫丫头送了三杯酒，看上了两道菜，道：“三相公请自在饮几杯！老身暂且不陪。”刘电道：“伯母请便！小侄必不作客。”岑夫人又吩咐小家人殷勤伺候，才转身回房，一面又搬送酒肴到船上，请文进畅饮。

且说刘电，见岑夫人以至亲相待，心中欢喜，对着桂花开怀畅饮了一回，因问：“船上可曾吃饭？”小家人道：“已送到船上去款待了。”刘电此时已觉有几分酒意，因索饭用毕，又在四下游玩了一回。因踱出后门来观看，正见文进在那里舞倭刀顽耍，因问道："吃酒不曾？"文进收住手道："承这里老太太所赐，酒饭十分丰盛！因此吃得醉了。"刘电道："今晚再过一宵，明早一准起身。"因说："我看你方才所舞刀法，尚欠传授，只好舞弄顽耍，却上阵交锋不得。若遇识者，岂不见笑？"因乘着酒兴，撩衣束带，接过双刀，摆开脚步使动身法，舞得那两口苗刀如两条雪练盘旋。看得文进眼花撩乱。此时岑夫人却闪在门口观看，因叫小王媳妇悄悄的请了大娘娘来看。

且说刘电舞了一回刀，对文进道："这双刀系对面交锋、短兵相接所用；若马上交锋，必用长枪大刀为主。其余兵器，俱不出此两般用法。你既能使那竹篙，便可习学长枪。你取那篙来，我使一路枪你看。"文进欣然到船上取了那竹篙到来，刘电接在手中，虽不叫重，亦颇称手。因把来当作长枪，使一个身法，就地一转，打了个大蟒翻身，然后使开身分，舞出那三十六路梨花枪法。真是寒风飒飒从天降，冷气纷纷卷地来！使到了精奥处，把篙一搅打起一个花头，有车轮大小。谁知这铁心炼得不精，刘电使得力大了，只听"豁喇"一声，那篙头折断了二尺有余。刘电收住手笑道："倘在阵上，岂不误事！这终是炼铁不精，以致断折。"文进拜服在地道："倘得随鞭执镫，愿拜为师。"刘电扶起道："以你的膂力，尽可习学。"文进道："小人常时使耍，以为十分合适，谁知禁不起相公的神力！"刘电道："你还不曾见山东一位蒋老爷，他使的铁枪，还重十多斤，使起来真是神出鬼没！我此番正要到那里去，你若肯同往，何愁武艺不精？"文进道："小人情愿相随，只恐老母不从，也是无奈！且待明日到家与老母相商，若得应允，便可服侍相公同往。"正是：

壮怀已有从君志，孝念还当顺母心。

毕竟不知文进后来果否相从，且听下回分解。

第四十回

# 投针芥归路禀慈亲　作书函临岐荐壮士

却说刘电使枪时，岑夫人婆媳俱在观看。及使罢枪，大娘子先已进内。刘电起初只道是些家人媳妇、丫头们观看，后来见岑夫人也在门首，便道："小侄献丑，好叫伯母笑话！"岑夫人道："演习武艺原是分内的正事，老身却初次看见。虽不知其中奥妙，实是怕人！"文进也过来与岑夫人谢扰。岑夫人道："家中无人，待慢莫怪！"吩咐小家人就在后院房内留驾长吃茶，晚间再吃酒消夜。当下岑夫人因邀刘电仍回后堂来坐下，因道："老身原要写一封回书，并有你弟媳寄与你雪妹的两件微物，若此时带去，惟恐一时不能寄回？不若等三相公恭喜回来时带去罢！"刘电道："伯母所见极是！此番小侄往山东完了姻事就要进京，况家兄得缺迟早、远近都不能预定。总是小侄同家眷转来时，一定到伯母这里来请安，那时带去不迟。若伯母有家书寄与兄弟，小侄就好带去。"岑夫人道："前月已有书寄去。如今还有一封书烦三相公到京交与你兄弟，只说家中俱各平安。只是三相公日后不要径自回府，不肯同到这里来。"刘电道："伯母尊前，岂敢不应口齿！"岑夫人笑道："谅三相公是决不失信的。"因叫小丫头取出一封家书、一个小包袱、一封程仪、一封贺仪来，交与刘电道："这是一封家书。这包袱内是送蒋老婆婆并大婶子、苏姑娘的微物，说我婆媳无日不为记念。这是一封不腆贺仪，因买不及什么东西，权为折代。格外几两银子，三相公路上打尖零用，不要推辞，若一推辞，却叫我惭愧。”

刘电见说，不敢推辞，道：“小侄竟拜领了！”因说将来但愿家兄得补在江浙、山东，便好时常往来；又说起兄长当初从山西回来被盗的缘由，如今这殷家贤弟已升到游击将军了，只是雪妹因为他干娘冤仇未报，切齿痛心。岑夫人道：“这是自小抚养她大来的，就如亲娘一般，想起来如何不伤心！”又道：“三相公眼力不差，当日你结识了他，他恰恰的就救了你令兄。他若知道妹子还在，却也是一悲一喜。”刘电道：“正是。从前已曾有书通知他，前日又托成公子寄口信与他，谅他已早知道了。”岑夫人道：“三相公所结识的人都不错。方才那个船驾长，日后大有发达的。三相公若肯带挈他，日后倒是一个好帮手。”刘电道：“这人胆力都去得，只不知他心地如何。”岑夫人道：“必定不差！”刘电道：“伯母何以得知？”岑夫人又笑而不言。刘电道：“伯母两次说话有因，却不与小侄明言，莫非伯母精于相法？”岑夫人笑道：“老身一些不知，倒是你弟妇说的。她却能识人的穷通贵贱，言无不中。方才却看见那个船家，说他倒是个有胆量的人，日后必当发达。”刘电因想起道：“是啊，小侄在山东曾听得说，弟妇的生母原非凡人。如此说，弟妇也是通仙道的了！倒不曾请教得我将来际遇如何？”岑夫人道：“她已说过：‘大伯是富贵中人。’昨日因见你面上带着杀气，因此今日问及，果然路上有杀倭之事。”刘电叹道：“我只以弟妇为闺门贤淑，原来竟是个巾帼奇人！可敬，可敬！”

说话之间，天已渐晚，岑夫人叫收拾果菜，就在这边吃酒。因道：“此番三相公有正事在身，不敢久留。若然无事，便要留在这里保护我们，待倭寇平静了再送起身。”刘电道：“此间风景甚好。料倭寇也只在沿海地方作乱，不敢远离巢穴，惟恐有官兵截断他归路。且这里如今有兵防守，料得无事。况府城咫尺，倘十分紧要，尚可暂避城中。只恐这防守官兵没有胆略，倘若是个有胆略的，操集本村义勇，申明号令，沿湖一带协力把守，一遇有事并力向前，这千百倭奴何惧之有？”岑夫人道：“有智谋者意见多同。这里有一位严老先生，却是个道学高人，两月前多亏他与防守官商议，也与三相公所说一般。如今已听说挑集了二百多人，天天操演武艺，施放弩箭。立了赏格，纠富有之家量出粮米、酒肉犒劳。四下设立梆锣为号，每夜派人巡警。如今，村中赖此壮胆，只怕倭寇人多势大，终究担心。”刘电道：“此法立得甚善！不但可御倭奴，亦且可防盗贼。果能合村中并胆同心，协力把守，便可以一当百，永保无虞了。”当下接上酒来，刘电一面说话一面饮酒。岑夫人又吩咐小家人搬酒菜请文驾长，劝他多饮几杯。这边刘电约饮到七分酒意，便止住不饮了。岑夫人道：“明日三相公吃了早饭，动身不必太早，省得船上做饭不便。”刘电道：“小侄遵命。”岑夫人当叫岑忠掌灯送往内书房安歇。一宿无话。

次日凌晨，婆媳们起来，吩咐家人收拾早饭完备，一面先叫搬与文进用过。这边刘电已将行李收拾端正，交岑忠先搬送到船。又与了岑忠二两银子，小王家人、小丫头每人一两，厨房媳妇们一两。大家都磕头谢了。岑夫人道：“怎么又要三相公费这些赏赐！”刘电道：“有劳他们，表意而已。”当下吃毕早饭，岑夫人又再三嘱托：“叫你兄弟时常寄信回来，省得家中记念；并叫他有便中再与丈人通个信息，使他那里放心。”刘电领诺，即拜辞了岑夫人，又谢了大娘子，就从后墙门下船。此时婆媳一同送出后门外来，文进又过来再三谢扰，然后解缆上船。看着鼓棹而去。

不说这边婆媳并家人都感激刘生千里探亲的义气，且说刘电的小舟昼夜兼程，不日到了京口，在埠头泊住了船。文进对刘生道：“相公请少待，小人回家禀知老母，若肯许我相随，小人就把船只交与哥子收管，我与相公另雇一船同去；若老母不依，小人也要送相公到台庄再回。”刘电道：“极是！”因向囊中取出原带来的一个银包，约有十来两，一并递与文进道：“身边并未多带，你且将此与你母亲在家用度。”文进道：“小人如何敢受这许多？”刘电道：“几两银子，何必推却！”文进谢过，拿着银子一直回家来。

这日适值他哥子文连也在家中，便问：“前日有人说你送一客人往湖州去，那里正是倭寇作乱的时节，叫我好生记念！只恐你倚着自己气力撞出祸来。”文进遂将送刘客人遇倭劫掠客船，救了他亲戚一节，向母兄诉说一遍。因说：“这个刘客人真是个英雄好汉！他哥子现去补官，承他一力劝我同往，图个出身，先与我几两银子安家。今特回来禀知母亲。”他母亲未及开言，文连便道：“据你说，这刘客人有这一身本事，如今自身尚无出息。况他哥子不过补个县官，如何就扶助得你起来？且又不曾与你见面，知他心意如何？况且你去，做上不是，做下不是。依我说还是不去的是。”他母亲听了这番说话，也就道：“你哥哥的话却说得是。若要图出身，还是到大官府衙门去才有个想望。你从前说殷将军那里，我尚且不叫你去，如今又何必同这初相识的客人远走他方？况且，我风中之烛，早晚倘有些病痛，叫谁人服侍？”说着，两眼汪汪欲泪。文进见母亲如此，也不敢再言，因道：“既是母亲不肯，儿也就不去了。但如今收了他的银子，必须送他到了台庄才好回来。”文连道：“这个应该。他若不依，你只收了应得的船钱，余多的退还了他才是。”文进道：“看那客人却不是悭吝的人。他与殷将军是结义弟兄，曾许写书荐我前去，定然重用；况前日途中相救的，又是现任太仓知州的夫人、公子，与这刘客人又是亲戚，我也同见过面的，若去时，不愁没有机会。我如今且去与刘相公说明，再作道理。”因拿了原银，仍到船中，把母亲不允的话说了一遍，因将银子送还。

刘电笑道：“既是你母亲不依，也难怪你。这几两银子，你便留在家中，何必又带转来？你可速将回去交与你母亲，就来开船送我到台庄。我写一封书与你去投殷将军，也好图得事业。”文进应诺，仍到家中，将银子交与母亲，嘱托哥子照料，复转身回来，即开船出了京口，剪江从荻浦而来。到了码头停泊了船，刘电上岸去到许家门口，见大门依然锁着；间壁周家小店已是不开，大门关闭；动问邻居，都说周老人已死了三个年头，许先生并无音信。刘电明知访问无益，仍复下船，一路竟往台庄而来。凡到码头，果见有红签招知，上写：江西萼辉堂刘于某日过此。刘电算来已是追赶不上，因此也不去看那招知。星夜兼程，小舟迅速，不日已赶到台庄码头。刘电上岸寻找寓所，不及数箭之地，见转弯口一家墙门上有“萼辉堂刘寓此”的红签。刘电进内，早有一个家人瞧见，迎将出来道：“三相公来得果快！老爷往市上去也待回来。”不一时，刘云已至，弟兄见过。刘云道：“我正听得来船都说，嘉、松一带倭寇截劫客船，恐怕你在那边耽搁，甚是心焦。不想你却来得果速。”刘电因将得遇文进、途中协力救了成公家眷并见岑母大概说了一遍。刘云大喜道：“难得难得！当时殷弟救了我的患难，却是你与他结义在前；今日你又救了成公的家眷，却是我与他结义在前。岂非天涯奇遇！明日殷、成二位知道，也显得你的本领。到了都中，岑弟也见得你千里访寻的义气。只是如今这个姓文的，却埋没了他一番出力，你该结识他同来才是。”刘电道：“如今现坐他船只到来。已曾再三劝他，他倒也情愿相从，只为他母亲年老不肯放他远出，他也是无奈。他与殷弟是邻里，几番要去投他，他为母老而止。我已应许与他修书一封，叫他另日去相投，也显我们眼力不差。况成公家眷俱认得，他去时大有机会。”刘云道：“如此说这人不但胆勇过人，却还是一个孝子，一发可敬！这写荐书极其容易！”当即吩咐家人去搬取三相公行李，并请那位姓文的驾长同来，不许轻慢了他。家人答应而去。

刘电又说这岑母认亲娶媳一段奇缘：“如今这位娘子不但贤能，且识得人的穷通贵贱。雪妹之她却早已知道，原说岑弟相上不止一妻，因此并无嫉妒，并有书物要我回时与她寄去。”刘云道：“原来有这许多委曲，真是难得！”说话时文进已到，刘云不待他进来就迎将出去，一把手拉住道：“果然是一位壮士！实是有屈。”文进道：“承三相公十分见爱，只是小人无缘不得相从。倘日后老母见允，便当相投。”当下文进便要叩见。刘云拉住。再三让坐，文进却唱了个“无礼”喏方才坐下。刘云细看文进时，生得铁面剑眉，目光如炬，虽然目下孤寒，可定他时发达。因想起从前吃了那场大亏，若得有这人作个心腹伴侣，便可到处放心。因道：“足下虽然目前有屈，但英雄豪杰崛起草茅者不少，足下有这般胆勇，何愁不得发达？”文进道：“得老爷提拔便是小人有幸了！”刘云道：“足下再不可如此相称！我们只以朋友相处才是。”当下摆上酒菜，刘电叫取两个大杯来：“待我相陪！”文进见刘云又是这般相待，心中甚喜，也就不十分拘谨，开怀畅饮，真如鲸吸！文进饮到欣畅时，道：“承二位不鄙微贱，如此相待，他日即有赴汤蹈火之命，也不推辞！”刘云道：“朋友原以肝胆信义为重，他日足下若有缓急，愚弟兄也尽可为力。”当下文进也饮到有七分酣意，天色已晚，便喝住不饮，取饭来吃了，便要告辞回船。两弟兄道：“本当相留，恐船中没人照料。明晨务来早饭，还有事相托。”因一同送出门外来。文进道：“明日早来一并拜谢！”说着，大踏步去了。刘云道：“好一个爽直壮士！若得他做个心腹伴侣，到处可以放心。”当晚，刘云就在灯下写了两封备细书札与成、殷二处，然后安寝。

次日一早，弟兄才盥洗毕，文进已到，道：“二位才起，不知有甚吩咐？”刘云道：“我有两封书札，是寄太仓州成公与殷将军的。内中叙说足下肝胆义气，若到太仓，必然重待。”因取出书来交与文进道：“纵然令堂不叫你久出在外；又何妨先往太仓一行？看看那边光景，日后再去也可。况太仓道路不远，回时务即一往。”文进道：“此番回去禀知老母，即当前去。极承高情，当图后报！”说罢就要作别。两兄弟留住，吃毕早饭，才送起身。刘云送至门外而别，刘电却同行到舟中道："我兄长补官也不过在今冬明春，倘得邻近之缺，相会不难。倘有不如意处，可到沂水县尚义村蒋宅来寻我。我若回时，亦必到京口相访。"文进道："三相公回府到京口，只问西桥后街铁篙文进，人都知道。"刘电因向身边取出白金五两道："此可为太仓往返盘费了。千万一往！书中并有要事，万勿有误！"文进道："前承见惠，心上正是不安，如何还敢受此！"刘电道："你我交情，只以义气为重。此物不足道耳！"说毕起身。文进只得拜领，随送上岸挥手而别。正是：

一言期许重九鼎，千金挥掷轻鸿毛。

不知文进果否前往太仓，且听下回分解。

第四十一回

# 红娘子得婿毕良姻　丑奴儿诉亲求说客

却说刘电送了文进开船，即回寓所。此时家人已将车辆雇就，算还寓所房钱，收拾行李，即日起身。行三十里，住了宿头。于路无话。到第三日午后，已到了尚义村中，一直径到蒋公家来。

恰好蒋公正在门首与邻翁闲话，见这两辆大车进村里来，便道："僻路上如何有这行车到来？"正在猜疑，车已将近。刘电早已看见蒋公，即跳下车来，高叫道："老叔丈却在家！"刘云将车喝住，亦跳下来。蒋公笑迎上来道："原来却是贤侄。"因问："此位是谁？"刘电道："就是家大兄。"蒋公大喜道："正愁不得识荆，幸邀光降。"刘云道："姻晚亦渴慕之至。"一面就相让进门到客厅上来。刘云长揖道："便服不敢为礼，明日竭诚奉叩。"刘电先欲叩见，蒋公搀住道："彼此便服，都不为礼。"相让坐下，家人已往里面报知。蒋公因问："这坐车，可是只雇到此的么？"刘电道："正是。家兄进京时，只可另雇罢。"蒋公道："如此明日好打发他去，这里再雇不难。"

当下即着蒋贵把行李搬进，车辆、牲口打在后槽。先请他弟兄到书房净了头面，即吩咐备饭。因对刘电道："自从贤侄去后，直至第二年夏间总无音信，好生纳闷。岑贤侄母子又于夏间起身回南。直等接到岑贤侄的回书，方知贤侄同令妹回府。寄来之书，竟至遗失。自此，无日不为悬念。今日贤昆仲到来，实慰渴怀。”因对刘云道：“此番但愿老世台恭喜补在东省，往来就容易了。”刘云道：“但愿如此。”刘电就接着问道：“老叔丈今春可曾入都？”蒋公笑道：“事有一定。去岁腊底，岑家贤侄到此，一力劝我进京。意欲勉强一行，不料今春老母不快，因此又中止了。四月内，他从都门发一封书来，十分咎我爽约。他如今是中书内第一出色之人，不但阁臣器重，且圣眷颇隆，将来不可限量。”刘电道：“小侄此番到金陵，访知岑家伯母寓居湖郡，因特兼程前去探望，也知那边备细。还有岑伯母与大娘子托带来送叔祖母并婶婶的物件。”蒋公道：“他母子们也太多情。只是将来令妹姻事如何完结？”刘电道：“小侄也正为此事前往。”因将岑大娘子知人识相一段原由说来。蒋公大笑道：“这何家侄女幼小时，常在这边来玩耍。她父亲曾对我说，她善能识人的贤愚贵贱，只可惜是个女子。今却果然。但只恐你令妹得知，心中不喜。”刘电道：“这却不然。雪妹虽是女子，甚是贤淑。且已听先父之言，早知有此预占的了。”叙话之间，饭已备齐。蒋公道：“仓卒便饭，莫嫌简亵。”当时一面饮酒，一面叙说往事，娓娓不倦。

刘云见蒋公神情磊落、气宇轩昂，蒋公也看刘云厚重端凝、丰仪俊采，俱彼此敬重。刘电又说起殷勇之事，蒋公道：“贤侄眼力不差。只不知令妹之事，他那里可曾知道？”刘云道：“姻晚自归途得遇弟妹，回家时即有备细书札托寄去了。”刘电又说起此番结识文进，路遇倭寇，相救成公家眷一事。蒋公叹道：“何地无才！我辈岂可自满？只可惜贤侄这番出力不得上闻。”刘电道：“小侄也是一时忿激，过后想来实是冒险。倘那时无官兵到来，船只上不能舒展，如何敌得群寇？虽保全了成公家眷，也是邀天之幸。”宾主三人高谈畅饮，至黄昏才罢。蒋公叫把行李都搬在书房，安设两个床铺，家人俱在西厢房安歇。当晚，刘云吩咐家人，将车脚开发清讫，因途路辛苦，早欲安息。蒋公着元儿在书房伺候，又吩咐蒋贵明日备办上下筵席，一宿无话。

次日，刘云弟兄早起盥洗，整顿衣冠，踱到厅上，正值蒋公出来。重见毕礼，刘云请往后堂拜见。蒋公道："老母因年高不能为礼，也不敢当。"因着元儿往里禀知。少刻出来回说："老太太、大娘娘都说不敢当，转请刘老爷的安，少刻请姑爷里边相见。"刘云因对蒋公道："姻晚此番特为舍弟完姻，待事毕就要赴都投咨。只恐南北礼文不一，应当如何办理，请太亲翁大人指教，无不从命。"蒋公道："一切礼文俱从省俭。这舍内侄女因幼失怙恃，在老母身边抚育成人，因此老母作主，说这妆奁、器皿、衣饰之类，制作俱不及南边工巧，且日后搬动费力，因只置备了几件必用之物，其余只可折仪相代，在南边置办为便。如今老世台恭喜进都，谅不能久待。只须就近择一吉期，请贤昆玉前两日先往小庄暂住，至期就在那边起身。至于轿马、旗伞、鼓乐之类，现成俱有，不用费心。"刘云见蒋公行为爽直，十分钦敬，道："太亲翁所谕极是，无不从命。但老母已备下几端彩色、几件头面，竟送到老太太上边听凭制作。这边应请亲友、应备喜筵，俱烦太亲翁开示遵办。"蒋公笑道："这些小事，俱不用老世台费心，都是我料理便了。"

说话之间，里面打发大丫头出来请姑爷说话。蒋公因请刘云少坐，遂与刘电同进后堂。老太太婆媳俱在，刘电即要叩见。老婆婆叫丫头止住，都只行了常礼。刘电代母嫂们请安毕，老婆婆道："府上俱各纳福。雪姑娘一向可好？"刘电道："雪妹都叫请安。还有带来送太太、婶婶的微物，并有岑家伯母与大娘子送的东西，少刻便送进来。"老婆婆道："怎又要她们费心？如今三相公来完姻，诸凡都从省减。况你在客边，这里乡风不谙，自己不能料理，因此我都叫你叔丈人一一照料，不用你们费心。只要择日完姻，老身也完了一桩心事。只是她在我身边长大，一刻不离，若做亲后，就要回南，老身一时也难割舍，须待一二年后搬回去才好。”刘电道：“谨当遵命。况毕姻后，还要进京去看岑家贤弟。直待家兄补了地方，看省分相近，方好搬取家眷。若地方太远，连家眷也难搬送。因此，目下竟不能定局。”老太太道：“但愿得补到山东来，连老身也好往衙门去走走。”刘电道：“但愿如此。”说话移时，外边请吃早饭毕，刘云弟兄遂将送蒋公之物，并雪妹、岑夫人之物，俱交元儿送进。当日，蒋公就烦本村一位星卜先生，择定九月初十日辰时合卺。当日午间，盛席款待。蒋公叫元儿往书房请了小相公回来见礼陪坐。

原来，这小相公取名蒋卓，已长成十岁。生得眉清目秀，体貌端庄，揖让进退，从容中礼。刘电道：“小兄弟三年不见，竟成了个书生了。”刘云道：“品貌不凡，将来必成大器！须请明师教习才好。”蒋公道：“日后正仗贤昆仲照拂。”饮酒中间，蒋公说起庄上晚桂正茂，明日同往一赏。刘电因对兄长道：“这庄子离此不远，甚是幽雅。”刘云道：“既宝庄相近，愚弟兄明日竟搬在那边暂住，倒觉相安。”蒋公道：“也好。那边家什俱备，有人伺候。应用之物，我这里送去便了。”当时酒逢知己，豪饮雄谈，直至夜分才罢。

次日，刘云弟兄起来，检点行李，将应存之物留在书房，其余俱用车载往庄上。早饭后，宾主三人联骑往庄上来。此时秋高气爽，景物清妍。到得庄中，四周观玩。园中晚桂飘香，新菊吐秀。大家就在一株大桂花树底石凳上坐下，面前一块磐石，四围可容十来人坐饮。当日庄上已备酒肴，就在这赏桂。蒋公道：“风景不殊，人事更易。记得前年此间相叙，转瞬间，岑家贤侄已着先鞭。将来贤昆仲亦云程万里。再过三两年，又不知作何光景！”刘电道：“老叔丈若今春进都，恐此时也不能在此间叙了。”大家谈今叙昔，直饮至金乌西坠。蒋公吩咐家人小心伺候，自己辞回家中。

次日，送了一车米面食物到庄上来。蒋公自在家中料理，将书房后面三间做了新房，一切备办齐整，得暇就到庄上来相叙。时光迅速，不觉已到九月初八。这日，刘云就从庄上送过礼来。初十吉期，刘电早起装束。蒋府这摆列职事、鼓乐、旗伞，蒋大相公坐着大轿，家人披红前导后随，到庄上来迎接新郎。刘云待过了茶，就命家人与新郎簪花挂红，排齐职事，放炮上轿。刘云与蒋大相公，俱是锦鞍骏马相送过来。这日，合村男女叠肩观看，无不称赞好个俊倘新郎。到了蒋府，升炮下轿，诸亲友迎接进来，正是吉时。傧相赞礼，启请新人拜堂合卺，一切俱从古礼。亲戚邻朋内外喜筵，款待周到。这日，刘云是新亲，占了首席。傍晚席毕，仍辞归庄上。这夜洞房花烛，女貌郎才，自有千般恩爱、万种绸缪。到了三朝，内外亲戚见礼，刘云这日却是主道，陪待亲朋直至晚间席散回庄。次日又是筵宴。

转瞬已过五朝，刘云就要告辞进京。因是领咨赴补，蒋公不敢久留，择定九月十九日起身。蒋公先着家人雇就车辆，又修书一封托致岑生。刘云相订兄弟于冬月起身，约在岑生寓所相会。至期前一日，蒋公设席饯行并有厚贶。次晨，蒋公与刘电同送出关外而回。

话分两头，却说刘云带了两个家人，晓行夜宿，一路都有进京侣伴。此时正是九秋天气，金风飒飒，玉露瀼瀼，林枫点赤，野菊垂金，于路颇不寂寞。不止一日，到了都门，先觅客店，卸了车辆。次日，刘云带了一个家人，到吏部照例投文后，就访到岑生寓所。恰好岑生才从内阁回来，长班传进名帖，知是刘电之兄，即刻迎请进来。叙礼毕，岑秀便问："三哥如何不同来？"刘云先致谢过，因将特往湖郡探望、现今就亲山东、约在冬月进京的话说了一遍，向袖中取出家报并蒋公之书。岑生接来都看过了，知道家间无恙，又见老母叙说雪姐一段情节，心下感愧交并。因道："承三哥不远千里去看家母，骨肉之情无以加此。现今恭喜又不曾奉贺，实是抱愧。"刘云道："舍弟已承老伯母的厚赐了。"岑秀道："不知大哥寓在何处？"刘云道："昨日才到，暂寓客店。"岑秀道："这里正闲着两处房间，若不嫌蜗窄，竟请到这边居住。正好朝夕领教，以解客中寂寞。"刘云道："敝意亦如此，只恐搅扰不便。”岑秀道：“弟与三哥情同骨肉，与大哥也是一般，如何说此客话！”因即着两个长班同家人刘琴，往客店搬取行李。

此时正是早饭时候，都中酒肴甚便，随意取来，一同用毕饭。因谈及时事，岑秀道：“此时只为东南一带倭寇未平，深劳圣念。弟几欲不揣冒昧条陈数事，其如位卑，不敢越职言事。将来着有机会，弟当力保蒋叔与三哥同建功业。”刘云因说起江浦遇盗得殷弟相救，又在湖口避风遇弟妹，并此番结识文进、保全成公家眷之事，备说一遍。岑秀鼓掌大笑道：“天涯遇合，大有夙缘。至殷兄之事，弟已于成老师处得知细底。此番三哥之功，不在殷兄之下。只可惜与那文友都埋没了。”说话之间，行李取到。家人都过来磕了头。岑生吩咐王扑，要将自己东上房腾出让与刘云居住。刘云道：“这却不安了。”因再三阻住，就搬在西间安歇。自此，刘云与岑秀同寓，情意相孚，静候补缺，且按下不提。

却说宁海王公，自那年十一月初三日，同家眷起程赴任，到了台庄。那去处是个水陆码头，八方聚集之所。大凡从南往北者，在这里起车。从北至南者，在这里雇船。王公卸船在客寓雇车，恰恰遇着侯巡道的家眷从湖广到来，也在这里雇车，寓所就在紧对门。这侯巡道只有一个儿子，名叫侯集，有三十多年纪，生得面貌丑恶、情性凶顽，现今断弦未续。自侯子杰出为巡道，他就同家眷到山东住所来。这台庄是山东地方，便以势焰凌人，于路作威作福。侯子杰做巡按时，他在家游花艳赌，无所不为。凡遇有几分姿色的妇人，就如蚂蝗见血，千方百计的勾挑。就有那些狐群狗党助恶帮凶，必要谋到了手才罢。此番在路，到处嫖宿，只瞒着他娘一个。这日却值王公家眷起身，他有意偷觑，看见了王小姐上轿，便觉神魂飘荡，想道：我见了多少妇女，从不曾见有这般美貌的女子。因着家人悄悄的打听，知是宁海县上任的家眷。又打听得这小姐不曾许字，心下大喜，就在寓对他母亲熊氏说知。熊氏道：“既在你父亲属下，去求婚不怕他不允。

到了任所就央媒去说便了。”这侯公子自见了王小姐，他也无心嫖耍，催促家人雇就车辆轿马，竟往登州进发不提。

却说王公先到济南省会，谒见了各大宪后，禀辞到得登州地界，就有许多职事人役前来迎接。到了郡城，谒见巡道并本府林公丞倅等官，就走马到任。王公因无子息，立意要做清官。到任之后，兴利除弊，爱民如子，决断讼狱，并无留滞。未及数月，百姓爱戴真同父母。这时，王公已接着了岑秀在山东所发之书，已知本道是女婿的对头，如今是特点中书，谅也奈何他不得。因此，在人前绝不提起岑秀这门亲事，又吩咐家人不许多口，因此外边都不知道岑中书是他女婿。且说其年新正，登属州、县俱到郡城贺节。王公却与文登县路公是同年、同寅，最为莫逆，同一寓所。

这日，同在府里赴席回来，路公对王公道：“今日府尊在书房，与弟说及年翁有一位千金，德容俱备。日前，侯道台面托府尊，要与他公子作伐。府尊因弟与兄至好，嘱弟先为道达，看年兄尊意如何。倘若见允，府尊再当面恳。”王公道：“此年翁所悉知。弟年将半百，尚无子嗣。只有这个小女，年尚幼小，与拙荆性命相依。原欲在家乡择一赘婿，以为终年之靠，断不能远离乡井。今侯公籍隶湖广，他公子又是继娶，年齿不当，况上司属员亦不宜议亲。只求老年翁明日见了府尊，善为其词，弟当心感不尽。”路公笑道：“果然，我就知此事有十分不妥。府尊亦为道台面托，不得不为转达；也恐年翁不允，故不肯面言，托弟先来探意。弟闻得这侯公子目不识丁，且素不安分。年翁所见极是。弟明日当禀复府尊便了。”王公道：“全仗年翁善为言之。”当晚两公又叙谈了半晌，各自安歇。

次日，路公即将此话回复了林府尊。林公道：“这也怪他不得。他只有这个女儿，岂肯远嫁外省？改日我面复道台便了。”当日路、王二公俱各禀辞回县。王公回署，与夫人说知此事，夫人道：“莫说他是梅女婿的对头，这续弦、远嫁也是断断不能的。”且不说王公这边，却说林公这日去面复道台，侯巡道："倒也罢了。"他公子见说不允，如何放得下这条肚肠，就对他父母面前道："若不得这王知县女儿为妻，情愿一世不娶，削了头发去做和尚。"熊氏夫人道："他只是个知县，却不识抬举，竟敢抗违！想必是那知府说得不着实，不如当面与他说亲，谅他不敢推脱。"侯子杰道："且待他到府来时再处。"因此把这事暂为中止。

且说这年，登属之宁海、莱阳、招远等数县地方，自二月至四月底亢旱无雨，麦苗尽死。登州所属又是浇瘠之区，百姓本无储积，稍有之家，仅可齑粥度日，贫穷者四散逃荒。王公屡禀上台，要开仓赈济。上台俱以偏灾，未经奏闻，不得擅动仓廪。王公无奈，因捐己俸，四门煮粥救饥。明知人多力薄，只得自尽此心。谁知到五、六、七月，阴雨连绵，处处俱成巨浸，凡种秋苗，尽行淹死。八、九月间，水还不退，麦难下种，且亦无种可下。民间卖男鬻女，四散流离，骨肉不保，以致抢夺频闻，盗贼生发。各县申报，士台都以偏灾不敢申奏，只令州、县善为安抚。王公目睹百姓凶荒至此，不忍坐视，因与夫人商量出一个主意来。正是：

不惜一官瘦，宁教百姓肥。

正不知相商出什么主意，且听下回分解。

第四十二回

# 发仓廪宁海救饥民　纠丑类青山放响马

却说王公与夫人商量道："如今百姓遭此饥荒，人民离散。既为民父母，岂忍坐视！现今仓中存贮小谷五千余石，可碾米三千余石，还有杂粮三百余石。虽不能遍救饥民，亦可苟延旦夕。拼着捐己囊赔补，也不过三千余两，我明日亲自查明户口，尽数赈济；一面报明上台，情愿捐资如数买补，何如？"王夫人道："正该如此，何必与我商量？"王公大喜，即日传集各该乡地保甲，查造实在户口清册。那些地保知是放赈，连夜赶造申送到县。王公惟恐有弊，亲历城乡照册查点，按名给赈。无如人多粮少，一人不过数合，三日内已将仓粮放尽。一面通报上台，一面亲到郡城来禀道、府。

这林府尊却是个慈祥胆小的人，因说："捐资赈济是一桩极难得的美事，但须候批详转来给放为妥。今事已成就，我当与你据情转详，须要定一还补限期才好。"王公道："本当听候批详，但这些饥民旦夕不保，万一批详不允，便救死不及，因此卑职冒昧而行，还要求堂尊垂庇。这限期，卑职计算须在明年三月内方可还补。"林公道："我与你转详恳请便了。"因留住便饭，说起侯公求亲之事："我已与你委曲禀复，看他意中大为不然。今日你去禀见他，若再觌面言及，当委婉其辞，不要十分竣绝。此人心地褊窄，须要提防。”王公谢过府尊，便往巡道衙门来禀见。侯巡道也知王公到来，因有求亲一事，一经通禀，即刻请见，礼待甚优。所说赈济之事，也十分赞美，并不提起亲事一语。及王公禀辞时，因说：“明日有屈小叙。”王公回寓，正卸衣冠，却有道台家人来下请帖，请明日午饭。王公明知此请有些关碍，却又不敢推辞，只得留下请帖，明日禀谢面缴。到了次日傍午，家人又持帖来请。王公随即起身。

这日，侯公只请通判李万玉相陪。这人是个谗谄面谀之徒，奉承道台，呵卵捧屁，无所不至。侯子杰特地请他来作说客。这日，酒席极其丰盛，侯巡道与李通判殷勤相劝。酒至半席，李通判开口道：“闻得王老先生尚未获麟，不知有几位如夫人？”王公道：“卑职只一拙荆，并未娶妾。”侯子杰道：“古云‘四十无儿方娶妾，但为官为宦的若无子息，岂能待到四十？况年兄已过四旬，急宜纳宠才是。”王公道：“已曾生子，却不能育。看来是命里乏嗣，非关人事。”李通判道：“闻得有位千金，德容俱备；道宪有位公子，才德兼全。前者曾托林堂翁转达，只恐言之未详。因此今日奉屈要弟作一月老，以成秦晋之好。这是一桩极美之事，谅老先生必无他却。”王公道：“承道宪大人不弃，是卑职万幸；又承本府传谕，敢不祗遵！实因卑职只有这个小女，年尚幼稚，原拟在乡梓间招赘一婿，以为养老之计，在贱荆亦一步不忍相离，因此重违钧命，亦情事所勿获已耳！”李通判道：“老先生所说虽是，但未通权变。大凡田舍翁婚姻，多不出乡梓；若说官宦之家，隔省为婚者，不一而足。即如弟原籍湖南，贱荆却是先君出仕江西时，与一位贵州同寅结的姻事。就是道宪夫人，也是四川籍贯。官宦之家，岂可与田舍翁相较！”王公道：“想尊夫人必定有兄弟姊妹之行，不似卑职只有这个小女，情实不能远离。”李通判道：“如此说，就赘在府上有何不可！”王公见他说话逼近，只得答道：“就赘一事，尚容与贱荆相商禀复。”李通判道：“只要老先生应允了，尊夫人断无不从之理。”王公道：“不过少迟数日，即当报命。”

此时，侯巡道看他二人对答，只是不语，听到入赘之说，才道：“既然年兄要与尊阃相商，但数日内即须复我一音，以定行止。”王公唯唯。当下，李通判又说了许多怂恿阿谀的话，酒席才罢。王公随辞谢回寓，方卸衣冠，李通判又到，只得相接进来。坐定茶罢，李通判道：“老先生回署即与尊夫人相商。这是道台美意，他人求之不得，老先生切不可固执！适才道台又着弟来致达。若成就了这头姻事，宦途之中何所不可！况道台彰明较著两番求亲，若老先生固执不允，他颜面上如何下得来？还求老先生三思。”王公笑道：“虽承厅尊玉成美意，但婚姻大事，必须两相情愿。若勉强而行，终非美事。至于卑职这个微官，做也罢，不做也罢，无甚关系，并非恋栈者比。这事实在不能相从，还求厅尊善言相复，感激不浅！”李通判见话不投机，便起身道：“弟也是一番好意，况是道台所托，巴不得玉成其事。既是老先生主意已定，岂敢相强！”当即作辞而去。

王公次日一面谢酒、禀辞，即起身回县。到署中与夫人说知，王夫人道：“不知他何故三番两次要来求亲？莫非在哪里见过女儿来？”旁边老家人王诚道：“当日在台庄雇车时，听得对门客寓里住的，就是侯巡道的家眷。那日夫人、小姐上轿时，有几个家丁打扮的，簇拥着一个官人，在外面觑看。小的正待喝问时，店家说是侯道爷的公子。看那人有三十以上年纪，生得三叉骨脸，满面黑麻。衣冠虽然齐整，人物甚是丑陋。”王公道：“也不管他好丑，我只不允这头亲事，他也无如我何！但如今最要紧的，是回家取这宗银子来买补仓谷。现在署中所有俸银、规羡，不及二百余金，还须取三千金来方可足数。”因吩咐王诚：“我明日拨两个老诚干役，同你星夜回去，与岑夫人、小姐说知此事。有书一封，内钥匙一把，看了便知细底：限你四十日回往，不可有误！”王诚答应，即时准备行装。次日，王公宽给盘费，拨差两个能事头役李旺、杨升同往不提。

却说这登属遭荒的数县，盗贼频闻，抢夺时有。惟宁海一境，百姓互相传诵："我们受了王老爷的大恩，宁可饿死，不可为非！"因此，一境之中，挖草根、剥树皮、罗雀掘鼠，并无抢夺之事。凡有外来贼盗，共相擒拿，解县请赏。因此，连外方的盗贼也不敢入宁海境来。王公又生法调度，随时救济，士民莫不爱戴。

这日王公正坐衙斋，忽听传梆通报，探得有青州二府方太爷奉宪委到来，已离城不远，不知何事。王公即刻吩咐打轿出城迎接。到了公馆，见毕礼，茶罢后，王公因问："不知太尊有何公事到此？"方公道："弟奉督宪之委，不得不到此一行。"因在袖中取出一角公文递与王公。展来观看，方知是"本道揭参宁海知县王某，以一隅偏灾，不奉明文，擅动仓库，希图侵蚀等因。为此，仰该丞前往，确查仓储库项、果否赈济、有无额外亏空情弊，据实具报。如果赈济属实，着即取具该县，限日买补足额，不致亏空甘结。该丞加结转详，以凭察夺等因。"王公看毕，笑道："督宪借重堂尊到来，倒明了卑职的心迹。现有放赈户口清册可查。只求堂尊据实查复，就是卑职万幸！"方公道："弟也不必再查，一路来口碑载道，莫不感颂年台的恩德。弟亦久闻年台惠政宜民，循良第一，渴欲一识尊颜。今却因公得遂，诚为快事。"王公道："卑职才力浅薄，遇此凶荒无法赈救，只得尽其囊橐，聊尽此心。已着家奴归取，限日往返，大约在腊月半前准可取到。计算买补约在明年三月内可以完足。今当出具甘结，求堂尊加转，必不有误。"方公道："甚好。"

说话之间，只听得外面人声喧嚷。衙役回禀说："外面一时聚集了千余人，来打听老爷的消息。若有事故，大家都要往省城去保留。"方公道："难得难得！可见公道自在人心。"王公随吩咐家人、衙役传出：方老爷到来，是奉委查勘放粮户口数目清册，并无他事，叫他们各归生理。那些士民见衙役传言，恐有虚诳，不肯便散。直待王公自出面谕，才各散去。署中已送到酒席，方公道："如此米珠薪桂，还要叨扰！”王公道：“堂尊因公到此，路途跋涉，卑职心甚不安。一杯水酒，幸勿言亵。”说毕就要辞归。方公留住道：“既承盛意，我们正好借此谈心。”王公因吩咐家人斟上酒来。外边随从，另有款待。

饮酒中间，方公道：“这侯道台与年兄有何嫌隙，多此事端？”王公因将两次求亲不允之故，告说一遍。方公道：“这也可笑。儿女婚姻，原要两相情愿，岂有以势力相强之理！前日，敝堂翁吴公从省回来，知道此事，见督宪对着司道各官说：‘若州、县都如王宁海这般爱民，地方何愁不治？况他禀明存仓谷数，情愿捐资买补，实是难得之事！如何还有弊端！侯巡道参他希图侵蚀，未免苛刻。但揭内有恐其赈少报多、额外亏空一语，不得不一委查。因见吴公在坐，便说：‘即委你方府丞就近去一查。’如此看来，侯道台岂不多事？并闻得他乃郎在此瞒着乃尊，在外面无所不为。年台当处处提防。”王公道；“承堂尊关切，卑职当铭泐五中。如今，卑职将此事完结，便当告休。岂肯再为恋栈驽骀，以取其辱！”方公道：“年台正在强仕之年，况上台器重，云程未可限量，岂可因咽废食？”两公说话投机，不觉饮至玉兔东升，王公方告辞回署。次早即来请安，就具了限明年三月如数买补完足的印结，并着户房书办，赍放粮户口数目清册，呈与方公查看。方公略阅大概道：“办理甚善！虽然赈济不多，却得均沾实惠。”方公收了印结，当下就要起身。王公坚意留住，方公也不肯遽别，当日又设席相待，畅叙了一天。次日，方公一早起身，王公送出郭五里才回。且不说方公加结转详，后来赴省在各上台前，说了王公许多善政。这是后话，表过不提。

却说王诚与两个干役，星夜赶回家中，与岑夫人、小姐磕了头，将书、匙呈上。岑夫人见书面上是“专差限日往回”不知是何急事，心下惊疑，口里问着老爷、夫人、小姐的好，手里忙拆开书来。婆媳两人从头看毕，大娘子道：“不允他亲事，只恐将来还要作祟。如今事不宜迟，即当准备。”就吩咐王诚：“陪待他们酒饭。明日大家歇息一天，后日着发你们一早起身。”当日，婆媳两人将锁匙到上房东内间第八只皮箱内，取出白金六十封。岑夫人就叫大娘子写了一封回书。书中力劝事竣告休，并提防侯巡道暗中作祟的话。将行李捆束停当，雇下船兵。到第三日，一早打发王诚起身，再三吩咐路上小心，赏了他每人四两银子，格外四十两盘费，叙入书中到署销算。王诚与两个衙役叩辞；从后墙门下船去后，大娘子对岑夫人道：“我看这三个人脸上都有滞气。但愿途中无事平安才好。”岑夫人道：“这是做好事的银子，皇天也当护佑，谅必无虞。”

不说婆媳这边相叙，却说王诚等坐船直到台庄，起早雇了一辆大车，星夜竟往登州进发。正是“明枪易躲，暗箭难防”。原来，侯巡道的公子侯集，见两次求亲不允，便怂恿父亲揭参他希图侵蚀。及闻得上台不准，又打听得王公着人回家取银买补仓谷，心下十分气愤，连日眉头不展。他随身有两个帮闲伴当：一个姓贾名何，诨号赤练蛇；一个姓孙名业，诨号灰地鳖。这两个是专一助纣为虐，挑唆侯集常干那没天理的勾当。晓得公子心事，乘间说道：“天下美女甚多，岂只有王知县的女儿一个？我们与少爷打听有胜如她的，不拘少女嫩妇，包管你老人家趁心满意！”侯集道：“亲事不允也罢，如今又揭他不倒，实是气这老贼不过！他家中豪富，已着人回去取银来买补仓谷。除了此事，再无别法摆布他；叫我如何不气！”贾、孙二人寻思了半晌道：“他若果然回去取银，小的们倒有一个好计策，叫他人财两失，与少爷出这口气如何？”侯集道：“你且说来什么计策。”贾何道：“料他取银子来，必要打从尖子峡、青山坳、苦竹湾这些险处经过。小的们纠合几个有本事的朋友，就那里扮作响马，劫取了他这宗银子，叫他不能买补，再叫老爷揭他个违限不偿，岂不出了少爷这口恶气！”侯集笑道：“此计甚好。只要做得细密，倘然弄破了，却不是耍处。若做得干净，这取来的银子我只分一千，其余都与你们分用。若是弄破了，就到砍头的时节，也不许扳出我来！”贾、孙二人道：“少爷放心，包管无一些破绽！只在家中坐听好音！”这也是王公的运限该当遇着这些魔障。

不说这边贾、孙二人去纠合党类，且说王诚与李旺、杨升，坐车保护行李兼程进发。这日，五鼓起身，大早正到了青山坳。这去处四围都是山林丛杂，前后数十里没有人家，最是个险隘之处。王诚不合贪趱路程，正驱车到坳。此时是腊月初旬，霜花满野，只有星光，并无月色。正行间，只听树林里放出一枝响箭来。王诚吃了一惊，只听车夫叫声“啊呀！”先已逃去。树林里飞出六七骑马来，星光下，见手中都拿着雪亮的钢刀，高声喝道：“留下车上的东西，饶你狗命！”王诚与两个差役料不能敌，跳下车来抱头奔窜。这班强盗上车搜出行李，身边都带有捎裢、缠袋，将这三千两东西尽行劫去。放开辔头，一道烟已无影响。王诚等躲在枯涧里，见响马已去，才一个个钻出头来，招呼到车上，检点银两已是一空。大家目瞪口呆做声不得。车夫埋怨客人一定要早走，才弄出来；三人埋怨车夫你晓得这里尴尬，就该阻住我们：大家互相埋怨。幸喜盘费银两装在衣包内，不曾拿去。

此时天色渐明，就有行人来往。问知遇盗，大家都说：“这里虽是个险处，却也平静了多年，怎么忽然有起响马来？一定是你们在哪里露了白，才着了道儿。”两个衙役问知这地方是登、莱交界之处，属即墨县所管，只得驱车到了村坊，觅了个下处，即去报了本处乡地保甲。留杨升看管车辆，王诚、李旺带了乡保人等，往县里来禀报。本县知是强盗重情，立刻坐堂。问明来历并被劫情形，知是宁海县买补仓谷的官银，大有干碍。立刻传齐马捕快役，分头限日拿获。一面申报本府通详各宪，并移会邻境协力缉拿。当日又备了一角文书，交与王诚，令他着一人回宁海报知；留一人在此守候。当下王诚即与李旺回到下处，取了家书并这角公文，先着李旺星飞回县通报，自己同杨升在此守候，催促缉拿。

话分两头，却说王公这日在衙内坐立不宁，心神烦闷，只听外边传梆说李旺独自回来禀话。王公心疑，刻唤进来问道：“你为何独自回来？”李旺磕了头流下泪来，向怀中取出文书、家信呈上。王公见是即墨县季公的移文，拆开一看，大惊道：“如何路上竟有了响马？一定是你们沿途眩惑露了形迹，才有这事。”李旺因将去来谨密，并遇盗报官情节诉说了一遍。王公喝退，随进内堂来与夫人说知。夫人只叫得苦。王公又把家书拆开看了一遍，并念与夫人听了，道：“幸喜家中平安。如今失去了这三千银子，通省皆知，即买补迟延，亦不为过。但是再回去取银，断乎不可。明春有本省协济浙江军饷十万两，我上省去求督、藩两宪，截留银三千两，发来买补了仓谷。求他移会浙江抚、藩，从原籍取银，在本省藩库交纳补数，甚是稳妥。只不知上司肯与不肯？”王夫人道：“上司知道我们赔累苦情，谅无不允之理。”当下商议停当，一面备文，仍着李旺赍往即墨，恳其上紧严拿；一面束装，连夜上省。正是：

已成志愿舒民瘼，会见精诚格上苍。

不知王公去求上宪可否允从，且听下回分解。

第四十三回

# 奉天旨县令擢城隍　设巧计夫人斩倭寇

却说王公星夜赶赴省城。其时，即墨县通详已到，各宪皆知。督宪晋公大怒，飞檄该府、县：勒限严拿，务获解报；一月不获，即行题参。

这日，王公先去禀见督宪，随即传进后堂。王公参见毕，未及开口，晋公便道："你必为被盗之事而来。我已飞檄饬拿，但拿获与否尚在未定。这仓谷悬欠，却如何办理？"王公禀道："卑职正为此事特来恳求。这三千两银子纵然不获，卑职也情愿赔补。若这番再回籍取银，路上也不放心，因求大老爷鸿恩，将解浙军饷扣留三千两，发与卑职买补。即恳恩移知浙省，卑职就在本省藩库如数缴补，省得途路担心。若蒙俯允，卑职随着人回籍取银，在本省等候补缴，必不有误。"晋公沉思了一回道："此举甚好！但这饷银我开正就要起解，你须即速着人回去取银。我另与你一封解银文书，在本省等候缴补。倘有迟误，取咎不小！这三千银子，本院即行文藩司，你可具领状在藩库请领，及早买补完项。本院念你是个好官，与你担着这个干系。切不可贻误！"王公即叩谢道："蒙大老爷格外垂慈，岂敢贻误，有负大德！"当即禀辞出来，随往见藩台叶公，将禀恳督宪截饷缘由禀知。

叶公道:“两番赔补，实是难为了你！我已飞伤该县，勒限严拿！若拿获得着，便好了。如今既是督宪允准截留饷银，先行买补，只候宪牌下来，你便具状来请领。”王公随叩禀辞出来，又去禀见臬司各宪，俱蒙奖慰，心中甚喜。

到次日，布政司库吏来寓通知:“督院牌文已到。大老爷说，年节已届，请老爷即速领银，回县办理。”王公谢了库吏，随具印领，到藩库领了这三千两官银，用车装载。即禀辞各宪，领了督院解银补饷的咨文，欢喜回县，已是封印之时。随差役唤了王诚回来，只留杨升、李旺在彼守催。修了一封备细家书，并督院咨文，吩咐王诚同一个老诚书吏、一个妥役，定于新正初六日起身，回家取银在本省呈缴。至开印日，即派干练书役，领了文书牌票，分给银两，往邻府、州、县丰熟之区，照时价采买谷石。这些书役所到之处，先投了文书。各州、县都知道王公赔补之事，无不关切:随传经纪集市，吩咐准斗平粜不许昂价；买足之日，拿官车护送交界。因此，采买这五六千谷石，全不费力，约在一月之间便可完足。

却说王公到上元佳节，在后堂与夫人、小姐家宴。因说:“我做了这一年多官，也不曾屈打了一个平民。虽然赔了数千金，却也承各上司十分优待。只等这仓谷补完，就当告休回去。”王夫人道:“这是我撺掇你做官，以致赔累了这许多银子。”王公道:“事有前定，岂关人事？”这夕，开怀畅饮了几杯，归房安寝。当夜，王夫人梦见一位白衣老母，抱着一个眉目如画的耍孩儿，只穿着一个红绫兜肚，浑身如粉妆玉琢一般，递与王夫人道:“把与你做了儿子罢！”王夫人大喜，双手接过来抱在怀中。正要问这老母来历，忽然被这孩儿一个翻身，蓦然惊醒，却是一梦，听更漏时正交五鼓。

原来王夫人平日持诵白衣大士神咒，顶礼甚虔，得了这梦自觉有异，因与王公说知。王公道:“或是菩萨慈悲，也未可知。”次日，在白衣大士前斋供顶礼。从此，王夫人觉得喜酸爱睡，已是有了身孕。

王公心上也十分欢喜。到了二月上旬，各处采买书役陆续俱回。计算一应盘费、车脚之外，还余剩了二百余金。王公甚喜，慰劳各书役俱有奖赏。随即通报了完足的文书。原来人间善恶，天鉴匪遥：凡人有犯孤穷、夭折、困苦、流离，但得念念向善、随分济人，便可挽回天意，反祸为福。这王公本来命犯孤煞，宦境坎坷：自做官以来，只吃了宁海一口清水，所捐已俸施粥救饿，并被盗捐资，共费了六七千金，却全活了饥民数万。因此，相逐心移，命随心变。若论阴功，年当福禄未艾。殊不知，人间之富贵有限，天曹之禄位无疆。

这日是二月十五日，红日正中，王公独坐衙斋，正在起告休文稿。忽见一青袍角带的吏员，率领一二十个职事人役上前参叩。这吏员双手赍着一封极大的文书，呈上王公。接来看时，正面写着："特授天曹都察院封"；这面是："年月日时发"；侧边是："仰宁海县王某开拆"。王公心疑，拆出文书观看，只见四边云章围绕，上面写着："特授天曹都察院盛，为升补城隍事。奉东岳天齐大帝金旨，查东省济南首郡城隍汲斯忠，已奉玉旨升任东岳都巡使，所遗员缺；查有宁海县知县王翼，聪明正直，力善爱民，堪以升补；奏蒙玉帝，天旨准行；郎着赴任毋违等因，蒙此转饬到院，合即转行。为此，仰该县即速遵照限日赴任毋违！"王公才看毕，那吏员又呈上一道上任告示请标。旁边一吏捧过朱砚，一吏送过笔来。王公不觉就判了个二十二日辰时。正欲问话，只见那吏员等磕了头率众而去，一时不见。旁边门子正送茶到面前，王公打了一个呵欠道："奇哉奇哉！"因问门子："你几时进来？可曾见什么？"门子道："小的才送茶进来。见老爷在这里打盹，不曾见什么。"王公吃了茶，就进内堂来与夫人说知此事，道："青天白日，岂是梦寐？"因将牌文念出，一字无遗。"这是天数已定，不须疑虑。幸喜官事已完，后嗣有望，生为县令，死作城隍，亦有何憾！日后夫人生子，当取名'梦麟'。月儿终身，亦不必更为择婿，她与梅女儿姊妹情深，竟共事岑郎，必无差错！家园事业，夫人自能主张，不须更嘱矣！”王夫人见说，不觉垂泪道：“这是一梦幻，如何认起真来？”王公笑道：“必非梦幻！我奉天旨升授城隍，你母女当作喜事相看，切勿啼哭。”当下就着王谨端正后事，将一切公事日夜办理清楚。一面通详告病文书，乞即委员署事。这信息已是传扬出去，四境皆知。那些士民，也有哭泣的，是舍不得这样仁慈父母；也有欢喜的，是喜得就做了本省城隍；也有半信不信的，道正在壮年，还要加官进爵，未必就有此事：纷纷传说不已。这王夫人母女见王公如此行为，日夕忧惧。王公再三安慰，谈笑自若。

到了二十一日半夜里，王公即起来沐浴。梳洗毕，冠带整齐，望北谢了恩；将印信交与夫人，明早叫王谨交与典吏赍缴。料理毕，即明烛在二堂危坐。夫人、小姐俱已起来，十分惊恐。只觉署中香气氤氲，乐声隐隐。王公早见前日那个吏员进来参叩。随后，便是许多书吏人役。逐班叩头毕，便请起马。隐隐听得炮声响亮，喝道、鸣钲，鼓乐交作，渐远而寂。此时正交丑刻，城乡无不听闻。及夫人、小姐看王公时，已笑容可掬，端坐而逝，不觉放声大哭。其时，合衙书役因知此事，这夜齐在衙门上宿。其时，都听得鼓乐之声由近而远，及到宅门探问，已知王公坐逝。大家不待通禀，都拥进二堂来观看。却见王公面色如生，冠带整齐，端坐椅上，署中香气不断。众书役垂泪磕头。却喜棺椁衾裯俱已齐备，王夫人就命将棺木安放正中，材垫端正，即着搀扶老爷入棺。几个老吏过来，同家人王谨搀扶。只道身尸僵冷，谁知肌肉馨香，身体温软。遂轻轻抬起，坐入棺中。然后整理冠带，缓缓睡下，盖好锦衾。夫人、小姐并家人、仆妇、丫头，都抚棺恸哭了一场，才盖好棺盖，四围钉好，装挂孝堂，安设灵案，点烛焚香。又请画工将平日所传行乐，仿出一幡大像，将来张挂，十分形肖。

却说这日，同城文武官员以及城乡士民男女，来上香礼拜者，自早至晚纷纷不断。夫人、小姐俱挂重孝，在孝堂内俯伏回礼；着家人谢劳。一连三日，夫人只得闭灵止吊。

原来，这事已传扬到省会。先是省城隍庙道纪司，于数日前，梦见本庙人役纷纷嚷嚷洒扫殿庭，整肃职事。窃问廊下一吏，说是宁海县王爷新升了这里省主城隍，二十二日辰时到任。醒来甚是惊异。及到二十二日五鼓时分，听得远远响炮鸣金，鼓乐之声自远而至。俄闻呵殿传呼，至平明方寂。到二十四日申刻，已见宁海县典史代行通报文书并通禀事实到省。因此，传扬得无一处不知。督院晋公又密访的实，定期亲率同城僚属，到城隍庙行香致祭；并劝僚属各捐俸金，重修庙貌，另塑金身。又谕登郡各属随分助赙，送其灵柩、家眷回籍。一面委员署印，一面将王公德政始末具疏奏闻。后来奉旨敕封为忠佑伯，春秋动帑致祭，屡著灵显。这是后话不提。

却说那侯公子，自从贾、孙二人在青山坳得手之后，神鬼不知，大为得计。后来闻官司捕盗了数月没有影响，也就渐渐的懈去；及闻王公作古，没了对头事主，把这案越放慢了。现今打听王公家眷就要回籍，因想，王知县已死，只有她母女两个。若再去说亲，肯了便罢，若说不肯，就强媒硬保娶了她，也不怕她怎的。因与贾、孙二人商量，他两个寻思了一回道："这事不妥。若再不成，到有了形迹。况老爷现在这里做官，强媒硬娶如何使得！"侯公子道："依你们这般说，难道竟罢了不成？"孙业道："我倒有一条妙计，只是少爷却在这里住不得，须及早在老爷面前托个事故回家。在路上只推有病，慢慢破站前去，在那几个荒僻去处左近等候。小的们再纠合了那几个伙计，埋伏前途，关会停妥，就那里劫夺了他女儿。上了车，软骗不从便用威力恐吓，量一个娇嫩女子不怕她不从。只是得她在五更起身，才好行事；若是她在白日里趱路，这事就不妥了。倘得天从人愿得了手，小的们便先去雇下船只，待车子一到，就上了船。那时，甜言蜜语把她哄上了道儿，回到府中岂不是一生受用！日后就是老爷知道，也只索罢了。"侯公子笑道："这条计真是妙计！只是须结果了她的娘才好，省得她告官告府惹出事来。这件事须要十分机密。若事成就，你们伙计每人赏一百两银子。”贾、孙二人道：“都在小的们身上！少爷只顾放心，包管趁心满意！明日只要少爷赏我们每人一个老婆就是了。”侯公子道：“府中有的是丫头，随你们每人挑娶一个便了。”当下商量停妥，专打听王夫人起身日期。贾、孙二人悄悄行事。这侯公子就在父母面前，只说要回家盘查当铺，就坐了自己的车辆，心腹家人、肥骡大马，计日回家。这话暂且不提。

却说这时倭酋赵天王夫妇，结连海贼汪直、徐海，分兵数十道大举入寇，江、浙、闽、粤同时告警。官军征剿，互有杀伤。无如这些倭寇连年骚扰，路境熟悉，东进西退，出没无常，沿海地方，大遭荼毒。就中单说这赤凤儿与就地滚、郎赛花夫妇，与海寇汪直的头目黎格、卢龙，率领海贼、倭奴数千之众，直犯松郡之华亭、金山、上海、南汇等县。在圌山、沙川等处分立十余屯，左出右入，夜劫宵攻，十分猖獗。杨舍参将耿自新、都使同知汪龙、嘉镇中军游击吴端等屡战不克，反被他暗通内线、里应外合攻破了金山，大肆杀掠。江苏总制黄公飞檄吴淞总镇王嘉桢、游击殷勇发兵救应，调回耿自新在太仓防守。其时，华氏夫人同在军营，戎装督战，自领一队绣旗军，都是强干勇猛之士，连胜了倭奴数阵。自此，那倭寇凡遇绣旗军，不敢轻敌。

且说就地滚江五夫妻两个，佐赤凤儿在金山之铁砂峡、青泥坞等处分为数屯。赤凤儿居中，就地滚在左，郎赛花居右，与汪直等诸屯遥为犄角，欲犯松郡。王总兵驻兵花山，挡住汪直等东南一路，正欲与殷游击合谋，分兵进剿，忽因抱病而止。

却说华夫人在军中与殷将军计议道：“此间数屯，惟倭婆赤凤儿为首，其兵甚锐。但倭奴轻身嗜利、恃众少谋，须设计诱敌。破其首领一屯，则诸屯自然瓦解。然后与王、褚二总兵合力剿杀，可获全胜。”殷将军道：“计将安出？”华夫人道：“可命军士将胶泥做成元宝，外粘锡箔，用荆篓装好，故叫显露。上面插着军饷红旗，分做数十扛，挑勇壮军士扛抬，故绕贼屯经过，引诱倭奴前来劫夺。我军在白沙河四下芦苇深处，用战船三十号，藏精兵一千五百名在内。只听号炮一响，齐出截杀，出其不意，可获大胜。”殷勇大喜，随暗传号令，依计而行。果然，那铁砂峡左屯，就地滚所领倭奴千余，探见了这雪亮的饷银，如何不抢？唿哨一声；蜂拥而至。众军士一见，呐声喊，撇下银扛，四散逃奔。这些倭奴一齐上前，竞相抢夺。正吵嚷间，忽听一个号炮从半空中飞起，四下鼓声如雷。殷勇与夫人指挥这一千五百精兵，四下合围拢来，大刀阔斧，尽力砍杀。这倭奴出其不意，惊惶乱窜，被官军三停杀却两停。真是尸横绿野，血染黄沙。

殷勇与夫人正乘胜分头追杀，忽听四下螺声骤起，却是赤凤儿与郎赛花率中、右两屯倭兵前来救应。华夫人正遇赤凤儿舞双刀杀至，夫人心中暗想：屡听说这倭婆利害，果然名不虚传！若杀得此妇，去其元凶，倭奴自然丧气。遂拈手中铁心攒竹点钢枪，当心就刺。赤凤儿使双刀架住。好一场厮杀！一个是倭传刀法，光闪处，不离肩颈、头颅；一个是仙授神枪，锋到处，只在咽喉、心坎。战到三十合上，华氏夫人见赤凤儿本事高强，心中定计，虚晃一枪，兜回马就走。赤凤儿不舍，拍马赶来。华夫人听得马蹄将近，猛翻身回马一枪，劈心窝刺来。赤凤儿急躲闪时，已将护肩金甲挑去一片，吓得落荒而走。华夫人大喝：“贼婆娘，往哪里走！”飞马赶来。不防郎赛花领一支倭兵，从斜刺里杀来救应。见华夫人追赶赤凤儿甚紧，便取一铁弹扳弓打来，正中华夫人肩甲龙吞口镜上，当的一声打得粉碎。华夫人吃了一惊，兜住马不赶。这郎赛花也知道华夫人利害，不敢抵敌，保着赤凤儿飞马逃去。就地滚亦被殷勇杀败，招呼败残倭寇一齐奔走。殷勇与夫人率兵正追杀间，忽听前面螺声大起，却是黎格、卢龙领数屯贼兵前来救应。华氏夫人见众寡不敌，且天色已晚，遂令鸣金收军。那边望见彩绣旌旗，也不敢前来迎战。殷勇传令后队作前队，缓缓退回大寨。这一场大战，计斩倭寇一千三百余级。一面关会王总兵、汪指挥合兵会剿，一面捷报总制。黄公闻报大喜，即檄殷勇署理参将，与各路官军会议进剿。其时，浙闽等省都有飞章奏闻，各处胜败情形，将弁功罪，听候旨意发落。这话表过不提。

且说文进，自从在台庄与刘云弟兄别后回家，却值老母有病，朝夕侍奉，不敢出门。待得病体少好，已是冬月将尽。才与老母说知："前日，刘相公托我寄书，又与了我盘费，必得往太仓去走一遭。一者全了信义，二来去见殷将军，看看那边光景如何。"老母道："既如此，且待交春了去。这寒天冷水，如何出门？况且我病才好，万一你到那里有些耽搁，大年节下，教我冷清清如何过得？况听得说如今倭寇正乱，叫我如何放心？"文进是个孝子，见母亲说了，便不敢再言。直到挨过了新正人日，才与老母说知，要往太仓一走。老母再三叮嘱："速去速回！我是风中之烛、朝不保暮的人，你切莫耽搁。"文进应诺。家中托哥子文连照管。自己拴束包裹，藏好了刘云的两封书札，带了一个防身的铜锤，星夜竟奔太仓。

这时正是官兵与倭寇厮杀之时，道路十分防范。及到太仓，方知殷将军与夫人一同出兵去了。署内无人，心中纳闷，只得来见知州成公。一直走进大堂，便有值堂人役过来喝问。文进道："我是与原任山西曲沃县刘老爷寄信来的。烦你通报一声你老爷就知道了。"那衙役见有来历，就说与宅门往里通报。成公闻是刘云寄书，便问是何等样人。家人说是个青衣小帽的人。成公就叫引他进来。文进走到二堂，见成公便服站在檐前，欲待上前叩见，成公止住，问道："这书，刘老爷在哪里托你寄来的？"文进道："老爷只看了书便知。"因向包裹内取出书来，递与成公拆开观看。未及看完，连声道："有罪得紧！不知就是足下。前者，贱眷极承保全，心感不尽。几次着人相访，竟无下落。今得足下到来，实慰渴念！"因拉文进到东书房内，先要拜谢。文进搀住，连道："不敢。"因各长揖坐下。

成公将书看毕，便问：“足下想是不曾相会殷将军？”文进道：“殷将军原是同里相熟，今番与夫人都出兵去了，因此不得相会。”说话之间，成公子出来拜谢道：“老母都叫拜谢。前日尊驾匆匆别去，心上十分抱愧。后来又无处寻访，至今耿耿在心。”文进道：“一时愤激，莫怪卤莽！”成公就叫备饭，因说：“足下有如此本领，目今用人之际，正好建功立业。岂可埋没英雄！”文进道：“一向要投殷将军，图个事业，只为老母在堂，不敢远出，此来又不得相逢，这封书只好存在老爷这里，得便寄去也罢。”成公道：“足下何不竟往军营去相会？我再修书一封，去时必有济遇。”文进道：“去秋只为老母衰病，这封书直迟到如今送来。老母如今病体才好，再三嘱咐，不敢在外久羁。今日见过，就要告辞。”成公听说，知文进是个孝子，更加敬重道：“虽然如此，也须款留数日，再作道理。”自此，成公父子殷勤相待，一往五天。文进苦辞起身，成公见款留不住，因问明住址，倘有机会即当相闻。当送了白金百两，道：“聊为令尊堂甘旨之供。”文进推辞不脱，只得谢领，随拴束包裹起身。成公着役负送，成公子亲送下船，格外又送了十两盘费，郑重而别。原来天数已定，人不能知。文进此番回去，顿教风木生悲，却使奸徒丧胆。正是：

为寻知己图谋去，做出惊人事业来。

不知后事如何，且听下回分解。

第四十四回

# 贪美色猶丧凶徒重　英豪平台试武生

却说文进自起身往太仓后，他母亲旧病复发。文连着急，即请医调治，都不见效，到第九天上，竟作古了。幸文进尚有存在家中几两银子，文连将来买棺盛殓。及文进回时，已是过了首七。文进哀恸欲绝，将成公所赠从俗礼忏，尽孝尽哀。守灵过了断七，就在祖坟安葬毕。文进自思：志愿未遂，老母又亡。如今孤单独自，一事无成，终不然撑船过世，岂不惹人耻笑！因想知己难逢，不如去投刘家弟兄，图个机会。纵然无济，习学些武艺也好。主意已定，家中本无可守，把房屋、船只交托了哥子照料，挂束随身包裹，带了防身铜锤，即日就道，星夜奔沂水而来。

于路无话，不日间到了尚义村。访至蒋宅，进门遇见一个老家人从内出来。文进便问："府上有一位刘姑爷可在家么？"家人道："刘姑爷如今进京去了。"文进道："他从几时进京的？"家人道："他上年九月内在这里完了姻，十一月里就进京去了。"文进道："既然进京，可知他寓在何处？"家人道："他的哥子刘老爷在京补官，都在内阁中书岑老爷那边同寓。如今，岑老爷把我家老爷同刘姑爷，都在万岁面前保举了。十来日前，有部文转到本县来，催逼我家老爷起身，也进京了。你若要寻他，只到岑中书老爷的寓所去寻，就有下落。”文进听了，踌躕了半晌，心下想道：这番又来得不凑巧！欲待回家，实是败兴。幸喜身边还有盘费，不若进京走遭，看看光景，也好立定主意。与老家人拱手作别，取路竟奔都门。这话暂停。

且说王夫人母女，自从王公归天后，省城各衙门并各府、州、县，多有差人来吊奠、送赙仪的，纷纷不一。惟文登县路公，是同乡、同年又同寅好，亲来吊慰并送赙仪五十金。王夫人推辞不得，一一收领。凡是来差，都着家人款待，不在话下。择定三月初三日起身回籍，先着家人王谨，到省城督、藩、臬、宪并本府、首衙门，都递了报明回籍、恳求严缉劫盗的状子。惟督、藩两宪传王谨当面吩咐：“拜上你主母，到家即速补缴借项要紧！”王谨禀说：“小的主人，正月初就专差回家取银申缴，想此时已经归款的了。小的主母只求大老爷行文严缉盗赃。”两宪都一般吩咐：“你去禀复主母，我这里获盗追赃移文浙省，唤你家来领取。”王谨叩头谢了。回县禀复夫人，就雇了三辆大车、十六名长夫扛抬灵柩。到起身这日，百姓香花灯烛，设祭者何止百十处，男女百姓执香哭送者何止数千人！王夫人吩咐家人再三阻谢。内中有送五里、十里至三二十里者不等，惟书役人等直送至交界才回。这话表过不提。

且说王夫人自起身以来，日暖风和，一路无阻。这日是个大站，未交五鼓即起身。行到了峄县所管的辘轳湾，却是个多见树木少见人烟的去处。此时东方未白，只有星光，车上挂着灯笼。正行走间。忽听树林中一声呐喊，杀出五七个强人，用红土涂面，手中都执着雪亮的钢刀，大喝道：“留下买路钱，放你过去！没有时，把个人留做当头！”那些车抬夫，吓得撇下棺车，四散逃躲。王谨在车上战抖抖的道：“我们是主人死了，搬棺木回籍的，并没有什么银钱。”当头一个强盗喝道：“问这厮作甚？只问他主人婆在哪个车上！”王夫人母女在车中吓得浑身发抖，作声不得。那强盗正待往车上来揪采，只听得平空里霹雳般一声喊道："好大胆的强盗！敢在大路打劫！"说得迟来得快，手起一锤，正打中一个强盗顶门。锤重力大，却把头都打到项子里去了！即夺过那口刀来。便有两个强盗举刀来砍，被那汉左手用锤逼开刀，右脚飞起，早踢着那贼手腕，把那贼手中这口刀，直飞起半空里去。正待逃奔，被那汉手起处，连肩夹臂砍翻在地。那几个都待要逃，又被赶上一个，照背心一铜锤打倒，用脚踹住问道："你这厮叫什么名字？"那贼口吐鲜血挣命叫道："小的不曾劫了物件，只求老爷饶了狗命！"那汉大笑道："谅你这鼠贼也不值我一刀。但饶了你这厮，恐日后还要做贼，且与你留下记认。"即提起耳朵割下一只，那贼忍痛爬起就跑。

这边家人、车抬夫等见杀死强盗，都走出来，望那大汉罗拜在地，愿求姓名。那汉道："我是路见不平，保全了你们。你们可速急离此，免得耽误了行程，我自往京都访人去了。"王夫人在车上道："多感义士垂救！愿闻姓氏、住居，日后当图报答。"那汉道："我便叫文进。你们却是往哪里去的？"王谨道："小的主人姓王，是宁海县知县，在任没了。如今，夫人、小姐搬灵柩回湖州原籍去的。"王夫人又道："拜烦义士，到京时顺便与我女婿——内阁中书岑秀通个口信，说我们蒙义士搭救已回家去了。"文进听说，惊喜道："原来就是王夫人！我去年同刘三相公曾到府上，岑老夫人也曾见过。我如今正要到岑老爷那里去，不必再嘱了。"说毕把手一摆，道："趁此时无人行走，你们快些赶路！我是去了。"转眼之间，已是去远。这边众人脱却此难，恐天明有人查问，耽搁行程，三辆大车赶起牲口，十六名抬夫抬起灵柩，如飞而发。也不管脚步高低，也不顾路途险仄，如有神助一般，不上半个时辰，却已离辘轳湾三十余里，东方才白。

且不说王夫人脱难回家，却说这伙强盗，就是贾、孙二人结伙所扮，也是他恶贯满盈，被文进起手打没脑袋的正是侯公子；砍死的却是孙业；这割去耳朵打得吐血的便是贾何。那几个纠来的见势头凶狠，都狼奔鼠窜而逃。把一辆车子还藏在一里路外幽僻之处，着一个家人看守。这贾何掩着耳朵跑到那里，听得这边车声已远，寂无声响，因与那家人说知："公子已经打死，孙业被杀，众人已逃。再过一会，有人行走，盘问出来祸事不小。"这贾何人急计生，与那家人商量：把车上行李抖得纷乱，皮箱铜锁故意扭落，把车却驶到行劫之处，只说是被强盗打劫，与他对敌，致被将公子打死，幸遇大队客商到来把强人惊散；箱内银两各取两包，放在自己包裹内，只说被强盗抢去，有谁查帐？报了官府，凭他去捉拿强盗，再不疑到我们身上。两人算计已定，如法而行，即到前途报了地方乡保，同往县中禀报。县官知是现任道台公子，事关重大，立刻到该处验尸。吩咐买好棺木盛殓公子并家丁孙业。一面通报各宪，一面出差悬赏，勒限缉拿。

这贾何正以为得计，谁知到第三日上，白日里见侯公子同孙业浑身血污，被鬼卒锁着，来要他同去阴曹对质，便大叫一声，吐血扑地而死。这才是天网恢恢，疏而不漏。侯公子空相思了一场，只落得害人自害。后来侯巡道得了凶信，又闻岑公子特恩超用的信息，一气一惊，成了大病，即请告休回籍。在半路上，白日里分明见王公金冠红袍，数责了他纵子为盗的许多过恶："今得保全首领，便是你万幸！"侯子杰至此才知都是儿子所干的事，大叫一声，呕血斗余而死。这是侯巡按结局的后话，表过不提，言归正传。

却说这倭寇，连年骚扰沿海郡县，攻袭城池，杀掠市镇，官无宁晷，民不聊生。若官军失利，则凶焰愈炽；少有不利，便潜遁出海，分屯附近岛屿，乘间劫掠，莫奈伊何。且有内地奸线勾连外应，因此，官兵每至失利。这番自去冬及今，倭奴海寇结连，分数十道入寇，震动三省，官军征剿，互有杀伤。幸有殷勇与夫人这场大捷，倭寇凶锋略戢。

其时三省督、抚俱有飞章申奏，嘉靖皇上震怒，御笔亲书了一道诏旨，申饬："各省总制、督、抚调度失宜，大小将弁懦怯不振，以致海隅丑类屡年肆扰，虚费军储，不能歼灭。前请招募勇壮，三年以来除官授职者不少，查建功知名者惟王邦直、殷勇两人而已，其余煙没无闻。可见皆循情滥录，并无真才实学之人，虚冒军功，毫无实效。着将从前投充武勇已授官禄者，严加考察，虚冒者尽行裁汰，不得徇私，自贻伊戚。古者立贤无方。今不论内外、大小、文武各官，有能深悉剿贼机宜者，许即尽情条奏；凡有亲知的见之真才实学，无论亲疏，许据实保举。朕当亲试录用，庶草茅英俊，不致沉沦。协力同谋，歼除丑类，以副朕望。咸宜钦此。"这道诏旨下来，旬日间，在京虽有几位朝官条奏，都是泛言大概，不切实用。内中，惟中书岑秀，上平倭十二策，深切机宜，了如指掌。天颜大喜，即日召见便殿，一一试问。岑秀逐条逐款奏对分明，大惬圣意。岑秀又面奏："臣有深知武勇、胆略出群者二人。一是山东沂水县武举蒋士奇，一是江西吉水县武生刘电。二人与臣原有瓜葛，深知其详。今蒋士奇尚在原籍，刘电现在臣寓。臣遵旨不避亲疏之嫌，冒昧陈奏。伏乞圣恩召试，以辨优劣。"当蒙温旨允准。原来这保举一事，因旨意严切，要亲加考试，谁敢滥举！因此旬日内应诏保举者只有四人，连岑秀所保共只六人而已。当着内阁传旨所举在京武士五名，于三月初三日在平台御试。其在外省保举者，俱限三月二十五日赴兵部投名具奏，候旨考试。旨意一下，这在京五名却是：北直郭绍汾，山西龙韬、陈松岩，山东高卓，江西刘电，都准备至期考试。原来刘电自上年十一月进京相会岑秀，与长兄同在一房居住。如今岑秀面奏保举，刘电在寓尚未得知。及岑秀朝罢回来，才说出保举一事。刘电道："虽承贤弟美意，只恐皇上亲试，不比寻常。惟恐负累贤弟有保举不实之议。"岑秀道："三哥本领，弟深知灼见，何必过谦！如今急须准备本身服色，以便朝见。"当下，弟兄们即行料理。

到了三月三日平明时分，皇上驾幸平台，各官随驾。五军都督府并御营都指挥衙门官员，俱全装贯甲，率领三千御林军士，明盔亮甲，兵分八队，旗列五方，摆成阵势，环绕平台。兵部官传旨，引五名武士到台下朝见。鸿胪寺官逐一唱名。各武士按名答应，跪奏姓名、年岁、乡贯、履历毕。皇上龙目展看，果见一个个状貌不凡。内中，只陈松岩系长瘦身材。论年齿，只郭绍汾三十有六，余皆不出三十。惟刘电年齿最小，相貌超群，皇上暗喜，但不知武勇如何。传旨各给戎装，随挑御营驯练马匹，先试骑射。所用弓力轻重，在监箭指挥处报明领取，射毕陈奏。各人遵旨自去装束。旨意一下，那驰道上早列出三座彩牌坊，各悬碗口大小彩球一个，射中者鸣鼓一通，各派官员监看。

当下，军中奏过三通鼓乐，寂静无声。平台前面，两边站着五军左右都督，手执令旗传旨，着按名骑射。台上青旗招动，早见对面东队里郭绍汾纵马飞出。拈弓搭箭正待射时，谁知那马快劣异常，早飞过第一座彩坊，不及发箭。转眼到第二坊，觑得亲切，一箭正中彩球。鼓声未止，马已骤过第三坊。郭绍汾扭转身躯，背射一箭，却从彩球边擦过。皇上在御座看得分明，却略点了一点头。以次便是龙韬、陈松岩，各中二箭。高卓只中了一箭。末后却是刘电，飞马而出，一连三箭，齐齐射在彩球上面。鼓声连络不绝。皇上大喜，道了一声“好”。各官暗暗喝采。骑射毕，传旨令试步箭。却早在五十步外列着一座彩坊，正中间用铜索悬着一个不及一尺大的七层皮鼓子，上下左右四个绿圈，正中一点绯红，都只有杯口大小。郭绍汾等四人都用硬弓依次较射。惟陈松岩、郭绍汾皆中两箭，龙韬、高卓各中一箭，却都在绿圈左右。末后，刘电跪奏：“臣所用系八石铁胎弓，发箭较远。伏乞将箭坊更移远三十步。”当下，传旨准移至八十步上。其时，随驾各官都暗道：这后生中了三条马箭，便卖弄精神。纵然弓力到得八十步上，也难保必中，倘若射不着时，岂不自讨没趣！有的想道：他必定有这个本事才敢夸口，不然，在皇上面前岂是儿戏的？各人心上议论不一。即皇上意中；亦恐其不能必中；但能拉此硬弓，射得到时，亦是难得。却说刘电，难者不惯，惯者不难，拈弓搭箭，使出三尖六靠、四平八稳的肩架，弓开满月，箭发流星，弦响处，这枝箭正中在红心眼里。满营将士无不吐舌。刘电却搭上第二枝箭，拽满弓，觑得亲切，飕的一声，这箭连第一枝箭一齐透出红心而去。这第三枝箭，刘电卖个手段，将铜索射断，掉下鼓子。皇上在御座上哈哈大笑道："真现在之养由基也！"各官一齐跪贺。步、骑射毕，传旨令五名武士乘骑，各取平日擅长兵器，仍依次出马。令各营将弁军士，有敢与武士比较武艺者，在军政司报名，出阵比较优劣，不得伤残性命，但闻鸣金，即便住手。

旨意一下，五营四哨御营将士尽知，凡有本事者，俱想在皇上面前施逞。只听得军中又奏了三通鼓乐，左右都督将令旗一招，郭绍汾顶盔贯甲，早从旗门下横刀纵马而出，高叫："遵旨比较武艺，有能者请出一较！"说声未绝，早见左军队里一将，提刀拍马来迎，却是御营左哨团练使雷应春。当下，两骑战马咆哮，两口宝刀飞舞，战到三十合上，不分胜败，早听鸣金，各住手回阵。第二名龙韬，手舞双鞭，早临战阵。却见东南队里，一骑马两条鞭驰骤而出，却是前军都督、左营守备熊如虎。正是棋逢敌手，四条鞭如翻波滚浪，但见冷气团身、火光灼烁，斗到三十余合，亦闻金回阵。第三名陈松岩，早挺枪跃马而出。只见右军队里一骑飞来，却是守备鲁捷，拈枪劈面来迎。斗到十余合上，陈松岩卖个破绽，让鲁捷一枪刺来，陈松岩把身子一扭，这枪从肋下过去。两马厮并，鲁捷直撞入怀来。陈松岩一把抓住他勒甲绦，正待要提过马来，早听鸣金，便放手回阵。第四名高卓，使一枝方天画戟，早纵马出阵。这边中军队里，飞出一将，却是后军都督、左哨护军使尹政。使双铁戟，纵五花马，飞跃来迎。战到四十合上，高卓戟法渐乱。早听金鸣住手。门旗开处，却见刘电金冠抹额，鳞甲锦袍，横丈八浑铁蛇矛，按辔而出。早见北阵里鼓声响处，一骑泼墨马、一条浑铁枪，如一片乌云卷地而至，却是后军都督、掠阵使袁立。这人生得铁面虬髯，绰号赛张侯，专精蛇矛，称营中独步。其时，众将推他来敌刘电。刘电见来将威猛，欠身道："新进与前辈比较，幸恕无礼！"袁立睁眼道："你但有本事，只顾使来！"说毕分心就刺。刘电说声"有罪"，把手中枪架住。

原来这袁立使出梨花枪法，真如瑞雪乱飘、梨花乱落。刘电识得这路枪法，暗道：此人狂率无礼，若遇蒋叔丈，必定叫他带伤。因随他卖弄，只是遮拦架隔。直待他使到分际处，这一枪名为"透心寒"，刘电才把手中枪掣回，用力一摆，荡起一个车轮大小的花头，早把袁立的枪拨离手有六七丈远。吓得袁立几乎坠马，伏鞍而回。刘电笑道："有罪了！"这时，各队将士无不缩颈吐舌。皇上看得分明，心中大喜，即将刘电宣上平台，赠锦袍一领，特授御营副指挥使职衔，日后有功，另行升赏。郭绍汾等四名，各授守备职衔，候旨分发。刘电等谢恩而退。皇上回銮，各官将士护从依次而散。

却说刘电回寓，刘云、岑秀早已得知，十分欢喜，都道不日定有恩旨下来，必然有剿倭之举。当日三人共饮，叙说场中考试之事，不觉又过一朝。次日平明，皇上登殿，百官朝见毕，即宣中书岑秀上殿，面谕："卿家青年历练，才识兼优，保举得人，大慰朕望。昨观卿十二策，足可歼除丑类。以卿公忠，不必回避原籍，今授卿为江浙两省巡海副都御史，赐尚方宝剑便宜行事。自总兵以下，悉听调度。务期克日肃清海宇，以副朕望。刘电等五名即带往军营，量才委用。中书事务交卸明白，五日内即驰驿前往，会同江浙总制巡抚，便宜进剿。"岑秀得旨，又奏道："臣以一介小臣，自惭鄙陋，乃蒙圣恩不次之擢，委以封疆重任，敢不殚心竭力仰报天恩！指挥刘电，系臣保举，又属瓜葛，若交臣调用，未免涉嫌，叩恳天恩，另赐委用。"当蒙准奏。刘电即着带往吴淞，交与黄炯差委。当即赐与敕书宝剑，岑秀跪领，三呼九叩，谢恩而退。皇上回宫，百官朝散。此番有分教：

倭氛消灭，海宇清宁。正是：

只凭才艺能超众，何患声名不远扬！

要知后事如何，且听下回分解。

第四十五回

# 重恩义客里寄双鱼　展雄威御前杀二虎

却说岑中书当日领了敕剑，谢恩出朝。五府六部谁不与他道喜？只因限期急促，回寓后就去见内阁程公，叩请方略。程公道：“年兄才干，老夫尽知。但军务之中，须恩威并济。我看年兄诸凡宽大；固是盛德，但在英年，恐人易视。唐时，郭、李二公一宽一严，愿年兄兼而有之为妙。倭寇肆扰，连年深劳圣虑。前差赵工部视师，竟毫无实济。此番年兄领此重任，必当克日肃清海寇，以报圣恩，老夫当拭目以待。阁中之事，老夫当另委干员代理，不必挂心。”岑秀道：“太老师之言，当铭诸肺腑！还有一事禀恳，今有原任山西曲沃县知县刘云，丁艰服满，于上年九月内到部候补，现与门下同寓。今其胞弟刘电，已蒙圣恩授与副指挥职衔，带往江南效用。伊弟兄俱系寒士，求太老师垂恩嘘植，俾得早补地方，感戴不浅！”程公道：“既如此，这月有缺即补他便了。”当下岑秀叩谢，禀辞回寓，即与刘云说知此月便可准补，但不知缺分如何。刘云道：“多承贤弟美意！但得早补地方也就好了。”一面与刘电料理行装。各官饯送者一概辞谢。知会郭绍汾等四人，初十日率领陛辞。皇上特赐御酒三杯，着内官四员郊送十里。当即谢恩起马，文武官员相送者夹道。家丁背着敕书、宝剑。龙韬、高卓与总管王朴前站先发，刘电与郭绍汾、陈松岩乘骑在后。是日，惟刘云直送出外城三十里而别。

且不表岑御史奉命征倭。却说文进，自救了王夫人，便星夜进京。这日，到了德州所辖的一个宿站地方，日色将西，只见沿路有许多职事人役往来不绝。文进就在南镇梢头下了一个小店。问那店主人，说是本州官府，都在这里伺候、迎接钦差的，也就待到了。又问："不知是什么钦差？"店主人道："是个内阁中书，特旨放了巡海御史，赐他尚方宝剑，哪一个官敢不奉承他？"文进听说是内阁中书，因问："这御史不知姓什么？是哪里人？"店主人道："姓岑，是南直隶人。如今还管着本省地方哩。"文进听了，心中暗喜道：我正要去投他，却好在这里遇着！不问时，险些儿错过！但如今他是个钦差大臣，我如何好轻易去见他？又不知刘家弟兄两位下落。想了一回，反觉纳闷。又想道：我与他丈母报信，谅也无妨。纵然他不理我，也没我的不是。且好探问刘三爷的下落。

正踟蹰间，只听北头三声大炮，谅是钦差已到。文进便将包裹交付与店主人道："我去那头看看热闹便回。"说毕，就一直走到了镇北头。却见有数处公馆门上都挂着灯彩，中间一座大公馆悬灯结彩，门口人役拥挤不开。文进在外边站住观看了一回，只见里边，本地方官员都禀见了，出来纷纷散去。末后，又见四位军官出来，便有人役接着，请入公馆去了。文进谅得里边事毕，即走入公馆门来。便有人役上前拦住喝问。文进道："我是来与大老爷报家信的，烦你们转禀一声。"内中有一个老成些的人役上前问道："你果真是与大老爷报家信的，便好与你传禀；倘有虚冒，这所在性命相关，不是当儿戏的！"文进笑道："我并无虚冒，你请放心！"那些人役听得这话，又问了姓名，才往侧门传禀。

少刻，见一位军官出来。文进看时，正是刘电，便道："三爷原来也在这里！"刘电见了文进，大喜道："你如何到此？"文进因将大概说了一遍。刘电甚喜，向文进低声道：“此来甚好！省得我差人寻你。但只是岑爷如今是钦命大臣，相见不便为礼。足下且在此少坐，我先与你道达过，然后相见。”文进道：“是。”当下，刘电进来与岑御史道：“适才来的，正是去年与我保护成公家眷的文进。今特地进京寻我，欲图些事业。不想在路上又救全了令岳母王夫人的急难。因再三托他顺寄一口信到来，只是他布衣微末，不便进见。”岑御史听了，惊讶道：“前在东督本章上，见岳父在任病故，痛念不已。正要专差往登州探问岳母信息，恰恰正在奉命之时，不遑及此。如今他来得正好，不知在路上如何相救？快些请他进来问个详细。况且他是有恩义的人，岂可以官礼相拘？”因即着王朴相请。岑御史在阶前立候少刻，文进到来，便要叩见。岑御史扶起道：“足下且不为礼。”因问：“路上如何得救舍亲？”文进便道：“从去秋同刘三爷在府见过太夫人，蒙恩优待。后与刘爷寄书往太仓，不曾见得殷将军，只见了成老爷，将书信交明。回来就到沂水寻刘三爷，图个事业。不想，到了蒋府，他家人说蒋爷是大老爷保举，两日前已进京去了。因此，小人一直赶进京来。这日五更时分，走到辘轳湾地方，遇着一伙强盗打劫客车。一时气忿，杀死两盗，拿住一个，恐怕送官累住身子，因割下了他一只耳朵，放他去了。不想却是王老爷的灵柩、家眷。因此，王夫人叫我寄一个口信与大老爷：她们已是回南去了。那时，因天尚昏黑，没有行人知觉，已催她们赶车速走，免得耽搁。小人也怕有累，星夜趱行。不想却在这里遇着。”

岑御史听了大喜，对刘电道：“若无义士，岂不是一场大祸！只可惜义士行路心切，不然，拿住那贼报官，倒是一场大功，岂不与殷将军一般了。”刘电道：“若不遇成公的力荐，和那操江的爱才，也不过请赏而已！”岑御史当下请文进到客堂坐话，文进再三不敢。岑御史道：“足下乃重义之士，不必过拘。”文进只得告罪坐下。岑御史道：“日前，足下已到过湖村，见过老母。今欲寄家书一封，再托足下往湖郡一行，讨个回复，即转江南，在行馆相会。那时便可随事立功，以成足下志愿如何？”文进大喜道：“将来随鞭执镫总在急庇之下了！”岑御史当就灯下写了一封备细家书；刘电也写了一封与岑夫人请安的书、一封通知蒋宅的书。岑御史叫王朴取出三十两银子，连书递与文进道：“千金之托！幸祈速去速来，万勿耽搁！”文进领了银、书，即叩辞起身，岑御史送出阶前而止，刘电便同出外边道：“先恳足下顺道到蒋宅，与了这封书，即往湖郡讨了回书，速速转来。如今正是立功之秋，不可自误！”文进应诺，即拜辞连夜而去不提。岑御史自文进去后，便把记念王夫人并家中的心事放下，因与刘电计算：“据说蒋公已先两日起身，如何不得相会？莫非又往他处，还不曾到都？”刘电道：“或者是途路相左，亦未可知。总在月尽边，必有京报。”自此，二人于路只计议征倭机要，表过不提。

却说蒋公，自被本府县官奉大宪给咨催促起身，一路行来，见各尖宿站头，地方官都备办公馆，听说是岑中书特旨放了巡海御史，已于初十日出京。蒋公自思，他是钦命大臣，沿途都有官员迎送，相会不便，且恐招摇，有涉嫌疑。因吩咐蒋贵，连夜绕小道悄悄过去，竟往都门，问到岑中书原寓，相会了刘云，各道别来情况，才知刘电特授了指挥，同往江南，心下甚喜。次日，遵往兵部投了本省督院咨文，回寓听候。

原来此番外省保举，只有山西巡抚保举武生一名赵杰，直隶提学道保举武士一名朱宁，连蒋公只有三人，到京投文候试，皇上见保举寥寥，圣心不悦。这日，传旨着御前指挥使带领这三名武士在虎圈考试。是日，只有御前带刀指挥并统领御林军将弁等随驾。传旨先试三人骑射。令于驰道旁立一三丈高竿，中间用一小横竿，取四川红锦战袍一领，折作数叠，用彩绳悬于横竿之上，约离地二丈，如能射断彩绳落袍者，取为一等，即以此袍赐之；射于横竿上者次之；射中大竿与战袍者又次之。令武士各挑御营驯练马匹，许先于驰道试驰二次，以识马力。旨意一下，顷刻俱备。蒋士奇等三人俱武巾箭衣，各取趁手弓箭扳鞍上马，在驰道上驰骤了两遍，看得竿绳亲切。先是蒋士奇从驰道尽头弯弓跃马，加上一鞭，那马如飞。将到竿下，蒋士奇才搭上箭时，这马已驰过竿一箭来远。蒋士奇翻身扭回头，觑得亲切，喝声“着”，弓弦响处，那箭正中横竿，连彩绳射断，落袍于地。这马已跑至御台前，蒋士奇兜回马复至竿下，取了锦袍，到御台下叩头谢恩。

皇上见蒋士奇状貌非常，天颜甚喜，随传旨另取一袍，悬挂如式。赵杰骤马先射一箭，却中在横竿之上。末后，朱宁驰射一箭，却射中锦袍，那箭贯袍而过。皇上见了，笑道：“也算合适。”传旨各赐绿锦袍一领。二人谢恩毕，当又传旨问三人，谁能斗虎者，即授与御前指挥之职。当下，惟蒋士奇答应能斗。原来这圈中豢养之虎，皇上暇日令武勇之士相斗取乐。今忽传旨试问，这赵杰、朱宁俱未曾经过，不敢答应。蒋公自谅一虎之力尚可制服，因此答应。当即传旨，令御营斗虎武勇各执兵器围绕，一者恐防虎逸，二者恐武士不能制服，有伤性命，就便刺死。当下，蒋士奇取一枝浑铁齐眉杀虎短枪，来迎这虎。原来这虎久困在圈不能舒展，及放出圈外，把头摇了一摇，打一个伸欠，把尾一剪，将两前爪踞地，大吼了一声，便纵有八九尺高，平空照蒋士奇扑来。蒋士奇不慌不忙，就它扑来之势，看得亲切，把枪向虎项下迎着用力一搅，把这虎撩去有丈余远近。原来，这枪却从项下直透出颈上。鲜血迸流，已是不动弹了。皇上看见，大喜道：“虽然胆勇可嘉，只是未曾斗得着。另放一虎，与它斗耍一回。”当时遵旨又放出一虎，比前更大。蒋士奇既杀一虎，想来不过如此，便放胆来斗。这虎一出圈来，把浑身一抖，摇头剪尾，大吼一声，把前爪跟地，和身往后一缩，作势往前一跃，离地有丈余高，直望蒋士奇扑来。蒋士奇将身一闪，早纵在虎后。把铁枪在虎后腿上着力一扫，那虎负痛，回过身来，又吼了一声，托地一跃又扑将过来。蒋士奇却闪在一旁，把枪杆向虎前爪横扫过去，却扫着左腿，

“豁喇”一声，把枪杆打作两截。那虎两扑不着，威势已减，且前、后腿着了两下，负痛一吼，却待奔走，被蒋士奇乘势赶上，两手抓住花项皮尽力一按，把虎头直按在地上，又把左脚踹住虎腰，掣出右拳在虎肋上连打了十数拳。那虎口鼻内早冒出血来，挣扎不动。蒋士奇把手放开。那虎喘息一回，才待挣扎起来，又被蒋公在软裆内用力一脚，踉跄倒地，再不动了。

皇上大喜道：“果是神勇！”随驾将士无不暗暗喝采。当时宣上台来问道：“卿有此技勇，如何会试不中？”蒋士奇奏道：“臣因老母年高，已三科不曾会试。”皇上道：“若非岑卿保举，几至埋没英雄。今东南倭寇肆扰，若将弁俱得如卿，何怨不能歼灭？今须努力东南，俟海域清宁，即当遂卿孝养之志。”当授御前都指挥使职衔，赐柳叶金甲一付。蒋士奇谢恩下台。赵杰、朱宁又考试了一回武艺，虽不能格斗猛虎，本身武艺尚精，俱授与千户职衔。即着吏、兵二部，速查江、浙两省有何将弁缺出。当时遵旨查复，有江南狼山营都使同知、六安营中军守备、浙直金衢卫都指挥现在未补。当即传旨：蒋士奇以御前都指挥，实授金衢卫都指挥使，即随军营进剿；三日内起程。赵杰、朱宁即给札，着往闽省交总兵戚继光军前委用，有功即补。蒋士奇等一同谢恩而退。

皇上回宫，次日颁一道旨意，大概说：“此番特旨令各官保举武勇，今内外只寥寥数人。可见从前所募勇壮俱系徇私滥用，并无真实才勇可知，安望其奏功效力？若能尽如岑秀所举刘电、蒋士奇其人者，方称武勇之实，今朕已不次擢用。其从前外省滥充无能者，着该总制、督抚、操江严行裁汰，毋得虚糜廪禄！并着御史岑秀，就近查参，毋再徇情，自干罪戾。咸宜钦此！”这一道旨意下来，不待御史按临，这些武勇自行告退并裁汰者，江、浙、闽三省共九十余名。自此行伍尽皆整肃。

且说蒋公授职回寓，因挂了御前都指挥的衔，就有许多御林弁员到来参叩，不在言表。刘云恭贺道：“此番太亲翁才得少展宏猷。”蒋公道：“虽蒙圣恩，实惭鄙陋！惟恐老母年高，儿子幼小，家间无人照料。浙直虽不甚远，但军旅之际，难免两地挂心。”刘云道：“太夫人精神矍铄，禄寿未央，毋须远念。但愿早清海寇，便好迎养任所，共享太平之福。姻晚已蒙内阁程公见允，此月内谅亦得补。但得同在一方便是万幸！”蒋公道：“若得补在浙属地方，便可仰仗照料。”此时蒋公系是奉特旨进剿之员，钦限不敢迟延，即日整顿行装，关会赵、朱二千户，至第三日早朝，同在午门谢恩辞阙。

且不说赵、朱二人前往闽省建功之事，却说蒋公辞阙回寓，随即起身。御林将弁相送者纷纷不一，惟刘云远送郊外而回。蒋公星夜兼程，到家一转，只耽搁了一天。拜别老母，带了蒋贵，星飞赴浙。其时，江、浙两省倭寇方张，各路官军议守论战，号令不一。及闻得岑御史十分严肃，各营将弁自总镇以下，莫不凛然整饬戎行。因此，军威大振，只候调度进剿立功。今且按下不提。

却说许俊卿，自从那年随金公到大庾县，一年有余。因金公不胜繁剧，调了崇仁县简缺。其时，许公已知殷勇做了太仓游击，心中甚喜。及到崇仁后，又接着了刘云在南昌所寄之书，知女儿未死，现在刘家，又惊又喜，恨不得即时见面。金振玉母子、婆媳，也都欢喜不尽道：“天地间果有这样奇事！”此时金公已告病乞休，上司允准，正在委员交代。许公急欲去见女儿，只得先辞了金公并岳母、舅子，雇了一只小快船，赶到吉水，问至刘宅，正与刘霖会着，道其来意。此时，许公已是须发皓然。刘霖知是雪妹的父亲，便相邀到中堂坐下，往里说知。雪姐听说父亲到来，三步做两步走出堂前，一见面，正是隔世相逢，父女抱住先大哭了一场。

其时，刘老夫人婆媳都已出来劝住，才含泪拜见后，雪姐一位位指与父亲说知，许公先向刘母拜谢，然后都相见了。大家一同坐下，叙说数年往事。只因前日刘云所寄之书，不过言其大概，未曾细说被骗情由，如今一一说来，真个有千磨百折生死的缘由、一日三秋别离的情况。许公听了又哭，哭了又听。后来，刘母说到姑娘与岑公子已订下婚姻的事，如今女婿是特旨放的中书了。许公道：“这事在衙门已看见邸报，却不知女儿有婚姻之订。只是，当初何不竟完了姻事？”刘老夫人因说起刘公显灵的话来：“因此，大家一来信了这话，二来不曾见得亲家。况岑夫人又在客边，大家都不敢作主。前年，三小儿送姑娘回江南，因亲家不在，只得同了回来。还有岑夫人家的一个老阿姆，同姑娘在这里作伴。如今三小儿已往蒋宅就亲，大儿子进京候补，早晚望信回来，便知分晓。”许公道：“小女再生，已是亲母的女儿，何必又要问我！”刘老夫人道：“这都是在山东蒋宅的话，连我也是过后方知。如今若果应先夫的话，将来还要蒋公作伐，才得完这姻事。亲家且宽心在这里住下，将来自有下落。”许公又对女儿道：“当日害你干娘的强徒，既有姓名、人家，便不难根究。即寻着那曹二府，也就有着落了。况你殷家哥哥已承继与我为子，两次寄书与我。如今又娶了媳妇，说他地方临海，因倭寇未平，不敢接我前去。前日报上又见他升了松江府城守参将，官已大了。天网恢恢，将来或得报此大仇，也未可知。”雪姐道：“这班凶徒如今不知死活，须得活捉住他，斩头沥血祭奠干娘，才出得这口恶气！如今听得倭奴正在作乱，只恐外婆一家们回去路上担心。”许公道：“如今只有苏、松、嘉、湖一带紧要。她们从长江回南直，却无妨事。”雪姐道：“爹爹且在这里耐心住下，等两个哥哥有信回来，便见下落。”当日，刘霖备便饭款待。许公见刘家一门都以至亲相待，心下甚是欢喜。次日，又设席接风。许公自此就在铺中帮刘霖照料生理帐目，十分相得。

时光迅速，过得残冬，又早是三春已暮。这日，本县差吏员送一本报来道喜，却是内阁中书岑秀，奉特旨升授巡海副都御史，赐尚方宝剑，巡视江浙，征剿倭寇；保举武生刘电，特授御营副指挥使职衔，赐锦袍一袭，同往南直交总制差委。许公和刘霖看了，笑逐颜开，满心欢喜，款待来吏，回帖谢了县尊，就到里面与刘老夫人说知，大家俱各欢喜无限。刘老夫人对许公道："一人有福，带挈满屋。如今，三小儿已沾了令婿的光了！"许公道："亲母怎说这话！如今却是亲母的令婿，不是我一个的了。"大家说说笑笑。惟有这两个嫂子，你一句，我一句，说小姑如今是一品夫人，就要戴凤冠穿霞帔了，说得雪姐脸上红了白，白了红，又欢喜，又羞涩，做声不得。刘母笑对许公道："她姑嫂们没一日不取笑作耍的。且是十分亲热，一刻也走不开。"许公道："至亲骨肉，原该如此。"自此，一门欢乐，不觉到了四月下旬。这一日，忽听得门外一片锣声响亮，大家吃惊不小。有分教：恩从日下，福自天来。正是：

重生再会人间少，异姓逾亲世上难。

要知后事如何，且听下回分解。

第四十六回

# 岑御史遣将救吴门　刘付总统兵诛海寇

却说这日一片锣声，却是京报报来。报单上写着：贵府大爷讳云，奉旨补授江南松江府奉贤县正堂。许公对刘霖道："却好与小儿同在一处，实是难得！"当下款待报子酒饭，赏赐起身。许公随与刘母道喜说："这奉贤县是个美缺，只是如今倭寇作乱。那里正当沿海要地，却好与勇儿同事一方。他们是患难弟兄，自然十分关切。况如今岑郎与三相公都聚在一处，真是天大的喜事！我如今即欲往江南去走一遭，一来会会大相公弟兄，又好订定女儿完姻之期；二来去看看勇儿，并去探望金家，省得时时挂念。"雪姐道："爹爹若去，恐三哥与勇大哥正在军务忙冗之时，多分不在衙门。不如竟到大哥衙门打听他们的消息为妥。"许公道："你也见得是。"刘霖道："老伯去走遭也好。只恐路上辛苦，须得一个服侍的人才好。如今，奶娘的儿子周旺儿闲着，不如叫他同去，又壮健又老实，放心可托。"许公道："此去都是水程，却也没甚辛苦。若得一人作伴，更觉放心。"因此商量定了，择在四月二十八日起身。刘霖写了一封家书，交许公带去，道："不尽之言，老伯到那里面说便了。"许公应诺。此时天气渐暖，主仆二人不过一肩行李。雇了一只小船，至期作别，前往江南进发。

话分两头，却说岑御史一路无停，将到南直交界，早有流星马报倭寇攻打苏门甚紧。此时南直各部官员并操江都院程公，俱差官迎接。岑御史一概回帖请安。惟程公处附禀缴帖。因军务紧急，都不及进省拜会。当时，马上即令龙韬、高卓二将各领令箭一枝，龙韬星飞会同常镇参将何其能，高卓会同镇江卫都使吕岱，各率本部兵，限两日夜至苏门救应。又飞调京口兵三千：令郭绍汾领兵一千，由圌山进发；陈松岩领兵一千，从川沙进发，若遇倭寇，沿途剿杀，限三日内在吴门取齐，毋得违误，过期不到，定按军法不贷；自与刘电率兵一千，星夜兼程，救应各路。原来总制黄炯，初闻朝廷以岑中书为巡海御史、赐尚方宝剑出京，以为年少书生不谙军旅，只好纸上谈兵，济得何事！不料，时倭首赵天王与海寇徐海、汪直等结连，分兵入寇：徐海一枝攻掠台宁舟山，震动浙闽；汪直一枝分掠嘉湖、海宁等处；赵天王攻劫苏、松、崇、太。兵分数十屯，互相连备五百余里，左击右应，十分猖獗。吴淞总兵王嘉桢屡战失利，现在抱病请休；嘉镇总兵褚飞熊与乍浦兵备道雷信协力剿守，只敌住汪直等寇，保护嘉湖、海宁一带；参将殷勇、耿自新协保松江、南汇、金山、奉贤等要地，相机剿杀，不能远离。因此，赵天王与格子里、混江鳅、就地滚等，率倭奴万余，围攻苏门四昼夜。幸喜苏门坚固，急切攻打不下。副总陈奇文分兵出战数阵，只因众寡不敌，城外村镇居民杀掠一空。

这日，黄总制正欲令游击洪弼杀出重围，调常镇兵救援，忽见东北、西北两路螺声大起，火炮震天，城下倭奴俱有惊恐之状。原来是何其能，龙韬、吕岱、高卓四将，领兵两路杀来。黄总制见是救兵，即令陈奇文与众将，分兵从葑、阊、盘、胥四门杀出接应。一时鼓声雷动，军威复振，里外夹攻，群倭措手不迭。赵天王招呼大队，风驰云散，且战且走，夺路奔翁埠庙湾大屯而去。官兵正追赶间，只听前面炮声响处，鼓角连天。却是陈松岩领兵由川沙杀来，当头截住，正遇赵天王，挺枪就刺。赵天王舞双刀架住，略斗数合，见各路追兵大至，无心恋战，逼开枪就走。陈松岩飞马赶来，却不防就地滚江五在队里暗发一箭，正中陈松岩左臂。陈松岩大怒，带箭挺枪直取江五。江五舞刀相迎，斗得数合，抵敌不住，拍马落荒而走。陈松岩即拔臂上之箭回射江五，正中后肩，几乎落马。幸赵天王复翻身与混江鳅江七敌住，且战且走。官军一齐掩杀之间，忽听四下螺声竞起，却是赤凤儿、郎赛花率大队杀来，将赵天王等救应而去。

其时，天色傍晚，官军鸣金扎住不追。这一阵计斩倭奴五百余级。虽解了苏门之围，只可怜城外居民已杀戮无算，房屋尽成灰烬。其时，岑御史、郭绍汾两路军马都到。黄总制方知是岑御史调兵解围，心下十分感愧道："早是不曾轻慢了他！"及至会面，知岑御史年才二十有二，堂堂一表，望之俨然起畏。当时并马入城，已是薄暮，观瞻者夹道，见岑御史年正青春，莫不啧啧称赞，都道是圣天子洪福，万民有幸，出这等少年英杰！当时岑御史马上传令，将兵马分为五营，驻扎城外。当与黄公同进总制衙门后堂，叙礼毕，黄公再三致谢。因说："倭寇近日猖狂更甚，江浙沿海一带竟无宁息。今幸旌节按临，便可计日剿灭。"岑御史道："治晚年幼才疏，谬蒙圣恩委任，实不称职。还求宪公祖指示方略，庶克有济。"黄公连称不敢，道："都台平倭之策，圣天子赏鉴不凡，定当克日肃清海宇，不但百万生灵俱蒙覆载，即弟等亦叨庇无涯！"岑御史道："深蒙过奖，未免增惭！"因说："这倭奴与海寇结连，并非实心相助，不过借势掳掠，以图互相救应，其实各贪利欲。及声势一败，彼此不顾。此诚乌合之众，虽多勿虑。且倭奴凶狡而贪，往往争利便自相残杀，并无纪律。此辈纵有十万之众，亦不足惧。其可虑者，此类忽聚忽散，进退莫测，遁藏岛屿，出没海口，且善能伏匿林莽以避枪炮，异常诡谲。聚则可以计诛，散则不能尽歼。且对阵交锋，倭奴驱使掳掠平民当先诱敌。官兵不分清白，铳箭并施，所杀尽是平民，甚至割首请功，滥邀升赏，殊堪发指。真正倭奴并不曾伤损。及官军锐气已过，彼方呼啸云集，以致官兵屡屡为其所败。大概倭寇所恃者有三：一则勾连内地奸徒，暗通线索，熟悉路境；再则海口兵微，因得肆其出入；三则潜藏近岛，恣其劫掠以为常计，官兵莫可伊何。今治晚见过公祖，明日即当遍阅各营将士强弱，悉访倭奴出没情形，再来请教剿除方略。”一席话说得黄公唯唯称善。当下盛席款待。

饮酒间，岑御史问及将弁贤否，黄公首推松郡城守参将殷勇，系武勇出身，少年英俊，屡立奇功；且闻其令政亦智勇足备，所领绣旗军贼人不敢轻敌。再有杨舍参将耿自新、副将陈奇文，俱老诚历练之将。惟吴淞镇王嘉桢，现在告病请代。其余贤否，谅不能逃都台电察。岑御史道：“吴淞一镇，最关紧要，现在军务倥偬，岂宜悬缺？宪公祖即当委员交代。今有御试武勇第一、特授御营副指挥使刘电，奉命与治晚同来，交在钤辕差委。其人才勇俱优，委以偏裨，必不有负宪公祖之任用。”黄公道：“皇上亲试合适之人，必然超群出类！弟明日即当委用。”

少间席罢，岑御史即辞归公馆，已是更余。当夜，即作檄通饬各营，大略言：“将弁各保汛地，固属分内；若邻近被围，即当迅速救援，岂得以保守本汛为由，束手坐视？今常镇两营，若非本院飞调，竟尔坐视，倘苏门有失，岂得无罪？今除已往不究，嗣后凡有紧急之处，附近营汛即当互相救应，毋得坐视。如果本汛险要有不能分兵之势，本院自当查察，决不使有屈抑。今本院即日按视各营，咸宜整肃以待，慎勿怠忽取咎！”这檄文凌晨即发。随传令常镇两营兵马，仍撤回本汛，整饬候调。京口兵三千内挑选一千，协守吴门，其余发回本汛。一面先移会浙抚，商略机宜，协同进剿；并密差干弁，访查浙直用兵情形。当日即辞别黄公，起马往各营巡视。是日，刘电参谒总制。黄公一见大喜，即令暂署中军副总将事务，仍随御史军营进剿。陈奇文即委署吴淞总镇，一面具题不表。

却说岑御史，先巡阅苏、松、常镇各营兵将，惟松江营行伍整肃。因相会殷勇，见其气概轩昂，果然名下无虚。原来殷勇已早得刘云由江浦转寄之信，已知雪妹未死，并与岑公子订婚之事；后又得成公子所传刘电口信并文进转寄文书，因尽知一切。近日又见京报，知刘电特授指挥职衔，与岑御史一同到来，心中大喜。满拟相会，不料刘电又因公他往。及参见岑御史，因是钦差统辖上司，不敢言及私事。倒是岑御史说起山东之事，曾与许小姐有婚姻之订，只不知许丈意中如何。殷勇道："这便是继父，如今尚在江西，承刘氏昆仲相招，当早与小妹相会。婚姻之订，只恐不能仰扳，岂有不允之理！"岑御史亦不提起先娶之事，但笑道："若得成全，便成至戚了！"殷勇只是唯唯而已。当因军务纷繁，匆匆言别。及阅至太湖营，见水军守备谢琪年力衰迈，勒令休致，即以龙韬补授。此番巡视各营，已审知倭奴出没要道、营汛远近情形。即日关会黄公，于崇明、留河、孟河、庙湾、金山等各海口，除旧有战船十只、额兵各一百五十名外，再各添设善水精兵一百五十名、管领水军把总一员。以十名驾船，余用鸟铳、钩镰枪各二十杆。凡遇倭奴潜遁出口，鸣金为号，远用鸟铳，近用钩镰枪，并力剿杀，得功倍赏。又调水军将弁，挑选各营壮健水军，在太湖操演，以备进剿，为捣巢绝穴之计。

这日，忽接嘉镇总兵褚飞熊申文飞报："海贼汪直入寇平海两县，贼党叶碧川入寇海宁，毛海峰攻打湖郡，十分紧急。现在分兵救应，除飞报浙宪外，伏乞宪裁。"同日，又据署吴镇陈奇文飞报："倭寇入犯金山、上海等处甚紧。"岑御史得报，即飞檄殷、耿二参将，救应金山、上海二处，相机剿杀。复令高卓与吴镇左营守备辛尚忠，备领兵五百前往救应。倘我军不利，即往助剿；如我军已胜，倭奴必由庙湾、翁埠而走，可即间道绕出，截其归路。又檄吴镇陈奇文，率大兵两路救应。却令刘电率精兵二千往援湖郡。自率大军即往平海进发。

却说文进自领家书，先往蒋宅投递，后即星夜往碧浪湖来。一路正听得倭寇大乱，逃难乡民沿途络绎，都说倭寇攻打湖郡甚紧。文进恐湖村有失，飞奔而来。原来正值毛海峰率贼兵数千攻打湖城，围得水泄不通；手下头目分掠，乡村大遭荼毒。这碧浪湖村正当湖口，如何不扰？先亏严先生与把总洪福平日操练乡勇，协同官兵抵死守御；近又得嘉湖总镇褚飞熊知岑御史家属在此，因调守备一员、添兵三百名防守。因此，贼兵几次到来攻劫，俱被杀退。只是昼夜不得宁贴。此时，王夫人已回，官项已缴。少夫人母女相商发仓供饷，并示杀贼一级，赏银五两。因此，官兵、乡勇，既图赏赉，又欲争功，竭力防御，十分严紧，凡遇外来之人，细加盘诘。

这日文进到来，问知是岑府差人，才得放进村来。门首也有许多兵丁守护。文进到内，岑忠一见甚喜，问是寄家书到来，随即禀知。两位老夫人出厅相见，文进叩毕，将书呈上，两夫人拆开观看甚喜。王夫人知是途中救难之人，十分感谢。岑夫人道："义士来得正好！如今这里海贼几次到来劫掠，官兵、乡勇竭力保全。恐将来有大队贼兵到来，便难保守。烦义士不辞辛苦，速往通知御史，调大兵来救湖郡地方要紧！"文进道："太夫人不须忧虑。此时老爷岂有不知？况各路兵将俱听调遣，哪有不救此处之理？如今太夫人写了回书，小人即便前去。"王夫人道："天色已晚，一路辛苦，且安息一宵，明日起身。"说话之间，只听得外面声嚷。岑忠出去看时，却是洪把总来报，如今岑大老爷差制标中军副总刘爷领大军来了。两夫人闻报大喜。文进听说一"刘"字，未免关心，即出来动问队长："这领兵的刘爷是哪里人？"那队长道："就是御史大老爷保举，御试第一、特授指挥的刘爷。如今署理制标中军副总的事务。"文进听了大喜，即进来对两夫人道："原来领兵的就是刘三爷！如今已署了副总兵事务。太夫人速写回书，小人明日五鼓即赶往军前，也好出半臂之力。"两夫人大喜，吩咐岑忠丰盛款待。当晚和少夫人灯下写了一封回书，书中极道文进之功，封固交给文进。当即禀辞，至五鼓即起身去迎刘电大军。

却说刘电奉令，知碧浪湖紧要，因此统兵星飞而来。正欲先拨偏将一员、分兵五百往保碧浪，不料，正迎着文进到来。相见大喜，因知湖村无恙，便一同催军直抵湖城。

却说这毛海峰正围攻湖郡，连胜两阵，悉力攻打，以为旦夕可破。不想有这枝救兵到来，便在城下列成阵势，横大砍刀在皂旗下看望。早见官军阵中一将飞出，却是守备方潮，大喝："无知贼寇！天兵到来，尚不下马受死！"毛海峰也不答话，举刀便砍。方潮使宣花斧急架相迎。未及数合，方潮招架不住，拍马败回阵来。毛海峰哈哈大笑道："这样东西，也不值得污我宝刀！"

此时，刘电在旗门下观看毛海峰武艺高强，心中暗想：怪不得官兵屡屡失利，原来海贼中却有这等手段！正待出马，只见文进挺长枪大吼一声，步跃出阵，直奔海峰。更不打话，一步一骑，枪来刀架迸寒光，刀去枪迎飞烈焰！两个斗到二十余合上，刘电看文进步下终觉费力，惟恐有失，即纵马出阵，大喝："不得无礼！挺八丈蛇矛直刺过来。毛海峰举刀急架，文进却跃离数步，看他两马相交，刀枪并举。斗至三十合上，海峰力怯，却待奔走，城上参将余元、守备韩成功率城守兵，分东西两门杀出夹攻。一时金鼓如雷，喊声动地，贼兵四下乱窜。毛海峰心慌，虚滚一刀，招呼贼兵拍马奔走。刘电传令尽力赶杀，只留西北一路，逼他奔入湖滨，以便歼灭。谁知毛海峰探知路径，却从东南夺路而走。刘电率兵四下赶杀，凡步下之贼，沿途杀戮不计其数。毛海峰回顾手下，只有数百余骑，心胆皆裂。正在危急，忽听四下螺声大起，喊杀连天，却是分水牛、穿山甲、黎格、卢龙四屯贼兵杀出救应，与官兵混战。贼将藜格正遇文进，措手不及，心窝里早中一枪，从后背透出而死。毛海峰无心恋战，招呼群贼夺路奔盘林而去。

其时，天色昏黑，雷雨暴作，官军鸣金扎住寨栅。这一阵，计斩贼一千余级。自此，海寇、倭奴不敢再犯湖境。次日，刘电与余元各自收军。刘电亦不及进城相会各官，随一面往总制处报捷，一面整军同文进回行辕缴令。

且说岑御史领兵星夜至嘉郡，文武各官郊迎参见。因问近日贼势如何，总兵褚飞熊道："连战数场，互有胜负。前日，都使万士雄军中，获得贼线一名小张三。拷问贼情，据供，贼中有江二、江四、卢龙，俱系江南人，为贼中耳目。还有江五、江七，现在倭首赵天王处为头目。必得除此数贼，倭奴便无主使。"岑御史便问："这小张三何在？"褚总兵道："现在囚禁。"岑御史道："好生看守，我明日还要细细拷问。"又传谕诸将，凡遇贼目江二、江四，务须生擒，另有升赏。因又细问海寇现在屯聚、出没情形。褚飞熊道："海贼出没路道，惟捍海、柳塘湾、沙洲为要，现今屯聚盘林、洲山等处，连络三百余里。近日，又探得贼中来了一个妖道，叫金钟道人。有一个金钟，播动时，便有风沙、烈火，鬼脸、神头之兵平空杀至，十分利害。因此，昼夜提防，未敢轻进，只候大老爷按临察夺。"岑御史笑道："从来邪不胜正，此等依草附木之徒，不足为虑。"因令军中预备乌鸡、黑狗血，凡遇妖法，箭弩、溃筒悉蘸此血一齐喷射，便可立破。一面飞檄平海两营游击，严兵把守捍海、柳塘湾等处要地，勿许一贼出口；凡有海寇奔逃，尽力截杀。一面移文星飞关会浙抚，遣干将协助海宁进剿。

此时，刘副总已回行辕缴令，又见文进斩寇立功并带到家书，知老母、眷属无恙，心下大喜。当将碧浪湖守备撤回，令文进以把总前往，与洪福协力防守。并作书致候严公，深谢其保障之力。一面传令息军二日，各营严整甲兵，听候调遣。伫见海寇潜消，官军踊跃。正是：

动地甲兵方耀武，连天海水不扬波。

正不知岑御史如何调兵遣将，以破妖氛，且听下回分解。

第四十七回

## 现仙容一剑截魔头　奋神勇单骑擒积寇

却说岑御史休兵两日，至第三日平明，擂鼓升帐。众将齐集听令。当令郭绍汾领马兵二百名、步兵六百名，暗截捍海，但遇贼兵败奔，拦截剿杀，不许放一人出口；都同汪龙领马兵二百、步兵六百，暗截柳塘湾；游击林中玉领马兵二百、步兵六百，暗截川沙，一般截剿；都使万士雄领马兵三百、步兵八百为前锋，游击吴端领马兵二百、步兵三百为左军，挥签连城宝领马兵二百、步兵三百为右军；总兵褚飞熊统马、步兵二千，四路救应。又檄兵备道雷信、副使朱有光，严兵紧守乍浦海口，勿放一贼逃逸。自与刘电、陈松岩为中军。三声大炮，催动众军，杀奔盘林而来。

且说毛海峰，自与分水牛、穿山甲、卢龙等从湖郡奔回，因与汪直商议道："如今到了一个岑御史，善能用兵，非复前比。赵天王已被杀败，解了吴城之围。昨日又遇见一个少年白面将军，十分猛勇；还有一个黑面长身步将，也十分了得，黎格已被他所杀。如今，褚总兵、万都使、雷兵备都是劲敌，难以取胜。不若招呼叶碧川，且出口与徐海合兵进取台宁为上。"正商议间，只见那金钟道人出来哈哈大笑道："你们如此胆怯，干得甚事？只恐那岑御史不来，若果来时，管教杀得他全军覆没，片甲不回！”汪直大喜道：“全仗吾师道术！倘得成功，当与吾师富贵共之。”原来这毛海峰本是飘洋大客，极有胆勇。因遭飓风坏了船只，逃得性命，流入贼中，原非本意。今见官军整肃、将士英雄，因劝汪直不听，想仗此妖术谅难成事，当夜扮作乡民悄悄遁去，竟不知所之。

次日，汪直知走了毛海峰，心下大怒，仗着金钟妖法，正要起兵进攻嘉郡，不料岑御史大兵忽到，群寇震惊。金钟道人令将兵马在平原旷野摆成长蛇阵势。两军相遇，官军阵里炮声响处，前锋万士雄横刀出马，大喝：“贼逆知事及早下马受缚，免得污我宝刀！”贼阵上卢龙飞马舞刀来敌，大战数十合，不分胜败。右队连城宝见万士雄战不下此贼，即跃马横刀前来夹攻；贼阵上分水牛挥大斧杀出敌住。正战间，岑御史中军已到。刘电在马上见卢龙刀法精熟，万士雄只杀得个对手，不能讨他半分便宜，便拈弓搭箭，觑得分明，一箭射去，正中卢龙面门，早被万士雄连肩夹臂砍于马下。分水牛江二见卢龙被杀，吃了一惊，回马便走。岑御史见前军得胜，把鞭梢一指，四下官军大刀阔斧、鸟铳长枪并力杀去，真有天崩地塌之势。汪直与分水牛、穿山甲分头迎敌，哪里抵挡得住！正在危急，只见金钟道人大喝一声，从阵中飞马而出，右手仗着宝剑，左手执着金钟，口中念动咒语，把剑一挥，霎时间，四下里黑云笼罩，云中无限神头鬼脸，各执兵刃，漫空遍野杀将过来。岑御史急令各军中，将箭弩、喷筒蘸着秽污，望四下里喷射。果见许多草人纸马纷纷落地。那道人见破了鬼兵，心下大怒，急将左手金钟摇动。顷刻间，四下黑风卷起，风中有黄沙、烈火，漫天撒地而来。官军急发喷筒、箭弩，全无应效，风沙、火焰愈觉猛烈。贼兵呐喊四下杀来，官军大乱，各自奔逃。刘电、陈松岩、褚飞熊、连城宝四将，保护岑御史夺路而走。被贼兵乘势追赶二十余里，幸得兵备道雷信引一枝精兵杀来救应，贼兵方退。当下鸣金收军，扎住营寨。计点将士，游击吴端阵亡；被杀守备一员，牙将二员；

损兵三百余名，带伤者甚众。岑御史就平原下寨，传令各营不得卸甲，恐今夜贼人乘胜劫营。因调拨众将四下埋伏，饱食以待。岑御史中军虚设灯火，令各营但听中军炮响，四下杀出。却令万士雄、连城宝二将各率精兵一千，若遇贼人前来劫寨，便倒杀转去，攻他巢穴，截其归路，贼必自乱；然后来攻，可以取胜。但恐彼仍施妖法，却不可恋战，且放他退去，别作计较。如不来劫寨，便掣兵回来，不可轻进。

分拨已定，退入后营，心中纳闷，道："贼兵易剿，妖法难当，如何抵敌？"愁思转辗，无计可施。待到三更以后，不见动静，料无劫寨之事，身上乏倦，便隐几而卧。听军中已交四鼓，朦胧之间，只听耳边有人叫道："岑郎，不必忧虑！明日对阵，我当遣白猿神助你破贼成功。且东南杀劫将终，汝雪月佳期不远。吾女贤淑，自能善待，勿须虑也。"岑御史分明听得，急起身看时，已无影响，心下大奇。回想其言，知是仙岳母指点，可惜不曾拜识。一面又想雪月佳期不远，心下暗喜，因即望空拜谢。此时，觉愁闷全消，精神倍长，不思安寐。待到平明时，即升帐擂鼓，聚集众将，传令众军："严装饱食，各带三日干粮进剿，今番务要歼灭此贼！"军令下来，各营将士只怕妖法利害，心怀疑忌。岑御史明知军中心怯，因遍谕各营："本都院已有破妖之策；尔等不必怀疑，只准备协力剿杀。建功升赏全在此举！"因此，一军共信，俱各踊跃争先。听中军炮声一响，仍分五军，浩浩荡荡杀奔盘林而来。到得半路，却值贼兵已到。岑御史传令众军摆开阵势，鸟铳当先，长枪在后，藤牌滚刀相继而进，把马军分两势下合围拢来，以防贼逸。只听中军鼓声，悉力剿杀。

却说汪直，见金钟道人法术精奇，以为泰山之靠。因统大队贼兵分四路杀来，意在必胜。当令分水牛江二为先锋，正与万士雄相遇。各不打话，刀斧相交。战至十余合，官军阵上连城宝拍马挺枪前来夹攻。分水牛如何敌得二将？虚滚一斧，回马就走。这边中军鼓声雷震，大队人马掩杀过来，鸟铳、箭弩一齐施发。贼兵抵挡不住，分两下而走，又被马兵围裹将来，喊杀之声震动山岳。汪直见官军势大，急令金钟施法。这金钟道人方洋洋出阵，摇动金钟，哈哈大笑。果见一霎时黑风骤起，卷着黄沙、烈焰，掀天腾地而来。官军看见惊慌，只望中军救解。

岑御史见妖法已施，却不见仙姥动静，心下惊疑，欲待奔走，恐众军耻笑；况中军一动，大势齐散。正危急间，忽听得半空中一声雷震，细雨如雾，顷刻间黄沙尽灭，烈焰全消。只见阵中突出一将，浑身如雪练一般，手舞双剑如两道白虹飞绕，直奔金钟道人马前，光闪处道人首级堕地，夺取金钟，杀出西队，倏然不见。众军却望见正西上一片彩云，隐隐见一仙姥冉冉而没。官军见妖法已破，勇气十倍，大刀阔斧，横冲直撞，杀得贼兵星散云驰，七断八续。汪直见大势已去，量难抵敌，招呼贼兵拼命夺路奔柳塘湾而逃。只听前面炮声响处，一彪军当头杀来，却是都同汪龙，大喝："逆贼，待往哪里走！"汪直此时已舍死忘生，大喝："挡吾者死！"挥刀直砍过来。汪龙正举刀迎敌，不防分水牛暗发一流星锤来，打中汪龙马首。那马直立起来，把汪龙掀翻在地，早被汪直一刀砍死，夺路径走。后面大队官军拍风相似的赶来，分水牛、穿山甲率领败兵，保着汪直且战且走。天色傍晚，正奔走间，前面喊声又起，火光烛天，却是郭绍汾从捍海抄小路杀来。汪直等不敢迎敌，只顾夺路奔逃。将及天明，离海宁不远，指望叶碧川这枝兵来救应。谁知叶碧川攻打海宁时，蒋士奇已至浙省。胡巡抚先差中军参将陆渊，领兵一千前来救应海宁；随又接着岑御史移文，即令蒋士奇率精骑二千前来会剿。

这叶碧川是个武举出身，堂堂一表，勇力过人；因官司抱屈，杀了仇家，亡命入海，原非有心为盗之人。今被官军前后夹攻，连败二阵，又见蒋士奇神勇异常，因就马前拜服，诉说原由，求免一死，情愿执鞭坠镫，立功赎罪。蒋士奇怜他是武举出身，准其投降。其所统之兵尚有千余，都从贼目连夜奔投赵天王而去，从降者只亲随数十骑。陆渊见海宁已经平静，即引本部兵回辕缴令去了。蒋公即令叶碧川为前锋，往平海来会剿，却好正遇汪直败兵奔到。叶碧川大叫：“汪直及早投降，免得一死！”汪直听见，吃了一惊，不敢答话，拍马往斜刺里就走。不想正遇蒋公马到。汪直见四下官军云集，无路可奔，只得奋力劈面砍来。却被蒋公左手把枪逼住，放他撞入怀来，右手抓住勒甲绦生擒过马，掷于地下。军士上前绑缚。分水牛、穿山甲吓得落荒而逃，只见四下里官兵重重叠叠，围杀上来，料难逃脱。分水牛大吼一声，力砍数人，自刎而死。众军赶上，砍作肉泥。穿山甲早被陈松岩撞见，生擒活捉去了。其余贼兵，如砍瓜切菜，杀戮无算。

当时，岑御史大军齐到，与蒋公之兵会合。岑御史见贼首已擒，即传令：“有愿降者免死！”一声令下，伏地跪降者尚有八百余人。岑御史就令在平原扎住大营。蒋公即带叶碧川来相见。岑御史接出营门，笑道：“数年积寇，一旦被老叔大人生擒，此功不小！”因同入中军帐来。蒋公未及行礼，岑御史先跪拜在地。蒋公连忙跪扶道：“朝廷叙爵，岂可以私废公！”岑御史道：“名分所关，正应如此！”因相让坐下。刘电亦进帐来拜见蒋公，便坐在下首。蒋公遂叫叶碧川来叩见，因说他投诚来历。岑御史道：“明日且见了浙抚，再作定夺。”因问：“老叔到浙时，知征剿徐海情形若何？”蒋公道：“我至浙时，知徐海已降，又为总兵俞大猷袭杀，不知何故？”岑御史笑道：“胡巡抚怕我分功，因此全不关会。未免局量褊浅。”因向靴筒内取出一折，递与蒋公展看，见上面载明何人得功，何人败绩，如何说降，如何袭杀，一一注明。蒋公道：“贤侄可为神机莫测！”岑御史因问起三月初旬，文进从江南到府，知老叔已先两日进都，如何一路总不得相会。蒋公笑道：“彼时知贤侄奉命出京，恐于路相会有涉嫌疑，因此绕小道连夜过去。不想到京考试，蒙皇上特恩，授了今职。如今却遂了贤侄昔日之言了。”岑御史道：“天既生老叔的神勇，必不肯教埋没。”蒋公因问殷将军近日如何，岑御史道：“现为松江参府，屡立战功，将来尚要升转。最可喜者，前日报上见刘大兄补了奉贤，他弟兄已聚在一处。”蒋公又问刘电道：“如今那文进怎样了？”刘电道：“小侄奉令往救湖郡，他随军立功，现今已署把总，防守碧浪湖村去了。”蒋公笑道：“你们至亲至谊都相聚一方，惟我远隔金衢，将来相会甚难。且老母在堂，两地悬念。每一念及，坐卧不宁！”岑御史道：“如今海寇已平，正好迎养太母。”蒋公道：“迎养甚易，家下无人，亦是难事！将来还望贤侄疏内代为陈情，乞一就近地方，便于迎养，则一家受庇不浅！”岑御史道：“此事小侄自当留心。”蒋公又问刘电道：“可知许丈曾到尊府不曾？”刘电道：“自去秋在南昌寄信往崇仁县去后，至今并无消息。报上又见崇仁金公告病休致，或者此时许伯到了家里，亦未可知。”蒋公道：“何不专差一人回去？若果许丈在府，便托他送家眷到奉贤。不但令妹可与殷兄相会，且岑贤侄姻事亦可就近完成，岂不一举两得？”岑御史笑而不言。刘电道：“老叔丈所见极是。”

当下军中已是传食，一同用毕。岑御史道：“老叔请先班师回省，小侄发落了各路兵马，随后来与胡公相会。”当时蒋公相辞，即带叶碧川、车囚汪直回省缴令。岑御史随将投降之八百余人内，老弱者一百余人放归田里，其余分发各营约束，凡有滋事者，报明即斩。当令褚飞熊、万士雄率本部兵马各回本汛；连城宝升署挥同汪龙事务；郭绍汾暂署挥签事务；陈松岩暂住嘉镇中军游击吴端事务，将穿山甲严行监禁，听候拷问；林中玉在川沙未至，仍檄回本汛。分发各军讫，因与刘电道：“松郡一带倭奴未平，三哥即领本部兵前往，相机剿杀。我见过胡公即便回江，倘有紧要军情，务即驰报！”刘电应诺，当即引军投松郡而去。岑御史亦即起马。

却说这边徐海投降被杀一节，却与岑御史进剿汪直同时之事。这徐海原是西湖虎跑寺僧人，胆勇绝伦，结交群盗，事发亡命入海，群盗推其为首，招集亡命众至二万余，屡寇浙闽沿海地方，肆其劫掠。其妻王翠翘，原系钱塘旧家之女，美慧异常，素怀忠义，后为徐海所得，纳为正室，言听计从。此番大掠台宁，浙直震动。巡抚胡宗宪访得翠翘至戚，令其暗说翠翘劝徐海归降，不失高爵厚禄。因此，翠翘一意劝令徐海率众赴军门投降。胡公分散其兵，令徐海只领亲随兵卒数百人屯驻东沈庄候旨。此时，因赵文华与胡公不协，忌其成功，密令总兵俞大猷，率兵夜袭东沈庄，徐海不及提防，奔走梁庄。俞大猷率兵追逼。徐海料难脱逃，大呼"翠翘误我！"即投入湖水。俞大猷着善泅者入水牵出斩首。王翠翘闻变，仗剑大恸道："徐君因我而死，我何面目偷生耶？"即仗剑而死，余党悉平。胡巡抚已飞章具奏此事，后来，因赵文华之谮，朝廷只加了胡公太子少保之衔，别无升奖。直到后来岑公奉命巡视浙闽，才表题王翠翘功烈，敕赠"义烈恭人"，立祠祭祀。这是后话，表过不提。

且说岑御史起马不及三十里，天色已晚，早有浙抚差官迎接，进了公馆安歇。次日，五鼓即起马往会城来。离郭十里，胡公率同城僚属接着，并辔入城。岑御史不进公馆就往拜胡公，遂一同进巡抚衙门来。让入后堂叙礼坐定，共相慰劳。胡公道："闻贼中妖法利害，想都宪大人必有神助。"岑御史笑道："此是圣天子洪福！天灭妖人，晚弟何功之有！今老宪台扫清巨寇，蒋都使降伏从党，生擒贼首，此皆老宪台调度得宜，其功不小！"胡公道："说降徐海，实邀天幸！今汪直若非都宪运筹追剿，安得就擒？如今请教都宪大人，此寇与叶碧川当作何处置？"岑御史道："此事当听凭老宪台裁夺。"胡公再三相让，岑御史道："据晚弟愚意，当与老宪台联名具奏会剿情由，将汪直献俘阙下，叶碧川声明候旨。不知尊意如何？"胡公道："都宪所见极是！竟恳如椽主稿。"岑御史相让不过，只得应允。当时即请上席。席间说起王翠翘一片忠心，可惜埋没，胡公自觉抱惭。只把别话支吾而已。少间席毕，岑御史辞归公馆。当晚，即将本稿草完。

次日平明，正欲往见胡公，却是胡公先来拜会。因即将本稿与胡公观看，见上面历叙会剿情由，其中，应奖众将功绩，应恤阵亡将士，无不细述。末后，又附陈都使蒋士奇母老乞恩请调近地迎养，以及献俘请旨等情。简切详明，并无丝毫遗漏。胡公看毕，惊喜道："上马击贼，下马草露布，信不虚矣！"当即发本房缮写，随又面邀午席候教，相辞而去。岑御史送了胡公，随往拜蒋公，说明已经附疏乞恩的原委。又往拜司道各官毕，胡公已差官接过三次，随往赴席毕，辞回公馆，一宿无话。

次日平明，即往巡抚衙门一同拜发本章。即差文武官各一员，壮兵二十名，沿途更替管押汪直囚车北上。当日胡公还要相留，岑御史因倭奴未平，坚辞起身，又往别蒋公，遂匆匆起马，胡公与文武各官送出郭外十里方回。

岑御史见浙省已宁，于路仍檄文进回营听用。当日行不及三十里，早有流星马报说："近海有东沙、西沙二岛，东沙岛倭酋名野叉杨仙蟾，有五把飞刀，能百步取人首级；西沙岛倭酋名黑煞神凌沧虬，能遣妖物摄人魂魄。向来各据一岛，不与赵天王同伙。今赵天王因汪直、徐海俱已败亡，孤立无援，因赍金帛子女前往聘请。约定时日，半夜里从孟河入口，倭奴接应，抄出翁埠、庙湾之后，将高、辛二将前后夹攻，幸亏陈总兵救应得脱。殷、耿二将敌住赵天王夫妇，连日大战，不分胜败。昨日殷参将忽然抱病，因此紧守，不敢进剿，只候大老爷定夺。"岑御史道："正要这些倭奴一齐进来，才好歼灭！"当赏报马去讫，又连接陈总兵并刘副总申报，大略相同，因此星飞前进。正是：

已看海寇才骈首，却见倭奴又插标。

不知岑御史此去如何调兵，且听下回分解。

第四十八回

# 天缘合仙姥指迷途　恶贯盈倭奴逢杀劫

却说岑御史星飞前往军营而来，离大营二十余里，陈总镇接着。岑御史马上便问："倭奴近日情形如何？"陈总兵道："只因新到二倭，一有飞刀，一使妖法，现今殷参将忽患昏迷，不省人事，军心惶惶。因此诸将坚守要害，不敢轻动。刘副将从浙回来，于路奉制宪飞檄，委赴杨舍驻扎，当三路要冲，以防再犯吴会。顷又奉制宪檄饬，各营严守，听候大老爷到来察夺。"岑御史听说，心下踟蹰，又问："倭奴现屯何处？"陈总兵道："现屯青村、圌山、翁埠等处，连络二百余里。这两日内并无动静。想殷参将之病，恐是倭奴试行妖法所害，也不可知。"岑御史点头道："且去一看。"因此不进大营，只带数骑，投殷勇营来看视。到得营门，见旌旗整肃，队伍端严，鹿角密摆，寨栅坚固。问知皆华氏夫人的调度，十分敬服。因令军校传入："御史来看。"华夫人退入后营。岑御史进到帐中，见殷勇仰卧在地，面如淡金，昏昏沉沉，叫之不答。岑御史道："此必为邪术所迷。但邪不胜正，料无妨事。"吩咐军校好生看伺。

岑御史出了营门，回到大寨，即传谕众军："幺魔小术，自有处治，不必疑惧。"当令陈总兵将人马四面屯守，以防倭奴暗袭。岑御史独坐帐中，只令亲随数人伺候。待至一更以后，命对着正西方设一香案，盥手焚香，叩齿虔诚拜伏在地，默祷：“弟子奉命征倭，前蒙圣母法力，剪除妖道，荡平积寇，感戴慈恩，涓埃未报；今又遇此妖术，害我大将，并有飞刀肆毒，将士难当。伏乞圣母慈悲，始终救护！不但弟子沾恩，即数万生灵咸蒙覆庇。成功之日，当奏闻圣上，建祠崇祀，以报慈恩。”拜了又祷，祷了又拜，如此三遍，才归至帐中少歇。因坐在一张行椅上，存神定想，惟愿圣母慈灵感格。

默念之间，蓦见一个长髯使者，向前躬身禀道：“仙姥奉请岑御史！”不觉随出帐来，见那使者控过一骑骏马，搀扶岑生上了马。便觉四蹄腾空而起，耳边但听风涛奔激之声，顷刻间落在一座山岩之下。那使者带住马，扶了岑生下来，道：“请相公在此少待！”岑生定睛看时，好一座仙山！明月光中，奇花馥郁，瑶草纷披，白鹤衔芝，青猿献果。正不知是何境界，惊疑之间，只见两个丫髻仙童到来相请。岑生便随着转过碧岩，却显出一座巍峨甲第，金碧交辉。因问二童子：“这是何处？”童子道：“这是玉虚夫人所居。”岑生不敢再问，敬凛而入。进得门来，但见碧梧翠竹，古柏乔松，清阴夹道。行过数箭之地，见一座玉石小桥。桥侧千寻峭壁，半空中飞下一道瀑布，喷珠嗽玉，直入桥下。行过玉桥，见奇花异卉不辨名色，仙鸟和鸣无分昼夜。又进一层宫门，但见殿宇巍峨，直耸云汉。望见殿上不明灯烛，当中悬着一颗斗大明珠，光华四射，照耀得如同白日。阶下列着两行黄巾力士；殿上两旁，都是彩衣仙女，捧炉执剑侍立。当中两柄翠羽扇，遮着九龙沉香宝座上那位玉虚夫人，仙冠道服，妙相端严。岑生方行到丹墀之下，闻殿上传请，两童子扶掖而上。进得殿门，便躬身下拜，两叩后，仙母即命二童扶起，移玉墩赐坐。岑生谦让至再，才告座坐下。随着仙女赐玉液一杯，岑生双手接饮，但觉芳香满口，沁入心脾。饮毕，离座叩谢。因启道：“下界小臣，奉命征倭，遭妖术肆害，不能平静。伏乞圣母大发慈悲，救民涂炭。平定之后，当恭疏奏闻，建祠崇祀，以报洪恩。”仙母即命童子扶起道：“倭寇积年肆扰，亦是生民劫数难逃。今劫数已满，应待汝平定倭寇。赵氏夫妇与郎氏乃天降劫魔，自当退避。其余从孽，当替好生，不可尽歼。妖术害人，彼当自害。惟有飞刀甚毒，凡在劫者皆不能逃。今赐汝仙散一瓶，非其劫者，食之即活，敷之即愈。”因命仙女赐与小金瓶一枚。岑生跪受，藏于袖内。因又启问：“弟子发妻何氏生母，不知可得见否？”玉虚夫人笑道：“即我便是。当年因遭谴劫谪落凡世，以了尘缘。劫满后仍归本位。此乃天数使然，我亦不能自主。雪姊、月娥与汝妻，皆披香殿伴侣，时至自然相聚，仙凡虽别，总当以忠孝仁恕为本。汝其勉之！功成之后，若能恬淡修省，则相会不难也。”说毕，仍命二童子相送。岑生原要再问自身来历，见二童子请行，不敢再问，只得拜谢出殿。随二童子仍从原路出得宫门，见前使控马相待。岑生谢别二童，这使者便相扶上马。只听耳边风响，顷刻已至营门。使者扶下雕鞍，岑御史心爱此马，欲恳使者暂留骑坐。忽见此马腾地一吼，化为猛虎，使者跃上其背，凌空而去。

岑御史忽然惊醒，见自身独坐帐中椅上，听军中更漏正交五鼓，心中十分惊喜。回思所梦，历历分明，探验袖中，金瓶尚在。因感仙母慈灵，重向香案望空拜谢。因向灯下打开瓶盖看时，丹散满瓶，异香扑鼻，敬谨收藏。因想仙母所言妖术害人，彼当自受；今殷勇现在垂危，不曾求得解救，追悔不已。又记仙母所言倭劫已满，待汝平定之言，心中暗喜。

且不说岑御史遇仙指示。却说那倭寇深惧绣旗军的利害，晓得黑煞神有法术摄人魂魄，要试他的灵验，因请他先害殷勇，再害岑秀，便好纵横无敌。因此按兵不动，看他作法。原来这黑煞神凌沧虬，得遇异人传授此术，百发百中。当日异人曾嘱咐他不许妄害无辜，违之有祸。此番不合要卖弄他的本事，因在军中设坛作法，驱使妖魅往摄殷勇魂魄。凡五日内将魂魄摄尽，其人即死。此时，已将殷勇摄到二魂四魄装入葫芦。赵天王令细作探知殷勇果然卧病不起，心下大喜。正欲乘间劫他营寨，却又闻岑御史已到，恐有准备，不敢擅动；且待害死了殷、岑二人，然后大举。

却说黑煞神作法到第五天上，令牌击处，见妖魅摄取殷勇一魂三魄冉冉而来，心中大喜。正待收入葫芦，猛地里半空中起一个霹雳，震得遍地火光。光中现出一位金甲神将，手执钢鞭，照黑煞神顶门上一鞭，倒栽葱撞下坛来，七窍流血而死，手中葫芦亦为雷火焚化。坛下众倭奴俱惊扑在地，半晌方苏。赵天王闻知，心胆俱裂，即请杨仙蟾商议，欲收兵潜遁。杨仙蟾道："不必恐惧。我二人同来，不想他自遭其祸。想是那人命不该绝，以至如此。今丧我伴侣，必泄其恨，且叫他看我飞刀的利害！"赵天王大喜道："全仗大力！"次日，传令群倭严装饱食，令格子里领兵二千为前锋，就地滚领倭兵为左队，混江鳅领倭兵为右队，赤凤儿、郎赛花为后队，赵天王与杨仙蟾为中军，螺声四起，直杀奔大营而来。

却说岑御史，自见仙姥饮了玉液，觉得精神百倍，次早即欲进兵。因为殷勇卧病未见动静，只得暂止。却先飞檄饬令常州参将何其能，领本部兵就近埋伏庙湾。又檄都使吕岱，领本部兵就近埋伏翁埠，截住倭奴归路。此二处兵马因路远先发。又令守备龙韬领水兵五百，截住孟河海口；游击董槐领水军五百截住留河海口；游击洪弼领本部兵马截住金山海口。这三路伏兵迅即前往。又传令各营严装贯甲，以防袭劫。又令总兵陈奇文当住杨舍四路冲要，随便救应；星檄刘电回营听调。分遣已定，及到次日辰牌时候，青天白日，忽听得平空里这一声霹雷，震得山岳俱动。正不知是何缘故，却早见殷勇营中报来，说殷参将被雷声惊醒，出了一身冷汗，已是好了。岑御史闻报大喜。少刻，殷勇到营参谢。又见探马来报倭寇黑煞神被雷震死。岑御史见仙姥之言已应，满心欢喜。次日，刘电已星飞调回，才得与殷勇在大营一会。

当日，岑御史升帐，传集众将听候调遣。先令殷勇、耿自新二将各率本部兵，一从左杀入倭奴右队，一从右杀入倭奴左队，但听中军鼓声，尽力剿杀。副总刘电领精甲二千、偏将二员为先锋，令高卓、辛尚忠各领火铳手五百名，听连珠炮响，从两胁尽力攻打。岑御史领文进诸将自领中军。俱令三更造饭，五鼓进兵。调遣已定，众将各自整顿。至五鼓，听中军炮响，四路官兵齐往倭屯杀来。将及平明，恰好与倭兵相遇。两下呐喊，摆开阵势。先锋刘电挺枪直出，正遇格子里横刀相迎。更不打话，战到十余合上，格子里刀法虽精，却敌不住刘电的神枪利害，虚滚一刀，回马就走。刘电拍马赶来，倭首赵天王中军杀到。杨仙蟾见刘电追来，放过格子里，大吼一声，舞两口镔铁剑前来敌住。刘电见他背插飞刀，心下提防，因把手中枪一紧，逼开他双剑，右手抽八棱锏照顶门打将下来。杨仙蟾急躲闪时，早中左肩，几乎坠马，负痛而奔。刘电挺枪追来，杨仙蟾右手急飞起一口刀来，寒光闪处，正向刘电顶门上落来。刘电躲闪不及，早中右膀，翻身落马。杨仙蟾、格子里两下一齐飞马回来，要害刘电，却得陈奇文杀来敌住，手下偏裨将士已将刘电救回中军。岑御史见刘电为飞刀所伤，急取仙散水调，令刘电吞下，又解开肩甲，敷糁刀口。果然是仙家妙用，顷刻而愈。刘电起来，深恨此倭，复贯甲飞骑杀出，要报此一刀之仇。

这杨仙蟾正与格子里双战陈奇文不下，正待祭起飞刀，忽见刘电怒目横眉，重复杀到，不知是人是鬼，吃了一惊，回马就走。刘电大喝：“贼倭休走！”飞马赶来，却得赵天王挥双刀敌住厮杀。这格子里独挡陈奇文，正力战间，却值殷勇、耿自新两路兵马从左右杀入，鼓声震天。格子里料难抵敌，却待奔走，正遇殷勇一骑飞到，措手不及，被一铁锏打得脑浆迸裂而死。赵天王看见，无心恋战，撇了刘电，拍马奔回。倭奴大乱。杨仙蟾见官军势大，却将五口飞刀一齐祭起，但见五道寒光如风飘雪片一般，横挥直截，忽起忽落，官军队里中刀落马者纷纷不一。赵天王复率就地滚、混江鳅两队倭兵一拥杀来。官兵畏惧飞刀，不敢迎敌，望后齐退；倭兵乘势掩杀。忽听中军连珠炮响，高、辛二将率火铳兵从倭奴背后打来，声如雷震。倭兵惊慌，复分两下散去。此时，杨仙蟾将五口飞刀祭在空中，如转轮一般，盘旋起落不定。官军虽听中军鼓声甚紧，却不敢与火铳兵合围进战；倭兵亦恐腹背受敌，不敢前逼。两下正相持间，忽见阵中突出一个道者，赤足蓬头，长绦大袖，高叫："仙蟾休得无礼！"伸手向空中一招，只见那五口飞刀齐入道人袖内。仙蟾大怒，飞马仗剑来夺。那道者哈哈大笑，化一道金光过处猛然不见。官军见收去了飞刀，便四下呐喊，如潮水般涌杀过来。赵天王与就地滚、混江鳅率倭兵抵死迎敌。杨仙蟾见势头不好，急欲奔逃，恰恰遇见刘电飞马杀至，抵挡不及，早被一枪刺中心窝，翻身落马。刘电即枭了他首级，悬于马项，复望倭奴大队杀来。

却说此时岑御史正在中军擂鼓督战，忽见一队倭兵如飞云掣电而至，当头两员女将，四口雪亮苗刀，直杀奔中军帅旗下来。此时文进也杀入阵中助战，岑御史左右只有几员牙将随从，见这两员女将来得势猛，一齐上前迎敌。原来这女将正是赤凤儿、郎赛花，好生利害，苗刀起处连砍二将。岑御史见势头凶恶，拍马便走。赤凤儿见岑御史红袍金甲，知是主帅，撇却众将，与郎赛花飞马赶来。

且说文进杀入阵中，正遇就地滚江五，敌住厮杀。未及数合，却听中军鼓声忽断，又望不见帅旗，恐中军有失，不敢恋战，虚晃一枪，拍马奔回。江五随后赶来，却得耿自新杀出截住。文进奔到中军，不见岑御史，心下着忙，急问众军，有的指道："被两个倭婆追往东南上去了。"文进大吼一声，直奔东南上来。原来岑御史被赤凤儿、郎赛花追赶将近，正在危急，只见斜侧里一将抡刀跃马杀出，大喝："那贼婆娘休得无礼！"岑御史回马看时，却是陈奇文截住，又见文进飞骑赶来，心下大喜。勒马观战，见四骑马如转轮儿一般厮杀。这赤凤儿、郎赛花四口刀直上直下，如电光盘绕，力敌二将，全无惧怯。岑御史此时复整中军擂鼓催战。

却说这中军旗鼓乃诸将耳目，那时诸将正在鏖战，忽听中军鼓歇，又不见帅旗，俱无心恋战，齐奔中军来护卫，反被倭奴乘势掩杀了一阵。其时郎赛花战文进不下，兜回马就走。文进赶来，不防郎赛花发连珠铁弹，打中文进肩窝、手腕。文进大惊，急勒马不追，不防一弹又打中项上。郎赛花复翻身杀来，文进负痛相敌。此时众官军见号旗麾动，鼓声如雷，知中军无恙，复一齐奋勇杀回。这一场两边混战，直杀得天昏地惨，日色无光。原来定数难逃，这混江鳅江七，在乱军中正遇殷勇马到，招架不及，被一铁锏打断左膀，翻身落马。殷勇见是内地奸徒，喝令军士绑在马上，回营请功。其时，赵天王见杨仙蟾已死，江七被擒，心胆皆碎，料不能敌，招呼赤凤儿与江五夫妻，率领倭兵并力夺路往留河奔走。官军随后赶杀，陈奇文与文进又从两势下赶来，杀得倭奴七断八续。江五在乱军中为飞矢中颊落马，却被文进捉住。倭奴三停约死停半，有四下逃出口者，又被守口官兵杀戮殆尽。

且说赵天王与赤凤儿、郎赛花拼命杀出重围，回顾倭兵不满千数，又一半带伤，仰天大叹："不料今日一败至此！"正奔到留河，只听前面炮声响处，一彪人马当头截住，却是游击董槐。大喝："倭奴！还不下马受死！却待往哪里走？"赵天王不敢答应，飞马落荒而逃。赤凤儿、郎赛花四口刀紧随冲杀。及杀至海口，并无倭兵接应，只见数十号战船一齐锣响，船内水军火铳齐发。赵天王杀得前无去路、后有追兵，慌急之际，却见旁侧一座山崖有路可登，只得一同弃马爬山而逃，相随倭兵已只有数百。谁知，此山名断鳌岛，却是个绝地。赵天王到得山上，日色已西，打一望时，三面皆是峭壁，下临大海，回看山下官兵，已是重重叠叠围得铁桶。赵天王等抱头大哭，声震天地。

却说岑御史见将赵天王逼走上山，因问："此山何名？可有出路？"游击董槐禀道："小将巡警海口，曾登此山，名断鳌岛。只有这一面可登，那三面皆临海峭壁，并无出路，因此无兵把守。"岑御史点头，暗思仙母不可尽歼之言，遂传令："天色已晚，不必穷追，诸将俱择平原屯扎。"凡被飞刀所伤将士，悉把瓶中仙散救之，其中死生各半。

不说这边众将安营造饭，却说这赵天王、赤凤儿、郎赛花等，原是天降劫魔，生民该遭其劫，今劫数已满，自然平定。但群倭淫毒，原属性成。惟赵天王不犯此戒，况与赤凤儿十分恩爱，且又惧她悍妒非常，因此从无二色；今被岑御史围困断鳌绝地，插翅难逃。只因这数百人命不该绝，自有活路生出，所谓难中得救，绝处逢生。正是：

若非伸出拿云手，怎救逃来绝地倭！

究竟不知赵天王等如何得生，且听下回分解。

第四十九回

## 渡残喘一剑化金桥　建奇功九重锡蟒玉

却说赵天王等数百人在山顶痛哭，声彻霄汉。其时，却值九天玄女娘娘经过，拨云观看，已知就里，因按落云头叫道：“尔等虽由劫数，但杀戮过重，难免一死。今念尔等不犯淫邪，救尔回岛。从此洗心忏罪，以保残喘！”赵天王等正在垂危之际，忽听此言，一齐抬头观看，知是仙佛降临，都伏地磕头哀告：“若蒙慈悲救命，从此永不敢侵犯天朝！”当下，玄女娘娘取背上宝剑一掷，化成一座金桥，望之无际。娘娘自立桥头，喝令速走，群倭欢呼踊跃，齐奔上桥，顷刻间已回故岛。玄女娘娘祥云已去，群倭望空顶礼，从此洗心，不敢擅离巢穴；郎氏入山修炼，亦得善终。后来此岛归属日本国王，年年朝贡，此是后话不提。

却说岑御史闻群倭哭声，心中不忍，因想，此番虽幸成功，杀戮无算，彼若乞降，当保其残喘。及到起更时分，哭声顿止，凌晨亦无动静。因令董槐率善走军士上山探看，回报四望并无踪迹，想必都投海死了。岑御史叹道：“我本欲放其一线之生，不料他自寻其死！”因传令班师。此时，倭寇悉平，众将士鞭敲金镫，齐唱凯歌。岑御史回至松郡，文武各官迎接进城，沿途百姓扶老挈幼，焚香瞻看。进了公馆，即传令诸将各收兵回汛，听候奏闻升赏。当作家报着王朴回家报喜。

这日惟留刘、殷二位后堂叙话。原来刘电自到江以来，军务匆忙并无刻暇，直至今日方得与殷勇畅叙别来情节。殷勇因说起日前成公子道及三哥保全他家眷，合家感激不尽。刘电道："这是一桩冒险侥幸之事。"因将雪妹还魂并先严冥托蒋公成全婚姻之事，细说一遍。殷勇道："从前接到大哥与三哥来书，已知其事。如今蒋公虽然不在，三哥料理也是一般。"刘电道："不然。先严之话必有定数。如今大哥补授奉贤，不久就要到任，便好接取家眷。蒋公现在金衢，即可前往达知，必有主见。"岑御史笑道："弟与胡抚台联章内已代其陈恳，乞调近地迎养。大约月尽月初旨意下来，必有升调。"又对殷勇道："昨日所擒之贼恰恰姓江，并前获之江四又是弟兄，恐即是殷兄的仇人。已吩咐今晚提来一讯。如果是他，真是一桩快事！"刘电道："只可惜妹子不在，不能识认此贼。"岑御史道："这有何难！只消一问便知其的。"

此时三人杯酒叙谈亲谊，惟殷勇不敢忘分，只唯唯而已。刘电因问："闻知弟妇脱于患难，勇略过人，绣旗军贼人畏惧，改日定当请见。"殷勇笑道："这是理当拜见的。明日候伯母到了奉贤，即去叩见。"因说："弟妇被难之时，逢一何仙母指引，与弟在军中相会。那时不便收留，随送回留河暂住。后来禀知总宪，即蒙赐婚。颇有胆略，同在军中，甚得其益。"岑御史道："前者弟住军中看视殷兄，见壁垒整齐，队伍严肃，已知尊嫂的智略。将来定当奏闻，必邀恩锡。但不知彼时所遇的仙母怎知姓何？"殷勇道："这是贱荆在路问知。那仙母还说祖居山东，有个女儿嫁在江南岑家，日后定得相会的话。现今访求不得，只在署中朝夕焚香顶礼。"刘电听了，不禁大笑，对岑御史道：这必是何家仙母无疑了！"岑御史因又问："尊嫂家中还有何人？"殷勇道："贱荆并无亲族，只有一个堂房姑娘，嫁在浙江王家，已是多年不通音信了。"岑御史又问："可知尊岳的讳号？"殷勇道：

"单讳个'宣'字，原是太仓庠生。"岑御史惊喜道："真是可喜可贺！如今尊嫂要见那仙母却难，要见仙母的女儿并她姑娘，却甚容易。"殷勇听说，惊喜道："愿闻其详。"刘电接答道："贤弟欲知其细，当满饮三大觥。"殷勇笑道："当得。"因即满饮了三巨觥。刘电道："这仙母的女儿，说来好教贤弟惊喜。"因将岑生奉母避仇投舅氏不遇，寄居蒋宅，后来从蒋宅移居湖郡，伯母得与内侄女在王宅相会，王公夫妇一力主婚，就与岑贤弟表兄妹先完了婚事的话，从头说了一遍，"如今这位弟妇，即是何仙姥所生，淑婉贤能，善识人贤愚贵贱，真是巾帼中丈夫！愚兄已经见过雪妹一席，她早已预知，虚左以待。明日两位弟妇自然要相见的了！只是弟妇与姑娘相会的话，我却不知。"岑御史道："三哥不知，弟妇的继母便是殷嫂的姑娘，因时常想念母家只有一个侄女，不能寻访。今所说殷嫂父亲姓氏里居相对，尚有何疑！"刘电大笑道："如此说，真是天缘会合，又是亲上加亲了！"殷勇听到此处，亦不禁笑逐颜开道："明日妹子毕姻，即叫内人恭送，便好拜见姑娘，与姊妹们同相会了。"当下三人畅饮谈心，已忘行迹。

天将傍晚，家丁来禀："小张三、江四等俱已提到。"岑御史道："请二兄在穿堂听他口供。"当即便服升堂。先讯小张三，只供为盗通倭是实，余不知情。及讯江四，据供与江五、江七原是弟兄，已分居多年，为盗是实，只因那年与兄弟江六，在凉山地方劫一官船，不料被一客人将兄弟打死，又捉住了几个同伙，惟恐牵连，那时就同哥子江二投了海寇是实。又问："可曾谋害妇女？"江四道："打劫杀人已多，却没有谋害妇女。"岑御史喝令带过一边，因讯江五、江七据供："小的们违条犯法的事已记不得许多，只求早死。"岑御史道："我有个相知的曹二府，他当年娶了一妾，甚是得意，说还要重谢那媒人。你们可知道那人么？"江五一时不知就里，只道是好意，即答应道："这事原是小的作合的。"岑御史笑道："如今，这个女子在本院这里，告你在江中谋害了她的干母，也是真么？"江五、江七听见，吓得只是嗑头道："总是小的该死！"外边岑御史问出真情，里边殷勇咬牙切齿，恨不得即时将他碎尸万段。岑御史当下吩咐："将小张三、江四委松江府刑厅，连晚押出城外，枭首示众；江五、江七牢固监禁，另候发落。"当时退进后堂，与殷勇道："且喜太夫人仇人已得，明日候令妹来时，好一同沥血祭奠。"殷勇叩谢，流泪不已。刘电道："贤弟大仇已报，老母亦必含笑于地下。"因复呼酒劝慰，三人直叙到起更时，殷勇告辞，岑、刘一同送至侧门。岑御史执着殷勇的手道："体制所拘，幸勿见罪！"殷勇道："礼当如此。"

是夜，岑御史与刘电相商，即于灯下草成联名奏捷本稿一通，其中将平倭始末、诸将功劳备细叙述。又另自一疏，声叙总制黄炯、操江程宏达调遣兵马守御要害，抚绥难民，筹办军需，并险郡知府纪良、太仓知州成昱、金山知县尚忠、崇明知县龙为霖等固守城池，办理军饷，一切劳绩。但今倭寇虽平，尚须查阅江浙沿海各营汛兵马，应行善后事宜。与制抚筹画妥协，另疏具奏。并陈寡母年高，现今寄籍浙江湖郡，乞于阅兵之后，告假三月，就近归省等因。删改停妥，才各安寝。次早，各官到来禀安，岑御史概行慰免。早饭后即起马回吴门，黄总制已差官在百里外叩接。将到苏门二十里，黄公率合属官员接见，满面堆笑道："老都宪扫隐积寇，不但上慰圣心之焦劳，下救生民之涂炭，这两省官僚皆受赐不浅！"岑御史道："此皆圣天子洪福，宪公祖荫庇，治晚何功之有？"当下并辔回城，一路百姓门前俱设香花迎接，一直同到总宪衙门。让进后堂，旋礼毕，因天气乍热，即逊至花厅，宽去公服叙谈。外边各官俱请回署。黄公道："屡接都宪捷音，不胜忻忭。此功当垂不朽！"岑御史道："虽侥幸成功，然杀戮不少。残倭数百逼入绝岛，原欲网开一面，不料其尽自轻生，未免伤好生之德！"黄公道："也是他恶贯盈满自取之耳！"岑御史道："此番若非宪公祖与操江老师筹办军需，转运粮饷，调度将弁，守御要害，岂能迅奏肤功？今治晚已草就两疏，呈请教正。"因向袖中取出，送与黄公观看。黄公看了一遍，大喜道：“老都宪胸藏韬略，笔走风雷，弟等得附其名，已叨荣不浅，况邀过誉，实自抱惭！”当下即请上席。饮酒中间，叙说军中几为妖法所害。黄公道：“都宪不但武纬文经，抑且出神入化。古之名将，何以过之！”两下叙谈款洽，至傍晚席散。岑御史告辞，公亲送至公馆，又面请明日庆赏端阳佳节，当时茶罢而回。

次日，各官都到公馆叩节毕，岑御史正要去与黄公贺节，却是黄公先到，随接进后堂道：“治晚正当恭贺，反劳先施！”方叙话间，堂官递进京报，却是内阁奏旨：“据御史岑秀、浙抚胡宗宪具奏：积年巨寇，一旦荡平，朕心欣慰。岑秀加升都察院左都御史，赐蟒袍一袭、玉带一围，俟平倭之日再加升奖；胡宗宪加升太子太保；蒋士奇生擒巨寇，忠勇可嘉，加升锦衣卫都指挥衔，仍赴御史岑秀军营随征，俟倭寇荡平再行升赏；刘电、陈松岩、连城宝、郭绍汾、龙韬、文进俱准其实授；总兵褚飞熊、兵备道雷信、都使万士雄俱军功加二级候升；其余办理军需文武各官俱加军功一级；阵亡游击吴端、挥同汪龙各赠副总兵，赏祭银二百两；凡阵亡将士，俱从优议恤。汪直枭首传示江浙；叶碧川免死编氓；余如议行。”当下一同看毕，黄公即为道喜。岑御史道：“圣上洪恩，实惭蚊负！只是指挥蒋公因为母老，前已代其陈恳，乞移近地迎养。此番旨意着其到江随征，今倭寇已平，事可中止。治晚于自陈本上，尚当为其声明，仍乞量移近地，并恭谢圣恩一节。”黄公道：“所见极是！弟且告辞，在署恭候。”说毕起身。岑御史送了黄公，即摆道答贺司道各官，就往制台衙门来拜贺。当即将疏稿添改完妥，与黄公看过，就交本房缮写。一面移文关会操江。黄公当下即留住叙谈。岑御史因说起刘电军功并殷参将获得害母仇人，“他二人俱在宪公祖樾荫之下，定邀推乌之爱。”黄公道：“弟亦深得其指臂之效，只恐他升迁在即，不能常聚。”宾主二人款洽畅谈，至日西才席罢。当日本章俱已缮就，一同阅毕，如式封装，派下赍本人员。

岑御史作谢辞回。

次日凌晨即到衙门，一同拜发后，即面辞黄公，拟由上江入浙。黄公道："只是老都宪太为公事贤劳了！"当时，岑御史回到公馆，因马牌早发，文武官僚俱在伺候，一来贺喜，二来送行。岑御史因请刘副总进内道："恐蒋公得旨后即行来江，三哥便可留住在此，不必回浙。况大哥此月必然到任，三哥即可着人回家，若许丈在府，便可相托搬送宝眷到来。弟此番巡阅，不过月余便回。"刘电应诺，即辞了出来。此时各官人役俱齐集伺候，即放炮起马，黄公率各官送至十里塘方回。

今且按下岑御史巡阅之事，且说蒋士奇自送岑御史起身后，即要禀辞胡公回金衢任所。胡公因蒋公自皇上特放之员，又是岑御史长亲，已经代陈乞移近地迎养，故当作客官，十分优待，就留他在省候旨。到五月初六日已接到旨意，知他升了锦衣卫都使，进剿倭寇，更加优礼。颁到钦赐岑御史袍带，即欲命蒋公顺便赍送江南。次日，又接到岑御史咨文，知倭寇已平，奏请到浙沿海看兵，并商善后事宜，因此就留蒋公在省等候。此时天气乍热，蒋公在省无事，因往西湖游玩。这日从湖上回寓，蒋贵禀道："刘姑老爷那边许太爷到了，着人来问。因老爷不在，他说明日来拜。"蒋公听了，心下大喜，道："你可曾问他寓所？"蒋贵到："说在吴山第一峰暂住。"蒋公即着蒋贵押着一乘凉轿，便去请来，又着班役二名往搬行李。不及一时，许公已到。

原来许俊卿自四月二十四日在吉水起程，一路顺风顺水，到了吴城镇地方。沿途听得客船上纷纷传说：如今海贼汪直被岑御史追到海宁，又被蒋指挥擒住，已囚解进京，浙江一带已是平静。只有倭寇尚在江南搅扰，说有妖法利害，金陵、苏、松等处道路梗塞，长江一带都没人敢走。许公听得处处传闻一般，便留心打听，蒋指挥正是御前打虎的蒋士奇，心下大喜，遂不走长江，却从广信过山往金衢卫来。及到金华，知蒋公在省未回，因连夜往杭省来。访得蒋公在抚院衙门前作寓，因着旺儿前去打探，说到湖上去了，不期晚间蒋公打轿来接，随即到了公馆。蒋公接进，叙礼坐定，许公道：“久仰大人盛德！老朽自去岁在崇仁接到刘家昆玉来信，晓得小女现在刘府，因此辞了金舍亲到吉水，父女重逢，都是大人的宏庇！小女在府极承骨肉之爱。因闻刘家亲母说，小女姻事必得大人成全，故此特来敬访。今日却甚不恭。”蒋公大笑道：“老丈来得极好！令爱姻事虽未受聘，已是订定无移！今令婿已荡平倭寇，奏请巡阅江浙，不过半月便可到此。弟亦为抚宪留在此间等候。况刘大兄此时亦可到任，三相公已实授了制宪中军副总，殷兄现任松江参府，且喜他弟兄们同在一处。前在海宁会晤，令婿并三相公已说过要托老丈搬送家眷。今依愚见，老丈竟不必空往，请即仍回吉水，搬送刘府家眷并令爱，一同到奉贤衙门。一来可与刘氏昆仲并令郎相会，二来弟亦可取便到彼，以完令爱姻事，岂非一举数便！弟明日即托本县拿一号快船限日过山，我着家人蒋贵跟随老丈前往，计算往返不过月余可到奉贤。老丈以为何如？”一席话，说得许公满心欢喜，道：“悉依尊命！老朽即当起程。”当晚饮酒叙谈往事，许公感激不尽。

次日，一面款待许公，一面即着蒋贵持帖托钱塘县拿了一只快船，直送常山料理停妥。至晚与了蒋贵盘费，次日一早就同许公起程。蒋公送至河岸而别。

且不说许公回吉水搬眷之事，却说岑御史自辞黄公，由上江阅兵入浙，顺道往拜操江程公以及南直各部衙门。其时，徐老师已内升国子监司业，郑璞已推选了湖郡德清县教谕，同家眷上任去了。岑御史心中甚喜。及巡阅到浙，胡巡抚已差官在金衢远接。其时，金衢严副总戚继光与都督刘显在福建剿平倭寇才回，已升了黄岩总兵。这金衢严之兵，皆戚继光所练，为浙省劲旅。后经岑御史又将戚公保奏，即升了山海关都督。此是后话不提。

及岑御史巡阅台宁等处已毕，到得浙省，已是六月中旬。这日，胡公出郭接着，岑御史随到衙门拜叙。胡公盛称平倭功绩当垂不朽。

岑御史因将阅过军册与胡公观看，上面有衰老病惰之员休参地方，有移简就繁裁添兵马之处，沿海有应设炮台巡兵之所，一切善后事宜请教裁夺。胡公展看了一遍道："老都台所鉴至公极当，毋庸更易。拜烦主稿，弟得附名幸甚！"当日盛筵款待。席毕，岑御史告辞。胡公亲送到察院衙门，茶罢而回。次日清晨，胡公即差官送御赐袍带到来。岑御史设香案望阙谢恩，拜受毕，正欲往拜蒋公，却被文武各官来禀安道喜。除司道大员请见外，余俱不及会晤。当日又答拜各官，整忙了一日。胡公又下了翌日请启，在湖心亭设席赏荷。

是晚，蒋公只跟一家人单骑来拜。岑御史迎入道："小侄今早即要奉拜老叔，却被各官缠扰住了。"蒋公道："我亦为此因乘晚到来，好叙话。"因道："贤侄此功不小！刘丈所说东南半壁仰赖之言，今已应矣！昨知倭寇已平，原欲回汛候旨，承抚宪相留在此等候。还望贤侄于疏内代为声明。"岑御史道："不须老叔挂心！前月小侄已经附疏代陈，大约月内必有恩旨。"蒋公道："深费贤侄清心！"因道："有一喜事相闻，月初许丈到此相会，就为他令爱之事。我与他说明姻事已定，竟请他回吉水搬送刘府家眷与许小姐，同往奉贤。因此只留住了一天，第二日即着蒋贵相随去了。未及数日，又接刘三侄来书，也是差人回家搬眷。谅此时家眷已在途中了。贤侄何不在此候旨意下来？尚愚得邀恩改任近地，便可同贤侄回江料理完姻之事，岂不甚便？"岑御史道："此承老叔骨肉之爱！只是小侄先遵母命与表妹完姻，雪妹姻事，心实抱歉！"蒋公笑道："刘三侄曾与我说，那何家侄女却是个女中丈夫，雪姑娘又早知不宜预占，安心相待，竟不须你作难的了！"岑御史笑道："全仗老叔鼎言！"当下饮酒叙谈平倭之事，直到二鼓才别。次日，胡公一连三请，邀同出城，下了画舫，只请司道相陪。此时，千顷湖光荷香不断，各处游玩，至午在湖心亭坐席，直到傍晚进城。过得一天，又是司道公请，都不在言表。

此时海氛已靖，吏治官清，万民乐业。到得六月下旬，前具两疏旨意已下，部文到来。展看上面，系内阁奉圣谕："据都御史岑秀等所奏，倭寇悉平，朕心欣慰。都御史岑秀，荡平积寇，功业伟然，升授太子少保，兵部尚书衔，仍赐尚方宝剑，兼都察院左都御史，暂管山东总督印务。准于阅兵善后事竣，给假三月，就近省亲。总制黄炯，老诚历练，屡奏军功，内升兵部尚书，加太子太保。操江程宏达，干才练达，即升江南总制，仍兼操江察院事务。总兵陈奇文，内升五军都督。左府副将刘电，即升吴淞总兵。参将殷勇，赐总兵衔，管理制标中军副将事务；妻华氏，封忠勇夫人。耿自新升淮扬城守副将，董槐升松江参将，文进升湖郡守备，高卓升平湖游击，辛尚忠升上海游击。嘉郡知府陶怡升盐运使司，金山县尚忠即升嘉郡知府。松郡知府纪良内升太仆寺少卿。崇明县龙为霖即升松郡知府。湖郡知府陆文山，升嘉湖兵备道。所遗之缺，查太仓州成昱，虽籍隶浙省，但屡经黄炯、程宏达保举，今又经岑秀奏其公忠干练，着即升湖郡知府。都指挥蒋士奇升锦衣卫都使衔，管理登、莱、青处挂印总兵印务，以遂其孝养之请。所奏效力文武各官，俱军功加一级候升。阵亡将士，查明造册，该部照例从优恤荫。蒋士奇、刘电、殷勇俟岑秀假满之日，一同来京陛见，以慰朕怀念功臣至意。钦此！"其时，通省官员俱来道喜。岑少保随修本谢恩，并与胡公将军政善后事宜联名具疏，拜发后，即择于六月二十六日回苏。又与蒋公修了一道谢恩本，恳恩给假顺道回籍省亲，俟总督岑秀假满一同陛见，恭请圣训后，即赴总兵之任。因嘱蒋公从容起身，约于七月望前在碧浪湖相会。胡公率所属与岑少保公饯之后，又是私饯，至期各官出郭远送，不在言表。

却说蒋公送岑少保起身后，从容料理行装，制办了许多绸缎锦绣珍重之物，以备添补玉馨小姐妆奁并许小姐填箱送礼之用。择于七月初十起身，胡公与各官公同盛钱送行。

不说蒋公往湖，且说岑少保至七月初三到苏，其时，黄、程二公正在交代，探马报闻，二公率属迎着，同到总制衙门相叙。文武官员禀安者一概谢免。黄、程二公俱与岑少保致谢。此时黄公尚是主道，盛筵相待。座中三人意气相投，十分款洽。程公道："今少保年才三八，位列三公，实所罕有！不知曾恭喜否？"岑少保道："门生完姻月余，即奉命赴京授职。离家三载，如今才得准假归省。"黄公道："王事贤劳，竟不遑计及室家之好！将来假满之日，正好与宝眷一同赴任了。"三人谈心畅饮。席罢后，程公辞回察院衙门，岑少保仍回公馆。当晚刘、殷二总镇同来相见。岑少保将蒋公在浙相会许公，即托回府搬送宝眷的话说了一遍，约计此时必有信息到来。刘总镇道："贤弟起身后，我即差人回家，大哥于六月初二到任后，来禀见各上台，在这里住了数日才去。"岑少保道："弟已约蒋公望前在家相会，这边只须会稿后便可起身。"殷勇道："不料旨意着我们相随陛见。回来时三哥正好顺接三嫂到来。"刘电对岑少保道；"贤弟不知，殷贤弟前月已恭喜了一位侄儿。明日却好同去拜见外祖姑。"岑少保道："可喜可贺！改日补礼。"当下三人叙谈至更余方别。次日，岑少保将巡阅过江省各营参休将弁、裁添兵马、并紧要海口添设战船、定立巡海章程，并沿海村镇着地方官设立堡楼、操练乡勇一切善后事宜，并声明于七月十三日告假归省缘由，起稿与总制、操江联名具奏不提。

其时，黄公已交代清楚，于十一日起程。连日饯行宴会，直至送了黄公起身。十二日，程公又梯己与岑少保饯行，只请刘、殷二总镇相陪。席间，程公道："曾记从前相会，少保极道蒋、刘二位，今日果然名下无虚！"岑少保道："今刘、殷两舍亲，俱在老师樾庇之下，诸凡尚祈指教！亦当在弟子之列。"程公笑道："得此同城贤助，何幸如之！"岑少保因说起前在山东许多情节，程公听了，惊喜道："天地间奇怪之事何所不有？总因人见闻不广，便以为怪。只是蒋公尚未识面，我已差官远探，想早晚必到。"岑少保道："蒋舍亲迟门生数日起程，谅必顺道先到寒舍。他久钦山斗，若至苏口，必然专诚晋谒。门生今日即禀辞过，明日凌晨起身，不再禀辞了。”程公道：“心交原不在形迹，明日只差官相送罢！待至吉期，再当申贺。”

当日筵席至晚，岑少保先拜辞起身，后刘、殷二总镇亦辞谢出来，即同到公馆。刘电道：“蒋叔谅已到湖去见伯母，贤弟速回料理。愚兄俟家眷一到，即当驰报。专候择定吉期，当禀过程公，亲送妹子。”殷勇道：“只是妆奁一时不能齐备，只好与三哥随后补送。”岑少保笑道：“弟正要与蒋叔相商具体。只是，当送在哪一边？”殷勇道：“姻事当以刘伯母为主，况继父、妹子现在那边，应该在三哥处为礼。”刘电道：“到吉期贤弟过来一同料理便了。”当下商定。殷勇因说起：“近有一事，外边纷纷传说，自从平定以来，江浙沿海各地方被兵之处，夜夜神号鬼哭，行人未晚相戒不前；且有白日为厉，种种怪异，省郭之外处处皆然。必得有道高僧，方能超度。日前三哥所说的点石禅师，不知可请得来么？”岑少保接答道：“这都是遭劫平民、阵亡士卒以及所杀倭寇，无主可归，故为此厉。我于平倭之日即有此意，因公务匆匆，不暇计及。曾记那禅师说，日后还有一大胜会，未必非前知之见。今当与三哥会同蒋叔联名敦请，或者这禅师悯此三途之苦，不好推却，也未可知。”刘电道：“若得这位禅师到来，何愁冤孽不解？”大家叙话至夜深方别。岑少保恐次日各官送行缠扰，因吩咐不许鸣金响炮，未至五鼓即起身扬帆而去。惟兵弁人役守夜站队，文武各官都不及相送。正是：

客里人归情缱绻，雪中花放月团圆。

要知后事如何，且听下回分解。

第五十回

# 佛菩提慈灵普救度　雪月梅封赠大团圆

却说刘总镇送岑少保起身后，次日傍午，堂官传报老太太官船已到太湖汛了。刘电大喜，忙整冠带，大开辕门，只带亲随数骑先往河岸迎接；一面吩咐摆齐职事，备大轿一乘，四轿、小轿各数乘，到码头伺候。

原来许公自回江西，即搬送老夫人与少夫人、小姐，于六月中旬起身，至七月初十日到了奉贤衙门，只住了数天。老夫人因为小姐姻事，知她弟兄们俱在苏省，随吩咐拿了三号大船，老夫人与小姐带梅嫂、仆妇、丫头们坐了一号；许公带了蒋贵、周旺坐了一号；家人、小厮、厨夫、衙役坐了一号，不日到了苏门。因船上没有旗号，老夫人又吩咐不许声张，因此直到了太湖汛，守兵才打听是刘总镇的老太太。星飞传报，及刘总镇迎接出来，官船已在大码头停泊。刘电遂下船叩见老母，兄妹们见过礼，便道："大哥为何不先差人通知？"老夫人道："这是我不叫声张。我们承许亲家送到你哥哥衙门，只住了五六日。因为你妹子姻事，得岑郎在此，故迅速赶来。许亲家也在那边船上。"刘电道："母亲却来迟了两日，可惜岑贤弟昨日起身回湖郡去了。"说毕，就过船来与许公相见。此时殷副总因阅附近营汛未回，不及迎接。同城各官俱先差人禀安。岸上兵丁戎装站队，职事整齐，闲人跑远。刘总镇吩咐亲随人役，伺候许太爷在后起身，自己先扶老母上了大轿。老母吩咐不必垂帏响炮。然后，仆妇们围着小姐上了四轿，众俱小轿跟随。刘总镇亲作顶马，职事前发，一路鸣金喝道，鼓吹之声不绝。沿途观看之人挨肩叠背，无不叹羡。一直到了衙门，鼓乐齐作。刘总镇辕门下马，扶轿直入后堂，候老母与妹子下了轿，随复出来迎接许公。让入东厅，方叙礼毕，外边报殷总爷到。原来殷勇闻报，飞马赶回，也不待通报，一直进暖阁来。刘电接着，遂先到东厅拜见继父。见许公须发尽白，不免悲喜交集。父子们一时也说不了许多别来情节，因请先到后堂拜见伯母。刘电遂一同进来，对老母说知这是殷家贤弟：当下殷勇口称伯母，倒身下拜。刘电一同回拜老母，被雪姐搀住，因只回了常礼。殷勇道："小侄因公外出，有失远接！"老母道："甚是起动！明日老身还要去会会夫人。"殷勇道："侄媳明日即当过来与伯母磕头！"当时雪姐过来与两位哥哥见毕礼，又是梅嫂与仆妇们过来磕头。

刘电即叫丫头扶住梅嫂道："老人家莫行此礼！"因对殷勇道："这是从山东送妹子到家的梅嫂。"殷勇道："真难为你老人家了！"当下老母叫请坐下："你们兄妹们好说说话。"雪姐因说起那年遇害之事，泪随言落。殷勇道："好叫妹子得知，这起凶徒俱已拿住。"雪姐惊问道："怎得拿住？"殷勇遂将拿获缘由说了一遍："当时被岑贤弟一审便招，如今现在监禁，正等妹子到来，一同斩首祭奠。"雪姐道："天网恢恢！我明日要见见这贼，叫他死而无怨。"因问："干娘可曾安葬？"殷勇道："已托叔父在北固山购下茔地。如今迁棺在彼，尚未安葬。"雪姐道："不知离此多远？可能一去祭奠？"殷勇道："为兄已曾计及。如今，岑弟以少保尚书管理山东总督，只待妹子完了姻，三月假满，我们都奉旨一同进京陛见，那时岑弟少不得要携了家眷同往山东，路出京口，顺道便可与妹子同往一祭。此时是不及去了。"雪姐因问：

"娶了嫂嫂，可曾恭喜？"刘电接说道："你嫂嫂是个女中英杰，同在军中征倭杀贼，那倭寇见了绣旗军都是害怕的。前月已生了一个侄儿，我们都吃过喜酒了。"老母笑道："女将军自古有之，只不曾亲眼看见，明日老身却得眼见了！"雪姐因笑对殷勇道："哥哥幼时便有志做官，如今似这般威显，却是遂愿了！"刘电笑道："我们都是承妹夫的保举，虽然体面，论起官职来，还要受他的节制哩！"说得雪姐面红羞涩。刘电又说起那何氏弟妇许多贤德，"前日还有寄与妹子的物件，因道路不便不曾带来。"老母笑道："前日见你家书，才知道他先娶有这许多原故在内。如今可喜你弟兄们同在一处，实是难得！"大家叙了半日话，殷勇才辞到外边父子们相叙。殷勇道："前日接到金舅来信，已知父亲往江西去了。"许公道："如此说，他们已是平安到家了！"说话时蒋贵过来与两位磕头。许公道："一路俱亏他料理，十分周到！"刘电道："你往返辛苦，且歇息几天。"蒋贵道："小的禀过姑爷，明日就要到湖村去回复老爷。"刘电道："我正要差人去报信，如此甚好！我明日即差人送你坐船同去。"当日，内外筵席，父子、弟兄十分欢叙。

殷勇要请许公回署，刘电道："在此总是一般！改日老伯两边都可适意往返，不必拘此。"许公道："你三哥这里也是无人，改日过去也罢。"殷勇遵命，到晚方回。刘电遂请许公写了两封书，当晚交于蒋贵，赏了他二十两银子，叫他"拜上蒋太爷与岑爷，说我这里立等回音。"蒋贵叩谢，领了书函，次日凌晨即带伴当如飞而去。这边刘电代母在各衙门谢步。华氏夫人即日过来拜见公公与刘老太太，姑嫂们相会，都表过不提。

却说蒋公在浙起身，犹恐路上惊扰，不坐大船，十三日即到湖村，相见岑夫人婆媳。岑夫人说不尽殷勤致谢。至于少夫人，系自幼相依的，今日见面，既悲且喜，亲亲之谊，更不必言。蒋公因将已托许公搬眷，计日可到，趁我在此便可完成雪姑娘的姻事，因对少夫人道："只恐侄女有些介意！"少夫人笑道："伯父说哪里话！如今还有一位姊姊，也要请伯父为媒，便好同日合香。"蒋公听了，吃惊道："这是何说？"少夫人因将向受王家姐姐大恩，已订终身永聚，"去年母亲回来，我即将两位姊姊之事细底禀明，母亲甚是欢喜。今得伯父到此，一言便两全其美！"蒋公听了这些原委，不觉鼓掌大笑道："这件事只怕你心中不悦，如今倒反赖你在从中委曲成全，真是大贤大德！怪不得刘贤侄在我面前十分敬重于你！今日何不就请你母亲出来一见？"少夫人点头，遂进来与母亲说知，王老夫人随一同出来相见，蒋公只行了常礼。蒋公因说起当年与雪姑娘订姻一事，王夫人道："此事老身早已悉知。如今这边，姐妹二人十分亲爱，可以放心。只不知那位雪姑娘情性何如？"蒋公道："好叫老夫人得知，那位姑娘温柔贤淑，是岑大姊亲见过的，只怕明日老夫人见了还要更加亲爱。若不是闺中淑秀，老夫又岂肯一力成全？"王夫人道："大人所谕，谅必不差，老身无不遵命！"此时岑夫人已喜得心花齐放，便道："这两边月老都要借重大弟了！"蒋公笑道："当得，当得！只是再得一位，双勷其事才好。"少夫人道："这里有一位严老先生，齿德并尊，他公子现任华亭儒学，通家往来，正可拜烦。"蒋公道："我已久仰他的清望，明日即当往拜。"

不说这边计议，却说岑少保虽然半夜起身，一路营汛早已传知，地方文武迎接者沿途络绎。岑少保一概谢免，惟文守备与本汛洪把总带兵直接到交界，湖郡成公先委县佐远接。

十五日，岑少保到家。先拜见蒋公，然后进内。此时已将东院打开，岑老夫人婆媳居住。岑少保拜见岳母、母亲。此时月娥小姐因已许亲，不好出来相见。夫妻见过，略叙别情，随出来与蒋公叙话。家人等齐磕头毕。蒋公道："我已到此三天，不知刘府家眷曾搬到否？"岑少保道："昨日途中见塘报说刘老伯母已到三哥衙门。"蒋公道："如此早晚必有人到，正好同日完姻。"岑少保惊问何故，蒋公因将前事一一说知："今已托严公与我作合，昨已选定八月十五日吉期，无庸更择。"岑少保听了，喜得做声不得，只道得一句："小侄如何消受得起？"蒋公笑道："一位年少三公，也必得这三位夫人内助。"正说话间，岑忠引着蒋贵到来叩见。蒋公大喜，即问："刘府家眷都到了么？"蒋贵道："只二爷与二夫人不来。"因向怀中取出两封书来，大家拆开观看，俱是催促择吉之话，并说许公与刘老太太、殷夫人俱作送亲。岑少保道："这边姻事，刘、殷二兄虽知无碍，只恐许丈与刘伯母闻知见罪。还求老叔一力周旋！"蒋公笑道："贤侄不须过虑，我自有主意！"当即与岑少保各修书一封。蒋公书中就明言与王小姐结姻衷曲，并订定吉期。即专差同来人前往吴淞镇衙门投递，限三日往回。

这日，严先生来相会，岑少保就留住午饭。严公道："翩翩公子，三年之间擢登台鼎，古今罕有！今又得此三位贤内助，人间美事皆被少保占尽！"岑少保道："侥幸成功，谬蒙圣眷！年轻禄厚，深切悚惶！得时闻长者之教，庶免陨越。今又承老先生执柯，明日当专诚叩谢！"当下即摆上酒来。叙饮间，蒋公说起："近日沿海被兵地方，群厉为祟，大不宁静。前日，胡抚台欲请天师设醮。我因言及点石禅师道高德重，一到东省，便当敦请出山，起建水陆，普施超度，胡公正在望我回音。"岑少保道："小侄正要禀知，前日在苏与刘、殷二兄计及此事，要与老叔联名敦请。事不宜迟，即当专差前往。"严公道："前日小儿书来，也说起此事。曾请僧道追荐，竟无灵验。"蒋公因说出禅师许多灵异。严公道："必得如此，方能济拔幽沉。"三人叙至饭罢后，严公辞去。蒋公道："贤侄久出才回，须在里面叙叙家常，不必陪我。"岑少保才辞进内堂，见两位老夫人与少夫人都在上房闲叙，岑少保道："有一喜事禀知岳母。"王夫人笑问何事，岑少保因将华氏夫人被难得遇何家仙姆指引，后来得配殷兄，随军征剿十分英勇，日前与殷兄叙及殷嫂家世、姓名，却竟是岳母的侄女！因此明日要与刘伯母同来拜认。王老夫人闻说，又悲又喜，道："却不知她竟有如此才勇！"大家惊叹不已。王夫人又说起在任回家被盗之事："多亏那文义士相救。"岑少保道："岳父生前正直，自然死后为神，岳母吉人天相。如今那文进，我已保升他做了本郡守备，也不枉他了！"岑夫人道："如今岑义的女儿年已十九，长成得十分端秀。那文守备又未婚娶，何不与他成了这头姻事，便好当亲人往来？"岑少保道："甚好！明日儿当一力成全，谅他决无推故。"岑老夫人又说："春间倭寇猖狂，这里朝不保暮，亏严公操练乡勇。你媳妇又谕杀贼一人赏银五两，因此大家舍命相持，赶散了几次小寇。后得调一守备，添兵到来把守，人心略定。直到刘三相公大兵来剿，才得平静。"叙话间，天已傍晚。王夫人因身体沉重，不能久坐，因说："姑爷连日辛苦，早些安歇罢！"说罢回房。

岑少保又出来与蒋公相商，写了一封敦请禅师的联名请启，派令蒋贵前往，又拨能事随役二名，多带盘费以为水陆舟舆之用，于明日一早起身。料理毕，已是更深，才与蒋公道了安置，回到老母房中，少夫人也在。老母道："你岳母已有了七个月身孕了。"岑少保道："岳父阴功浩大，自然天降麟儿。"老母道："只是如今时日匆促，这新房如何安置？"少夫人笑道："后边大楼五间，尽做得两处新房。前日已与母亲说过，只要趁早收拾出来。"老母因笑对公子道："家事都亏你媳妇料理，不要做娘的费一点心。就是这两头亲事，也是她一力成全，真是你的贤能内助！"岑公子听了只是笑。老母道："夜已深了，你夫妻们也早些歇罢！"当下两口儿辞了老母回房，说不尽久渴情肠，如鱼似水，难以细述。

次日一早，岑少保盥洗毕，即到外书房来。蒋公道："我已打发蒋贵五鼓起身去了，但愿请得来！须择一江浙总汇之地起建水陆。趁我们在此，还了这桩心事。再，两下过礼之物，也须及早端正。这凤冠霞帔、蟒玉朝裙是不可少的，其余在江浙省会亦易办理。"因即开单，着岑忠、王朴各带亲随，往江浙两省分头制办不提。

到十八日，差役由苏赍到回书。拆看上面，但云许丈、老母甚是欢喜，无须过虑。岑少保已是放心。却说次日蒋公与岑少保话至夜深，各回房安息。方才就枕，只见一个侍者到来，云："点石大师在秀水灵鹫山万回禅院，起建水陆道场，济拔幽魂，檀越们可速去者！"说毕就走。蒋公惊醒，却是一梦，十分奇异。到得黎明，岑少保亦为夜来有梦，出来与蒋公说起，却是一般。蒋公道："若说是心想所至，哪得两梦相同？如今只着人往万回禅院打听，便见分晓。"岑少保当令家丁传问。原来这洪把总正是秀水人，进来禀道："这万回禅院是敕建丛林，就在灵鹫山下，系江浙交界，离此水程一日夜可到。"岑少保道："你可即差一人，星飞前去探听。如有一位山东禅师到来，即速回报。"洪把总答应去了。到次日午间，该差回禀："果有一位山东禅师，是十九日到的。"蒋公与岑少保俱各惊讶道："当日禅师曾说日后还有一大胜会。今日看来，当日即已前知。我们可即速前往料理。"岑少保即吩咐备下船只伺候，果然一呼百诺，即日齐全。

廿一日凌晨，叔侄便服下船，只带亲随数人，飞棹往灵鹫而来。及嘉、松两郡得知时，早已到了禅院。合院僧人香花迎接。问知禅师在方丈趺坐，遂一同进来参见。禅师合掌道："檀越们大发慈悲，老僧特来完此善果。"蒋公道："弟子们已专差去拜请，却蒙老禅师飞锡早降。不胜幸甚！今启请禅师，当于何处建立道场？"禅师道："即此山前便好。檀越们速为齐备。明日刘檀越也待到也。"侍者献茶毕，两位辞了出来，各官俱在客堂禀见。岑少保即托嘉、松两郡守督理其事，择山前平原大地搭盖层台、设立棚厂，所需一切，许在公项报销。一面即星飞札知浙抚两太守，遵命即日分派丞倅县佐等官，连夜督工赶办。果然风疾雷行，两日内一切齐备。原来刘总镇因阅松江营汛，闻知其事，果于次日赶到。大家相会，共说禅师灵异，因同在寺中住下，俱断荤煎素。至二十四日清晨，率各官拈香启请禅师一同礼佛登坛。预选二十四众禅僧礼忏，说不尽幡影缤纷、香云缭绕。江浙附近各州县城乡男妇来瞻仰者人山人海。至第二日，浙抚差官到来拈香，金银冥镪舍积如山，每夜焚化不尽，夜间轻云薄霭之中，隐隐闻喜笑欢呼之声不断。到三十日，道场圆满，晚间，禅师登坛施放瑜珈焰口。是夜，点放数万盏荷灯，水陆相接。及至施食焚镪之时，但见漫山遍野磷火成团作滚，四散而去。各官拜谢禅师，请下法座，已将交五鼓。禅师道："今已与檀越完成胜会，老僧即当归去了也。"蒋公道："难得禅师降临，请驻锡数日，然后送回。"禅师道谢，即归方丈。各官已是数日夜辛苦，俱各安歇。

及到黎明，本院住持来报："禅师今早不知去向。"蒋公惊起，即令四下访寻，竟无踪迹。刘电道："或者怕我们相留，竟连夜走了。"岑少保道："不然，此必是禅师具广大神通，日后自然知道。"当下，两太守禀见，岑少保致谢道："深费清心！所有费用，先动公项给发，本院即札会大宪准销便了。"当日给了本寺香资百两。嘉镇褚公与两郡守要设宴相留，蒋、岑二人辞谢，即日回舟。刘总镇亦因公出日久，又要回署料理妆奁之事，不及再往湖郡，因送蒋、岑二位开船后，亦即辞回吴郡去讫。

话分两头，却说蒋贵星夜赶到家中，叩见了老太太，说："老爷现在岑爷家中，俟岑爷完了姻才得回来，如今特差小的回来启请点石禅师。"老太太道："呵呀！这点石禅师已于本月十九日坐化了。"蒋贵吃了一惊，尚恐不的，即往庵中探问，果然。只得回来禀过老太太，星夜同伴当赶回。顺道至吴门来禀知刘姑爷，刘电大惊道："这禅师正是十九日到秀水，做了七昼夜水陆道场，圆满后就不见了。原来是现身罗汉！如今岑爷吉期已近，我前日已在那边当面商定，也不必写书，你可作速回去照料。"蒋贵答应，即星飞于八月初六赶回湖村，禀说禅师坐化之事，蒋公与岑少保俱惊叹不已。自此以后，果然各处平宁，并无祟厉。此时两边礼物俱已备齐，取了六号大船，彩舆、执事件件鲜明。即着岑忠、蒋贵派亲随十六名押送礼物，于初九日前往。此番两省通知其事，自督抚、都督、总镇、司道，送礼者络绎。岑少保只收两位老师礼物之外，余俱璧谢。郡守成公命侄子过来照料，又委佐贰各官到来督率人役，都不细述。

却说刘总镇那边诸事齐全，至十一日接了礼，厚赏来使。又添了四号大船，装载回盘妆奁什物。十三日一早，鼓吹放炮，，摆齐全副职事。许公大轿先行，刘老太太、华氏夫人与彩舆在后，梅嫂们共十数乘小轿。刘、殷二总镇亲送下船，放炮鸣金而发，要赶十五日子时花烛。

且说这边王夫人处，已于十一日下礼，俱是蒋公与严老先生料理。到十三日郑老夫人婆媳与成老夫人大公子俱到来贺喜。这是姑娘师母分外亲敬，随请严老太太婆媳过来相会。到十四日下午，新人船只已到，本汛兵丁戎装站队，自码头直至大门。这边着家丁、仆妇披红叩接，全部鼓乐、执事，先请刘老太太与殷夫人大轿到来，岑、王两老夫人与各位夫人俱迎出厅来。厅上红氍铺地，灯彩耀目。众仆妇搀扶簇拥至后堂，一一叙礼。此时，也说不尽寒温礼数，惟殷夫人拜见姑娘，既悲且喜，因在当众，不便深叙离情。侍女们献过了三道茶，刘太太要往新房观看。此时，王小姐已妆得如天仙一般，少夫人指点与刘太太、殷夫人见礼。刘太太道：“果然好一位姑娘！”因对王夫人道：“两位令爱与小女真是天生成的姐妹！”遂同上楼来，见两边新房收拾得花团锦簇、香气氤氲，都是一般铺设，心中甚喜。看毕下来，又到东院内，见少夫人房中诸凡俭朴，因对少夫人道：“久闻姊姊贤德、才能，老身今日敬佩！将来姊妹们有不到处，还望包涵指教！”少夫人笑道：“承伯母过奖！”当下请到内堂茶点。华氏夫人因对少夫人说起仙姥救济之事：“果然今日得与妹妹相见。”因此分外亲热。

此时日已平西，岑老夫人就请郑、严两位少夫人到船与新人插戴，俱坐大轿，执事人役喝道而去。其时许公已请至东厅，有蒋、严二公陪待。这一夜，灯球火炮，笙箫鼓乐之声盈耳不断；满村男妇叠肩观看，俱吩咐不许禁止。到得子时将近，郑、严两位夫人料理新人事毕，先起轿回来；然后喜娘侍女们簇拥新人上了彩舆，鼓乐执事前导，五色宫灯数十对并灯球火把，照耀得一路如同白昼。彩舆到了太厅，傧相祝词，叩请三遍，乐奏三番；里边请严老太太与成老夫人出来起帘，喜娘们搀扶出轿，立于东首；傧相又如前祝请三次。两位老夫人又引王小姐出厅，喜娘们搀扶，立于西首。都是凤冠霞帔、蟒服玉带、翠绕珠围、红巾盖首。傧相又祝词跪请三回，笙箫三奏。两位成公子执花烛引岑少保出厅，立于正中。真是乌纱衬白面三公，蟒玉挂青年少保！傧相赞礼，先参天地，然后交拜毕。外边音乐送至后厅，便有一班女乐，凤管鸾箫引入洞房。一切坐床、撒帐俱如古礼，不必细述。饮过交杯之后，禀请新人出厅见礼。先拜谢两位大媒，次拜许公，然后两位成公子平见过礼。随退进后厅，先是刘老太太、成老夫人、严太太、郑老夫人、王老夫人五位一同见礼，岑老夫人叫侍女们扶住，各受了两礼；次是殷夫人、严夫人、郑夫人一同平拜；后即叩拜老母，却是刘、王两位太太，扶住受了全礼；然后与少夫人一同交拜毕，仍送上新房。新人筵席三杯之后，岑少保即出厅来陪客。文守备与县佐、把总俱来叩喜。岑少保深谢烦劳，请在东厅。筵席大厅上，正中一席是许公，成大公子相陪；东席是蒋公，成公子相陪；西席是严公。岑少保一一安席毕，就在西席相陪。这日是成公送来的两部梨园、一班女乐。外厅，许公点了《满床笏》全部；东厅唱《七子缘》全部；内厅四席，女乐扮演《永团圆》全部。筵上山珍海味、五割三汤，备极丰盛。两位新人楼上，惟少夫人相陪。姊妹三人一见如故，亲爱倍常，不须细叙。外边兵丁人役，俱有羊酒犒劳、花红赏赐。江南到来家丁、仆妇，俱有岑忠弟兄与王朴夫妻们内外陪待。连本村到来观看的男妇、儿童，俱有喜饼、喜果分给。当日筵席直至更余方散。外客辞去后，许公在内书房设榻，蒋公与两位成公子在东、西书房安歇。内客惟严太太婆媳辞去，刘老太太、殷夫人，俱在王老夫人内外间安歇；成老夫人、郑老夫人，俱与岑夫人同房；郑大夫人就在少夫人房内。

当夜，新郎内外道了安置，却是少夫人送他上楼与两位新人交杯细叙。雪夫人因说起从前仙姥指迷缘由：“不想今日果得与姐姐相聚。”夫妻四人原无客气，说说笑笑有半个更次。少夫人笑对雪夫人道：“新郎渴念已久，今夜先请姐姐叙叙别情。”说得雪姐十分羞涩。当即送他两个进了东房，却又陪王小姐到西房，笑道：“姐姐如今好放心安寝，不用着急了！”王小姐啐了一声，又说笑了半晌，才待转身，又与王小姐俯耳说道：“姐姐不要关门，恐怕新郎还要过来应应好日哩！”王小姐也不回答，狠狠在肩臂上扭了一把，少夫人才下楼来与郑大夫人安歇。次夜便在西房，都是少夫人的指点。后来满了月，是少夫人主见，每夜轮两姊妹陪伴两位婆婆，定为常例。王夫人见雪姐与自己女儿一般温柔孝敬，不但放心，又甚怜爱。岑夫人的欢喜更不待言。

且说蒋公，过了三朝新人庙见后，就要起身。岑老夫人婆媳再三留住。这第四日是三位少夫人的梯己筵席，五朝是王老夫人的特敬。至二十日蒋公起身，岑老夫人婆媳俱有送蒋老太太婆媳并苏小姐的礼物。岑少保另有厚谢大冰礼物赆仪，并厚赏蒋贵。蒋公相订在家等候，一同进京。岑少保预备了一号大船，亲送出湖境才回。这日，成老夫人与两位公子也起身回郡，内外都有回送礼物。惟刘老太太、殷夫人与郑老夫人婆媳，俱至满月后，再留不住，因备大船相送。许公因刘、殷两弟兄将来都要进京，衙门无人，因一同回吴。岑老夫人又梯己送了郑大夫人许多礼物。王老夫人亦有梯己与侄女的东西。外边又各有公送的礼物。至期，都出后墙门相送，下船而别。岑少保又备全副祭礼，合家到王公坟上祭奠后，即往郡城拜谢成公。又一力主持备办妆奁，命洪把总为媒，将端姐许配文进，完了姻事，后来也做到三品夫人。岑义的儿子也是少保扶持做到通判之职。此是后话，叙过不提。

时光荏苒，不觉又至十月初旬。岑少保假限已满，料理起身之事。与老母商量，初意原要陛见后，到了任再接家眷；后因老夫人要同儿媳妇们顺往祖坟祭祀，雪夫人又要与干娘上祭，因此就议定家眷一同起身。其时，王夫人已是临月，月夫人要在家侍奉，不肯同往。梅夫人道："我早已计定，先请两位姐姐同往任所，以半年为期，请一位回家，轮流料理家务。况东省道路不远，往来亦易。如此，则两下俱有侍奉之人，家务又不致无人料理，岂不两全？"两位老夫人齐笑道："这个主意甚好！只是太难为你些。"当下议定，择于十一日起马。备四号大船，行装等件料理齐备，派岑忠与王朴两个老总管轮流往来。此番先是岑忠夫妇同往。

数日前，严公夫妇内外饯行。至期，成公率合郡文武俱送至交界。岑少保十五日到了吴门，程公接着。岑少保即先至衙门拜谢。其时许公又送刘老太太前往奉贤去了，衙内无人。刘、殷二镇一同到船，与岑老夫人请安。殷夫人已着家人仆妇到船叩请。码头上兵丁排列，赶散闲人。刘、殷弟兄候岑太夫人婆媳升了大轿，然后乘骑前呼后拥齐至协镇衙门。大轿直抬进后堂，殷夫人与方氏婶娘接着，更增一番亲亲之谊，殷勤款待，不在言表。岑少保因为程公留住，至晚才相辞出来，即至协镇衙门，弟兄们相会，说不尽许多情谊。大家商定，于廿二日相同起身。这数日内，辞行、饯别竟无宁刻。至期，家眷船只凌晨先发。殷夫人因要同往祭奠公婆，就相陪岑太夫人同往山东，又当会亲，又好顺便陪苏氏夫人回来。岑少保与刘、殷三位随后起身，程公率属俱在码头送别。其时江五箭疮发作，早毙狱中，岑少保吩咐将江七沿途押赴北固山下发落。殷总镇已先差人在坟茔搭厂准备祭奠。这日，船至京口泊住，地方文武俱来请安。这北固山相去不远，当着家丁备办猪羊祭品，鼓乐一应齐备。

次日一早，岑太夫人原要与媳妇同往，殷勇与夫人再三阻住，因只有姑嫂二人坐轿同往，岑、刘两位因殷勇阻留不住，一同乘骑到了坟堂。祭品俱以陈设，焚起香烛，鼓乐齐鸣。殷勇拜奠毕，放声大恸；姑嫂二人一同哭拜罢，雪夫人恸至失声；然后岑、刘两位一同展拜。殷勇与夫人、妹子在旁回礼。岑少保令将江七洗剥，反绑在坟前跪下，雪夫人一眼看见正是当年谋害之贼，不觉柳眉直竖，星眼圆睁，上前问道："你可认得当年坐船的人么？"江七认得，不敢仰视，只求速死。殷勇仗剑在手，大呼："今日与母亲报仇也！"剑起首落，沥血祭奠。岑少保吩咐将尸首推入千人坑讫。当下，三献酒毕，焚化祝帛，将猪羊祭品分给坟邻，遂一同回船。岑少保令把船即日放往三凤山停泊。次早，岑少保只坐小轿、跟随二人，往拜邻里，谢其照料旧居房屋。众邻里都到船上来与太夫人请安。还有几个老婆婆、妇女们素常往来的，都相约来看望岑太夫人。俱留住款待，起身时都有所赠。当日家丁们将祭事料理齐全，次早，合船眷属一同坐轿都到坟堂，大设祭奠毕，将祭品表散坟邻。父老们来助祭者，都有酒席款待。整整忙了一日。

次早即开船进发。不日到了东省交界。总督晋公已内升部堂，因候交代，未曾离任，与司道俱差官迎接。岑少保俱回柬答谢。一面先差人往台庄雇备车辆、人夫、骡马，公平给价，不许骚扰民间。腊月初到了台庄，蒋公已着蒋贵早在伺候。地方官已将轿马扛夫齐备，岑少保俱着发给价值。初八日一同起身至尚义村来，沿途俱有公馆伺候。这日，蒋公出村二十里接着。此时，比从前母子避仇时奚啻霄壤！合村男妇如看会一般，十分热闹。蒋老太太婆媳、与刘夫人迎门接着，欢喜异常。到内厅相见时，惟殷夫人与月夫人姊妹是初见面的。岑太夫人同雪夫人叙说别来记念情怀，真是喜从眉上起，笑逐眼梢来，说不尽千种情肠，万分亲爱。当日内外筵席接风。此时，小公子已是十二岁，聪慧过人，里外陪待，十分亲热。席间，蒋公因致谢殷勇在吴门深扰，又道及程公十分厚待，回家后即接到吏、兵二部知会文书，已蒙圣恩准假，只候贤侄们到来，便好一同起身。况已岁暮，不宜再迟。当即择定十五日起身。行装车马预为齐备，岑少保当日吩咐备办素供一席，往祭点石禅师。另备猪羊祭礼二付，往祭外祖并蒋公坟茔。到次日，内眷们先起身往庄上相等；叔侄们先到慈云庵同祭了禅师塔院，布施百两香资，以供禅师香火，随即一同往两处坟茔上来。互相拜奠毕，就在庄上内外备席，快叙了一天，到晚才回。十四日行李整齐，内眷们都在蒋府住下过年。叔侄四位带领亲随十余人，十五日一早起程冲寒前进。本府县官俱在前途预备尖宿公馆，武弁俱披执送至邻封交界。一路无话。

到得都门，已是腊月廿七。一早进城，吩咐家人就近觅下公寓，四人遂一同竟至午门恭请圣安。黄门官转奏，有旨宣入便殿朝见。四臣三呼九叩毕，御目观看殷勇亦在青年建立大功，天颜甚喜，道："卿等扫荡寇氛，肃清海宇，功绩伟然！岑卿所奏善后事宜，俱依议准行，朕心欣慰。今委卿等封疆重任，定能不负朕托！"因问："卿等家中还有何人？可悉为陈奏。"岑秀等因一一奏对。当即传旨，着翰林院官撰文诰授母、妻俱一品夫人，惟岑秀发妻何氏特加"慧贤孝义"四字。岑秀谢恩毕，又将玉虚夫人显圣除妖之事奏闻。圣心大悦道："天地间果有此等奇事！"因改封"玉虚夫人"为"玉虚慈惠圣母"，发帑金立祠江浙，春秋动帑祭祀。当下，蒋士奇又将点石和尚显灵超度之事奏闻。当即奉旨敕封点石为"慈灵护国禅师"，发帑改"慈云庵"为"护国禅林"，即着该地方官督工监造。命光禄寺陪御宴三日，为四卿解劳。四臣谢恩而退。

当日，岑少保即往拜相国程公、司成徐老师并黄兵部、陈都督。蒋、刘、殷三位亦分头拜客。领了三日御宴，一同谢恩。到元旦随班朝贺毕，又往各处贺年。至初三日圣旨下来，加岑秀太子少傅、军机尚书，总督山东印务，仍赐尚方宝剑金江浙巡海都御史，每年巡阅海疆一次，考察官吏将弁，秉公具奏。蒋士奇加前军都督衔，管理登、莱、青等处挂印总兵。刘电加左都督衔，仍管吴淞总兵。殷勇升嘉湖总兵，褚飞熊内升右军都督，万士雄升制标中军副将，着即赴任。四臣同日谢恩，于初四日早朝陛辞，一同出京。因为家眷，只得星夜兼程回沂水料理。十二日到了蒋府，内外眷属同团聚过了元宵佳节。此时总督衙门头接官吏人役已到，夫马车轿俱整齐伺候，不便迟延，因定于十八日起马，同家眷往济南赴任。蒋公先一日又内外戏席饯行。至期，岑少傅母子、夫妻拜别蒋老太太、蒋公夫妇并刘、殷夫妇，先行起程。蒋公与刘、殷二总镇远送回来后，两弟兄亦即料理行装，于二十日一同拜别旋南。此时，惟苏氏夫人依依不舍，洒泪而别。蒋公送了刘、殷眷属起身后，登州将弁头接亦到，蒋公亦于二十二日起马，奉老母、家眷赴任。家中一切，交与蒋贵夫妇照料。及四处到任后，俱接到诰命，各各具表谢恩。却喜地方附近，四下音问往来不断。

后来岑秀官至少保武英殿大学士，蒋士奇因功加封靖远侯；小公子少年黄甲，累官至户部侍郎。刘电、殷勇俱升至五军都督，刘云亦官至湖北布政。成公屡升江南按察使司，两公子亦俱登仕版。郑、严二位皆得岑少傅之力，都做到五马黄堂。王公子少年科甲，官至光禄寺卿。文进亦官至副总。岑少傅在湖郡、金陵两边盖造府第，往来居住。许公在殷家终老，殷勇次子继续许氏一脉，娶金振玉孙女为妻。金家后嗣亦多振作。后来八姓往来，互为婚姻不断。各家后嗣俱有出类之才，另做一番事业，以继《雪月梅》之后云尔。